天下刀宗

云旗

雨楼清歌 著

天地出版社
TIANDI PRESS

目录

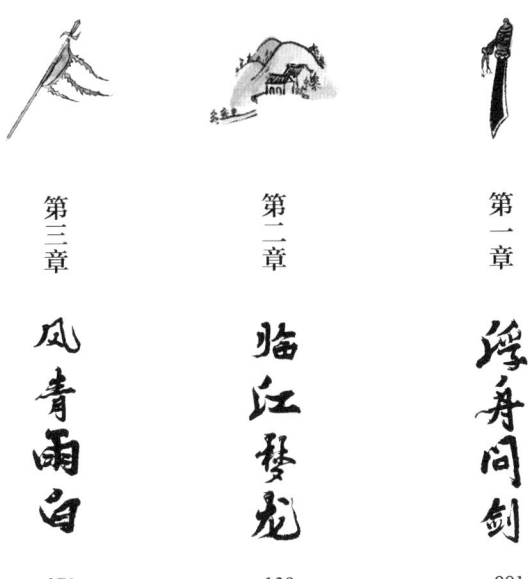

第一章 浮舟问剑 001

第二章 临江惊龙 129

第三章 风青雨白 271

第一章

微风拂过众人衣衫,有些水珠不知何时飞离了湖面,此际洒落在周遭,宛如一场细雨;众人又觉湖水舒缓平静地萦绕在船侧,仿佛刚才有一股暗流顷刻汇聚,转眼间已消散无踪。

一

初春，巴山，夜雨寒峭。

秋剪水独坐堂中，怔怔出神。山深处偶有凄哀的猿啼传来，在雨声中若有若无。

清影堂本是烛照剑掌门凝心静修之所，可是今夜她却怎么也难以沉静心绪；先前她归返巴山不久便请副掌门穆清池率人到江湖上打探消息，这一两日便是约定的归期了。

去年在春雪镇上，燕寄羽本已答应对烛照剑一派既往不咎，但到了肃州城外，她却终究又与燕寄羽交手，并用郁师姐留下的那支鸿翼笔将他迫退，后来又曾助杨仞逃脱了岳凌歌与温蔚的追捕，也不知如今燕寄羽究竟作何计较，心中颇为门派担忧。

窗明桌净，烛火微摇，秋剪水渐想渐觉烦乱，起身拿过行囊，从中取出一个叠好的纸包，轻轻打开，将一粒小小的物事拈在手里，默然端详一阵，不知不觉中，微蹙的眉头已舒展开来。

过得良久，敲门声乍起，随即便听一个清脆的语声道："掌门师姐，是我。"却是师妹李剪荷求见。

秋剪水微微吁了口气，心知李剪荷随着穆清池同去打探，她既回到巴山，想来穆清池亦已返回，当即道："李师妹一路辛苦，快请进吧。"

话音方落，李剪荷已推门而入，一双灵动的眼珠四下转动，瞧见秋剪水正端坐窗前，便步履轻快地走近行礼，道："我们刚刚回山，穆师叔说深夜不便打扰掌门师姐，便命我代他来向师姐禀告详情。"

秋剪水起身回礼，又听李剪荷道："与我们一同回来的，还有一个停云书院的书生，是来给咱们华山武林大会的请帖的，穆师叔也已让那书生明日再来拜见掌门师姐。"

秋剪水心弦一松，道："原来如此。不知会期是在几月？"心想燕寄羽既请烛照剑赴会，多半便是不会再为难自己的门派。

李剪荷道："听说是在九月，燕山长请帖送得倒早。"说话中瞥见桌上有一颗糖渍的青梅，不禁好奇道："秋师姐，你在吃蜜饯吗？我记得你从前可不怎么吃甜食呀？"

方才李剪荷来得猝然，秋剪水不及将那颗蜜饯收起，便放在了桌上，此刻闻言，道："这是许久前吃剩下的，只有最后一颗了。"

李剪荷诧异道："许久前便只剩最后一颗，那为何还不吃掉，难道舍不得吃吗？"

秋剪水脸颊微红，蹙眉道："有什么舍不得的，你若想吃，便给你吃吧。"

李剪荷嘻嘻一笑，正要拈起那颗青梅，转念一想，又笑道："想来这蜜饯是极好吃的，还是留给秋师姐吃吧。"

秋剪水看也不看桌上，径自问道："近日江湖上可有什么大事吗？"

李剪荷道："那天我们动身之前，秋师姐要我们着意留心乘锋帮的动向……"

秋剪水摇头道："我是要你们留心江湖上任何大的动向……"

李剪荷道："嗯，近日江湖上最大的动向，便是乘锋帮了，帮主杨仞向正气长锋阁宣战，更扬言要将被囚在华山的方天画、铁风叶等人救出，武林各派对此将信将疑，有人说杨仞不过是虚张声势，乘锋帮其实只有寥寥几个帮众，但也有人说，乘锋帮暗中已聚结了许多高手，势力不可小觑……"

秋剪水沉吟道："那么正气长锋阁又是作何看法？"

李剪荷道："正气长锋阁说杨仞只是个不成气候的小毛贼而已，将他称为'刃贼'。"

秋剪水蹙眉道："'刃贼'是什么意思？"

李剪荷道："听闻是正气长锋阁的阁主之一柳州龙家家主龙钧乐传出消息，说杨仞窃走了刀宗昔年所用的雪刃，拿着这把刀四处招摇撞骗；还说杨仞实是武林败类'癞头蛇'佘灿的徒弟，佘灿偷了晴川刀，杨仞又偷了雪刃，正是有其师必有其徒，'凡我侠义辈，绝容不得杨仞这偷刀贼'。"

秋剪水道："正气长锋阁这是想让那些崇敬刀宗之人也都与杨仞为敌。"凝思片刻，便与李剪荷出了清影堂，各自回寝居歇息去了。

翌日清晨，春雨初歇，秋剪水漫步于山道，听见身后有脚步声徐徐靠近，却是副掌门穆清池前来拜见。穆清池年约四十，身形颀长，神情举止颇显精干，拱手道："回禀掌门，我已探得清楚，早前燕寄羽遣向我派的青锋令使，却是红罗山庄的庄主虞凤。"

秋剪水神色微变，道："红罗山庄与咱们烛照剑同为武林七大剑派之一，听闻虞庄主的剑术修为是很神妙的。"

穆清池笑道："虞凤性情高傲，一向以名门贵胄自居，难得他竟愿听燕寄羽的调遣。我已将他过去数月的行踪查明，他接到燕寄羽的传令极早，本来已快赶到巴山，却又突兀折返，想是途中接到了新的传书，得知了燕寄羽已不欲和我派为敌。"顿了顿，又道："不过燕寄羽心思深远，谁也猜不透他的打算，咱们仍须小心提防。"

秋剪水道："穆师叔所言极是。"

穆清池道："我还探知，现今秦川木余刀、冀州游刃坊、江州弹霜亭这三大刀派均已听奉正气长锋阁之命，暂由三位青锋令使接管了门派。"

秋剪水一惊，道："这三派竟愿意如此？"

穆清池莞尔道:"自然是不愿的。副掌门裴烽、丁厌忧和代掌门谈寒雁都只是传书回去,号令各自的门派在名义上听命于燕寄羽遣去的青锋令使,但他们三人自己却并未返回门派,而是率领着先前带往春山的精锐弟子,在江湖上失踪了……"

"失踪了?三派精锐一齐失踪吗?"

"不错,料想是他们易容改扮,分散潜藏起来了。此举可谓是一着妙棋,也不知正气长锋阁将会如何应对。"

——两人说话中来到烛照剑一派的正殿明烛殿,随后,秋剪水便请停云书院的信使相见,来者却是"停云五贤"之中晏格的徒弟刘万山。

刘万山在春雪镇外初见秋剪水,后来随郭正与青箫白马盟一众人短暂同行时,也曾与她打过照面,心里对这位年轻貌美的女掌门记忆颇深,今日再逢,眼见她清丽绰约更胜去年,不自禁地一怔,随即才身姿潇洒地踏前一揖,道:"秋掌门别来无恙?"

秋剪水从前未曾留意过刘万山,早已不记得他,听他此问,只淡淡地嗯了一声,道:"刘师兄此行劳累,实在多谢。"

刘万山微笑道:"不敢当。"说完从行囊里取出一个样式精致、加盖封泥的木匣。李剪荷近前接过木匣,转身呈给秋剪水。

秋剪水道:"多谢。"打开木匣,拿起请帖略略扫了两眼,倏而轻咦一声,瞥见木匣中竟另有一封书信,封皮上写着"夏姑娘亲启"几个字,笔迹潦草,宛如孩童涂鸦。

秋剪水心跳莫名一促,隐约猜到了这封书信是来自何人。刘万山瞧不见木匣中的物事,眼看秋剪水神情异样,心头疑惑不解;李剪荷站在秋剪水身侧,却瞧得清楚,一瞬间瞪大了眼睛。

刘万山讶声道:"秋掌门,莫非是燕山长手书的这张请帖有何不妥之处吗?"

秋剪水一怔,道:"自然不是,刘师兄何出此言?嗯……请刘师兄代我谢过燕山长,今秋九月,我们巴山剑派一定准时赴会。"心想:"这位姓刘的书生做事当真粗心,被人偷走木匣,往匣中加了一封书信,重又盖好封泥放回他的行囊,他竟全无察觉。"

她心中转念,仔细看了一遍请帖,眼角瞟见木匣中的那封信,忍不住微微一笑。

刘万山见秋剪水低头看请帖之际,却忽然面露温柔笑意,更加不明所以,但觉她明眸笑靥,颇为动人,也不禁心神微荡。

等到刘万山告退,李剪荷脱口道:"掌门师姐,匣子里怎么还有一封信,这可奇了,咱们快拆开来瞧瞧吧。"

秋剪水有些担心信中写了什么胡言妄语,一时犹豫不语。穆清池见状,道:"掌门有要事须得静思,剪荷,你们随我来。"言毕领着一众弟子出了明烛殿。

秋剪水拆信看过,斟酌良久,步出殿外,但见不远处穆清池正自斥责李剪荷言行太过莽撞,便走近了轻声道:"穆师叔,你别责怪李师妹了。"

穆清池转身施礼,苦笑道:"谨遵掌门之命。"

李剪荷在穆清池背后偷偷吐了吐舌头,随即也正色施礼,问道:"不知掌门师姐看信后有何示下?"语气中却着意加重了"看信"二字。

秋剪水瞪她一眼,道:"我近日里须得去一趟岳州,烦请穆师叔坐镇门派,处置各项事宜。"

穆清池一怔,道:"掌门怎么突然便要出远门?"

秋剪水想了想,答道:"方才那封书信,是我的一位……朋友所写,他邀我去岳州游湖赏春。"

"游湖赏春?"李剪荷不待穆清池接口,便抢先叫道,"那写信之人是谁?那人自己愿做这闲逸事也罢了,又怎敢轻易劳请掌门师姐的大驾?"

"倒也并非全为了闲事,"秋剪水微笑道,"那人以前和我打了一个赌,算来也快到他该兑现赌约的时日了。"

……………

　　一驾马车停在滁州城外的荒野，车夫侍立一旁，眼看雷缨络下了马车，犹豫片刻，问道："要在这里等吗？此地距离临江集还颇有些路程。"

　　雷缨络道："就在这里等。"那车夫便不再多言。雷缨络眺望左近，但见稀疏的春草之间尚有些残雪未化，忽而轻声道："师尊她老人家最爱看雪了。"

　　那车夫接口道："戚前辈心质高洁，喜爱看雪也是理所应当。"

　　雷缨络闻言微怔，道："心质高洁吗？江湖中倒是甚少有人这般说师尊。"抿嘴一笑，转口道："近日你手下人可有再探到杨忉的行踪吗？"

　　那车夫摇头道："最近的一次，仍是在半月前，杨忉曾于江州城外短暂现身。"

　　雷缨络沉吟道："过去两个月里，杨忉先后与木余刀、游刃坊订下盟约，他到江州，定然也是去和谈寒雁结盟……嗯，离江州弹霜亭最近的门派便是岳州洞庭湖上的留影舫了，听闻留影舫始终不肯听奉正气长锋阁的号令，已经和燕寄羽派去的青锋令使对峙月余，杨忉此后多半便会赶去岳州，相助留影舫。"

　　那车夫略作思索，道："不错。"又问道："乘锋帮与三大刀派结盟，多半也瞒不过燕寄羽，难道他竟放任不管吗？"

　　雷缨络道："如今乘锋帮有六百'意劲'高手，便是燕寄羽也不得不忌惮，杨忉又扬言要在各派聚会华山之前将方天画、铁风叶等人救出，停云书院多半更要严守门户，不敢轻易离开华山。"

　　那车夫淡淡一笑，道："看来这姓杨的小子也有些狡诈手段，倒也不仅仅是个跳梁小丑。"

　　雷缨络微笑道："怎么，你瞧不起杨忉吗？"

　　车夫避而不答，只道："红罗山庄庄主虞凤从荆州改道，怕是也快到岳州了，有他和徐开雾这两大青锋令使，料想便是杨忉去到洞庭湖，也救不得留影舫。"

雷缨络颔首道："嗯，听说徐开霁虽出身于云梦山白鹤剑一派，但早年便已脱离门派，是个独来独往的江湖浪客；而虞凤不但己身修为高绝，出行时更往往多携车马仆从，手下高手甚众，确能是徐开霁的一大助力。"

"原来如此。"车夫神情微凛，道，"留影舫虽是九大刀派中人数最少的，但也有百余名刀客，徐开霁能以一人之力和留影舫对峙月余，当真不简单。"

雷缨络沉思片刻，忽道："今日咱们见过吴重之后，你便快马传书给我师尊，告知她老人家：杨仞将至岳州。"

车夫一惊，心知过去数月里戚晚词一直在四处搜找杨仞，而雷缨络却曾在暗中数次相助杨仞，实不知她现下为何要将杨仞的行踪说与戚晚词；转念一想，又觉心下惕然："以杨仞现下的功力，戚晚词若真去到岳州，恐怕谁生谁死还说不准。"

两人默然对视一眼，车夫点头答应。

过得一个时辰，仍不见有人来到，那车夫侧头瞧了雷缨络一眼，欲言又止。

雷缨络淡然道："吴重会来的。他今日会交给我一幅画，这是他答应付给我的酬劳。"

"一幅画？不知是什么画？"车夫闻言微愕，问道，"雷姑娘，你自离春山以来，替吴重做了这么多事，便只是为了一幅画吗？"

"嗯，"雷缨络轻声道，"那是萧野谣所画的叶凉的骨相。"

二

那车夫闻言寂然片刻，叹道："无论人骨也好，龙骨也罢，都不过是一幅画而已,雷姑娘又何必如此看重?"

雷缨络道:"听说秦楚已将聘礼送去峨眉山了。"

那车夫一怔,正不知雷缨络为何忽然言及此事,便听她低声又道:"我就要嫁给秦楚啦,我想要那幅画,只是想留个念想罢了。"

那车夫神情微黯,良久不语。

两人又等了一个时辰,忽听远处传来一阵乐曲声,锣鼓铙钹、长箫短笛,好不热闹;不多时,便见十来个人或抬花轿,或是吹吹打打,在荒野间渐渐行近,却是一支迎亲队伍。

当先一人骑马缓行,头戴金花,身着崭新红袍,却在吹奏一支唢呐;车夫瞧得迷惑,暗忖:"迎亲的新郎自己吹唢呐的,倒是少见。"

转念中,身侧的雷缨络已迎上前去,敛身施礼道:"见过吴前辈。"

吴重摇头晃脑,正自心无旁骛地吹奏唢呐,闻言又多吹了两声,才翻身下马,笑呵呵道:"雷姑娘,久违了。"

雷缨络微笑道:"没想到吴前辈还精擅乐器。"

"胡乱吹一吹。"吴重摆了摆手,道,"少请一名乐师,便少花些银钱嘛。"

雷缨络瞟了一眼旁边的花轿,道:"吴前辈,你这是……"

"这你还看不出来?"吴重喜气洋洋道,"我要成婚了,我得及早赶到临江集迎新娘子,咱们有话快说吧!"

雷缨络哑然片刻,道:"恭喜吴前辈。那便请吴前辈赐画吧。"

"什么话?"吴重连连摇头,"雷姑娘,你已经够聪明了,我可没什么话能赐你。"

雷缨络抿嘴微笑道:"吴前辈还是这般爱说笑。"

吴重挠了挠头,嘿嘿笑道:"啊,你是说那幅画,对对对,是有这回事。"言毕在全身上下摸索了好一阵子,终于找出一张折叠得皱巴巴的纸来。

雷缨络伸手接纸,一瞬间但见吴重眼神骤然凝肃,仿佛即要把自己的身家性命交出去一般,随即便听他轻叹道:"雷姑娘,辛苦你了。"

雷缨络眸光微动,静了静,淡淡道:"吴前辈言重了。"

那车夫先前一直默然旁听,此刻眼看吴重将画给了雷缨络,这才近前行礼,道:"晚辈拜见吴前辈。"

吴重转头看他一眼,欲言又止,却又转回头来,道:"你吴前辈今日大喜,不和死人说话。"说着撇了撇嘴,转身上马。

那车夫苦笑着退开。雷缨络道:"吴前辈慢走。"

吴重恍若未闻,径自催马前行,又吹起了唢呐;行出十数丈,欢快高扬的乐曲倏忽舒缓下去,宛转柔和,如人谆谆细语,时而亲切,时而谐趣。

唢呐声一顿,吴重远远地笑道:"这支曲子送给我的徒儿。雷姑娘,他喜欢你,便请你代他听吧。"

"多谢吴前辈。"说话中,雷缨络展开了那幅画。

…………

苏州城西,简家,庭院幽深。

一名中年女仆正自低头洒扫,经过一处回廊,忽听身后有人轻声唤她——"许婶。"

那女仆吓了一跳,立时转身,却见是一名年纪轻轻的白衣女子在院墙边静静伫立,正要呼喊"抓贼",待瞧清了那女子的样貌,却不禁一怔,迟疑道:"……是、是宁兮小姐?"

那女子道:"许婶,你叫我宁简吧。"

"宁兮小姐,真是你!"那女仆许婶只顾打量宁简,走近了几步,颤声道,"你、你可有六年多没回家了……春兮公子、素兮小姐,还有景兮公子都时时惦念你……唉,就只有青兮公子,自打他四年前做了家主,便总往外跑,家主家主,不在家又怎能做主?"她心绪激动,有些语无伦次。

宁简闻言只淡然一笑。说起来,简春兮、简素兮和简景兮分别是她的二哥、三姐和弟弟，但她是简家前任家主简熙的私生女，生母并非简熙的妻妾，故而虽然自幼在简家长大，却也颇受冷落排挤，与其他兄弟姐妹之间不甚亲厚，眼下听许婶说简春兮等人惦念自己，心中自知是假，便径自问道："许婶，简春兮在哪里？我有事要问他。"

这时周围的几名护院听见响动，已纷纷奔过来，未及呼喝，便听许婶大声道："都散了吧，是宁兮小姐回家了！"

许婶说完转头与宁简对视，微露犹豫神色，道："宁兮小姐，你今日终于回家来，我自该立时禀告给二公子，可是……可是我又担忧他会、会责怪你。"

宁简道："简春兮为何要责怪我？"

许婶左右看看，压低了声音道："唉，当年宁兮小姐离家出走，几年来家里也曾派人去打探过几次，得知宁兮小姐竟、竟收了个男仆从，与他一同行走江湖……大公子倒没说什么，但二公子听了却很生气，说宁兮小姐举止不端，不成体统，败坏了简家的家风……"

宁简淡淡道："简家有什么端正高洁的家风能让我败坏的？许婶，你这便去禀给简春兮，不必替我担忧。"

许婶叹了口气，一时无法，也只得转身去了。

少顷，便见简春兮穿过回廊，快步走来，他的目光自远处便落在宁简身上，走到相距宁简两丈多的地方，忽而步履微顿，神情古怪而复杂，仿似宁简会忽然抽刀斩他一记似的，随即才又走近了两步，展颜笑道："宁兮，你回来了。"

宁简以前本觉得简春兮性情敦厚，对他还有些好感，此刻见他这副提防之态，心下冷笑，只漠然道："我此来只是想打听一件事。"

简春兮一怔，略作沉吟，便笑道："快晌午了，宁兮，你还没吃饭吧，咱们吃过再聊。"

宁简不置可否，随着简春兮来到一处偏厅落座，很快精美的菜馔便摆了满桌。

过得片刻，简素兮与简景兮接了消息，也来到厅中，简春兮朗声道："素妹、景弟，你俩也快坐，今日宁兮回家来了，咱们好好为她接风。"

简素兮冲着宁简微微颔首致意，不疾不徐地道了声："宁兮。"便自坐下。宁简早年就与这位姐姐相处得寡淡，却也不以为意。

简景兮年方十五，当初宁简离家时他还只是个孩童，对宁简记忆不深，此际重见，只觉宁简是个陌生的年轻美貌女子，一时不知所措，道："宁、宁……"他本想叫一声"宁兮姐姐"，心中慌乱，却叫不出口。

宁简瞧得有趣，接口道："嗯，我叫宁简。"

简景兮啊的一声，似吓了一跳，更加瞠目结舌。宁简却不再看他，打量着桌上，想起过去几年里自己带着陈彻闯荡江湖，于吃喝一事上不甚在意，已是许久没吃过这等精致的菜了，陈彻尽管贪吃易饿，但若说吃过的好东西，也不过是些酱肉腌鱼、烙饼菜汤之类，想到这里，不禁暗忖："倘若陈彻在此，一定能吃个痛快。"

简春兮见宁简忽而面露微笑，虽不知她的心思，但也笑了笑，为她倒了杯酒，道："宁兮，你何时进得家，怎么也不让门房通报一声？"

宁简道："我翻墙进来的。"

简春兮苦笑道："你回自己家里，也要翻墙吗？"

宁简道："我若回自己家，自然不会翻墙。"

简春兮知她话中之意是没把简家当作自己家，一时难以接口，只招呼着简素兮与简景兮一起向宁简敬酒。

饭后，简春兮清咳一声，道："我有几句话想单独和宁兮说。"待得简素兮与简景兮告退，简春兮又道："宁兮，我知你这几年在江湖上闯下了不小的名头，还拜了停云书院的柳副山长为师……"

宁简道："我只是学了柳续的刀术，没拜他为师。"

简春兮语声一滞，转口问道："嗯，你那位仆从陈彻，现今可也在苏州吗？"

宁简道："他没来苏州，我让他办别的事去了。"

"原来如此。"简春兮点了点头,神情中倒似有些遗憾,道,"听闻陈彻去年当上了青锋令使,近日更是深受燕山长器重,甚好,甚好,当真是英雄出少年……"

宁简没料到他竟会忽然夸赞陈彻,心下微奇,却听简春兮继续道:"你也知道,咱们的大哥与燕山长关系匪浅,本也颇受正气长锋阁重用,可是近来他与燕山长不知为何起了些误会,竟被囚在了华山……宁兮,好在你和陈彻如今都——"

宁简听到这里,嗤笑道:"你想让我救简青兮?"

"不错,"简春兮凝视宁简,郑重道,"如今你和陈彻都与燕山长说得上话,放眼整个江湖,恐怕也只有你能救大哥了。"

他说完眼看宁简沉默不语,不禁叹道:"宁兮,我知道当年大哥对你……"

宁简冷冷道:"当年的事,就不必再提了。"不待简春兮再劝,便径直道:"昔年简家有个外姓的女弟子,名为秦芸,你可记得吗?"她从前在简家过得孤单冷清,对家中事务不甚知悉,故而才回来询问简春兮。

简春兮闻言微愕,道:"记得。此女子是咱们二叔的妾室。"

宁简道:"嗯,我听简青兮说,她嫁与简缉后,没过几年便病逝了,是吗?"

简春兮听她对二叔直呼其名,不禁微微皱眉,问道:"宁兮,此人的事,对你很要紧吗?"

宁简道:"不错。"

简春兮轻轻点头,斟酌良久,忽而叹道:"当年终归是简家对不住你,既然此事对你要紧,我便照实说与你吧……那秦芸,其实没死。"

宁简一惊,道:"没死?"

简春兮道:"此事还是二叔临终前说与我的,当年那秦芸嫁给二叔后,始终郁郁寡欢,有一次自言要回娘家省亲,二叔也就任她去了,可是谁知她竟一去不返……咳咳,二叔的脾性你也知晓,本来他对这名小妾也不甚在意,但见她竟敢逃家,却是勃然大怒,说什么也要将她擒捉回来……"

宁简冷笑道:"后来如何?"

简春兮道:"后来在追拿秦芸的途中,却渐渐得知,这秦芸的身份着实很不一般,也不知她多年来为何甘愿在简家做个寻常的外姓弟子……她其实是青箫白马盟初任盟主青箫书生秦英的亲妹妹。"

宁简神色微变,道:"当真?"心下暗忖:"倘若秦芸真是秦英的妹妹,那也便是西域明光教秦教主的女儿了,这等身世确然是不一般……嗯,'英''芸'二字,一花一草,倒确似一对兄妹的名字。"

简春兮道:"不错,后来二叔终究忌惮她的身份,追拿之事便也不了了之,对外宣称她是病逝了。我听二叔说,这秦芸虽出身不凡,武功修为却颇为普通,在逃避追踪之际,也未曾向青箫白马盟求助,反倒是投入了另一个门派……"

宁简心想:"当年秦英来到中原开创青箫白马盟,却也未曾借助明光教的声名势力,这位秦芸多半也是和她兄长一般的想法。"随即问道:"不知这秦芸现在何处,我想见一见她。"

简春兮轻叹道:"她如今所在的门派向来避世独处,只怕你不易见到她。"

宁简蹙眉道:"什么门派?"

简春兮道:"洞庭湖,留影舫。"

三

岳州城内,春风酒楼。

晨光稀薄,照进堂中,像在地上洒了浅浅的一层水,店伙计阿叶低头扫地,地面本就干净得很,但阿叶仍遵照陈掌柜的吩咐扫来扫去,仿似要将那层"水"扫干似的。他知道这是陈掌柜故意找碴儿,陈掌柜总是找碴儿克扣他的俸钱。

阿叶不时瞟一眼门外,盼着那个姓徐的道士快些来到。因为陈掌柜很不喜欢徐道士。

阿叶今年十四,已在这春风酒楼里当了四年跑堂,本来岳州城里帮派混杂,酒肆茶楼客栈之地不甚太平,常有各色人等不知为何便打将起来,可是四年来阿叶却极少见到有人敢在春风酒楼闹事,偶有不开眼的酒客挑衅赖账,也只是当时嚣张,往往不出两日便会登门赔钱谢罪。

对此阿叶颇为惊奇迷惑。后来有一次陈掌柜喝醉了酒,得意扬扬地说出了缘由:原来世上的春风酒楼不止一家,却均是柳州"袖中龙"龙家的产业,龙家是武林中威势赫赫的名门世家,自然镇得住一众宵小。

阿叶得知此事后甚是扫兴,只觉若要瞧陈掌柜出丑,恐怕不大容易。直到一个多月前,那姓徐的道士初来酒楼。那天辰时三刻,徐道士踏进堂中,他年约四十,面容清癯,身穿洗得发白的道袍,踱到柜前,摸出几枚铜钱,笑道:"店家,来一碟蚕豆下酒。"

陈掌柜瞧他一副穷酸打扮,懒得搭理,只摆了摆手,让阿叶招呼他。那道士找了堂中最亮堂的好位置坐了,阿叶端上蚕豆,正要问他喝什么酒,却见他从行囊中取出一个酒葫芦来,仰头便灌。

陈掌柜见状重重一咳,走到那道士桌前,让他将自带的酒水收了。那道士恍若未闻,手持酒葫芦又灌了一口,才笑吟吟道:"我这葫芦中的酒,只怕还碍不到贵店的规矩。"悠然将那葫芦搁在桌上。

陈掌柜神情狐疑地取过葫芦,顿时一愕,随即倒转葫芦口,却无一滴酒水洒落,原来那葫芦竟是空的。

那道士从陈掌柜手中接过葫芦,仰脖又灌了一口,笑道:"酒葫芦虽空,但我心中自有滋味。"

阿叶怔怔看着那道士,心想:"原来这人是个疯子。"

陈掌柜冷笑道:"看来阁下是生事来了。"

那道士摇头叹道:"我好心来照顾龙钧乐的生意,怎么却说我来生事?"

陈掌柜面色微变,沉吟良久才拱手道:"阁下既说到这份儿上,便请也赐下名号来,好让我对主家有个交代。"

那道士笑道:"你且安心,我平白无故,自不会难为你。"说着袍袖一翻,掌心里多了一根雪白的翎羽,又道:"我姓徐。"

陈掌柜身躯轻颤,退步一揖,不再多言。

那徐道士也不再理会陈掌柜与阿叶,径自低头端详那碟蚕豆,看一会儿蚕豆,便拿起葫芦空灌一记,如此反复,一个时辰过去,却连一颗蚕豆也未吃下。

临近晌午,堂中酒客渐多,徐道士兀自旁若无人地"吃喝",众酒客不时侧目,啧啧称奇,唯有陈掌柜脸色发苦,始终一言不发。

午时两刻,徐道士起身走到柜前,和和气气地对陈掌柜道:"我要去西边的洞庭湖上泛舟钓鱼,劳烦掌柜的替我看好桌上的蚕豆,晚上回来我还接着吃。"说完便出酒楼去了。

阿叶从旁听见,料想陈掌柜绝不肯让一碟蚕豆占住了堂中位置最好的一桌,却不料当即便被陈掌柜叫过去叮嘱了一通:"阿叶,你须得守好了蚕豆,若有新来的客人想坐那一桌,你便给劝到旁桌落座。"

阿叶挠头答应下来,心中隐约明白了:"陈掌柜是怕了那道士。"他越想越觉快意,将那一桌蚕豆当宝贝看护着。

等到掌灯时分,那徐道士果真回来了,重又在那桌坐下,自言自语道:"今日打了两场架,便吃两颗吧。"言毕拈起两颗蚕豆,慢吞吞地吃了,颔首赞道:"嗯,滋味不坏。"

这次他只坐了片刻,便走到柜前,笑道:"劳烦将那碟蚕豆寄在柜上，待我明晨来吃。"

翌日清晨，徐道士如约而至，对着空葫芦和蚕豆坐到晌午，仍让陈掌柜留着桌子，却又去湖上泛舟。

阿叶心下好奇，走到门口张望，但见徐道士步履奇快，在人群中穿梭如电，眨眼间已不见踪影。

晚上，徐道士回来落座，道："今日打了三架，能吃三颗。"随后便渐次拈起三颗蚕豆吃了。

阿叶心想："他说去湖上泛舟，却又说是打架，岳州最厉害的门派留影舫便在洞庭湖上，难道他还敢和留影舫打架不成……"

想到这里，阿叶忍不住凑近了问道："道长，我方才听你说打了三场架，不知你是打赢了还是打输了？"

徐道士闻言失笑道："若是打输了，那还能吃蚕豆吗？"又道："小兄弟，你不必叫我道长，我不是道士。"

阿叶一愣，眼瞧着徐道士身上的道袍；徐道士见状，笑道："这道袍是我多年前找赵长希借的，我买不起别的衣裳，便一直穿着。"

阿叶不知赵长希是何许人也，却听见柜台后的陈掌柜猝然啊的一声，倒似受了惊吓，阿叶听得畅快，愈发觉得徐道士仙风道骨，心底便仍当他是道士。

此后月余，每日辰时左右，徐道士总会来到酒楼端坐，晌午离去，入夜再回来吃蚕豆。那碟蚕豆总共也就二十来颗，徐道士有时吃两三颗，有时吃四五颗，到第七天上，已将蚕豆吃光，便又要了一碟。

等徐道士吃完四碟蚕豆时，阿叶对他早已是又惊又佩，暗忖："他每天都吃蚕豆，那就是说，他没有一天打输过。"既知徐道士如此厉害，不由得期盼他能将陈掌柜教训一番，可是徐道士对陈掌柜说话时却总是和颜悦色。

阿叶心想："莫非不只是陈掌柜怕他，他也怕陈掌柜？"顿觉一阵失望，转念又想："不对，他是压根儿没将陈掌柜放在眼里。"

徐道士偶尔也和阿叶闲谈几句，问起阿叶的姓名出身，阿叶答道："我叫阿叶，岳州城南叶家村人。"

徐道士微笑道："嗯，你姓叶，大名叫什么？"

阿叶道："我也不知自己的大名。"原来十多年前，一群黑衣麻鞋、腰插竹箫之人闯入了叶家村，扬言要搜寻一封书信，却将许多村民杀死，阿叶的父母也不幸遇害，阿叶则被一个好心的渔夫收养。那时阿叶才两岁，什么也记不清，渔夫知道叶家村的人大都姓叶，从此便以"阿叶"称呼他。

徐道士问明情由后，连声叹道："糊涂，糊涂，世上再珍奇的书信，又怎能抵得消这许多条性命？！"

阿叶问道："道长，你说杀我父母的人糊涂吗？"

徐道士道："不错，你想找他们报仇吗？"

阿叶寻思了一会儿，茫然摇头："我找不到他们，也没本事报仇，而且……我也不想杀人，我只想揍他们一顿。"

徐道士呵呵一笑，似甚欢喜，道："小兄弟，你不愿杀人，那是极好的。天道循环，公义自在，说不准那些害你父母之人也早已受到了惩治。"

阿叶对"天道""公义"云云似懂非懂，便道："我只盼着好人能有好报。道长，你是好人，我盼着你天天打架都赢。"

徐道士一怔，叹道："小兄弟，有你此言，不枉我在岳州耽搁许久。"

这一个多月里，阿叶一直暗自计数着，徐道士吃蚕豆最多的一天，却是吃了八颗蚕豆，那天也是徐道士返回酒楼最晚的一天，神色颇有些疲倦。

——当时阿叶甚至以为徐道士第二天不会来了，可时至今日，徐道士的第五碟蚕豆也已吃到只剩四颗。

到得辰时三刻，徐道士缓步进了酒楼，阿叶将那碟蚕豆端上，徐道士打量着四颗蚕豆,又翻了翻行囊,喃喃道:"快买不起蚕豆了,今日可得少打些架。"

阿叶闻言忍俊不禁,本想趁机与徐道士说几句话,忽见一个头戴斗笠的灰衣年轻人进了门,便转身去招呼那人。

那年轻人环顾堂中,笑道:"他娘的,这酒楼倒是与春雪镇上的那家一模一样。"

徐道士听见"春雪镇"三字,侧头瞟了那年轻人一眼。

那年轻人目光与徐道士相触,当即快步走到徐道士那桌坐下;阿叶一惊,未及劝阻,便见那年轻人拿起碟子,将四颗蚕豆尽数倒进了嘴里,嚼得嘎嘣作响。

徐道士一拍桌子,瞪眼道:"好小子,这般目中无人。"

那年轻人笑道:"这蚕豆挺好吃,店家,再来五碟!"转头对徐道士道:"徐前辈,我请你吃个够可好?"

徐道士眉开眼笑,道:"甚好,甚好,真是个好小子。你小子认得我?"

那年轻人道:"嗯,你是云梦山白鹤剑的徐开霁徐前辈,是也不是?"

徐道士哈哈笑道:"我是徐开霁不错,但不是云梦山的徐开霁。我孤身漂泊多年,早已与云梦山无关了。"

那年轻人点头道:"听闻徐前辈近来常去洞庭湖上钓鱼,今日便让我陪你去如何?"说话中随手将斗笠丢在桌上。

徐开霁打量那年轻人一阵,道:"瞧你风尘仆仆,想来也是个独来独往的江湖孤客,相逢是缘,咱们同去便是。"

那年轻人笑道:"那你可想错了,我手下有几百兄弟,我可不是独来独往。"

徐开霁微微一笑,也不惊异,道:"你年纪轻轻,修为不凡,又几百个手下……如此说来,我倒猜出你是谁了。"

"徐前辈既已猜到,那我也不隐瞒了……"那年轻人闻言神情一肃,拱手道——

"在下便是青箫白马盟白字堂堂主齐桐。"

四

岳州城北,春草掩映的道路上,一驾四马齐驱、车舆装饰华贵的马车缓缓停下,十六名身着簇新黑衣的仆从分列左右。马车上的两个车夫相顾一眼,下去一人,查探片刻,回报道:"禀庄主,前边有人挡路。"

红罗山庄庄主虞夙正在车厢里闭目端坐,闻言冷冷道:"什么人?"

那车夫回道:"是个少年人,正躺在前方十丈处的道路中央睡觉。"

虞夙皱眉不语。那车夫似也知晓虞夙的心意,顿了顿,又道:"弟子本想将那少年逐走,可他却不肯离去,他手里提着一柄断刀……"

"断刀吗?"虞夙仍不睁眼,随口道,"将他的腿也打断,丢到一旁。"

那车夫犹豫一霎,继续道:"那少年睡觉时脸上蒙着一块令牌,似乎便是、便是青锋令……"

话音方落,虞夙已挑开了车厢的布帘,张望一眼,但见晌午的太阳底下,那少年青衫落拓,已站起身来,右手提刀,左手里果然持着一块青黑色的铜牌。

虞夙下了马车,走近几步,便见那少年拱手道:"是虞前辈吧?晚辈陈彻。"

虞夙听他语气随意,心下微怫,淡淡道:"原来你就是陈彻,你是从青州来的?"他曾听闻两个月前,武林中新晋的青锋令使陈彻奉命前去青州协助岑东流整顿飞光门,故而有此一问。

陈彻嗯了一声,眼看既与虞夙相认,便解开行囊,将那块青锋令丢了进去。

虞夙对自己青锋令使的身份颇为自矜,平素将青锋令收纳在紫檀木的镶金匣子里珍重保管,此刻瞧见陈彻对令牌不甚爱惜,心中愈发不喜,道:"陈令使为何要挡住虞某的车驾?"

陈彻道:"我奉燕山长之命,来助徐开霁前辈约束留影舫。"说话中打量虞夙,但见他三十六七岁,一身裁剪精当的红袍,眉目英拔,神情中流露出怡然自在的一抹贵气。

虞夙闻言暗忖:"那倒是与我一样。不过燕山长也太过虑了,区区一个留影舫,又何须派这么多人来。"随即颔首道:"嗯,想来你到此地,是打算与我会合后再同去找徐开霁,是吗?"

陈彻道:"不是。"

虞夙皱眉道:"如何不是?"

陈彻答道:"我听闻岳凌歌岳公子近日也到了岳州左近,我家主人让我去见岳公子,但我一时寻不到他,又知虞前辈身份不凡……"

虞夙听到这里,微微一笑。陈彻继续道:"……虞前辈身份不凡,我猜想岳公子定要来见虞前辈,故而只要寻到了虞前辈,迟早便也能见到岳公子。"

虞夙道:"你寻不到岳凌歌,倒是能寻到我。"

陈彻看了一眼虞夙的车马仆从,点头道:"寻到虞前辈,确是更容易些。"

虞夙回想江湖传闻,依稀记得陈彻的主人便是宁简,此女子虽有些名头,但与自己比较起来,终归是不值一提,便道:"陈令使近来深受燕山长器重,今日幸会,便请上车吧。"

陈彻打了个哈欠,道:"多谢。"

虞夙心想:"此人好大胆子,竟敢在我面前作此无礼之举。"径自面无表情地转身走向马车。

少顷,马车驶进了岳州城。车夫询问道:"庄主,可要到龙家的春风酒楼下榻吗?"

虞夙略一沉吟,道:"春风酒楼寒酸得很,去城中最好的客栈。"随后在车厢里与陈彻闲谈了几句,得知燕寄羽本是想让陈彻暂与岑东流共掌飞光门,可陈彻却不愿留在青州,故而燕寄羽才改让陈彻前来岳州。

虞夙一时哑然,心知陈彻年纪甚轻,燕寄羽却让他暂管飞光门,那是大有提拔之意,没想到陈彻却不识抬举;转念又想:"燕山长让这陈彻来岳州,恐怕也是想栽培他,否则有我和徐开霁在,还有什么局面收拾不了?等到制服了留影舫,这小子便算是白捡了一份名声功劳。"

陈彻见虞夙不再开口,便从行囊中取出烙饼,默默吃起来。

虞夙微觉好奇,问道:"陈兄弟,你在吃什么?"陈彻道:"烙饼。"江南红罗山庄颇富资财,虞夙自幼锦衣玉食,从没吃过烙饼,便连见也极少见到,此刻不禁多打量了两眼。

陈彻见状掰下一块饼,递向虞夙,道:"虞前辈,你要吃吗?"

虞夙一怔,道:"不必了。"

一众人来到岳州城里最为豪奢的客栈碧湖轩,单独租了一处小院住下;虞夙命店家烹了岳州有名的"君山银针",邀请陈彻品茶,陈彻不懂茶叶好坏,只当喝水般,就着烙饼一杯杯灌进肚里。

不多时,有个仆从匆匆来报:"庄主,青城弦剑掌门岳凌歌公子也正在碧湖轩下榻,他派人送来了请帖。"

虞夙点了点头,起身接过请帖,心想:"岳凌歌如今是正气长锋阁的阁主,地位比之青锋令使要高,自该我去拜会他,但若论武林辈分,他却是我的晚辈,故而郑重下帖相请,倒算是妥当有礼之举。"一边转念,一边打开请帖,随即怔住。原来那请帖是请陈彻前去叙话,却不是请他。

虞夙沉下一口气,稳住面色,轻轻一扬手,那请帖不疾不徐地朝着陈彻飘飞过去。

陈彻伸手接住请帖,看过之后,当即站起,拱手道:"虞前辈,我便先去见岳公子了。"

虞凤方才看似随手掷帖,实则却在请帖上附着了红罗山庄独门心法"澄霞功"的内劲,却不料陈彻轻描淡写地接下了,心下讶异,闻言只冷哼不语。

陈彻快步来到客栈后院一处偏僻房间里,岳凌歌已设宴相候,严知雨侍立一旁,同桌的却还有泉州藏玉楼新任楼主温蔚。

岳凌歌笑呵呵地招呼陈彻落座,三人寒暄几句,岳凌歌漫不经意道:"现今知雨就要嫁给秦盟主做妾,从此远居北地灵州,我便想着在她出嫁之前,带她南来游玩,瞧瞧这洞庭湖的湖水。"

陈彻欲言又止,忽见温蔚从脚边的货担里取出几枚红色的果子,放在了桌上。

温蔚微笑道:"此果名曰'沙棠'。古书有载,昆仑之丘'有木焉,其状如棠,黄华赤实,其味如李而无核,名曰沙棠,可以御水,食之使人不溺',那是说,吃下此果,便能在水上漂浮不沉,也不知是真是假。不过咱们既要游湖,倒是正宜吃来试试。"

岳凌歌拈起一枚果子吃了,笑道:"御水之说,自然是假的。"

陈彻接口道:"我想请教温前辈,那'钦原鸟之毒',是否也是假的?"

温蔚目光闪烁,摇头道:"钦原鸟自是剧毒无比,不知陈兄弟何出此言?"

陈彻道:"我是听燕山长说的。"

温蔚一愣,干咳两声,道:"既是燕山长金口玉言,那么或许此鸟当真无毒,也未可知……"

陈彻道:"去年在青石镇上,简青兮被钦原鸟咬中,温歧前辈说简青兮已活不过半日,便给了他一颗药丸,说也只能助他抑住三个月的毒性……可是后来三个月过去，简青兮却没死。于是我便去请教燕山长，才得知了此事。"一边说话，一边夹菜来吃。

温蔚犹豫片刻，道："陈兄弟，既然燕山长说了，那我也不再瞒你，被钦原鸟咬中之人，半日内周身剧痛如割，但只要挨过半日，便可无碍。反倒是那颗药丸其实另有毒性，服下后虽能抑住疼痛，却会在三个月里慢慢化去服药之人的内功，让人身乏体虚，再也无法动武……"

岳凌歌神情微凛，叹道："原来如此，温歧楼主终归是心肠仁慈，只是将简青兮武功废去，却不欲取他的性命。"转头看向陈彻，又道："陈兄弟，你与简青兮的决斗，已是立于不败之地了。"

陈彻嘴里嚼着鱼肉，含糊应了一声。岳凌歌却倏忽心念一转，暗忖："燕山长此举，莫非实是想救简青兮？"便又问道："陈兄弟，到时候在华山之上，你真要当着武林各派，将简青兮杀死吗？"

陈彻道："不错。"

岳凌歌道："那时简青兮已是武功尽失，甚至手无缚鸡之力，你若在这般情形下仍要与他决斗，不怕遭到天下豪杰侠士嘲笑吗？"

陈彻道："不怕。"

岳凌歌一怔，倒是说不下去了。

陈彻埋头吃菜，吃饱了肚子，将碗筷放下，道："岳公子，我奉我家主人之命，有事想与你商量。"

岳凌歌好奇道："宁姑娘想与我商量何事？"

陈彻道："她想请你别把严姑娘嫁给秦楚。"严知雨从旁听见，瞪大了眼睛，瞧着陈彻。

"宁姑娘未免管得太宽，"岳凌歌愕然失笑，道，"此事是岳某的家事，况且知雨自己也并无异议，却不知与宁姑娘有什么关系？"

陈彻道："有关的。"

岳凌歌皱眉道："如何有关？"

一瞬间陈彻神情凝住，目光也清澈起来，仿佛忽然打起了精神，不再犯困,可是不知为何,岳凌歌瞧在眼里,却觉得陈彻眼神深处似乎更疲倦无力了。他与陈彻相识以来,从未见过这懒散少年露出此刻这般古怪的样子。随即便听陈彻低声道:

"我家主人让我来向岳公子提亲,请岳公子将严姑娘许配给我。"

五

华山,停云书院。

朝云殿内,书楼执事庄诚、祠堂执事晏格、讲室执事欧阳致、斋舍执事卢修正自端坐商议要事,忽听门徒来报:书院副山长柳绩与青锋令使展梅一道回山来了。

四人神情微凛,先前一众人从春山归返华山的途中,燕寄羽便对柳绩与展梅另有吩咐,将他们二人先行遣走,致使众人在遭遇天风峡、木余刀等门派突袭时少了两大高手,颇吃了些亏,时至今日,此二人终于归返,庄诚轻轻吁了口气,道:"快请柳副山长与展兄到朝云殿叙话。"

那门徒领命快步去了,庄诚等四人相顾一眼,继续商议了一阵,不约而同地想起郭正来,欧阳致叹道:"倘若郭师兄尚在,也不知他此刻会不会……"

"世上道路都是越走越偏狭,又哪容得下这许多'倘若'。"庄诚轻轻摇头,起身道,"三位师弟,咱们去迎接柳副山长吧。"

四人来到殿外,朝着山下走出不远,便见柳绩、展梅快步拾级而上,旁边跟着一个面貌拘谨的年轻书生,却是燕寄羽的徒儿叶凉。

庄诚躬身与柳、展见礼,诸人寒暄了几句,随后庄诚才侧头问道:"叶师侄,你怎么也在这里?"

叶凉道:"弟子在山脚帮着几位师兄劈柴,遇见柳副山长与展前辈……"

展梅接口微笑道:"我从前与叶兄弟有过数面之缘,刚才撞见他劈柴劈得冒汗,便招呼他过来叙叙旧,歇息片刻。"

庄诚道:"原来如此。"看向叶凉,微一皱眉,又道:"叶师侄,你是燕山长的亲传爱徒,平日里便该多多研读诗书、修炼武功才是,又何须去做这等劈柴的粗活?"

叶凉道:"是,弟子遵命。"犹豫一会儿,又忍不住照实道:"庄师伯,弟子虽也说不清缘由,但其实弟子挺喜欢……挺喜欢劈柴的。"

庄诚闻言摇头不语,心说:"难道燕山长的闭门弟子,喜好竟是劈柴吗?唉,此话若传扬到江湖上,未免贻笑各派。"

随后,几人向着朝云殿走去,庄诚见展梅与叶凉投缘,便让叶凉也跟着。

到得殿内,柳续神情微讶,道:"燕山长不在吗?我与展兄还须向他复命。"

庄诚苦笑道:"不错,燕山长眼下不在华山。"随即解释了几句。原来老山长柳空图久居昆仑,已经十余年没在江湖上走动,回到华山不久便闹着要去江南瞧瞧,如今他心性颇有些迷糊固执,燕寄羽拗不过师父,便陪着他南下游玩去了。

柳续一怔,与展梅对视一瞬,道:"原来如此。"他出身洛州柳家,柳空图是他同族的长辈,他此番回山本来有事要请教柳空图,却不料柳空图竟去了江南。

几人喝了口茶水,庄诚问道:"先前听燕山长说,柳副山长与展兄是到岳州去了,不知这一路上可还顺利吗?"

柳续道:"多谢庄兄挂怀,此行倒还算顺当。"

庄诚点了点头,未及开口,卢修忽而怪声道:"早前燕山长不是已派了白鹤剑的徐开霁去岳州吗,怎么又让柳副山长和展兄也去?"

卢修为人乖僻,平素阴沉着脸,任何寻常话语到了他的嘴里,都显得有些阴阳怪气。柳续熟知他性情，闻言也不以为忤，只微笑道："徐兄性子疏懒，行路极慢，我与展兄赶到岳州时，徐兄却还没到。"

晏格脾气直愣，当即一拍桌案，粗声道："我看徐开霁这个假道士也不是懒，就是没将燕山长的吩咐放在心上。"

欧阳致笑呵呵劝道："晏师兄不必动怒，据我所知，徐兄虽懒散了些，但做事极有分寸，料想不会辜负燕山长所托……如今柳副山长与展兄既已归返，想来那留影舫之事是早已处置停当了。"

柳续略一静默，淡淡道："我与展兄奉命去岳州，却是有些别的事，实与约管留影舫一派无关。"

庄诚微笑道："无论是什么事，也定然难不住柳副山长……是了，不知柳副山长与展兄这趟回来，还有没有别的同行之人？若携得有仆从亲眷，可须得及早安排食宿才是呀。"

柳续道："便只我与展兄二人。"

庄诚点点头，笑道："原来如此，原来如此。"

随后，柳续问起被囚在后山的方、铁等人境况如何，庄诚答道："这些人里，愤懑谩骂者有之，淡然静默者亦有之，更有甚者如简青兮，每日里变着花样地索要酒菜，倒像在过日子享福似的。"

柳续道："那么江海余呢？"

庄诚道："弓魔始终一言不发，常常三五天也不吃一粒米，近日里已消瘦了极多。"

柳续神情一肃，道："这如何使得？燕山长有言在先，要在今秋当着武林各派处置江海余，倘若他有意绝食，早早便饿死了，咱们如何向燕山长交代，燕山长又如何向天下武林交代？"

庄诚道："不错，柳副山长言之有理。"

柳续起身道："烦请庄兄引路，我去瞧瞧江海余。"

庄诚听后一时不语，与晏格等三位师弟面面相觑，迟疑道："可是……可是燕山长临走时曾颁下严令，让三百六十名'鸿翼大阵'弟子看守方、铁以及弓魔等人,其余人等均不得探见……"

柳续微微一笑,道:"怎么,连我也不能去见吗?"

庄诚兀自犹豫,欧阳致赔笑道:"柳副山长自然绝非'其余人等',庄师兄,咱们便都去瞧瞧,可别真让弓魔饿死了。"

庄诚这才点头答应,随即对展梅拱手道:"请展兄在此间稍歇。"又让叶凉留下来侍奉展梅,便与柳续等人出殿去了。

柳续随着四位停云执事来到后山,远远望见一片青砖灰瓦的房舍。庄诚道:"我与晏师弟先去给那些布阵弟子吩咐几句,说明情由。"

柳续道:"有劳。"

庄诚与晏格便先行一步,不多时返回来。庄诚微笑道:"柳副山长,请吧。"

"多谢。"柳续点头前行。此刻庄诚与晏格正走到柳续身前,欧阳致、卢修却落在柳续身后一步,一瞬间四人同时出招,分袭柳续双腿双手——

卢修与欧阳致袖中早藏好了鸿翼笔,右腕翻动,两道电光刺向柳续膝盖;庄诚和晏格却各出指掌,锁拿柳续脉门。四人心知柳续以"春风眼"为绰号,后又修成"竹声新月"的奇技,对其眼神甚是忌惮,便预先看准了方位,动手时有的闭目合眼,有的则着意偏开了目光。

柳续没料到这"停云四贤"[①]竟会偷袭自己,四处关节猝然被制,一瞬里拧腰振肩,便想撞开一条出路;晏格听见风声,也随之侧身移步,周身骨骼咯咯作响,柳续的肩头撞在晏格胸膛上,发出咚的一声,如中铁壁石鼓。

——此技是晏格独修的绝技,名曰"万重书山",先前在归途中曾

[①] 该称号原为"停云五贤"(庄诚、晏格、欧阳致、卢修、郭正),由于上册中郭正已死,故改称"停云四贤"。——编者注

施展过一次，以一己之力挡下楚风萧与裴烽两大高手的合击，此际再度使出，承住了柳续的内劲，只觉眼前微微恍惚，终究将柳续身形阻住，庄诚等三人趁机左手连点，封闭了柳续周身穴道。

庄诚取出一条黑布，将柳续眼睛蒙住，四人这才小心翼翼地打量起柳续。

柳续心中一霎惊惑，随即镇定下来，苦笑道："去年在春山上，燕山长便曾让龙钧乐试探过我，如今看来，他到底仍是信不过我。"

庄诚叹道："柳副山长恕罪，实是燕山长临行前有令：倘若柳副山长归来时擒回了一名女子，那便一切无碍；可要是只有柳副山长与展兄两人回来，那便是说，柳副山长已不可信，便让我等将柳副山长擒下，等候他老人家发落。"

"原来如此，"柳续轻叹一声，"庄兄，你们可知燕山长要我擒的女子是何人？"

庄诚等四人闻言一怔，均不接口。柳续亦不再多言。

山风猎猎，卢修忽而怪声一笑，道："柳副山长，你一回来便急着要见弓魔，究竟是何居心，我等也不敢妄加揣测，还是等到燕山长返回书院，你自向他老人家解释吧。"

…………

朝云殿内，叶凉与展梅喝茶闲谈，听展梅讲说了不少江湖见闻，道："展前辈说的有些门派，我从前似也遇见过的，只是却记不大清了……"

展梅道："叶兄弟，我早便听说你的神思在春山上受了些损伤，至今还没恢复吗？"

叶凉低声道："没有。"顿了顿，又道："不过、不过我隐约记得，展前辈从前曾救过我，我今日一遇见展前辈，心中便觉得亲切。"

"叶兄弟言重了，"展梅摇头微笑，"如今你修成了这般神异的剑术，兴许以后还需你来救我。"

叶凉啊的一声，慌忙道："晚辈万不敢当……不过展前辈以后若有何事是晚辈能帮上忙的，晚辈定不推辞。"

展梅莞尔道："那我就先多谢叶兄弟了。"听见殿门外远远有人行近，便道："嗯，他们回来了……"说着忽而一怔，喃喃道："怎么只有四人回来……"

叶凉不明所以，凝神聆去，点头道："确是只有四道脚步声。"

展梅沉吟片刻，走近叶凉，拍了拍他的肩膀，笑道："叶兄弟，只怕稍后便得劳烦你帮忙……"

叶凉讶道："稍后？展前辈请讲，只要晚辈——"说到这里，便见庄诚等四位师伯推开殿门走入。

展梅目光微转，见这四位停云执事错落站开，有意无意地挡住了自己的去路，依稀便是停云书院有名的四人阵法"云停四时之阵"，心下愈发了然，拱手笑问道："庄兄，怎么不见柳副山长？"

庄诚淡然与展梅对视，道："柳副山长另遇要事，怕是要晚些时候才到。"

展梅道："既是如此，那在下就……"说到这里，倏忽出指制住叶凉，闪退一步，掌心抵在叶凉后背要穴上——

"那在下就不得不请叶兄弟帮个忙了。"

六

岳州，春风酒楼，晨光映得堂中桌椅微亮。

桌上的五碟蚕豆已吃到只剩最后半碟，徐开霁缓了口气，啧啧赞叹："解馋，解馋！我可有好些天没吃饱过了。"

先前那灰衣年轻人见徐开霁不住嘴地干吃蚕豆，便又给他叫了一壶酒，徐开霁将壶中酒倒进自己的葫芦，咕嘟咕嘟灌了一阵，瞥一眼那年轻人，笑道："你自己吃喝便是，咱们不用拘礼。"

那年轻人点头道:"我倒还不饿。"

徐开霁瞧他神情落落大方,微微颔首,三两口吃完了剩余的蚕豆,起身道:"既如此,咱们便去湖上吧。"

店伙计阿叶瞧着两人走出酒楼,心中没来由地一慌,追出门,道:"徐道长,你、你明天还来吗?"说话中忍不住瞟了那灰衣年轻人一眼,仿佛此人要将徐道士拐卖了去似的。

徐开霁回身笑道:"我还有八九场架要打,今日若能打完,明日就不来了。"言毕与年轻人快步西去。

走出一阵,徐开霁随口道:"杨帮主,你那几百个手下,也都到岳州了吗?"

那年轻人一怔,却避而不答,只笑道:"徐前辈,原来你认得我。"

徐开霁道:"这也不难猜出,更何况你若谎称自己是别的人,那也罢了,但我本就认得齐桐,自然知道你不是他。"

杨仞奇道:"你怎会认得齐桐?"

徐开霁道:"云梦山位于卫州,而齐桐从前亦是卫州的商人,我少年时便曾见过齐桐,那时候他也才十几岁。"

杨仞道:"卫州那么多商人,怎么徐前辈偏生认得齐桐?"

徐开霁道:"齐桐家里世代经商,常年卖些吃用之物到云梦山上,不光如此,云梦山白鹤剑一派修习剑气,讲究以柔克刚,以鹤羽为剑,故而山上养了不少白鹤……那些鹤也是齐桐家里卖与云梦山的,齐桐自幼跟着父辈做生意,为人很是精明,曾来过山上好几次。"说话中目露追忆之色。

杨仞恍然,道:"既然徐前辈早知我不是齐桐,怎么方才在堂中却不说破?"

徐开霁嘿嘿一笑,道:"我说得早了,怕你不肯请我吃蚕豆。"

杨仞摇头笑道:"我先吃了你四颗蚕豆,再请你吃喝,咱们是两不相欠。"转念又问道:"那齐桐后来为何不做商人了?"

徐开霁道："当年我有好一阵子没见到齐家人上山做买卖，便打听了一番，得知齐家惨遭变故，齐桐的父母都被杀死了；他自己入了青箫白马盟，跟着方天画到灵州去了。那时青箫白马盟新创未久，有人说齐家是因收留了身受重伤的秦英、方天画而遭到这两人仇家的毒手……嗯，据传秦英便是在卫州齐家为救方天画而死。"

杨仞道："原来如此，真没想到齐堂主还有这般经历，下次遇见他可得仔细问问。"

徐开霁微笑道："我也真没想到，今日竟会遇见近来江湖上名头最响亮的'刃贼'杨仞。"

杨仞骂道："他娘的，'刃贼'这绰号当真难听。"随即苦笑道："不过近日里听多了，竟也有些听得惯了。"

两人一边走路一边交谈，徐开霁吃多了蚕豆，不时放屁，也不顾忌杨仞。杨仞听在耳中，见他毫不脸红羞赧，也不禁暗想："这位徐前辈倒真是个豪洒之人。"

"杨帮主，"徐开霁忽而一叹，"方才跟你聊起齐桐，倒让我想起许多少年学剑时的往事。二十年弹指一挥间，我已记不大清云梦山的模样了……"

"那何不回去瞧瞧？"杨仞接口道，"徐前辈，不知你当年是因何脱离了门派？"

徐开霁听后神情微黯，低头不语。

杨仞瞧他眉心郁结，心想当年徐开霁必是遇到了什么伤心遗憾的惨事，当即道："是我问得莽撞，徐前辈若不便说，只当我没问就是。"

徐开霁道："那也没什么不便，先前我说到白鹤剑一派以鹤羽为剑，嗯，练剑时鹤羽颇容易损坏，便须得重换一根鹤羽，而门派中弟子又多，所需鹤羽自然也多，往往等不及所养的白鹤自行脱羽，便得将鹤捉来硬拔……二十年前我喜好风雅，只觉这硬拔鹤毛之事一则煞风景，二则太过残忍，便向师长建言，不妨改一改门规，先让门徒用其余物事练剑，等到剑术大成后再用鹤羽；却不料我这番话触怒了门派中许多耆宿，都来寻我的麻烦，我一气之下，便独自离了云梦山……"

杨仞一时哑然，道："……就为这事？"

"不错。"徐开霁点了点头。

"他娘的，"杨仞骂道，"这屁大的事，也值当？"

徐开霁神情中微露好奇，道："嗯，杨帮主觉得不值当吗？"

杨仞道："一来我觉得既是武林门派，便该使刀用剑，非要拿鹤毛当剑，未免太装腔作势，还定为门规，那就更加迂腐；二来我也不觉得硬拔鹤毛有什么大不了，我自己烧鸡炖鸭来吃，也须得先拔了鸡鸭的毛，鸡鸭与鹤又有什么分别？你们白鹤剑一派只拔毛不吃肉，那算很对得住鹤了。"

"果然是英雄出少年，"徐开霁闻言不禁赞叹，"杨帮主年纪轻轻，便明白众生平等，行事能随心无拘，实在令人佩服……我也是后来独走江湖，落魄生涯，吃了不少苦头，才懂得这些道理。"

"……徐前辈过奖了。"杨仞挠了挠头，倒有些不好意思了。

徐开霁道："我想通这些道理之后，也曾打算重回云梦山看看，但在外面散漫惯了，想到回去也是生厌，还不如不回去。"说到这里，哈哈一笑，继续讲述：

"我初离门派时，虽然师父宽宏，不计较我不懂事，但有几位师伯说什么也要拿我问罪，便派出不少弟子四处搜捕我，我一边苦修剑术，一边与他们周旋……"

杨仞笑道："想来那些弟子剑术不及你，都被你打杀了，是吗？"

徐开霁摇头道："非也，我从不杀人。杨帮主，你张口便要打要杀，想来杀过不少人吧？"

杨仞一怔，道："我也没杀过人。"

徐开霁微笑道："甚好，甚好。"顿了顿，又道："我不愿杀人，便只得东躲西藏，整日里狼狈不堪，又过了几年，武林中成立起正气长锋阁，燕山长与素微真人知晓了我的事，找我门派说和，又让我做了青锋令使，从此我才得以逍遥自在。"

杨仞心下暗忖："如此说来，燕寄羽倒是对他有恩。"随口说道："徐前辈，你这门派又迂腐又小气，可恶得紧，你不回去是再对不过。"

徐开霁瞪眼道："好小子，倒敢数落我的师门。"与杨仞对视片刻，忽而哈哈大笑："不过你说得很对，其实我自己心里也这般想。"

杨仞笑道："若要说装腔作势、门规迂腐，倒还有个门派在你们白鹤剑之上，那便是巴山烛照剑了，他们的门徒大白天出行也点烛台，委实荒唐古怪。"

"说得好！"徐开霁闻言又是一阵大笑，"杨帮主此言妙极，下回我遇到烛照剑一派的武林同道，便将这话说给他们听听。"

杨仞一愣，赶忙道："别别别……徐前辈，你要说便说，可别说这话是我说的。"随后又问道："徐前辈既脱离了门派，不知后来又用什么兵刃？"

徐开霁道："后来嘛，那要看我能碰见什么，鸡毛鸭毛、树枝木条我都用过，有时捡到什么残刀断剑，也能凑合用用，再后来修为渐长，便不用兵刃了。直到一个多月前，我与留影舫立约比斗，他们嫌我空手不敬重他们，我不得不在岳州城里搜逛半日，捡到一根鹅毛，清洗得干净。"说完从袖中取出一根雪白的鹅羽，给杨仞看了看。

杨仞点点头，又问起徐开霁与留影舫之间的比斗，得知双方约定，只要徐开霁能将留影舫的百余名刀客尽数击败，留影舫便甘愿从此听奉正气长锋阁的约管。

"这可不大公平，"杨仞闻言微愕，"要我说，只要你将他们之中武功最高的一两个人击败，他们也该服气了，又何必与他们车轮战？这些船上的刀客倒会打算盘。"

徐开霁淡淡道："若只打赢他们一两个人，料想也难以将他们收服。好在打了一个多月，如今也只剩八九个刀客没和我打过，胜负便在这两日了。"随即莞尔道:"杨帮主,怎么你不帮留影舫说话,反倒替我叫屈?"

杨仞反问道:"我为何要帮留影舫说话?"

徐开霁奇道:"难道你不是觉得正气长锋阁恃强凌弱,欺压留影舫,这才仗义来助吗?"

杨仞道:"不是,我没那闲心。我只是自己要打正气长锋阁,想多找些人结盟罢了。"

徐开霁一怔,侧头端详杨仞,忽而笑道:"有趣,有趣,杨帮主真是个有趣之人。"

不多时,两人出了岳州城,来到洞庭湖边的一处渡口;杨仞正自环顾靠岸停泊的大小船只,徐开霁已摸出十余枚铜钱,雇下了其中最小的一叶小舟。

那船主笑呵呵地收下铜钱,道:"徐道长,今日又来雇船呀?"

徐开霁苦笑道:"船费太贵,就快雇不起啦。"转头看向杨仞,又笑道:"杨帮主请吧。往日我都是晌午才来,今日到得早,又多承款待,吃饱了蚕豆,正好多打几架。"

杨仞笑道:"甚好。"与徐开霁登上小舟。徐开霁目视平阔湖面,慢悠悠撑动竹篙,忽道:"到时杨帮主若要助留影舫,也敬请赐教。"

杨仞哈哈一笑,拱手道:"徐前辈,我听过一些你从前的事,对你很是敬佩,今日我便先旁观,等你打赢了那些留影舫刀客,我再打赢你便是。"

…………

岳州,碧湖轩。房间里陈彻一边等着岳凌歌作答,一边忍不住又多吃了几口饭菜。

岳凌歌打量着陈彻,皱眉道:"宁姑娘肯让你娶别的女子?"

陈彻道:"为何不肯?"

岳凌歌道:"我瞧她对你很是喜欢,还以为她自己要嫁给你。"

"不是的，"陈彻脸颊微热，低声道，"我家主人另有喜欢的人。"

岳凌歌随口道："是吗，那我倒没瞧出来。"说完又斟酌起来，喃喃自语："宁姑娘此举究竟有何深意？……嗯，兴许她是不想让我和秦楚结盟，而是自己要与我结盟，又或者是……"如此思来想去，迟迟不肯答复陈彻，一旁的严知雨低头伫立，早已羞红了脸。

"岳公子，"温蔚微笑道，"时候不早了，你要挫虞凤的傲气，也挫得差不多了，咱们便请他来相见吧。"

岳凌歌笑道："还是我去拜会虞前辈吧。"

少顷，陈彻随着岳凌歌等人来到虞凤下榻的小院，岳凌歌恍若是刚刚得知虞凤到来，并且从未给陈彻送过请帖一般，对虞凤执礼甚恭。

虞凤对着岳凌歌的笑脸，虽心下有气，一时倒难以发作，只淡淡道了声"幸会"；又见温蔚挑着货担，如温歧般扮作货郎模样，愈觉莫名其妙；倒是陈彻吃饱了饭，精神了许多，瞧着不那么懒洋洋招人烦了。

随即，便有虞凤手下的黑衣仆从来报，说已探得徐开霁的行踪。岳凌歌笑嘻嘻道："那好得很，我也正想打听徐前辈的所在。"

虞凤看也不看岳凌歌，只让那仆从详细禀告，那仆从道："今晨约莫辰时三刻，徐开霁到了春风酒楼，而后一口气吃了五碟蚕豆，便与一个灰衣年轻人出门去湖上了。"

"……五碟蚕豆吗，"虞凤微微点头，"徐兄也真吃得下。那年轻人是谁？"

那仆从道："酒楼里的店小二阿叶曾听见那年轻人自报姓名，那店小二年纪甚小，懵懵懂懂，勉强才说得清，那年轻人却是青箫白马盟的堂主齐桐。"

虞凤神情微凛，与岳凌歌、温蔚相顾一眼，似均未料到此事。岳凌歌讶声道："怎么青箫白马盟的人也到了岳州，难道秦楚竟敢背着燕山长捣鬼吗？"

虞夙心想徐开霁早晨便去了洞庭湖，此刻已是午后，却仍未归来，也不知是否遭遇凶险，当即命那仆从先行赶去湖边雇船，转头看向岳凌歌，道："岳公子，虞某要去会一会那留影舫。"

岳凌歌目光闪烁，颔首笑道："正好我也要带知雨去看看湖水，咱们一道去吧。"

陈彻随着一众人出了碧湖轩，虞夙早命人备好许多骏马，道："诸位请吧。"

岳凌歌笑嘻嘻道："和虞前辈同行，真是享福。"温蔚指了指货担，笑道："多谢虞庄主，温某还是挑着担子一路走过去吧。"

虞夙一怔，淡淡道："温兄请自便。不过……"却欲言又止。

温蔚微笑道："虞庄主但讲无妨。"

虞夙道："没什么。嗯，虞某对温歧温楼主素来敬仰。"言毕径自上马。

诸人快马来到岳州城西的湖边渡口，一名黑衣仆从已在肃立等候，迎上前来禀道："弟子已雇妥了一艘大船，随时便能登船。"

虞夙点点头，环顾渡口左近的船只，忽问道："那留影舫的船是什么模样？"

那仆从道："弟子听说，留影舫的主船是一艘画舫，另还有两只辅船。"

"画舫吗？"虞夙道，"你也去雇一艘画舫，须得比留影舫的更大更华美。这渡口没有，你去别处雇。"

那仆从一愣，赶忙应声领命而去。

岳凌歌诧异道："虞庄主，我看无此必要吧，咱们还是及早去湖上瞧瞧。"

虞夙只道："请诸位稍歇片刻。"言毕静静伫立，安然目视湖面。

岳凌歌苦笑一声，也只得携着严知雨在岸边闲逛。陈彻听见"稍歇"

二字，当即躺下来睡觉，又觉午后阳光甚浓，便从行囊里取出青锋令盖住眼睛。

虞凤瞟见陈彻又拿青锋令遮眼，眉头顿皱，轻哼一声，道："陈兄弟，不知你的青锋令是哪位阁主颁给你的？"他自己的青锋令是燕寄羽亲手所颁，他对燕寄羽极是钦服，素来自觉与其余青锋令使颇有不同，心想陈彻的青锋令多半是方天画或铁风叶这等莽撞叛逆之徒颁的。

哪知陈彻微微发出鼾声，却不答他。

虞凤自幼养尊处优，不必大声说话，周围的仆从、友朋也都会仔细聆听，故而语声一向不高。然而此刻陈彻已入睡，却没听见他的轻声问话。

虞凤自言自语般问了这句，心下愈气，可若要朗声将陈彻叫醒，未免又太失风度，便只冷脸不语。

岳凌歌逛游回来，瞧见陈彻正自熟睡，不禁哈哈笑道："岳某平生自负潇洒，但每回遇见陈兄弟，便觉自己只是假洒脱。陈兄弟万事不萦怀，说睡就睡，实在让岳某佩服。"

陈彻被他的大笑声吵醒，闷闷不乐，却听他正在夸赞自己，揉了揉眼睛，也只得接口道："岳公子过奖了。"

不多时，温蔚肩挑货担，快步而至，见诸人尚在岸边，便拱手笑道："失礼失礼，让诸位久等了。"

岳凌歌道："我们也正在等船。"随即看向虞凤，又笑道："料想今日便能见识红罗山庄的绝学'澄霞功'与'绯霞剑法'，在下深感荣幸。"

温蔚微笑道："不错，听闻留影舫的刀术中亦有结阵之法，但想来也定然不及红罗山庄的'红罗剑帐'吧？"

虞凤微微仰颈，瞧着天边流云，冷声道："二位到时看过便知。"

少顷，诸人忽见一叶小舟缓缓漂向岸边，舟上只有一个撑篙的灰衣人，头戴斗笠，遮住半边面目。

温蔚道："莫非是徐兄回来了？不对，听闻徐兄常年都穿道袍……"

陈彻眯着眼望去，道："好像是杨兄……"与此同时，岳凌歌神色微凛，脱口道："是杨仞！"

虞夙一惊，心知如今"刃贼"杨仞可谓是正气长锋阁的头号敌人，若能在此将其擒杀，自是极好，遂不动声色地盯紧了那小舟；忽听一旁的陈彻大声道："杨兄别来无恙？"

先前杨仞与徐开霁泛舟而去，来到徐开霁与留影舫一派约定的水面附近，却未寻到留影舫。

徐开霁道："今日来得早了，多半他们到晌午才会现身。"

然而两人等到午后，却仍不见留影舫出现。徐开霁皱眉道："留影舫刀客极重信诺，绝不会无故迟到，此事定有蹊跷。"随后两人便划着船到处寻找。

洞庭湖水域极广，其间又多小洲芦丛，若要藏起一艘船旁人颇难找见；两人找了一阵，遇见一艘游湖的大船，徐开霁心知小舟船速太慢，也不顾惜银钱了，便搭乘大船继续搜找留影舫。杨仞坐不惯船，晕头转向，不胜其苦，便独自划着小舟返回。

将到岸边时，杨仞任凭小舟顺水漂流，正低头盘算今后的计划，忽听见陈彻问话，抬头扫量一眼岸上诸人，当即反身将船朝着芦苇深处划去。

虞夙见他要逃，红影一闪，已踏足岸边，从地上拾起一根竹篙，飞身跃起，如一团红云扑向杨仞，离小舟尚有十余丈时，身形已开始下坠。虞夙振臂将长篙在浅水中一撑，又向前疾掠而出，右手挥袖成剑，斩向杨仞后背。

杨仞奋力划船，恍若未觉，也不回身，忽而一跺脚，舟尾处的水面蹿起一道水箭，拦在虞夙面前。

虞夙一袖斩碎水箭，水花四溅，只觉手腕微麻，不禁暗忖："这小子年纪不大，功力竟这般深湛。"

杨仞转身打量一眼，见虞夙即要落足舟上，忽而啐出一口唾沫，急急射向虞夙，将至虞夙胸襟时却又丝丝散开，笼罩极广；此时虞夙衣衫本已被水花沾湿，再沾些唾沫也显不出来，但他素有洁癖，又如何能忍得，见状左手一撑竹篙，身形侧飞出去，避开了唾沫，右袖凝停胸前守御，法度森严。

杨仞哈哈一笑，方才他瞧见虞夙一身红袍崭新华贵，猜想虞夙多半爱洁净，这一口唾沫果然奏功，旋即从舟上疾跃而起，追向半空里的虞夙——

虞夙冷哼一声，一瞬里袍袖簌簌鼓舞，如聚风浪，居高临下地与杨仞硬对了一掌。

两股掌风砰然激散，杨仞飘落回小舟，转身便拾起木桨急划起来，头也不回地笑道："告辞了。"

虞夙面露冷笑，未及动作，转瞬身形失力下坠，原来方才杨仞与他对掌时已扫腿将竹篙击断。

电光石火之际，虞夙倏忽俯身，眼看似要摔入水面，却伸手将水上的断篙抄在手中，急抖而出，重撑起身形，回望一眼，杨仞却已划着小舟去远了。

七

虞夙连撑两下竹篙，身影起落，已跃回岸上。他此番虽未遭落水之辱，但亦未能将杨仞擒回，脸色暗沉如水，忽而转头瞪向陈彻。

岳凌歌瞧出虞夙似要发火，抢先道："陈兄弟，你方才实在不宜将青锋令当作遮眼之物。"

陈彻道："嗯，我是觉得这令牌冰冰凉凉的，盖在脸上很是舒服，不过也确是太沉了些，若轻点就更好了。"

岳凌歌道："咳咳，我说的'不宜'，倒不是这个意思……"转头对着虞夙一拱手,正色道:"刚才虞前辈使出的,便是'绯霞剑法'中名动江湖的'三云式'吧?今日在下果然大开眼界。"

方才虞夙扑掠向杨彻,眼看他背对自己,第一式便没出杀招,虽是挥袖斩向杨彻,手势却如在邀客一般,唤作"云朋霞友",乃是自重身份、从容请战的起手式;后来避开唾沫、挥袖自守的那一式,则唤作"云窗霞户";而后聚劲与杨彻对掌的一击威势惊人,却是名为"云蒸霞蔚"。这三式的名目中都有个"云"字,正是红罗山庄武学中有名的"三云式",此刻虞夙眼见岳凌歌一本正经地称赞,却只冷脸不语。

岳凌歌又道:"'三云式'的剑意本已非凡,在这湖光春色之间施展出来,更加得天独厚,其中神采意境,正可谓是'余霞散成绮,澄江静如练,喧鸟覆春洲,杂英满芳甸'……"

先前虞夙出手不利,愈夸他,他便愈恼火。偏生岳凌歌夸个没完,摇头晃脑地吟起诗来,虞夙皱眉听了几句,喉道:"陈令使,你为何要高声警示杨彻,助他逃走?"

陈彻打个哈欠,道:"晚辈只是和杨兄打个招呼罢了。"

"你还称他杨兄?"虞夙冷笑道,"你可知杨彻已然与正气长锋阁为敌,你身为青锋令使,一见到他便该出手擒拿才是。"

陈彻摇头道:"燕山长只让我来与诸位前辈一起约束留影舫,却没叫我擒拿杨兄。"

虞夙道:"好小子,在我面前,还想卖弄口舌,混赖过去?"

陈彻懒洋洋道:"我没有。"

虞夙哼了一声,道:"还敢狡辩?"

陈彻想了想,实在不知说什么好,便仍道:"我没有。"

"还说没有?"

"……我没有。"

虞夙瞪着陈彻,一时不语,心知若再与他一来一回地对质下去,倒显得儿戏一般，未免太失身份。

两人对视片刻，忽听岳凌歌啊的一声，笑呵呵道："虞前辈，似是你的仆从雇船回来了。"

虞凤闻言暗忖："等到收服留影舫，擒获杨彻之后，再与这陈彻计较不迟。"先前他念在杨彻是武林中的后辈，出手时便没动剑，料想只消自己认真施展剑术，自能将杨彻轻易擒制，当即转身走向湖边。

…………

杨彻划着小舟溜远后，随即在一处野草丛生的岸边弃舟上岸，回到岳州城内。

他与徐开霁分别时，约好了夜晚亥时在春风酒楼碰面，眼下时辰尚早，便找了一处隐蔽屋子歇息。

黄昏时分，一名乘锋帮的刀客循着杨彻留下的暗记前来，禀报近日里探得的戚晚词的行踪：她领着一众门徒，似也要赶来岳州。

杨彻笑道："这独眼婆娘要来捉我吗？就怕她本事不够。嗯，你将此事也知会方轻游一声。"

那刀客领命而去。

到得亥时三刻，杨彻来到春风酒楼门口，徐开霁已伫立在酒旗下等候，杨彻拱手问道："徐前辈，你吃过饭了吗？"

徐开霁连连摇头，他之所以与杨彻约在这里相见，便是期盼着杨彻再请他吃喝，却听杨彻道："徐前辈，咱们边走便说吧，此地不宜久留。"说完转身就走。

徐开霁一怔，也只得快步跟上，杨彻笑呵呵道："午后我和虞凤打了个照面，怕他在城里派人搜找我。"

徐开霁微笑颔首，道："后来我也见到了虞兄。"随即叙说了情由。

原来虞凤等人乘着画舫在湖上寻了两三个时辰，既未撞见留影舫，也没找到杨彻，却与徐开霁相遇，虞凤便邀徐开霁上船，众人继续找寻留影舫，直到夜色渐深，才返回岳州城。虞凤与岳凌歌等人都去碧湖轩歇息，徐开霁便来到了春风酒楼。

徐开霁说完沉吟起来，皱眉道："也不知留影舫究竟出了什么变故。"

杨仞笑道："兴许他们自知今日就要尽数败在徐前辈剑下，便偷摸躲上岸去了。"

徐开霁摇头道："那些刀客不会如此。"顿了顿，又叹道："若早知总也找不见，我便不花钱搭那游船了，唉。"

杨仞道："若不去找，又怎知找不见？"

徐开霁悻悻然道："这话倒也有理。"

杨仞心知徐开霁不惜自己掏钱搭船，那是对留影舫之事极为忧心了，寻思一阵，却也想不出留影舫为何要躲藏起来，便从行囊里取出一个油纸包，丢给徐开霁，笑道："徐前辈，我请你吃烧鹅。"

"甚好，甚好。"徐开霁顿时眉开眼笑，打开油纸，撕了一只鹅腿吃起来，嘴里含糊道，"我瞧这鹅有些面熟，似乎我那天捡到的鹅毛便是它掉的……嗯，看来我与它当真有缘。"

杨仞哈哈一笑，问道："不知那虞凤为人如何，听说他很有些高傲，是吗？"

徐开霁忙于吃肉，随口道："嗯，也正因如此，他为人倒是不坏。真正高傲之人，是不屑于做坏事的。"待到吃饱，徐开霁又笑问道："杨兄弟，你本事可不低，虞凤上岸后确曾派手下在城中各处搜寻你的下落，却竟没找到你，不知你是藏在了哪里？"

杨仞先前藏身于一家青楼，倘若照实告诉徐开霁，此后就少了一个绝佳的躲匿之处，便微笑反问道："徐前辈来岳州也有月余，不知一向在何处睡觉？"

徐开霁倒不隐瞒，笑呵呵道："我行囊里有一张薄褥子，晚上要睡觉时便去寻一个宽大点的屋檐，躺在下面，多少能挡些夜雨；有的人不愿我睡在他家门口，我便再换一处屋檐。"

杨彻听得心酸,道:"徐前辈,你给燕寄羽当青锋令使,却落得这般穷困,又是何苦来哉?"

徐开霁有心要劝解开乘锋帮与正气长锋阁之间的仇怨,此刻听杨彻提及燕寄羽,神色微动,笑道:"杨兄弟,恐怕你对燕山长还不甚了解……"

正说到这里,暗巷中倏忽转出八九个黑衣人来,将两人团团围住,却是虞凤手下的仆从。

淡淡月色之下,杨彻瞧见这些黑衣仆从手里各持一根红色的罗带,心下微觉好奇,洒然笑道:"红罗山庄果然是以'红罗'为剑,不过你们几个的带子太软,还是快让你们庄主前来吧。"

那八名黑衣仆从闻言相顾,为首一人二十七八岁,嗤笑一声,暂不理会杨彻,对着徐开霁躬身道:"虞庄主座下弟子苏绮茂,见过徐前辈。"其余七人纷纷行礼,也均是虞凤亲传的"绮"字辈弟子。

徐开霁颔首微笑:"诸位小友不必多礼。"

苏绮茂恭声道:"方才徐前辈可是正要与这'刃贼'相斗?晚辈等人贸然现身,便是怕徐前辈遭了此贼的暗算。"说话中微一摆手,那七个黑衣人迈步踏前,将杨彻围得更紧。

徐开霁摇头道:"那倒也不是。"

苏绮茂一怔,问道:"那徐前辈是?……"

"此事说来话长,只因……"徐开霁打算将留影舫之事处置妥当后,再向虞凤、岳凌歌等人提出设法化解杨彻对正气长锋阁的误解,此刻也懒得向虞凤的弟子解释,便只摊开双手,正色道,"只因我刚吃完烧鹅,满手是油,可不便与人打斗。"

苏绮茂又是一怔,瞧徐开霁说得认真,一时难辨真假,却听他笑呵呵道:"不知你们虞庄主现在何处?"

苏绮茂道:"他老人家在碧湖轩歇息,晚辈已让人回去禀报。"犹豫一瞬,又道:"既然徐前辈不便出手,那就由我等晚辈先将杨彻擒下,不知徐前辈意下如何?"问完神情微紧,心知擒获乘锋帮帮主实是大功一件,今夜是徐开霁先找到了杨仞,也不知他是否愿意将这功劳拱手让给红罗山庄。

徐开霁随口笑道:"甚好,甚好。"退到一旁,又道:"嗯,你们可要手下留情呀。"说到"手下留情"四字时,却瞥了杨仞一眼。

杨仞恍若未觉,对着苏绮茂略一拱手,笑道:"许久没打架了,玩两手也好。"

苏绮茂皱眉暗忖:"谁与你玩闹。"冷哼一声,那七名黑衣人身形腾挪交错,七条罗带在月光下宛如飞蛇游动穿梭,瞬时将杨仞周身要害笼住。

红罗山庄的阵法"红罗剑帐"极擅困敌,一旦交织如帐,后招层叠无休,不论敌人是攻是守,抑或是逃,都脱不出阵法的计算,此际七个黑衣人目光紧锁杨仞手足,只等着他稍有动作,便将相应的后招激发出去。

然而七人步法迅疾变换了片刻,杨仞却只是伫立原地,一动不动。

七人愣了愣神,先后抖出罗带,将杨仞手足胸腹牢牢束缚;七人瞪着杨仞,微微喘息,有不少人都心下暗骂:"这贼子,害我白使了许多步法。"

"所谓'刀贼',不过如此。"苏绮茂轻蔑一笑,走到杨仞身前,左臂微抬,便要封他穴道。

杨仞轻轻一挣,七条罗带齐断,那七个黑衣人身躯剧震,踉跄倒退出去;苏绮茂一惊,忽觉右手一空,手里的罗带已被杨仞拿去,微风倏起,杨仞身影疾转了一圈,以"乘锋刀法"中的"散锋"一式扫出罗带,在周遭七个黑衣人的额头上各点了一记,那七人未及吭声便晕厥栽倒。

徐开霁瞧在眼里,微微颔首,他早知这七人绝非杨仞对手,方才杨仞挣断罗带的一瞬里,他袍袖微鼓,聚起内劲,便待随时救人,此际见杨刿领会了他的心意,未下重手,心中很是高兴,当即泄去袖中内劲,与杨刿对视一眼,又侧目看了看长街尽头。

杨刿知道徐开霁是劝自己在虞夙赶到之前离去,但他心中另有计较,低头把玩了几下手中的罗带,倏然闪身至苏绮茂跟前,伸手递出罗带,笑道:"还给你吧。等你们庄主来了,我再借他的罗带玩玩。"

苏绮茂正要拧身寻杨刿拼命,猝然间与他四目相对,倒是吓了一跳,听了他的狂言,气血上涌,一把夺回罗带,冷笑道:"胡吹大气。"

杨刿摇头道:"怎么你们红罗山庄也这般小气,上回我想借弹霜亭的刀笛玩玩,谈姑娘也是不肯借我……"

苏绮茂越听越怒,忽而大吼一声,将罗带抖直成剑,急刺向杨刿咽喉——

杨刿脖颈微低,吹出一口气,绷直的罗带顿时软垂下去。

苏绮茂手臂一颤,万没想到杨刿轻轻呼气便能吹散自己的剑劲,一时间骇得说不出话。以他的修为,本也算是武林年轻一代里的佼佼者,只是与今时的杨刿相比起来,终究差得甚远。

杨刿微笑道:"这一招是我自创的招式,便叫作'胡吹大气'。"

苏绮茂闻言脸色涨红,想要再刺一剑,却又有些畏惧,正自不知所措,蓦然间远处传来一句冷冷语声——

"好一招'胡吹大气'。"

杨刿转头望去,长街上一片耀眼的亮光渐渐移近,却是八名黑衣人手持华烛,分列道路左右,步履端正地行在月下;两列烛光之间,另有三人,赫然便是虞夙、岳凌歌与温蔚。

"好大的排场。"杨刿哈哈一笑,微觉诧异,此地距离碧湖轩虽不算远,但虞夙来得也未免太快了些,心念转动,恍然笑道:"虞庄主,你们是先疾奔了一阵,奔到近处才缓下步子,点起烛台,假作从容来到,是也不是?"

虞夙等人一路赶来的情形虽不全然如杨刿所说,却也相差不多,闻言面色僵滞，均不接口。

杨刈环顾周遭的烛火，又笑道："原来红罗山庄已并入烛照剑了，恭喜，恭喜！"——其实那些黑衣人所持的灯烛均是雕琢精雅的九枝铜灯，比巴山剑派的烛台要华美许多，但杨刈语气笃定，径直贺喜，却全不给红罗山庄弟子解释的余地。

苏绮茂瞧见师父来到，心中顿松，退后两步，脱口道："姓杨的小贼，今夜你已是插翅难……"正说到这里，忽听虞夙冷声道："闭嘴。"

苏绮茂这才醒觉，面露惭色，垂首道："弟子无能，没擒下'刃贼'，请师父责罚……"

虞夙面沉如水，瞧着苏绮茂，却不说话。苏绮茂一愣，忽而明白过来：刚才师父分明叫他"闭嘴"，他实不该又当众请罚。

虞夙平素对苏绮茂颇为看重，只觉自己的这个弟子言行端方大气，学武练剑也甚勤勉，却不料临敌关头，稍稍受挫，便失魂落魄一般，实在令红罗山庄在岳凌歌、温蔚等别派高人面前丢脸。

他不愿瞧见苏绮茂不成器的模样，便只仰头望月，默然不语。

杨刈见状微笑道："虞前辈，你看月亮吗？虞前辈御下有方，好威风，好气派呀！"

徐开霁闻言不禁苦笑，心说："杨兄弟说话也忒难听了些，这下只怕虞夙真要动怒了。"

虞夙慢慢低头，环顾满地断碎的罗带，仍不说话。温蔚悠然接口道："杨刈，上次让你在我和岳公子眼皮底下逃脱了，这回可没有巴山剑派助你，你还是及早束手就擒吧。"

杨刈笑道："不错，温前辈，上次你没捉住我，但上上次我倒捉住你了，若非贺风馗将你放了，恐怕你现下还在麻袋里睡觉呢。"

温蔚曾在去年秋被杨刈打晕，又被秋剪水制住神思，让俞凌装入了麻袋，每每思之，都引以为毕生大辱，闻言脸色骤冷；杨刈不待他反驳，便又目视岳凌歌，道："怎么不见陈兄？"

岳凌歌笑嘻嘻道:"你说陈彻兄弟吗?他陪着我家知雨游湖赏月去了,他们这一对小儿女怕是有许多私话要说,我就没让他俩来这里打打杀杀。"

杨彻一怔,心想:"怎么陈兄与严知雨又成了一对,这可奇了……"眼瞧温蔚似要开口,便又道:"温前辈,那次我擒住你之后,本以为你已没脸再见我,今夜你站在我面前,想来自己也挺不好意思吧,你不如缩进货担里,让岳公子挑着你。"

温蔚大怒,攥紧了挑担的扁棍,随时便待出手。徐开霁见双方越说越僵,干咳一声,道:"诸位,乘锋帮之事牵扯深广,咱们还是从长计议。"

岳凌歌微笑道:"徐前辈所言极是,不知徐前辈以为该如何处置杨彻?"

徐开霁道:"依我看来……"忽听虞夙淡淡道:"徐兄,请恕虞某稍后再听你的高见。"

徐开霁一怔,却见虞夙缓缓迈步,渐次走过七个晕倒的黑衣弟子,俯身出掌拍在他们肩头,每拍一记,便有一个黑衣人苏醒过来。

七个黑衣人纷纷跃起,面色羞愧,都道:"师父……"

虞夙道:"技不如人,便好好反思苦练,多言无益。"说话中看也不看七个弟子,径自走到苏绮茂跟前,从他手里取过罗带,转身看向杨彻,又道:"杨帮主,请拔刀吧。"

杨彻笑道:"嗯,倒也不着急拔刀。"

"既然如此,"虞夙嘴角露出一抹讥诮,"虞某便领教杨帮主的那式'胡吹大气'。"

"好说好说,"杨彻大刺刺地一拱手,道,"虞前辈请吧。"

虞夙冷冷道:"很好。"言毕肩不晃,腕不抬,软垂在地的罗带末梢倏忽弹起,啄向杨彻面门。

此时两人相隔不足一丈,罗带陡然伸直,飒飒劲响,夜风中荡起一线飞尘，杨仞衣衫猎猎，发丝震颤，心知单凭吹气恐难将罗带上的劲道击散，一霎里猛吐出一口唾沫，打在罗带末梢，罗带骤然倒缩。

虞夙微微皱眉，他本可立即变招再攻杨仞，但振腕之际不免将那唾沫抖散开来，他极好洁净，略一犹豫，手腕收回，任凭罗带垂落。

杨仞笑道："这是'胡吹大气'的第二般变化，此式共有七七四十九变，虞庄主可要一一看过吗？"

虞夙却不理他，手心一紧，罗带末端沾了唾沫的那寸许顿时断裂开来。

岳凌歌与温蔚对视一眼，神情微凛：那罗带曳地甚长，虞夙能顷刻传劲过去将罗带末梢震断，这份功力当真是既深厚且精微。

虞夙漠然道："杨仞，你再不拔刀，稍后可别后悔。"

杨仞因雪刃太过扎眼，便将刀藏在了背后衣衫内，闻言哈哈一笑，漫不经意地挠了挠肩膀，姿势甚是潇洒，实则右手已摸到了刀柄，一瞬间又放下手来，摇头笑道："我这刀可不是轻易就拔的。"

虞夙冷哼一声，微微抬足，身影骤然闪出，一式"绯霞剑法"中的"霞绡雾縠"已削到杨仞胸前；杨仞侧身让过，一掌劈在罗带中段，那罗带上贯注了"澄霞功"刚柔相济的内劲，却没被劈断。

杨仞微怔，斜退两步，虞夙迅即迫近，手腕急抖，脚下转折，罗带倏直忽曲，红影幢幢，被周遭的烛火一映，仿佛化为万道霞光，同时间刺向杨仞周身各处。

岳凌歌见虞夙竟以一人之力施展出"红罗剑帐"的阵法，威力更似不减反增，不禁赞叹道："见过虞庄主的剑术，才知何为'出神入化'。"

他说这一句话的工夫，虞夙已接连使出"霞明玉映""餐霞漱瀣""霞缛云绚""霞姿月韵""骖风驷霞"……十余招剑术如飘风骤雨般朝着杨仞泼洒过去，杨仞左闪右避，不时挥掌格挡罗带，却始终破不去罗带的追拦缠锁，也不得不佩服虞凤剑招圆融精绝。

杨彻始终不拔刀，虞凤便也一直不出杀招，只将罗带的攻势越收越紧，料想不出片刻便能将杨彻缚住；杨彻斜身躲过一记罗带挥扫，忽而哈哈一笑，抖落外袍，退步中抽刀在手——

红影纵横一闪，罗带已将袍子绞碎，虞凤踏步追近，手腕圈转递出，杨彻身形重又被红罗笼罩；杨彻步履一定，随手使出"乘锋刀法"中的"流锋"一式，刀光如水，绕身急旋了一圈，一瞬里周身恍若流动着一层锋锐的水甲，将罗带寸寸截断。

杨彻顺势甩刀扫斩虞凤肋间，虞凤神色淡然，右手弹指将雪刃的刀面点得偏转，左掌霍然拍向杨彻丹田，杨彻左臂轻振，反击一掌，两人掌心无声相撞，杨彻哈哈一笑，加催掌力，虞凤噔噔噔连退三步，胸腹间鼓胀如沸，嘴角缓缓流出一道细血。

众人没想到杨彻竟能以内功硬生生震退虞凤，几乎一齐惊呼失声；杨彻收刀站定，苦笑道："我就说不能轻易拔刀，一拔刀就要毁去一件衣衫……"

岳凌歌与温蔚相顾骇然，徐开霁也是面上变色，虞凤运功平抑纷乱的内息，脸色忽青忽红；一时间杨彻见众人都不说话，倒有些难为情了，挠了挠头，道："唉，事到如今，我也不瞒诸位了，其实我是天下第一高手。"

众人面面相觑，虽都不信，却也无人接口；又过片霎，从旁观战的苏绮茂忍不住骂道："你这贼子招式上不及我师父，只靠着一股蛮力，又算什么本事？"

杨彻笑道："有蛮力放着不用，那才叫蠢。"

苏绮茂神情恼恨，还待再骂，虞凤忽道："不必多言。他蛮力再多，也未必胜得过我。"说话中将手心里残余的那截罗带丢了，神情随之一肃——

"取我的剑来。"

一名黑衣弟子应声捧来一个古雅狭长的木匣。徐开霁目光落在匣上，暗自沉吟："这便是名剑'赤流霞'吗……？"

岳凌歌目光一闪，微笑道："久闻'赤流霞'是红罗山庄的镇派之剑，没想到今日有缘得见。"

虞夙恍若未闻，整顿衣袖，打开木匣，双手捧出一条折叠整齐的罗带来——那带子的色泽颇为异样，血红里透出赤金，宛如一道炽焰横陈在虞夙手上。

八

秋剪水离了巴山，南行数日，距岳州已不足百里；晌午时分，途经一处茶棚，心中微动，便进去喝茶歇息。闲坐了一会儿，愈觉这茶棚瞧着熟悉亲切，仿佛从前来过似的，她寻思一阵，想起与杨刏分别时正是在甘州城外的茶棚。其实天下茶棚的模样都差不多，但她心有所思，便觉眼前的桌椅、壶碗都似曾相识。

她喝了一口茶水，想到夜晚到得岳州城便能与杨刏重逢，莫名有些慌乱，随即暗暗自嘲："怎么，你还怕他赖赌账不成？"少顷，忽见四个中年汉子溜进了茶棚，以毡帽遮住大半张脸，随口点了些茶水，便贼眉鼠眼地朝她打量过来。

这一路上秋剪水孤身一人，想着自己是因私事去岳州，与门派无涉，便没点烛台，且换了一身朴素衣裙，从容行路；她年轻貌美，食宿言谈虽不张扬，却仍惹来了几名宵小毛贼，她武功修为极高，自能轻松打发，只是这几日却也察觉到另有一伙商人暗中跟踪自己，那伙人似乎并无恶意，她亦隐约猜到了他们的身份，便也佯作不知。

此刻她见这四个汉子鬼鬼祟祟，料想又是什么无赖之徒，心下微烦，便欲起身继续赶路，那四人相顾一眼，却忽而快步走到她那一桌，径自坐下。

秋剪水一怔，冷声道："你们是何人？"

那四人里的一个胖子摘下毡帽，压低嗓音道："秋姑娘不认得贫道了？"

秋剪水看向那人，不禁诧异道："何轻生？你怎会在这里？"

那人正是玄真教肃州分坛原来的坛主何轻生，闻言苦笑道："此事说来话长。"又给秋剪水引见身旁三人，却是鄂州晴川刀一派的掌门裘驷与其手下。

秋剪水微惊。鄂州与巴山所在的荆州相隔不远，晴川刀是江湖上一个名望不高的小门派，与七大剑派之一的烛照剑也素无往来，但裘驷终归是一派之主，秋剪水听后当即便起身施礼。

裘驷年约四十，模样瘦削落拓，见状忙道："万不敢当，万不敢当，秋掌门快请坐。"

何轻生亦道："实不相瞒，我们冒昧来见秋掌门，正有要事相求。"

秋剪水细问详情，得知那日在肃州道观中，何轻生被李素微震飞殿外，趁着殿内混战，旋即爬起逃走；后来李素微命玄真教弟子追拿何轻生，何轻生便一路南逃，躲到了鄂州晴川刀一派。他与裘驷多年交情，当时在肃州道观放走吴重，却也是借着晴川刀弟子的掩护。

秋剪水恍然点头，道："鄂州没有大过晴川刀的门派，何道长既到鄂州，想来已转危为安了。"

裘驷闻言嘿的一声，摇头道："秋掌门太抬举鄙派了，却忘了玄真教在鄂州也有分坛。"

何轻生愁眉苦脸地接口道："先前因放走吴重一事，李素微本已迁怒晴川刀；裘兄又仗义收留了贫道，玄真教如何肯干休……唉，总之是我连累了裘兄。"随即简略叙说了几句：多日前，玄真教鄂州分坛突然进犯晴川刀，一场激战，裘驷与何轻生侥幸逃脱，裘驷手下的门徒却是死伤惨重。

秋剪水心下恻然,道:"没想到玄真教行事这般狠绝。"

裘驷叹道:"不错。"眼看何轻生面色歉疚,便又道:"何兄,咱们当年一起追随吴重先生,那是肝胆相照的同道中人,你也不必太难过了。"

秋剪水奇道:"原来你们都和吴前辈相熟?"

裘驷点头道:"当年我与何兄都是吴先生的书童,我们佩服吴先生的本事,想拜他为师,但吴先生嫌我们资质太低,将我们逐走了,后来我们才改投了别派……"

秋剪水微微颔首,心想:这两人后来一个做了晴川刀的掌门,一个当了玄真教肃州分坛的坛主,倒似也不能算资质低。随即问道:"不知两位寻我何事?"

裘驷道:"那在下便直言了。在下的门徒与玄真教一战后,还剩百十来人,都已逃散躲藏起来了……现今晴川刀一派算是没了,但这百十名兄弟不能没个着落,我自己东逃西窜不打紧,不当掌门也不打紧,总须给兄弟们找个安身的所在……可是此事又着实不大容易。"

秋剪水听得迷惑,道:"此事确不容易。是了,裘掌门既与吴前辈关系深厚,何不去请他指点一二,吴前辈神通广大,定有对策。"

何轻生苦笑道:"实不相瞒,我们已找过吴先生了。"

秋剪水问道:"不知吴前辈如何说?"

何轻生道:"当时我们将详情禀明了,吴先生却似心不在焉,只喜滋滋道:'这些事以后再说吧,我要成亲去了!'"

秋剪水一愕,道:"这……这真是没想到。"

裘驷道:"后来我们再三苦求,吴先生终于指点了一条明路,便是让我们找到杨仞,从此投入乘锋帮。"顿了顿,继续道:"可是杨帮主如今与正气长锋阁为敌,轻易不会显露行踪,我们却又如何找得着,吴先生便又指点我们说,找不到杨仞,若能找到秋姑娘,也是一样……"

秋剪水脸颊微热,道:"怎么就也是一样?"

裴驷闻言支吾不答,何轻生沉吟片刻,道:"依贫道猜想,吴先生的意思多半是说,秋姑娘或许曾在不经意间知晓了杨帮主的行踪,能够为我们引见。"

秋剪水一时不接口,她虽知杨仞或已到了岳州,却拿不准裴、何二人是否全然可信,转念又想:"嗯,这两人一个叫'轻生',一个叫'求死',名字倒是有趣。"

便在这时,一支二三十人的商队护送着几驾马车来到茶棚左近,说说笑笑地停驻歇息;秋剪水微微侧目,她过去几日曾多次遇见这支商队,隔着竹帘张望一眼,也不惊异。

那商队中走出个疤脸年轻人,大步迈进茶棚,道:"店家,你这里地盘小,我们就不进来了,你送三十碗茶水出去吧!"

茶棚主人喜笑颜开,忙不迭地答应。

秋剪水收回目光,道:"裴掌门,请恕我直言,即便你们想加入乘锋帮,杨仞也未必会同意吧?"

裴驷道:"只要在下能见到杨帮主,料想他老人家定会同意。"

秋剪水心说:"他老人家?呸。"随即问道:"这是为何?"

裴驷道:"近来江湖上传言,杨帮主的师父佘灿……"

何轻生打断道:"是谣传。"

裴驷忙道:"不错,不错,江湖上谣传:杨帮主的师父佘灿偷了我派的宝刀'晴川',而后又传给了杨帮主……那当然是绝无此事的,在下身为晴川刀掌门,自该向天下武林言明,那把宝刀乃是我当年亲手赠予佘灿,从此为杨帮主洗去这'偷刀贼'的恶名。"

秋剪水恍然一笑,想了想,又道:"不过据我对杨仞的了解,杨仞倒也未必会在意这些……嗯,这些江湖谣传。"

裴驷赔笑道:"是,是,我等自是不如秋姑娘了解杨帮主,到时秋姑娘若能为我们美言几句……"

秋剪水听他说得古怪，微微蹙眉。

裘驷见状又道："是在下失言了，如今我与何兄，还有我门下弟子，都仍遭受玄真教追杀，杨帮主义薄云天，想来即便没有佘灿之事，也不会对我派坐视不理。"

秋剪水点了点头，转口道："裘掌门，不知你与何道长是如何寻到我的？"

裘驷面现尴尬之色，道："这个、这个嘛……"正自犹豫是否要照实说出，茶棚外传来一阵密集的马蹄声，却是四五十人快马驰近，几乎都是蓝衫女子。

秋剪水侧头瞧去，心中微凛：那群人里为首的女子一身雪色衣裙，容貌清艳，左眼上蒙着白纱，正是峨眉织星剑掌门戚晚词。

戚晚词翻身下马，环顾周遭，与秋剪水的目光一触，眼神霎时微亮。她微微摆手，一众蓝衣女剑客展动步法，将茶棚围住。

戚晚词冷声道："秋姑娘，请出来说话吧。"

秋剪水淡然起身，来到茶棚外。裘驷与何轻生却都低下头去，装作寻常茶客。

秋剪水对武林前辈素来礼数周全，但她心中极不喜戚晚词，便只微微欠身，道："戚前辈。"

戚晚词哼了一声，道："我本要到岳州去捉杨礽，没想到遇见了你，很好。秋姑娘，便委屈你随我同去岳州，瞧瞧那'刃贼'会不会现身救你。"

秋剪水闻言静静与戚晚词对视，心中甚气。去年戚晚词为了对付方轻游，便擒住楚轻鸿相胁，最终致使楚轻鸿惨死。没想到今日她却还想故技重施，以自己去要挟杨礽。

戚晚词见秋剪水静立不动，便又道："秋姑娘，你是要我亲自出手请你吗？"

秋剪水气得手指轻颤,她不善与人争辩,只轻声道:"戚前辈,你想擒住我,只怕也不很容易。"

戚晚词嗤笑一声,道:"小姑娘口气倒不小。"正待踏步拔剑,忽听不远处有人粗声笑道:"你这老婆娘口气倒也挺大。"

戚晚词霍然转头,却见那群在茶棚边歇脚的客商纷纷站起,马车里也不断有人跃下,那发笑之人便是商人之一。

"好个狂徒,你们是何门何派?"戚晚词漠声发问。

那些商人闻言都大笑起来,有人答道:"你老子正是乘锋帮的刀客!"

戚晚词神情微变,又见一个满脸病容的灰袍人缓缓下了马车,赫然是从前天风峡的副掌门贺风馗。

"戚掌门,"贺风馗掩口咳嗽了两声,不疾不徐道,"久违了。"

戚晚词冷笑道:"贺风馗,你果然入了乘锋帮。"她先前曾听燕寄羽提及此事,亦知如今乘锋帮的刀客多半都已修成了"意劲",若当真如此,眼前这群"客商"虽只二三十人,恐怕也不是自己的四五十个门徒能抵挡的;转念又想:"燕山长说乘锋帮至少有六百刀客,却不知其余那几百人现在何处……"

秋剪水虽猜到这群商人是乘锋帮刀客,却没想到竟是贺风馗亲自暗中护送自己,当即上前几步,恭谨施礼道:"多谢贺前辈,晚辈实不敢当。"

贺风馗淡淡道:"秋姑娘不必客气。"

茶棚之内,裴驷与何轻生对视一眼,似都松了口气,赶忙也出了茶棚。何轻生拱手道:"秋姑娘,我们来助你。"裴驷道:"不错。"

戚晚词瞧也不瞧这两人,心念电转,自己内外功的修为绝不会在贺风馗之下,只是不知他是否也练成了"意劲",无论如何,今日若与这帮刀客硬拼,恐怕讨不了好。她一边思索对策,一边嘴角露出诮笑,道:"贺副掌门可是要赐教吗?"

贺风馗端详戚晚词片刻,忽而一笑:"戚掌门,今日贺某不与你动手。"

戚晚词一怔,沉默片刻,道:"既然如此,咱们后会有期。"言毕便待率领门徒离去,心中却难以抑制地掠过一阵羞恼愤恨,自知今日终究是自己怯战,暗自发誓迟早要将贺风馗碎尸万段。

贺风馗忽道:"且慢,贺某只说不和你动手,可没让你走。"

戚晚词面色一寒,道:"你这是什么意思?"眼见贺风馗不答话,愈觉他脸上笑意古怪而轻蔑,又道:"贺风馗,你以为我会怕你?"

贺风馗缓缓道:"你怕不怕我都无妨,我也都不在意。"顿了顿,又道:"戚晚词,今日便是你的死期。我不让你走,只是要让你等一个人,等他来杀你。"

"满口狂言,"戚晚词冷笑道,"我倒想知道,是谁要来杀我?"问完心弦却莫名一紧,脸颊一阵阵地发僵。

"你已猜到了,不是吗?"贺风馗目视戚晚词,心头闪过赵风奇与楚风萧的面容,但他的神情中自始至终都没有流露恨意,像在看着一个死人。

戚晚词闻言手腕一颤,不自禁地拔剑转身,仿佛那人已来了似的。一瞬间她心中便恨到了极点,倒像那将至之人欠了她万千桩血仇,亟待她讨还。

"方轻游……"她咬牙切齿道。

九

华山停云书院,朝云殿内。

展梅挟制住叶凉,与庄诚等人已僵持半晌。庄诚和三位师弟屡屡互换眼色,脚下时而轻微挪动,指掌上蓄满劲力,想要寻隙猝然出手制住展梅;然而展梅应变极快,亦是不时调换身姿,始终不给"停云四贤"可乘之机。

这一番对峙，于双方心智精力都是极大的消耗。庄诚脸上已是微微见汗，眼瞧展梅仍是神色淡然，不禁暗暗佩服他的修为。

展梅忽道："庄兄，我一人自非你们四位之敌，但在你们将我擒杀之前，料想我仍有余暇将叶兄弟杀死。"

庄诚冷哼不语，心知展梅所言不虚。展梅是"天下第一快剑"，出手之迅疾，恐怕确是己方四人难以拦阻的。他盼着叶凉挣扎呼救，或能引乱展梅心神，然而叶凉被展梅右掌抵住背上要穴，却似吓傻了一般，只怔怔然杵在原地。

晏格粗声道："展梅，你要如何？"

展梅道："请问四位，眼下可是已将柳副山长擒住了？想来四位不会贸然做此决断，是燕山长早前吩咐的吧？"他问完见四人都只沉着脸，心中已有了答案，不由得轻轻一叹。

庄诚寻思片刻，微笑道："展兄，你将叶师侄放了，便自离去吧。"

展梅略一静默，道："我不但会放了叶兄弟，自己也不走，听凭诸位发落。"

庄诚目光一闪，道："当真？"

展梅颔首道："但我只请诸位放了柳兄。"

庄诚等人相顾一眼，均不接口。展梅又道："料想柳兄与燕山长之间定有误会，他日不难解除，诸位若答应在下，以后一切罪责，都由在下承担。"

庄诚摇头道："请恕我们难以答应。"犹豫一瞬，又道："展兄，你尚不知道，方才柳副山长去见弓魔，竟忽然出手解开了弓魔身上的禁制，将他放脱了。"

展梅一惊，道："那如今弓魔在哪里？"

庄诚轻叹道："已是不知去向。"

展梅注目庄诚，心中却不甚相信，若真走脱了弓魔，华山上下恐怕早已大乱,眼前的"停云四贤"又怎会如此镇定?转念一想,却不禁悚然暗凛:"恐怕是他们四人放走了弓魔,却嫁祸于柳续……嗯,这自然也是燕山长的吩咐。"

庄诚又道:"故而柳副山长犯下了重罪,我等不得不将他擒下,那是万不敢放的。"

展梅听他说得笃定,更觉震惊,心想:"燕山长既说要在武林大会上处决弓魔,此事亦已传遍江湖,又为何竟将他提前放走?"转念中,手掌抬起,按在叶凉后颈上,又道:"看来诸位是丝毫不顾惜叶兄弟的性命了。"

庄诚等四人闻言相顾一眼,神情均变。庄诚叹道:"柳副山长是断不能放,展兄若狠心要施辣手,我等也只能与展兄奋力一搏。"

展梅点了点头,忽而哈哈一笑,笑声颇为孤清悲凉,道:"好,好,好。"

庄诚等人听他称"好",只道他当即便要对叶凉下毒手,一瞬间都心弦紧绷,蓄势便待上前;却见展梅神色渐复平静,轻声道:"我少年时本是山中刺的刺客,结识燕山长后,为他的信义所感召,脱离了师门,燕山长助我扬名,几年前又让我做了青锋令使,多年来我对燕山长的心胸志向也一直深感钦服……可是今日,终不免闹到这般地步。"

庄诚四人闻言俱惊,剑客展梅的师承、来历一向是谜,却不料他今日自叙出身,四人一时均想:怪不得展梅以枝条为剑,山中刺分为零、落两堂,草曰零,木曰落,想来他是落字堂弟子。

庄诚道:"原来展兄与燕山长还有这般深厚缘分,那么展兄更该体会燕山长的心意,莫与我等为难才是呀。"又想到去年展梅暗中护送吴重、叶凉,能帮两人摆脱山中刺的刺杀,自然也是因为他与师门的渊源。心中暗忖:"听闻山中刺两堂各有一项极难修成的绝技,薛夜鱼曾以零字堂的绝技'刺青'在春雪镇上伤了燕山长,而落字堂的绝技名为'描红'，先前燕山长提及时深觉忌惮，似乎此技威力更在'刺青'之上，倘若这展梅竟练成了'描红'，那就更难对付。"

便在这时，忽有一个年轻书生急匆匆进了朝云殿，颤声禀道："有人、有人给了弟子一张拜帖。"

庄诚听得皱眉，本来华山停云书院名满天下，常有各派武林同道前来拜山，那也算不得什么要紧事，可这名弟子却不看情势，径直闯进殿来禀报，实在是莽撞失礼，便冷淡道："什么拜帖？"

那书生躬身道："弟子奉命到山下市镇采买物品，忽被一人从背后制住，弟子没能瞧见那人的样貌，怀里却被他塞了一张拜帖……那人只说让弟子将拜帖呈与庄师伯亲启，等到弟子穴道解开，那人已不见踪影。"越说声音越低，似惧责罚。

庄诚一怔，道："岂有此理。"目光仍盯着展梅，朝那年轻弟子一招手，那弟子快步将拜帖递到他手里。

庄诚与展梅对视一眼，微微一笑，低头打开拜帖，随即合上，脸色霎时忧重；晏格与欧阳致、卢修见状都道："师兄，出什么事了？"

庄诚轻吁一口气，道："乘锋帮拜山。"

三人神情均凛，晏格大声问道："什么时候？杨仞这小贼也来吗？"

庄诚道："两日之后，没说谁来。但这拜帖的落款是'乘锋帮六百刀客'。"顿了顿，又道："我瞧这帖子上的字迹清奇峻拔，写帖之人书法不凡，多半便是'龙骨丹青'萧野谣。"

殿内一时寂静。

展梅察言观色，忽而淡淡笑道："诸位既不愿放了柳绫，又猝遇大事，那在下也不留下来耽搁诸位了，这便告辞可好？"

庄诚将信将疑，道："展兄此话当真？"

展梅道："自然当真。不过在下与叶兄弟颇为投缘，须得带着他一同离山，不知庄兄意下如何？"

庄诚闻言眉头一皱，便要拒绝，却听展梅又道："请诸位放心，在下只是想将叶兄弟扣为人质,绝不会伤害他的性命。"

庄诚欲言又止,沉吟起来:此际他们一来忌惮展梅的快剑,没把握将叶凉活着救回,二来大敌当前,须得筹划应对之策;而依照燕山长之前的命令,一则不能危害叶凉的性命,二则须将柳续擒下,若是听任展梅暂将叶凉掳走,倒是能二者兼得。

展梅见他犹豫,洒然又道:"庄兄不愿答应也无妨,那我也只好在此间将叶兄弟杀死,大家拼个鱼死网破。"

庄诚仍不答话。卢修倏而阴恻恻笑道:"展兄真敢杀死叶凉?我瞧却也未必。"

展梅淡淡道:"诸位若不信,便请明言拒却,到时便知在下敢不敢。"说话中眼神一冷。

晏格怒哼一声,正要开口,忽听庄诚道:"展兄,我答应你便是。"

话音方落,叶凉便觉展梅按在自己颈上的手指微微一松,方才他听着展梅口口声声说要杀死自己,不知为何,心中对展梅却恨不起来,此刻百感交集,竟似隐隐也松了口气。

晏格扭头看向庄诚,急声道:"师兄,这如何使得?"

庄诚道:"晏师弟不必多言,咱们日后再设法将叶师侄救回便是。"言毕看也不再看展梅一眼,径自转身出殿。

随后,展梅携着叶凉离开了华山,纵马向南行去;几个时辰过去,却也未遇停云书院追击。

一路行到深夜,展梅才停下歇息,为叶凉解开手足穴道,却仍封住他的丹田,使他难以运转内息。叶凉舒活了几下手脚,眼瞧展梅神色歉然,自己心里也颇觉别扭,想了想,问道:"展前辈,不知你打算去哪里?"

"叶兄弟,"展梅应了一声,从行囊里取出干粮,分与叶凉,道,"我带你去见你真正的师父。"

十

岳州城中，夜凉如水，长街上月映华烛。

眼看虞夙取出"赤流霞"，岳凌歌呵呵笑赞，温蔚神情凝肃，徐开霁却是悠悠一叹。

杨忉目不转睛地瞧着虞夙手上，忽而从行囊里取出一只装水的皮袋，咕嘟咕嘟喝了几口水。

虞夙冷眼觑向杨忉，心想：大战在即，此人喉咙发干，那是心中紧张，暗生惧意之故，这一战自己已是立于不败之地；却见杨忉抹了抹嘴角，收好皮袋，笑道："不喝点水，怕稍后吐不出唾沫来，那就不好玩了。"

虞夙大怒，沉声道："小子看招。"脚步一晃，手腕震颤，月下漾起一片赤金的光华，如金鳞灿灿的巨蟒，朝着杨忉胸腹间扑卷过去——

杨忉横刀待削，忽见那金色的罗带一黯，一瞬里竟似在月色中消隐了踪迹，只余一股幽冷的锐风转折刺向自己左腰。

杨忉一惊，斜步疾退出去，再看虞夙手上，那罗带已转为暗红色；杨忉暗凛："原来这'赤流霞'竟能变色……"转念之际，虞夙挥抖罗带，追刺而至，杨忉摸不清这罗带的虚实，只连连闪避，忽而双颊收紧，嘴唇一嘬——

虞夙见状皱眉，心知若祖传的名剑真被杨忉的唾沫所污，那自己从今也不必在武林中露面了，他无心与杨忉再多纠缠，手腕虚飘飘一晃，罗带当空凝停，宛如一道金色的闪电，蓄势待劈；徐开霁面色一变，瞧出虞夙即要使出"绯霞剑法"中的杀招"霞思天想"，脱口道："虞兄且慢！"话音未落，徐开霁已闪身到两人之间，手拈一片鹅毛，轻轻拂过罗带，半空里的金光顿时散碎。虞夙轻哼一声，振腕将罗带卷回，漠然道："徐兄有何指教？"

徐开霁叹道："你们双方又无血海深仇，虞兄又何必非要赶尽杀绝?"说话中手心一松,鹅毛被夜风吹得消隐,却是刚才已被罗带上的剑劲震成粉末。

岳凌歌与温蔚相顾一眼,也走上前来。岳凌歌微笑道:"徐前辈先前便说,此事该当从长计议,是吗?"

"不错。"徐开霁缓缓说道,"徐某奉燕山长之命,来到岳州处置留影舫之事,过去月余与那些刀客打了不少交道,他们性情内敛温和,很讲义气,本都是与世无争之人,实不能算正气长锋阁的敌人,我与他们约定好了切磋武功,料想至多再过两三日,便能妥善了结此事。"顿了顿,继续道:"而乘锋帮相较于留影舫,不过是帮派更大些,刀客更多些,也没什么真正不同,更绝非作恶行凶的邪道帮派;杨帮主年轻有为,想在武林中立一番功名,法子有的是,也不必非要与正气长锋阁为敌。双方只要多多商讨,各自谦退些,总也能化干戈为玉帛。"

众人闻言一时都不说话。岳凌歌沉吟片刻,轻轻摇头道:"依徐前辈所言,天下便不该有仇怨厮杀才是,但那又如何能做到?且说那留影舫一派,徐前辈说他们讲义气,但他们不是与徐前辈车轮战吗,如此无赖之举,又有何义气可言?"

"岳阁主有所误会。"徐开霁微微一笑,道,"如今留影舫的掌门不在船上,他们没了能定夺大事之人,便想与我一战定胜负也难以施行,立下'车轮战'的约定,也是遵循门规。每当我打完一战,他们总是让我歇息够了才派出下一人,这些时日里我与他们切磋言谈,深为他们的温厚心性所感,倒也说得上是惺惺相惜。"

岳凌歌颔首道:"原来如此。"看了看虞夙,但见他面沉如水,也不知是否听进去徐开霁所言,便又看向温蔚,问道:"不知温楼主以为如何?"

温蔚道:"徐兄侠骨仁心,实在令温某钦佩。"

虞夙倏然一笑,道:"虞某也钦佩得很。"语气平淡,也不知是真是假。

温蔚快步走到虞夙与徐开霁之间,似怕两人再动起手来,与虞夙对视一眼,又回身对徐开霁道:"徐兄,你实在是……"——说到这里,手中扁棍倏忽扬起,重重戳在徐开霁腰侧。

徐开霁喷出一口血,陡然握住扁棍。温蔚神情古怪,一霎里两人同时发力,木屑溅飞,扁棍迸裂,露出一根狭长的铁刺。

"徐兄,你实在是蠢了些……"温蔚轻叹说完,挺臂一贯,铁刺划破徐开霁手掌,刺入他腰里寸许。徐开霁身躯一晃,温蔚正待再度发劲,一条赤金色的罗带飞来,卷住铁刺中段,虞夙回腕一振,将铁刺远远甩飞出去。

温蔚虎口流血,退开两步,看向虞夙,摇头叹道:"虞庄主,你莫非还不明白吗?"

虞夙冷声道:"虞某只明白,若换作藏玉楼昔日楼主温歧,绝不会做此偷袭暗算之举。"

温蔚一怔,眼见虞夙漠然看着自己,倏而想起白天两人在碧湖轩初见时,虞夙似也是这般的眼神,淡漠里藏着一丝讥诮,当时虞夙说了句"虞某对温歧温楼主素来敬仰",此刻这句话又回响在温蔚耳边,激得他心中愤愤不平,只觉虞夙的眼神仿佛在说:"你改了衣装,挑了货担,但你终究不是温歧。"

杨刎从旁观望,忽而哈哈一笑,道:"这般卑劣行径,由你温蔚老兄做出来,我倒也不觉得惊奇。"杨刎瞥见徐开霁腰间血流如注,脚下已积成了一小片血泊,当即凌空弹出几缕指风,助他封住了血脉。

温蔚却不理睬杨刎,凝视虞夙片刻,脸色阴晴数变,终究沉下一口气,道:"虞庄主,你好糊涂。徐开霁早已与乘锋帮勾结,密谋对正气长锋阁不利,否则深夜里他又怎会与杨刎同在一处。"说完冷笑一声,转头又道:"徐开霁,你敢说你和杨刎今夜不是约好了碰面?"

徐开霁淡淡看了温蔚一眼,目光越过了他,与岳凌歌对视,道:

"岳公子，这一切都是你的主意吧？"

岳凌歌眼光闪烁，静默一阵，笑嘻嘻道："徐前辈，你勾结杨仞，又助留影舫躲藏起来，真以为能瞒过正气长锋阁，瞒过燕山长吗？"

虞夙神情微变，皱眉道："岳公子，你说留影舫是徐兄藏起来的？"

岳凌歌微笑道："不错，徐前辈说他与留影舫刀客惺惺相惜，恐怕倒是真话。请虞庄主细思，这留影舫的船本来一直在湖上，却偏生在虞庄主赶到岳州的当天消失不见了，岂非太过离奇了吗？"

温蔚接口道："那自然是因为徐兄一早便与留影舫串通好了做戏，拖延了一个多月，眼看拖不下去了，才使出了藏船的伎俩。"

虞夙将信将疑，注目徐开霁，沉吟不语。

"徐前辈，"岳凌歌不疾不徐道，"你接了燕山长的命令，却阳奉阴违，与留影舫刀客一天天地闹着玩，华山之会近在今秋，可实在耽搁不起呀。——在下这一趟来岳州，便是奉命为正气长锋阁收缴你的青锋令，得罪莫怪。"说到后来，语声渐肃。

"世上的事，无不是闹着玩，又何必闹得这么大，流这么多血？"徐开霁长叹一声，袍袖忽地逆风飘摇，袖缘翘起，宛如刀剑。

岳凌歌神情微变，眼瞧徐开霁袖中剑劲充盈，心知他腰伤难以久撑，恐怕一旦出手便是雷霆一击，便呵呵笑道："徐前辈，你这是恼羞成怒，还是想先发制人？"

杨仞插口笑道："岳公子，你想以言辞拖延时辰，好让徐前辈伤势加重，只怕徐前辈不会中你的计。"

岳凌歌轻哼一声，径自看向虞夙，道："虞庄主，还得有劳你为正气长锋阁擒下徐、杨二贼。"

虞夙略一静默，淡淡道："岳阁主有令，虞某自当遵从，只是岳阁主与温楼主手段高明，想来无须旁人相助，也能从容擒下这两人，虞某若贸然干预，岂非显得瞧不起岳阁主与温楼主吗？"说到"手段高明"四字时，嘴角却微露诮笑。

岳凌歌眼芒一闪，哈哈干笑两声，目光转向徐开霁。

杨仞见徐开霁伫立不动，周身衣衫上不断流过涟漪，不禁心下微奇："怎么徐前辈迟迟不出手？"

忽听温蔚慢悠悠道："方才温某的扁棍上沾了些蘋草粉末，这蘋草的毒性已渗入徐兄血脉，此刻徐兄本该四肢酸软、瘫倒在地才是，却不料徐兄竟仍能站立，真是奇哉怪也。"

杨仞微惊，却听岳凌歌笑嘻嘻道："依我看来，眼下徐前辈的手足确已乏力，全靠白鹤剑一派那'鹤忘机'的气劲周流全身，才支撑不倒，实在让人钦服。"

温蔚恍然笑道："听闻白鹤剑的内功绵流无尽，气象高远，所谓'青空一鹤，白云悠悠'，那真是极厉害的。"

他们两人笑语称赞徐开霁的内功，神情却颇得意，显是料定徐开霁已快压制不住毒性。

徐开霁微微一笑，仍不开口。岳凌歌与温蔚相顾一眼，却也并不急于近前擒他。

"岳阁主，"虞凤倏而冷声道，"虞某向来睡得早，此时夜深，虞某便先回客栈歇息了。"他说完不待岳凌歌接口，径自转身而去，走出几步，又命仆从将烛台留置地上，道："这地界有些黑，虞某帮岳阁主照一照。"

徐开霁眼见虞凤渐走渐远，忽道："虞兄，多谢。"

"徐兄，"虞凤前行中一笑，笑声说不出的古怪郁涩，"虞某救不得你，你也不必谢我。"

徐开霁收回目光，转头笑道："杨帮主，今日我老徐气运不济，就不和你多聊了，你也走吧。"

杨仞摇头一笑："徐前辈，我来岳州，本也是想和你交个朋友，若是这当口离去，那可就太不够朋友了。"他瞧着受伤中毒的徐开霁，却莫名想到了郭正，这两人，一个古板，一个潇洒，脾性差别极大，可是此时此刻，他心中忽然间便已认定：绝不能让徐开霁像郭正那般，死在自己眼前。

徐开霁一怔，心知此际自己堪堪将毒性抑住，只怕过不了片刻便会再度发作，那时就再无出手之机了，当即叹道："我已吃了你的蚕豆和烧鹅，又怎好再烦你相助？"话音方落，身影飘忽一闪，双袖飒然展开，如大鸟舒翅，两股劲风分袭向岳凌歌与温蔚——

温蔚心下惊凛，抬掌格挡袖风，徐开霁已在他身侧落足，一指点向他的丹田；温蔚急以左掌化解指力，正欲还击，眼前忽然不见了徐开霁的身形，原来电光石火之间，徐开霁竟如疯汉当街耍赖一般，一屁股坐倒在地，双手倏忽握住温蔚脚踝，迸力将他摔跌出去。

温蔚眼冒金星，一时难起；徐开霁脚下闪转，大袖如宽剑，已迅疾削向岳凌歌胸襟。

岳凌歌斜身闪过先前那记袖风，从衣襟里取出一页纸来，眼看徐开霁扑近，也不惊慌，只将那纸挡在胸前，面露喜色。

徐开霁瞧见那页纸，一瞬间神情似黯淡了许多，敛袖站定。

岳凌歌趁机倒掠丈外，颔首笑道："徐前辈，你瞧见这停寄笺，便该知道我确是奉燕山长之命而来，可不是信口诓骗你。"

徐开霁轻轻一笑，道："岳公子手中的真是停寄笺吗，怕不是伪造之物吧？"

"徐前辈看过便知。"岳凌歌说着随手一扬，那纸笺飘飘悠悠地飞向徐开霁。

徐开霁接住纸，端详几眼，喃喃道："竟是真的……"

岳凌歌道："自然是真的。"

徐开霁恍若未闻，低头看着停寄笺，目光惘然迷蒙，忽而轻叹道："云烟往事，如在昨天。这张纸，徐某年轻时也曾见过一次。"

岳凌歌亦叹道："徐前辈既见停寄笺，瞧在燕山长的分儿上，便请束手，莫再为难在下；徐前辈若觉得自己无罪，也请到燕山长面前分说如何？"

徐开霁神色怅郁，沉吟不语。

忽听杨仞笑道："一张旧纸，又能作得什么数？且不说燕寄羽那鸟人究竟是何心思，说不准这纸还是岳公子偷来的呢。"

徐开霁一愣，随即哈哈大笑，道："徐某平生自负洒脱，今日当真是糊涂了，杨帮主，多谢你提点。"他说完轻轻摇头，袍袖微鼓，手腕随之一抖，将停寄笺震成了碎纸，飘散在夜风中，叹道："燕山长要治我的罪，便让他亲自来吧。"

岳凌歌大惊，踏前几步，急挥双手在半空里乱捞，似要将散碎的纸笺接住；徐开霁欺近了一袖扫出，岳凌歌神情惶茫之际，却倏而抬臂架住了徐开霁的衣袖，古怪笑道："阿叶。"

徐开霁听了这个名字，皱眉道："你说什么？"

岳凌歌脸色渐渐平复，从容道："在下今日已将阿叶擒住，藏在一个只有在下知道之处，徐前辈若敢对在下不利，恐怕这店小二就活不过今夜了。"

徐开霁摇头失笑道："我与那店小二只见过几面，毫无交情可言，岳公子竟想拿他要挟我吗？"

岳凌歌淡然迎着徐开霁的目光，道："正是。"

两人对视片刻，徐开霁身躯忽而一晃，却是心绪震动之下，蒴草毒性隐隐将发；岳凌歌又轻叹道："徐前辈，你的武功修为可谓是江湖罕有，可惜心肠太软，今夜才会处处受制。"

不远处，温蔚慢慢爬起身来，微笑道："岳公子神机妙算，今日午后赶去湖边时没让我骑虞凤的快马，我挑担走路过去，途中便将那店小二擒了，否则当着虞凤的面，还真不好找时机下手。"

杨仞提刀大剌剌站在一旁，见状道："徐前辈，我瞧你似是有些为难。"

徐开霁闻言苦笑道："不错，那位阿叶是个无辜小孩，徐某又岂能不顾他的安危。"

"这事倒也不难,"杨彻哈哈一笑,道,"徐前辈,你瞧我的吧。"

十一

徐开霁闻言一怔,杨彻已转身闪掠而出,霍地一刀斩向一旁的温蔚。

温蔚刚刚悄没声息地捡起了铁刺,与岳凌歌暗换眼色,正待夹击徐开霁,却不料杨彻猝然劈斩过来,脚下急转,便想暂避锋芒;杨彻早料到他要躲,刀招变换得更快,手腕左右回旋,挥扫出一蓬刀光——

这一式"散锋"以杨彻去年乍离春山时的修为,已能短时劈斩出八九刀,如今他得了柳空图的功力,又参研了陈彻所写的"新乘锋刀谱",此际施展出来,威力远非昔时可比,一瞬里白晃晃的刀芒在温蔚的周遭飞闪不绝,宛如落下了一阵快雪,将他退避的方位尽数笼封;温蔚心下大骇,辨不清刀势虚实,迅疾挥舞铁刺,护住胸腹要害,叮当几声,火星乱溅,铁刺被刀劲震得脱手激飞——

杨彻轻笑一声,漫天雪影收束成一抹刀光,停在温蔚的眉睫之前。劲风吹断了温蔚束发的巾带,温蔚满身衣衫飘扬,脸上身上虽无刀痕,但刀劲已随刀风灌入他体内,封闭了他的经络。

温蔚僵立原地,动弹不得,只感浑身冰凉,如遭雪水浇淋。徐开霁从旁观战,也不禁颔首暗赞:"这一番'雪中生火'的激斗煞是好看,原来杨帮主的修为比我料想的还要高些。"

方才岳凌歌眼见杨彻突兀袭斩温蔚,便要掠过去相救,忽然一根扁长的铁刺激射而至,情急中闪退丈外,铁刺插进了他脚尖之前的青石地面。岳凌歌再退两丈,暗道一声险,侧目凝视杨彻,心中惊凛:"温蔚先前已被徐开霁所伤,这小子靠着一股蛮劲硬将温蔚的铁刺震飞，那倒也罢了，可他却能算准了方位，恰让铁刺朝我飞袭过来，这份运用内劲的火候可当真精纯。"

杨彻制住温蔚之后，回腕一晃雪刃，又闪身掠向岳凌歌，经过地上的铁刺时飞踢一脚，铁刺急啸而起，射向岳凌歌咽喉。

岳凌歌目光一闪，斜斜蹿掠出去；与此同时，杨彻身法骤然加疾，追上了半空里的铁刺，扬手一刀将铁刺劈开，两片锐铁分射岳凌歌双肩，中间一道雪色刀光抹向岳凌歌胸腹，岳凌歌当机立断，矮身向旁打了个滚，姿势很不雅观，却也妙到巅毫，恰将杨彻的攻势避开。

岳凌歌翻身跃起，袖口冷光若隐若现，便待亮出弦剑，斟酌一瞬，却敛袖站定。

此刻杨彻已掠到岳凌歌近前，岳凌歌忽一拱手，正色道："杨帮主，是在下输了。"

杨彻一愣，颇觉意外，手里的雪刃一顿，笑道："你当真认输了？"

"不错。"岳凌歌淡然颔首，今夜他让温蔚以蘋草之毒偷袭徐开霁，又备下了停寄笺与阿叶这两个后招，料想已足够擒敌制胜，唯一失算之处，便是杨彻的武功修为竟远高出他的揣度；他目视杨彻，从容又道："不过杨帮主也莫忘了，那阿叶可还在我手里……"

"去你娘的阿日阿夜，老子不认得。"杨彻嗤笑一声，随手挥出雪刃，刀背在岳凌歌周身几处穴道上一点即收，一霎里岳凌歌神色微变，却仍伫立不动，任凭杨彻将他制住。

岳凌歌呵呵一笑，道："若在下使出真本事，虽未必能胜，但料想也不至于落败……只是如此一来，却须与杨帮主生死相搏，在下还是不冒这个险了。"

杨彻不知他这话是真是假，也懒得去想，转身看向温蔚，正待开口，忽听徐开霁叹道："那阿叶才十三四岁，秉性善良，咱们不可不顾。"

岳凌歌闻言接口道："不错，徐前辈言之有理，杨帮主慎思，可别意气用……"

杨饧听得不耐烦，道："他便是还没断奶的孩子，又关老子屁事？"说话中快步走近温蔚，笑眯眯看着他，又道："温前辈，蒴草解药在哪儿？你若不说，我一刀劈开你的头壳，你说好不好玩？"

温蔚一怔，心下虽怒，但知眼前这小子狂悖无忌，什么事都干得出来，便低声说了解药的所在，却是在一旁的货担里。

杨饧依言找出那瓶解药，想了想，又回身笑道："这解药若是假的，你们藏玉楼上任楼主温歧死不瞑目，化为永世不得超生的厉鬼，温前辈若没给假药，便请点头同意吧？"

温蔚心中恨极，犹豫片刻，却又指点杨饧从货担里取出了另一瓶药。

杨饧哈哈一笑，道："温前辈，你到这时候还敢弄鬼，我倒有些佩服你了。"

温蔚冷脸不语，他说与杨饧的第一瓶药仅能暂时抑住毒性，过得两三日却又会发作开来，到时他便能再找时机去擒拿徐开霁，却不料转眼就被杨饧识破。

杨饧将解药拿给徐开霁服下，随即看向岳凌歌，问道："岳公子，你们将那位阿日，藏在哪里了？"

岳凌歌道："……是阿叶。"

杨饧嗯了一声，又晃了晃手中的雪刃。岳凌歌苦笑一声，说出了藏匿阿叶之处。

杨饧沉吟片刻，也不知那地方是否还有埋伏，便又对温蔚道："那便有劳温前辈去将阿叶带来此间。你一个人去，两个人回来，若再敢弄鬼，我就只好将岳公子剁了做成烧鹅。"

他说完随手横挥一刀，刀风扑到温蔚身上，顷刻将他被封的穴道撞开。

温蔚身躯一晃，与杨饧默然对视片刻，道："好，只要你不危害岳公子，温某便走一趟。"说完慢吞吞地迈步走向货担，便想拾起。

"留下货担!"杨彻见状喝道,"他娘的,你快去快回,还想沿路卖点货不成?"

温蔚双臂微颤,攥紧了掌心,却没回头,仍是缓步去远了。

徐开霁轻叹道:"温歧死后,藏玉楼后继无人了!"

杨彻对于藏玉楼的后继却无甚感慨,大剌剌走到岳凌歌身前,笑道:"岳公子,我再请教你一事:留影舫的船现下到底在哪儿?你让陈彻和你家侍女到湖上,当真是赏月吗?"

岳凌歌闻言目光微动,轻笑道:"我确是让他们赏月去了,至于他们会不会做些别的事,那我就不得而知了。"

杨彻将信将疑,心知岳凌歌深沉诡诈,倘若有意隐瞒,只怕也极难套出他的实话来,便转口道:"那么岳公子此来岳州,究竟所为何事,恐怕不仅是来收徐前辈的青锋令吧?"

岳凌歌坦然道:"实不相瞒,我家小侍女的生母便在留影舫,我想在她出嫁之前,带她来见一见她的娘亲。"

杨彻微怔,道:"严姑娘的娘亲竟是留影舫的刀客?不知姓甚名谁?"

岳凌歌微笑道:"那女子在武林中没什么名头,即便说了,杨帮主也不认得。"

杨彻笑道:"是吗,岳公子不妨说来听听。"

岳凌歌略一犹豫,道:"那女子名叫秦芸。"

杨彻闻言看向徐开霁,徐开霁皱眉回想片刻,道:"留影舫的女刀客甚少,过去月余与我交过手的刀客里,应当没这个人。"

岳凌歌一怔,随即沉吟道:"想来是那秦芸没用真名。"

杨彻想了想,问起留影舫刀客如何传承,徐开霁道:"历来留影舫所收的弟子,有些是湖上渔民的孩子,有些则是他们收养的孤儿。门徒一旦上船,除非被逐出门派,往往终身不再婚配。"

杨彻点头道:"如此说来,严姑娘的娘亲是生下严姑娘之后才上的船吧,不知她出身哪里,严姑娘的父亲又是何人?"

岳凌歌心知杨彻心思极快，若被他追问下去，不免涉及许多隐秘，便笑呵呵道："这我倒也不甚知晓，等见到知雨，我再问问她。"

杨彻本来对严知雨也不甚关切，便又转口问起燕寄羽近来的动向，却也没问出什么来；便在这时，忽然远处一个瘦小的身影跌跌撞撞地奔近，却听身旁的徐开霁轻声道："是阿叶。"

杨彻恍然笑骂："他娘的，温蔚胆小如鼠，竟让这小孩自己跑回来了。"他虽曾言明叫温蔚"一个人去，两个人回来"，但见温蔚既放了阿叶，此事也算妥善了结，便又转头打量起岳凌歌来。过得片刻，杨彻道："岳公子，咱们今夜就此别过，便委屈你在街上吹吹风，料想过不了半个时辰，你被封的穴道便能通开。"

岳凌歌微笑道："多谢杨帮主。"言毕身躯轻晃，竟已自己解开了穴道，转身捡起货担，头也不回地走远了。

杨彻心下微凛："他娘的，真不知这胖子的修为究竟多深。"随即对徐开霁道："徐前辈，咱们找个地方歇歇吧。"

两人领着阿叶走在长街上，徐开霁安慰了阿叶几句，阿叶受了惊吓，唇舌打战，只紧紧拉着徐开霁的手。

杨彻问起徐开霁今后打算，徐开霁道："徐某既管了留影舫之事，便会管到底，料想那些刀客重诺守信，也定会再设法联系徐某。待得此间事了，徐某便前去华山，将青锋令奉还燕山长。"他说完轻叹一声，端详着杨彻，忽道："不过徐某倒有些好奇，杨帮主既要与正气长锋阁为敌，为何方才不擒下岳凌歌？他是正气长锋阁的阁主之一，料想对杨帮主颇有用处。"

杨彻道："岳凌歌做事古里古怪，未必真心为燕寄羽出力，留着他帮燕寄羽，也不一定是坏事。"

徐开霁颔首道："原来如此。"顿了顿，又道："今夜多谢杨帮主仗义相救。"

杨彻摇头道："徐前辈，我救你可不是因为仗义。"

徐开霁道:"那是为何?"

杨仞道:"因为你是青锋令使,而青锋令使又是正气长锋阁的脸面,我想请你加入乘锋帮,利用你的身份来削减正气长锋阁的声威。实不相瞒,还有几位青锋令使,如'快剑'展梅,我也已派人前去联络。江湖中佩服燕寄羽的人甚多,须得让他众叛亲离,声名扫地,才好扳倒他。"

徐开霁莞尔道:"杨帮主说起'利用'二字,倒是颇为坦荡。"

杨仞亦笑道:"不错,倘若徐前辈不愿入帮,我自也不会强求。"

徐开霁却不接口,沉吟一阵,轻叹道:"杨帮主是否想过,江湖中佩服燕山长的人甚多,自然也有多的道理。"

杨仞道:"世人多半糊涂得很,那也不足为奇。"

说话中,三人经过一处宽大的屋檐,徐开霁停步道:"杨帮主,咱们便在这里歇息吧。"言毕从行囊里取出一张褥子。

杨仞一愣,道:"徐前辈,你伤势未愈,还是让我请你住客栈吧。"

徐开霁笑道:"那倒不必了,睡在这里,接通天地之气,伤势好得更快。"说着径自躺下。

杨仞对于吃喝住行之事本也是无可无不可,闻言便道:"那好。"随即也躺在地上,头枕行囊,便要睡觉。

阿叶忽道:"两位大侠,你们安心睡觉,我给你们盯着,若有坏人来到,我就叫醒你们。"

杨仞眼瞧阿叶双拳攥紧、神情认真,不禁微微一笑,以他现下修为,睡梦中周遭有任何异动,立时便能醒觉,无须旁人望风,但他不忍拂了阿叶的好意,便道:"好,我睡一会儿,便起来替你。"这时一旁的徐开霁却已打起鼾来。

少顷,杨仞渐渐睡熟,做了一个轻宁柔和的美梦,嘴角露出浅笑;忽觉周身气机微紧,听见一道轻盈的脚步声在夜风中缓缓靠近。

杨仞睁眼瞧去,淡淡的月色之下站着一个素裙女子,却是秋剪水。

一旁的阿叶嘟囔道:"我、我瞧这位姐姐不像坏人,便没叫醒你……"

杨仞翻身跃起,与秋剪水对视片刻,揉了揉惺忪的睡眼,道:"秋姑娘,你怎么从我梦里走出来了?"

秋剪水脸颊微红,道:"杨仞,你胡说什么?!"

十二

徐开霁方才亦已醒觉,听见杨、秋这两句对话,寻思一阵,翻了个身,再度睡去。

秋剪水问起徐开霁的身份,杨仞说了,秋剪水神色微变,便想上前拜见;杨仞回头笑道:"徐前辈……"

徐开霁含糊咕哝一声,侧身背对两人,随即鼾声大作。

杨仞一怔,与秋剪水相顾一眼,以两人的修为,均听出徐开霁已然醒来,但见他既然装睡,却也不好说破。杨仞想了想,轻声道:"秋姑娘,咱们还是走远些,莫扰了徐前辈歇息,我正有些话想私下和你说。"

秋剪水闻言只觉心跳莫名收紧,静默不语,随着杨仞走去一旁。

杨仞道:"秋姑娘,我请你来岳州,是有一件要紧事说与你。"

秋剪水一怔,道:"不是游湖赏春吗?"

杨仞随口道:"嗯,游湖是要去的,不过也不急于一时……"不知为何,他觉得秋剪水在听闻有"要紧事"后,神色似乎冷淡了不少。他挠了挠头,继续道:"还是先说要紧事:你们巴山烛照剑有一位副掌门,名叫穆清池,是吗?"

秋剪水道:"是又如何?"

杨仞道:"据我所知,这位穆副掌门暗地里已和燕寄羽达成约定,要在今秋之前罗织你的罪状,夺去你的掌门之位,将你囚在巴山,由他率领门徒前去华山武林大会,从此彻底服从于正气长锋阁。"

秋剪水颤声道:"这、这怎么可能?穆师叔不会是这样的人。"

杨彻道:"此事是两月之前,贺风馗在跟踪龙钧乐时,亲耳听见他与穆清池说的,想来龙钧乐还不敢假传燕奇羽的命令。"

秋剪水一时凝思不语,先前穆清池回到巴山后,却未曾向她提及见过龙钧乐之事。

杨彻道:"你若一直待在巴山,随时可能遭到穆清池的暗算,故而我才邀你到岳州相见。"眼看秋剪水神情忧虑,便又道:"秋姑娘,你不必担心,我既知晓了此事,便有法子不让那穆清池得逞。"

秋剪水并非惧怕穆清池的阴谋,只是心里终不愿此事为真,从而同门相残,但听杨彻说得真诚郑重,便轻轻嗯了一声。

杨彻仰望月色,忽而哈哈一笑,整个人似乎松弛了许多,道:"秋姑娘,这些时日,我甚是担心你的安危,今日见到你,才渐渐放下心来。"

秋剪水心中感动,低声道:"我也……我也很担心你。"随即又觉慌乱,忍不住侧头望了一眼,但见徐开霁与阿叶都正酣睡,却仍不禁脸颊发烫。又听杨彻道:"对了,秋姑娘,你怎知我今夜睡在这里?"

秋剪水道:"我途中曾听你乘锋帮的帮众说起你惯用的暗记,进得岳州城后,便循着你留的记号一路寻来了。"

杨彻点点头,轻叹道:"这套记号最初还是我与赵风奇赵老兄同行时,从他那里学来的。"

随后杨彻又问起秋剪水途中的经历,在听她讲到贺风馗率众刀客将戚晚词围困时,不禁笑道:"我知这冷婆娘要来岳州捉我,也将此事告知了方轻游,后来如何,方兄可将她杀了?"

秋剪水道:"没有,方兄将戚前辈放了。"

杨彻皱眉道:"怎么放了?"

秋剪水道:"后来方兄赶至茶棚时,却是与他师父赵长希前辈、知味谷的游不净前辈一同来到，原来是燕山长和素微真人派弟子给方兄传信，说愿以赵、游二位前辈作为交换，请方兄放过戚晚词一次，方兄虽将信将疑，却也答应下来，随那弟子前去一处隐蔽山洞，果然救下了被制住的两位前辈。"

杨彻沉吟道："这倒有些古怪，燕、李二人对方兄的动向如此清楚，能及时传信相救戚晚词，那定然也都在岳州左近……既是如此，那他们为何又不自己现身救人？"

秋剪水道："这一节确是古怪，不过能救回两位前辈，总也是好的。"

杨彻道："嗯，方兄做得很对，救人比杀人要紧，今后总会有机会杀死戚晚词。"说着哈哈一笑："两个换一个，说来还是咱们赚了，只是未免有些抬举那婆娘。"

秋剪水继续讲述，在方轻游放走戚晚词之后，赵长希与游不净深感被擒之耻，一气之下便答应了贺风馗的邀约，也都加入了乘锋帮；贺风馗等人亦觉燕、李或在岳州附近，便率众刀客四处探查。而她则婉拒了乘锋帮的护送，径自赶来岳州。

杨彻得知帮中又多了两大高手，甚觉高兴，又听秋剪水说起玄真教的何轻生与晴川刀掌门裴驷或也到了岳州，兴许很快便会前来拜会，请求加入乘锋帮。

便在这时，街角黑暗处忽然转出两个鬼鬼祟祟的身影，快步跑到近处，却正是何轻生与裴驷。

杨彻听两人自报了姓名，笑道："两位来得倒巧。"

何轻生与裴驷心知秋剪水定然要与杨彻见面，自离了茶棚便一直远远地跟着秋剪水，此刻何轻生闻言便道："也不算巧，我们一直在暗中护送秋姑娘。"裴驷道："不错。"

秋剪水听得微微蹙眉，道："何道长，裴掌门，你们尚未告诉我，起初究竟是如何寻到我的？"

裴驷干咳一声，道："这个……这只是细枝末节，不说也罢。"随即转身对着杨仞拱手长揖，提出了入帮之事。

杨仞瞧他吞吞吐吐，倒有些好奇了，便笑道："我们乘锋帮都是有话直说的爽快人，裘掌门言辞遮遮掩掩，倒似与我帮的脾性不大相合。"

裘驷与何轻生对视一眼，只得照实说了，原来先前晴川刀一派被玄真教鄂州分坛打得四下逃散，其中有个弟子撞见了孤身赶路的秋剪水，见色起意，便想非礼秋剪水，却被秋剪水打退；这弟子瞧出秋剪水的武功似是巴山烛照剑一路，设法禀告了裘驷，裘驷便在左近打听搜找，这才寻得秋剪水的行踪。

秋剪水途中确曾遇到几名宵小无赖，却没想到其中之一便是晴川刀弟子，闻言静默不语。

杨仞眉头大皱，耳听裘驷与何轻生再度请求入帮，却不接口。裘、何二人面露苦笑，连连赔罪，杨仞沉吟道："我想请两位帮我做一件事，待到事成，我自然欢迎两位入帮，不知两位意下如何？"

裘驷忙道："甚好，甚好。"却也不问何事。

杨仞颔首笑道："我瞧两位挺擅长寻人，便想请你们帮我找一找留影舫的下落。你们找到之后，便来告诉我一声。"说完看了一眼睡梦中的徐开霁，又道："嗯，你们到时若遇见这位穿道袍的徐前辈，告诉他也是一样。"

何轻生与裘驷闻言均想，留影舫自然便在洞庭湖上，那又有什么难找的，当即连声答应下来。

待得两人告辞离去，远处躺在褥子上的徐开霁忽道："多谢杨帮主。"

秋剪水一怔，这才恍悟徐开霁修为极深，耳力非凡，恐怕方才自己与杨仞说的许多话也都被他听去了；沉静片刻，忽听杨仞道："秋姑娘，咱们去湖边走走吧。"

秋剪水面色愈红，直想快些逃离此地，便与杨仞朝着城西走去。

长街清旷，两人走出一阵，谁也没再开口；转过一处街角，两人忽而同时转头看向对方，似乎都有话要说，杨仞便道："秋姑娘请讲。"

　　秋剪水轻声道："杨仞，你先前是梦见了我吗？"

　　杨仞道："嗯。"

　　秋剪水道："你梦见我什么？"

　　"这……"杨仞神情微微慌张，"这可不能说。"

　　秋剪水点点头，又道："那你刚刚想说什么？"

　　杨仞道："我刚才想说……啊，我忽然忘了。"

　　秋剪水瞪他一眼，也不再追问。两人谈起分别后的各自经历，秋剪水渐渐发觉一事，忽道："杨仞，你以前说话时颇多粗口，很是不雅，怎么现今却转了心性似的，不说那些粗口了。"

　　杨仞并未转变心性，只是在秋剪水面前不自禁地有所收敛，闻言一愣，摇头笑道："我现今说话很文雅吗，我倒没觉得，他娘的。"说完却觉这一声"他娘的"颇为刻意，不似往常那般直抒胸臆。

　　秋剪水见他神情似有些发窘，不禁抿嘴一笑。杨仞道："秋姑娘，你笑什么？"秋剪水却转口说起了别的。

　　两人边走边谈，来到城外的渡口，望见岸边坐着一男一女，面对着月色之下清粼粼的湖水；秋剪水凝神瞧去，道："那两人似是陈彻与严知雨。"

　　杨仞眼瞧陈、严二人呆坐不动，便对秋剪水使了个眼色，蹑步走过去；秋剪水一怔，也随着他悄无声息地走近岸边，方自驻足，忽听严知雨轻声道："陈公子，你冷吗？"

　　又听陈彻闷声闷气道："我不冷。"

　　严知雨道："我也不冷。"静默一阵，又道："陈公子，你喜欢我吗？"

　　杨仞与秋剪水听见她这一问，不自禁地对望一眼，随即又各自侧开了目光。

　　却听陈彻答道："不喜欢。"

严知雨道:"我也不喜欢陈公子。"

他们两人说话时仍是并肩僵坐,脖颈转也不转。杨彻瞧在眼里,既觉好奇又觉好笑,等了片刻,见两人都不再开口,便清咳一声,道:"陈兄、严姑娘,你们在赏看湖水吗?"

陈彻在这片刻间便已快要睡着,闻言吓了一跳,起身与杨、秋打过招呼;严知雨垂着头静立一旁,却是一言不发。

杨彻看了一眼拴在岸边的小舟,道:"陈兄,你们刚从湖上回来吗,不知是为了什么事?"

陈彻点了点头,一五一十道:"先前岳公子让留影舫藏在……"严知雨听到这里,神情微紧,似不欲陈彻说下去,却又怯生生地不敢拦阻,只将头颈垂得更低。

陈彻打了个哈欠,慢慢讲叙清楚,原来先前岳凌歌暗助留影舫藏在湖上一处偏僻的芦丛里,今夜却将画舫藏匿之处说与了陈彻和严知雨,授意两人悄然前去船上,从而使得秦芸、严知雨母女相见。

杨彻一怔,恍然笑道:"果真是岳凌歌弄鬼。严姑娘,你今夜可见到了令慈?"

严知雨神色微黯,摇了摇头。

陈彻继续道:"可是我们乘舟来到岳公子所说的芦丛之后,却没看到什么画舫,我们在周遭找了许久,也没找见一只船。"

杨彻道:"这倒奇了,难道是岳凌歌闲来无事,撒谎消遣你们吗?"

陈彻摇头道:"应当不是。岳公子叫我们前去与留影舫刀客相见,非只是想让严姑娘见到母亲,还让我们给那些刀客传信:须得速速弃船遁走,否则恐有极大危险。"

杨彻心中惊疑,问道:"不知是什么危险?"

陈彻道:"岳公子没说。"

杨彻转念一想,又问道:"陈兄,若说严姑娘听命于岳凌歌,倒也理所应当,你却又为何愿意替他给留影舫传信?"

陈彻道："岳公子说，他是为了救留影舫，还说若是我家主人知道了，也定会赞同此举。"

杨仞点点头，心想："这位陈兄是极聪明之人，应当能辨出岳凌歌所言是真是假。"眼瞧陈彻一副昏昏欲睡的模样，又想："嗯，就怕他懒得去辨……"

忽听秋剪水道："湖上有一只船回来了。"

杨仞转头望去，但见月光湖水融成一片清盈，一叶小舟飘悠悠近岸，舟上立着两人，其一是"红罗山庄"庄主虞凤，另一人白衣如月，赫然却是方白。

先前虞凤不齿于岳凌歌、温蔚的卑劣行径，径自拂袖而去，心底却仍有一丝郁结，一路走回碧湖轩后，仍难纾解：他虽未相助岳凌歌，却也没对徐开霁施加援手，终究有愧于"侠义"二字。

他自诩高洁傲岸，此事颇让他耿耿于怀，以至于久久难眠，索性出了客栈，来到湖边，便想独自乘舟去寻留影舫。这却是他平生头一回出行不带仆从。

然而未及出发，虞凤便在岸边遇见了方白，虞凤毕生修剑，对于武林公论的"天下第一剑客"自是深深钦佩，得知方白也是要找寻留影舫的画舫，便邀请方白同舟。

虞凤多年前曾见过方白一面，今夜有缘再会，饶是他被仆人伺候惯了，却也甘愿手执木桨，为方白划船。虞凤修为深湛，划桨时运上了"澄霞功"，小舟在湖上漂流甚疾，两人搜寻半晌，却一无所获。

此际虞凤望见杨仞、陈彻等四人，面现怒色，当即纵身跃上岸来；方白神色淡然，身影在月下一空，宛如随风飘散，再显露时，已与虞凤一齐走近四人。

虞凤哼了一声，道："陈令使，白日里你还说没有暗助杨仞，怎么半夜却与这'刃贼'同在一处？"

陈彻懒洋洋道："我与杨兄只是在湖边巧遇罢了。"此言倒是实情，虞凤却不甚相信，冷笑道："既是如此，不知深夜陈令使缘何来到湖边？"

陈彻道："我去湖上找留影舫，没找着，便又回来了。"打了个哈欠，又道："唉，白找了一趟。"

此言仍是实话，虞凤听着却颇觉刺耳，仿似陈彻在讥讽自己"白找一趟"，一瞬间目光骤然锋锐，紧紧盯着陈彻。

两人对视一阵，陈彻好奇道："虞前辈，你看我做什么？"

虞凤缓缓点头，便要出言邀战，瞥见一旁笑呵呵的杨仞，心念微动，转头想要询问杨仞，犹豫一会儿，却没开口。

杨仞眼珠一转，瞧见虞凤神情，已猜出大概，便道："虞前辈，你不必担心。"

虞凤皱眉道："虞某担心什么？"

杨仞微笑道："徐前辈没死，也没被岳凌歌捉去。"

虞凤心中顿时一松，恍若卸下了一具枷锁；转念想到这小贼居然猜中了自己的心思，又觉颇为气恼。夜风拂过，虞凤忽感脊背发黏，却是方才听闻杨仞所言之后，不知不觉竟出了一身冷汗，他目视杨仞，暗忖："倘若这小子刚才说的是徐兄死了，我此生又该如何自处？"

方白从旁瞧了虞凤一眼，虽不知虞凤在想什么，却看出虞凤短时里心境遽变，似乎有所领悟，又似有些痴惘，便道："虞兄慢慢思之，别太伤神了。"

虞凤醒过神来，这才察觉冷落了方白，暗道一声惭愧，环顾杨仞四人，心想："这些年轻之辈，自然不识得方兄，稍后他们听见眼前之人便是'剑天子'，还不知要如何惊讶。"想到这里，便要为四人引见方白，忽听杨仞笑道："方老兄，我本以为你还要过两日才到岳州。"

"我收到你的传书后便动身了，"方白闻言莞尔，对着杨仞微微颔首致意，又道，"方白参见帮主。"

虞凤闻言脸颊一颤，几乎以为自己听错了，脱口道："方兄，难道你……"

方白淡然微笑道:"虞兄,在下如今是乘锋帮的帮众。"

虞夙喃喃道:"竟是如此。"一边说话,一边不自禁地连连摇头。

秋剪水从前倒屡次听杨彻吹嘘方白是他的帮众,只是一直半信半疑,此刻见方白亲口承认,也不禁一惊。

杨彻瞥见虞夙神情如遭重创,暗觉好笑,随即对着方白略一拱手,道:"方老兄,你方才是去游湖吗?今晚打算睡哪儿?"

秋剪水听得微微蹙眉,道:"杨彻,你与方前辈说话,怎可如此散漫随意?"

杨彻却不以为意,笑嘻嘻道:"嗯,方老兄是我的前辈,我是方老兄的帮主,两相抵消,我俩正该平辈论交才是。"

秋剪水瞪他一眼,杨彻挠了挠头,转身正对方白,躬身揖道:"晚辈杨彻,见过方前辈。"只是神情古怪,如做鬼脸似的。

秋剪水径自上前两步,对着方、虞二人施礼道:"晚辈巴山烛照剑弟子秋剪水,久闻方前辈、虞前辈高名。"身姿语气都甚是恭谨。

虞夙还了半礼,淡淡道:"幸会秋掌门。"

方白颔首道:"秋姑娘不必多礼。"言毕却微觉诧异:去年春天,他在春雪镇外为救杨彻,曾与秋剪水短暂交手,当时秋剪水与杨彻势同水火,可是今日这两人相互间的神态语气却似已颇为亲密,当真不知是何缘由;想到这里,他瞧了瞧杨彻,又瞧了瞧秋剪水。

秋、杨二人见方白神色异样,忍不住对视了一眼,方白心中顿时恍悟,暗叹道:"方白呀方白,你可真是老了。"

湖边一时寂静,虞夙冷眼旁观,忽道:"方兄,不知你此来岳州,究竟所为何事?"

方白未及开口,杨彻已抢先道:"这是我们乘锋帮的机密要事,可不能说与外人。"

虞夙却看也不看杨彻,目视方白片刻,轻叹道:"方兄是非凡之人，行事必有非凡因由，虞某也不多问了。"

方白拱手道："虞兄过奖，多谢虞兄海涵。"

随后，杨彻又与方白交谈了几句，得知他与虞凤同去找寻留影舫未果，心下愈发惊疑："连方白都找不到留影舫，此事可真是蹊跷之极了。"

他沉思一阵，仍不得其解，看了看陈彻，见他杵在原地，眼睛似睁似闭，也不知是否还醒着，便又对方白道："方老兄，我与秋姑娘先走一步，我瞧虞前辈方才似是要为难这位陈兄，稍后就劳烦你多劝劝虞前辈了。"

杨彻眼看方白微微点头，当即道："秋姑娘，咱们走吧。"秋剪水犹豫一霎，对着方白、虞凤等人行礼告辞，随即与杨彻转身走去。

虞凤望着杨彻走出十余步，忽而冷冷道："杨彻，虞某可还没让你走。"言毕又看向方白，正色道："方兄，你若要救护这位'刃贼'，虞某不自量力，也只得与你一战。"

先前他因未曾相助徐开霁，自觉有愧于侠义之道，后来得知徐开霁脱险，心境明畅了许多，刚才瞧着杨彻的背影，短时便想得清楚：若因忌惮方白的剑术而放任杨彻堂皇离去，却也同样愧对"侠义"二字。

杨彻闻声停步回身，打量着虞凤，他已隐约猜到了虞凤的心病，便笑呵呵道："虞前辈，我替你救了徐开霁，你却要为难我吗？"

虞凤皱眉道："你救不救徐兄，都与虞某无关，又怎说是替虞某救的？"

杨彻摇头道："我若不救徐开霁，他现下已然死了，那便是被虞前辈害死的。"此言颇有些强词夺理，却恰恰戳中了虞凤心中郁结之处。虞凤沉默一阵，漠声道："念在你救过徐兄，今次虞某便让你先走，下回定不相饶。"

杨彻闻言笑道："多谢虞前辈。"便与秋剪水向岳州城内走去。

虞夙收敛目光，扭头注视陈彻，哼了一声，正待开口，却听方白道："虞兄，你我多年不见，便去找个地方喝酒长谈如何？"

虞夙一怔，片刻后苦笑道："好，就听方兄所言。"

…………

待到远离了湖边，秋剪水道："杨仞，我刚才还以为你一定忍不住，要说些难听的话来惹怒虞前辈。"

杨仞道："今夜虞夙没帮岳凌歌、温蔚一起对付徐前辈，足见他为人不坏，我又何必与他拼个你死我活？他虽打不过我，我却也不想杀他。"

秋剪水微笑道："数月不见，你的口气倒是越来越大了，连红罗山庄的庄主也打不过你。"

杨仞笑道："过奖过奖。"随后秋剪水问起今夜杨仞与虞夙、温蔚等人交手的经过，杨仞略讲了几句，便觉不耐，摇头道："咱们数月不见，又何必总说这些。"

秋剪水一怔，道："那么数月不见，该说什么？"

杨仞想了想，他心中对于燕寄羽的阴谋、岳凌歌的用心以及留影舫的画舫究竟去了哪里，都颇有疑虑，本来也打算与秋剪水商议一番，可是此时此刻，却又莫名地都不想提，脱口说出一句怪话来："数月不见，便该什么也不说。"

秋剪水也不诧异，轻轻嗯了一声，道："好。"

月光淡薄，夜风轻悠，两人静静走回城中，朝着徐开霁铺褥子歇息处行去，目光只是偶尔交会，却不约而同地越走越慢；许久过去，均觉心中一片安宁舒畅。似乎月色与轻风都充盈在心胸中，每一步迈出都像乘着羽毛，随时便会飞起来。

杨仞想起日后对抗正气长锋阁、挫败燕寄羽，定然艰险重重，然而走着走着，忽然间就再无忧惧，觉得世上一切的难事都全不在话下，心说："我一定能做到的，不是为了师父，不是为了十年前雪地上的自己,哪怕就只是为了眼下这一刻……"

他转头看向秋剪水,看着她眼眸中映出的自己。

"我也一定能做到。"

十三

杨、秋二人回到徐开霁歇息的那处屋檐下时,天已蒙蒙亮。

徐开霁与阿叶都已睡醒,在他俩身旁还站着两人,却是陈彻与严知雨。

杨仞一怔,道:"陈兄、严姑娘,你们怎会在这里?"

陈彻张了张嘴,忍住哈欠,略略解释了几句。原来先前他与严知雨回到碧湖轩,将留影舫未在芦丛里的事讲出,岳凌歌大惊,思来想去,便让他俩到城中找寻徐开霁与杨仞,替他传话:从今日起,双方不妨互通消息,无论谁先找到留影舫的下落,都立时告知对方。随后陈彻与严知雨在街上奔走许久,也是不久前才找到此间。

徐开霁得知竟是岳凌歌暗助留影舫藏起,颇为吃惊;又听说如今岳凌歌亦已不知留影舫的下落,更是深深皱眉,尚未答复陈彻,便见杨仞与秋剪水回来了。

杨仞听明情由,笑道:"岳凌歌变脸倒快,前半夜还设下毒计暗算徐前辈,现下天还没亮,便又要与我们结伙了。"

陈彻道:"岳公子说:'这是为了救留影舫,还请徐前辈与杨兄务必答允。'"

杨仞打量陈彻,笑道:"陈兄,你这般……咳咳,这般不爱动,倒是愿意替岳凌歌跑腿。"

陈彻道:"岳公子说,他若只派严姑娘来传话,怕杨兄不肯相信。"

杨仞与徐开霁相顾一眼,各自沉吟不语。秋剪水一直静静旁听,这时才上前拜见了徐开霁。

严知雨偷眼瞧着杨仞与秋剪水,忍不住好奇道:"杨公子,你们这是才从湖边走回吗?"她与陈彻从湖边先返回客栈,与岳凌歌交谈一阵,后又出来找徐开霁与杨仞,本以为杨、秋二人离开湖边更早,应当早已和徐开霁会合才是,却不料反而落在自己后面。

秋剪水闻言脸颊微红,杨仞却只随口笑道:"嗯,我俩走得慢了些。"

严知雨神情中仍颇好奇,却也不敢再追问,便从行囊里取出一个锦织的小包袱来,轻声道:"我家公子说,他昨日很对不住阿叶,这里面有一点银两,便是赔给他的。"

徐开霁一愣,接过包袱掂了掂,递给阿叶,笑呵呵道:"这里面的银两可不少呀,你家公子昨日也挺对不住徐某,可有什么赔礼吗?"

严知雨摇头道:"我家公子说,徐前辈是淡泊俗物的高人,瞧不上金银珠宝的。"

徐开霁悻悻道:"我再淡泊俗物,也须得穿衣吃饭。"顿了顿,又道:"岳公子既有诚意给阿叶赔礼,我便答允他吧,只盼能及早找到留影舫。"

严知雨慌忙道谢,陈彻却又站在一旁犯起了困。

杨仞问道:"陈兄,后来虞夙没再难为你们吧?"

陈彻道:"没有。后来方白前辈邀他去喝酒长谈,他们两人径直走了。"

徐开霁神色微变,细问了几句,颔首道:"以方白的身份,天下除了刀宗、燕山长等两三人,谁还配与他喝酒长谈?他给虞夙这么大的面子,虞夙自是非答应不可。"

杨仞笑道:"是吗,那我改日可要和方老兄喝上几杯。徐前辈,到时咱们不妨一起喝。"

"多谢杨帮主好意。"徐开霁摇头一笑,道,"我既不敢当,也不怎么想和方白一起喝酒。"

便在这时,诸人听见身后传来门闩拉动声,屋檐下的木门缓缓打开,却是这处宅院里有人睡醒出门。那人瞧见一堆人聚在门前,地上还铺着一张褥子,顿时瞪眼骂道:"哪来的野人,敢在我家门口睡觉?"

徐开霁也不着恼,笑道:"打扰了,我们这便走。"

诸人走到街上,陈彻与严知雨告辞离去。徐开霁看了看阿叶,道:"如今岳凌歌等人已不会再难为你,我便先送你回春风酒楼吧。你新得了不少银两,可须收藏妥当,别让酒楼掌柜瞧见。"

阿叶答应一声,又道:"徐道长,我自己用不完这么多银两,咱们俩平分吧。"想了想,又道:"不,你年纪大,你拿多,我拿少。"

徐开霁拍了拍他的肩膀,微笑道:"正因你年纪幼小,又是孤身一人,以后还不知有多少时候须用银两,你且自己收好吧。"

走出一会儿,杨彻问道:"徐前辈,你方才为何要答允岳凌歌?他可狡诈得很,他自己要救留影舫,又要替燕寄羽对付你,便把留影舫的船藏起来再嫁祸给你,这一石二鸟的诡计着实可恶。"

徐开霁道:"嗯,那你说他又为何要派人来找我?"

杨彻笑道:"那当然是因为他弄巧成拙,将船藏丢了,自己实在没法子,才来求助徐前辈。"

徐开霁叹道:"不错,岳凌歌已没法子,可徐某也是实在没法子了。"说话中面露忧色。

他过去月余耗费极大时辰、精力,便是想不增杀伤处置好留影舫之事,却不料事将成功之际,又遭遇这般波折;沉思一阵,又道:"刚才听杨帮主说,以方白的本事,也没找到留影舫,此事怕是极难。"

杨彻点头道:"确是有些难,咱们今日再去湖上,好好找找。"

徐开霁默不作声,过得片刻,忽道:"杨帮主,不知你为何要将方白邀来岳州?"

杨刿随口答道："既是徐前辈问起，我也不隐瞒了——我是请方老兄来帮我打架的。"

徐开霁道："打谁？"

杨刿笑道："徐前辈当真猜不到吗？"

徐开霁干咳一声，道："先前杨帮主与秋掌门交谈时，徐某睡得不甚踏实，一不留神便听见了几句……"

秋剪水闻言紧紧抿唇，只觉耳根发热，却听徐开霁继续道："我听二位说，燕山长与素微真人也都到了岳州左近，是吗？"

杨刿道："不错，否则他们绝难及时派人找到方轻游，救下戚晚词的性命。"

徐开霁颔首道："杨帮主过去几个月里故意泄露自己的行踪，让一些人知道你要赶赴岳州，该是想将燕、李二人引来擒你。你邀方白来岳州，是让他来帮你和燕、李打架吧？"

"嗯，"杨刿大剌剌道，"差不多便是如此。"

徐开霁神情微凛，道："那么杨帮主手下的几百刀客，想来也都埋伏在岳州了？"眼见杨刿微笑不语，便又问道："可是徐某有一事不明：燕山长手下众多，你又怎知他会亲身前来？若只引来虞凤、戚晚词等人，恐怕还不值当惊动方白。"

杨刿道："我手中有刀宗的书信，燕寄羽去年派出郭正、戚晚词没捉住我，他手下虽多，身边却再没信得过的高手，定会亲自来取。"说完又轻笑道："若我运气不坏，不用等到今秋华山上，这几日便能拔掉燕寄羽的鸟毛了。"

徐开霁闻言缓缓点头，随即又莞尔道："杨帮主，咱们相识不过短短两日，你便肯将这般大事实言相告，当真是胆识过人。"

杨刿笑道："不论徐前辈愿不愿意入我乘锋帮，我都信得过徐前辈。"

徐开霁听他重提入帮之事，只呵呵一笑，便转口道："先前我听秋姑娘和杨帮主说起，赵长希与游不净近日都已加入了乘锋帮……"

杨仞道:"嗯,原来徐前辈'一不留神'听见了这么多句。"

"恕罪,恕罪,"徐开霁嘿嘿笑道,"说起来,我也有许多年没见过赵兄他们了。去年燕山长托付我到岳州约管留影舫一派,我料知以赵兄他们的脾性,迟早要与燕山长闹僵,便借机恳请燕山长,到时他们若有冒犯,还望燕山长莫要伤及他们的性命……"

杨仞恍然笑道:"原来徐前辈是为了赵长希他们,才答应接管留影舫的事。我便说以徐前辈的性情,本该懒得蹚这浑水才是。"言毕,心想:"燕寄羽一早便答应了徐开霁,本也不能杀死赵、游,这般算来,他拿这两人换回戚晚词的性命,倒也不怎么吃亏。"

徐开霁道:"那也不尽然。燕山长心系武林,深谋远虑,所做决议都是为武林计,我身为青锋令使,为燕山长和正气长锋阁做事,也是理所应当,只是盼着能将留影舫之事平平安安地处置妥当,别有什么死伤才好。"

杨仞对燕寄羽心系武林云云颇不以为然,便淡笑道:"徐前辈和赵长希、游不净前辈,想是交情很深吧?江湖传闻,徐前辈的道袍还是赵前辈所赠。"

徐开霁道:"我年轻时脱离了门派,独闯江湖时遇识了赵兄、游兄与井兄,与他们颇为投缘,他们便邀我结伴同游,我心中其实很想答应,但我那时正遭师门追捕,奔波狼狈,既不愿连累他们,也不愿被他们可怜,便断然拒绝……现下想来,当时我还是少年心性,言行未免孤傲决绝,若换作现下……"说到这里,不禁摇头微笑。

杨仞问道:"若换作现下,你会答应吗?"

徐开霁轻叹道:"现下我只想和他们好好喝几杯酒。"顿了顿,又道:"我请客。"

几人边走边谈,来到春风酒楼门前;街边有个乞丐见状缓步走来,在杨仞跟前驻足,低声道:"见过帮主。"觑向徐开霁,却欲言又止。

杨仞随口道:"这里没外人,但讲无妨。"

那乞丐道:"贺副帮主已率众兄弟进了岳州城,他说近日里恐怕帮主有些不便,就不来打扰帮主了,他已命众兄弟四散开来,继续找寻燕、李的行踪。"

杨彻一怔:"我有什么不便?"

那乞丐瞥了一眼秋剪水,却不答话。秋剪水神色颇不自在,眼看杨彻似还要追问,赶忙道:"杨彻,你问问长希真人与游谷主是否也进城了。"

杨彻点头道:"嗯。"却听那乞丐禀道:"两位前辈都与贺副帮主同在一处。"

杨彻道:"甚好,你且去吧。"

那乞丐道声"遵命",匆匆而去。徐开霁眼见这乞丐眸光清亮、步履轻盈,显是修为不凡,不由得暗自惊赞:"便只乘锋帮的一个寻常探子,竟也是这般高手。"

杨彻转头看向徐开霁,笑道:"徐前辈要和故友喝酒,眼下倒不是难事了。"

徐开霁颔首叹道:"嗯,只可惜还少了井兄。"

杨彻道:"燕寄羽将井前辈交与了无颜崖的明映雪,也不知他如今安危如何。"

"原来如此。"徐开霁神情微松,道,"明姑娘与井兄之间情谊深厚,想来井兄定然无虞。"

杨彻回想当日明映雪命人将井凡石捆起时的冷漠语气,心说:"怕是也不一定。"转念问道:"徐前辈,你早先便让燕寄羽莫杀赵前辈他们,那时你便断定他们不是燕寄羽的对手吗?"

徐开霁默然片刻,道:"杨帮主觉得,自己能胜过燕山长吗?"

杨彻哈哈一笑,道:"那是自然。"

几人说话中领着阿叶进得春风酒楼,陈掌柜瞧见徐开霁,只冷淡招呼了一声,便呼喝阿叶速去干活。

徐开霁心下微奇，从前陈掌柜对他颇为惧怕，今晨却似胆大了不少。但他为人洒脱不羁，旁人怕不怕他，他都不甚在意，便只对陈掌柜叮嘱了几句，说阿叶昨日贪玩未归，请陈掌柜别责罚阿叶。

随后，几人落座吃了些茶饭，商议起找寻留影舫一事。杨彻道："徐前辈腰伤不轻，这两日不妨便在酒楼里歇息，我和秋姑娘一旦找到画舫，即刻便来知会徐前辈。"

徐开霁一心想要完成与留影舫刀客的约定，闻言当即摇头道："那可不成，今日咱们倘若寻到留影舫，徐某还能与他们比斗几场，若不去，可就耽误事了。"

杨彻点头不语。三人就此出了酒楼，一路来到湖边渡口，徐开霁自己银钱不够，便请杨彻雇了两只小舟，道："湖面太广，咱们分头找寻，若都找不到，夜晚亥时回到渡口碰面；若你们二位先找到了，务请那些刀客前来与我相见。"言毕撑动竹篙，驾舟远去。

杨彻与秋剪水也随即乘舟来到湖上，找寻一阵，行至水深处，杨彻放下竹篙，拿起船桨划动。秋剪水眼看船行迅疾，显是杨彻修为深厚，不禁心下暗赞。她不知柳空图传功之举，猜测是杨彻后来看了刀宗书信，才得以功力大进。她心知杨彻很是要强，曾言绝不会看信，便也不提此事，只道："杨彻，听说你如今已有几百名帮众了，是吗？"

"不错。"杨彻神情得意，哈哈一笑，又道，"不过眼下他们都去华山了，便只贺风尪、方轻游带着二十多人来到岳州。"

秋剪水一惊，道："去华山？莫非是去救方、铁等前辈？"

杨彻笑嘻嘻道："我以自己为饵，将燕寄羽钓来岳州，同时让萧野谣带着六百刀客到华山停云书院拜山，也不知他们能否攻破'鸿翼大阵'，救出那些被囚的掌门。"

秋剪水沉吟道："不单你自己是饵，还有贺前辈、方轻游以及方白前辈，这些你帮中的首要人物也都来岳州了，料想燕山长定会以为乘锋帮要尽数在岳州会集。"

杨仞颔首道："我本想多引些人来，但据我探的消息，华山上一直没什么大的动向，燕寄羽胆子倒大，他多半是孤身而来。"

两人一边交谈，一边四下找寻留影舫，晌午过去，仍未见到画舫踪影。

杨仞吁了口气，转头目视秋剪水，歉然道："秋姑娘，对不住，说是游湖，却成了找船。"

秋剪水微微一笑，轻声道："便是这样，也很好。"

杨仞从衣襟内取出那两封刀宗的书信，笑道："去年燕寄羽曾说你虽没看全刀宗的书信，但体内已隐隐有'意劲'萌生，今日你不妨将另一封信也看了，将'意劲'彻底悟成。"

秋剪水一怔，道："那却也不必，这几个月里我琢磨出了一些新的武学心法，已将体内的那一丝'意劲'消融进'心照'之境，料想即便再遇见燕山长，也不会被他的'竹声新月'所制；倘若修全了'意劲'，或许反而不好。"

杨仞又惊又佩，赞叹道："秋姑娘，你的天分真高。"

秋剪水性情谦退，素来不以自己武学上的天资与修为自矜，但听杨仞赞得真诚，也不禁抿嘴一笑，甚是开心。

杨仞想了想，又道："我本以为还要在岳州晃荡许多时日，才能引来燕寄羽，却不料他到得这般快。"说完仍将书信递给秋剪水，道："刀宗的书信是对抗正气长锋阁的关键，秋姑娘，我想请你替我收着。"

秋剪水嗯了一声，接过书信。

杨仞继续道："燕寄羽来便来了，有我和方白老兄，还有贺前辈、方轻游在此，断无不胜之理，但为求稳妥，还请秋姑娘携着书信，即日暂离岳州。此事极为要紧，等到我收拾完燕寄羽，自会再与你联系。"说到后来，语气已颇郑重。

秋剪水从他取出书信，便猜到他会说这番话，闻言淡淡道："我帮你保管书信便是，绝不让燕山长夺去。"言下之意，却是要留在岳州。

杨仞苦笑一声，劝说了几次，见她心意甚坚，便也不再多言。

随后，两人继续找寻留影舫，直到日影西斜，夜色渐浓，却仍未寻到，不得不返回渡口。眼看徐开霁尚未归来，两人便在湖边等候。

过得良久，杨仞估摸着已是夜半子时，才瞧见徐开霁乘舟近岸。

两人迎上前去，杨仞问道："找着了吗？"

徐开霁道："没有。"随即呵呵笑道："让两位久等了，走走走，我请两位喝夜酒去。"

杨仞笑道："那好得很。"他知徐开霁面上虽不似先前自叹"实在已没法子"时那般忧怅，但心中定不好受，便也不再提留影舫之事。

三人回到城中，杨仞道："徐前辈，咱们去春风酒楼吗？"

徐开霁瞪眼道："那里的酒菜太贵，我可请不起。"随即嘿嘿一笑，领着两人来到一处极寒酸的小酒馆落座。

徐开霁将行囊里仅剩的几十枚铜钱都倒在桌上，朗声笑道："有什么好吃喝尽管端上来，莫要给我省钱。"

酒馆伙计撇撇嘴，收走了铜钱，少顷端来一坛劣酒，几碟小菜。

徐开霁见那酒坛子甚大，点了点头，很是满意，连声招呼两人吃喝。

三人闲谈慢饮，半晌过去，徐开霁喝到酣处，纵声而笑，将眼前的酒碗一拂，趴桌呼呼大睡。

杨仞一怔，转头问道："秋姑娘，咱们去哪里歇息？"

秋剪水瞪他一眼，一言不发。

酒馆伙计凑近了道："几位客人，鄙店楼上便有客房。"

杨仞道："甚好。"取出一些银钱，命酒馆伙计将徐开霁背去客房，而后与秋剪水也各住了一间客房。

翌日清晨，杨仞与秋剪水在楼下堂中碰面，徐开霁却一直睡到巳时才醒，眼看秋、杨二人已点好了饭食，顿时眉开眼笑，坐下便吃。

尚未吃完，忽有两人奔进堂中，望见杨仞与徐开霁后面露喜色，却是何轻生与裘驷。

裘驷拱手道："帮主，我俩可算寻到你们了。"

杨彻听他径直称自己为"帮主"，不禁眉头微皱，道："裘掌门、何道长，你们寻我有什么要事吗？"

"帮主，"何轻生乐呵呵道，"你忘了吩咐我俩的事了？我们找着留影舫了。"

十四

徐开霁目光一亮，惊问："当真？"

杨彻心下也甚惊诧："难道这两人竟有这么大的本事？"拱手道："两位辛苦了。昨日我也曾到湖上找寻，却未碰见两位。"

裘驷微笑道："昨日我俩没找……"话未说完，便被何轻生扯住衣袖。原来前天夜里他俩接了杨彻的吩咐，心想留影舫向来便在湖上，不费吹灰之力便能找到，可是若找到得太快，未免显得此事太过随便，怕杨彻反悔，或又布置下新的麻烦事来，于是两人昨日便在岳州城里游玩了一整天，今晨才乘舟出湖。

何轻生干咳一声，正色道："总之我与裘兄今天一大早便去了湖上，连早饭也没吃，苦寻良久，终于是幸不辱命；而后想着要及早禀告帮主，便一路飞奔回城。"说完微微喘息，显得甚是疲累。

杨彻淡淡一笑，心说："他娘的，你老兄刚进门时气定神闲，这会儿倒犯起喘来。"

又听裘驷道："不错。我俩刚到湖上时，本没瞧见留影舫，只撞见一艘破破旧旧、挂满渔网的大渔船……转眼间，那渔船上的人忽将渔网尽数丢了，又从船上拆下许多木板来，那渔船就变成了画舫……"

杨彻恍然笑道："只听过人能易容，原来船也能改扮，这留影舫使得好障眼法。"转头对徐开霁道："想是这些船上的刀客信不过岳凌歌，自己躲藏了两日，眼看没什么危险，才又现身。"

何轻生笑呵呵道："他们在湖上待得久了，未免闷得慌，扮成渔民玩一玩，倒也不足为怪。"

说完眼瞧没人搭理他，便又继续道："我与裘兄瞧见画舫后，当即划近了拜见，说是替杨帮主与徐道长找寻他们，那些刀客便让我俩传话回来：今夜亥时两刻，与徐前辈在湖上相会，完成先前之约。"

徐开霁闻言甚喜，颔首道："多谢二位相告。"

杨仞狐疑道："怎么这回不在白天比斗，却改到了晚上？"

徐开霁道："留影舫的刀术皆用墨色石刀施展，本就是夜里更难防备，威力更大，此前他们不愿占我这个便宜，但今夜既是最后之战，想来他们也不得不慎重许多。"

杨仞点头道："我记得徐前辈说过，还有八九个刀客未曾与你交手，看来今夜徐前辈是要久战了。"

徐开霁微笑道："只要今夜能完成约定，妥善了结此事，便是再多八九个刀客，徐某也照打不惧。"

杨仞道："那么徐前辈是否打算将留影舫的下落说与岳凌歌？"

徐开霁道："既答允了他，自然要说。不过如今画舫已现，料想他自己也找得着。"沉吟片刻，苦笑一声，又道："去年燕山长派出多名青锋令使，赶赴各派，徐某却是干活最慢的一个，也无怪燕山长对我不满，要收走我的青锋令……"

何轻生眼珠一转，接口笑道："听闻各派里，韶州画剑堂是最先服软的，秦川木余刀、江州弹霜亭等刀派虽然副掌门迟迟不归门派，但明面上也算听服了青锋令使的约管……啊，不对，该是青箫白马盟最先服软，秦楚没离春山便已投靠了燕寄羽。"

徐开霁颔首道："这位秦公子倒是给燕山长省却了不少麻烦：'九川十三崖'向来以青箫白马盟为尊，那些山寨水坞眼见青箫白马盟顺服，自也不会再生事端。"

何轻生道:"原来如此。"又问道:"可是山中刺的杀手们行迹飘忽,谁也不知他们的总堂所在,难道燕山长竟也能制得住吗?"

徐开霁道:"我也不知究竟,但近两月里确是未再听闻有山中刺杀手的刺杀之举。"

杨仞道:"据我手下探得的消息,是'辽水三刀'精锐尽出,为燕寄羽南下压制了山中刺,这才使得那些刺客暂时销声匿迹。"

徐开霁神情微讶,他久闻"辽水三刀——金、玉、冰"之名,心知这三派虽也属武林九大刀派,但多年来一直僻处关东,极少踏足中原,便道:"我虽知金雀刀的刘掌门身为青锋令使,定也接到了燕山长的吩咐,却不想竟是金、玉、冰三派齐出。"

何轻生咋舌道:"燕山长好凌厉的手段。"不禁与裘驷相顾一眼。

徐开霁叹道:"画剑堂、山中刺这些门派未与正气长锋阁硬抗,想来死伤不多,只可惜凉州天风峡付之一炬,楚风萧、赵风奇豪侠气概,却都死于非命。"

杨仞淡淡道:"他们不会白死。"

何、裘二人闻言惴惴不安,又相顾一眼。杨仞见状笑道:"我们乘锋帮便是要和燕寄羽为敌,何道长与裘掌门倘若怕了,还是莫要入帮为好。"

两人沉默片刻,何轻生挠头道:"贫道名为轻生,咳咳,那自然是不怕的。"裘驷亦道:"不错,我等自是要入帮的。"

杨仞心下微奇:"他俩执意入帮,多半是吴重又有什么鬼伎俩。"也不多说,点头道:"那好,从此两位便是我乘锋帮的帮众了。"

何轻生与裘驷赶忙道谢,神情中似都松了口气。

随后,诸人出了小酒馆,徐开霁忽而问道:"杨帮主,不知你买烧鹅的铺子是在哪里?"

杨仞一怔,笑道:"徐前辈又想吃烧鹅了?"

"想吃自也是想吃的,"徐开霁笑了笑,又道,"不过今夜我要与留影舫刀客比斗,倘若手中无剑,未免显得不敬重他们,还须再去找一根鹅毛来。"

杨彻这才想起徐开霁先前那根鹅毛已被虞凤震碎,便道:"那铺子离碧湖轩不远,咱们正好去知会岳凌歌一声。"

这时,街上忽有个身形瘦小的少年一边飞奔而来,一边呼喊道:"徐道长!徐道长!"却是阿叶奔近。

徐开霁见他跑得气喘吁吁,便轻轻拍打他的脊背,助他理顺气息,道:"小兄弟,你怎么来了?"

阿叶满脸焦急,指了指何轻生与裴驷,道:"我本来跟着他俩……"缓过一口气,解释了几句:原来何轻生与裴驷在寻到杨彻诸人之前,曾先去春风酒楼打探,随即匆匆离去,阿叶正有一件要紧事想说与诸人,便舍下店中活计,追向何、裴二人,然而这两人似也怕遭跟踪,脚下忽快忽慢,鬼头鬼脑地转来绕去,阿叶来到这小酒馆所在街上,却将两人跟丢了,便一直在附近转悠。

裴驷听后微微一笑,道:"以我和何兄的江湖经验,便是专事盯梢的行家里手也难跟上,又岂能被你这小孩……"

"阿叶,你别急,慢慢说。"杨彻打断了裴驷的吹嘘,问道,"你找我们是想说什么事?"

阿叶道:"昨天你们走后不久,陈掌柜便让我们准备一桌顶好的酒席,他还亲自去后厨察看了好多次,我很好奇,就向厨子打听,这才知道是我们的大掌柜来了。"

"你们的大掌柜?"杨彻听得迷惑,随即神色微变,道,"莫非是龙钧乐?"

阿叶重重嗯了一声,道:"就是他。"

徐开霁恍然一笑:"怪不得昨天陈掌柜忽然不怕我了,却是来了给他撑腰的人。"

阿叶道:"与那个大掌柜一起吃酒席的,还有个四十多岁的人,他好像和木头一个姓,我听见大掌柜叫他'木兄'……"

秋剪水心中微凛,仔细问了那"木兄"的容貌,与杨仞对视一眼,轻声道:"是穆清池师叔。"

杨仞点点头,问阿叶道:"你可曾听见龙钧乐与那位'木兄'说了什么?"

"听见了!"阿叶大声答道,"他俩在楼上的屋子里喝酒,大掌柜信不过岁数大的伙计,便点了我去斟酒伺候……我听见他俩商量要害秋姐姐!"说着望向秋剪水,脸色颇为担忧。

杨仞细问了几句,阿叶记性甚好,虽不懂武林之事,却也将听到的对话复述得清楚。原来龙钧乐对穆清池说,燕寄羽顾念昔年与郁剪寒的交情,不便亲自对付秋剪水,便由龙钧乐代劳;而依照巴山烛照剑的门规,掌门之位传贤不传长,因此穆清池辈分虽高,多年里却一直只是副掌门,心底早已不满,便与龙钧乐合谋要废黜秋剪水。

秋剪水静默听完,脸色苍白,轻声道:"穆师叔性情端庄谦和,言行中对名位看得极淡,十多年来常常夸赞郁师姐和我的天资修为,从未表露过自己想当掌门的意思。"

阿叶一口气说完许多话,神情激动,又道:"他俩当我什么也听不明白,但我知道他俩是要害人!"

杨仞拍了拍阿叶的肩膀,微笑道:"龙钧乐这可小瞧你了。"又问道:"不知他俩打算如何害人,有没有定下什么诡计?"

"这我没听到,"阿叶脸上一红,道,"他俩说到这里,便让我出屋取酒去了。"

杨仞莞尔道:"无妨。阿叶,多谢你冒险跑来将此事告诉我们。"

阿叶道:"我昨天便想出来,就是不知你们在哪儿,陈掌柜怕我又和上次一样'贪玩'跑走,将我看得很紧,说我再敢乱跑就打死我,可我今早实在忍不住,见这两位大叔也要找你们,便跟着跑出来了。"

说话中指了指何轻生、裘驷。

徐开霁闻言目露赞许之色,这"忍不住"三字,足见阿叶的侠心热肠。秋剪水上前两步,面对阿叶,郑重道谢。

阿叶有些脸红,学着大人模样拱手回礼,挠头回忆一阵,忽而又道:"对了,后来大掌柜和那位'木兄'还起了争执,大掌柜说要害死秋姐姐,那'木兄'却执意不肯,说只想将秋姐姐擒住关押,不想杀秋姐姐……"

"看来穆清池倒还有点良心。"杨仞一笑,看向秋剪水,道,"秋姑娘,你打算如何处置此事?"

"我……我也不知。"秋剪水微微摇头,仍难以置信,想到自己多年敬重的师叔却要害自己,心中说不出的苦郁失落。

杨仞又道:"穆清池要篡夺掌门之位,只怕暗中也联络了一些门派中的心腹弟子,秋姑娘可打算查清吗?"

秋剪水一怔,轻叹道:"我实不想再追究其他同门。多半也只是穆师叔自己谋划,未曾说与旁人。"

杨仞点头道:"那好。"

随后,诸人继续朝着烧鹅铺子行去。途中有个扮成小贩的乘锋帮刀客招呼杨仞买糖饼,杨仞便走过去,那小贩禀道:"我们找遍城中,却仍未寻到燕、李的踪迹,倒是有个兄弟瞧见龙钧乐也到了岳州。"

杨仞皱眉道:"燕寄羽不当鸟,改当缩头乌龟了。"随即在那小贩耳边低声吩咐了几句,秋剪水瞧在眼里,欲言又止。

杨仞买了几块糖饼,领着诸人来到烧鹅铺子时,已是晌午。徐开霁讨要了一根鹅毛,又借了些清水,将鹅毛仔仔细细地洗净。

杨仞道:"徐前辈,你有伤在身,晚上还要久战,午后可得好好歇息,养精蓄锐。"

徐开霁笑道:"我的伤势无碍,不过睡个懒觉倒也不坏。"环顾四周,见铺子斜对面便有一处遮阳的宽大屋檐,径自走过去,便要铺褥子。

杨彻见他说睡便睡，既觉有趣，又有些佩服，转头对裴驷与何轻生道："二位与岳凌歌并无仇恨纠葛，便劳烦前去碧湖轩知会他一声，就说留影舫已现于湖上。"

两人道："谨遵帮主吩咐。"快步去了。

碧湖轩便在左近，两人不多时返回，道："我们四下探找过了，岳凌歌没在客栈里。"

杨彻心下微奇，道："且不管他。"又问阿叶："岳凌歌赔给你的银两，你可有带在身上？"

阿叶点了点头。杨彻道："你早晨仓促跑离了酒楼，恐怕已引得陈掌柜乃至龙钧乐生疑，从今还是别回酒楼了，不妨拿着这些银两，另找个生计。"

"我早也不想给陈掌柜干活了。"阿叶闻言甚是欢喜，道，"我在庐州有亲戚，我想去找他，然后在庐州自己开一家酒楼！"

杨彻道："甚好。此去庐州路远，我找个人护送你去庐州。"

阿叶点头答应，看了一眼酣睡中的徐开霁，神情颇有些不舍。徐开霁闭目翻了个身，忽而温声笑道："小兄弟，一路珍重。"言毕又打起鼾来。

杨彻与秋剪水领着阿叶一路来到岳州城北，在城门口有个望风的乘锋帮刀客，杨彻让他去雇了马车，护送阿叶北去。

临行前，阿叶情不自禁道："杨大哥，我真羡慕你们这些江湖侠客，天下哪里都能去，想做什么便做什么。"

杨彻莞尔道："江湖人流血亡命，危险得很，似你这般开一间酒楼，安稳度日，那才……"他本想说"那才让许多江湖人羡慕"，但又想倘若让自己过这般安稳无趣的生活，那还不如死了，便直言道："嗯……似你这般度日，确实没什么意思。"

阿叶嘴巴一瘪，闷闷不乐。杨彻哈哈一笑，便要转身离去，忽听阿叶又道："杨大哥，晚上你别让徐道长打太多架，他有一次打了八场架，连吃了八颗蚕豆，看上去累得要死……"

杨忉听他嗓音轻抖，说得极真切，心下暗叹，只怕今夜徐开霁却还得再打八九架，点头笑道："你放心，我见他累了，便会帮他的。"

杨、秋二人告别了阿叶，漫步回城，半路上那个扮成小贩的乘锋帮刀客又来禀报，道："已遵照帮主吩咐，将龙钧乐、穆清池擒住。"

杨忉点头道："有劳贺副帮主他们了。"

秋剪水闻言一惊，转念又想：有贺风馗、方轻游以及赵长希、游不净这四大高手，要制住龙、穆二人倒也不算难事。

那小贩又道："当时岳凌歌正与龙钧乐密谈，也被咱们一并捉了，这胖子倒是精乖，也不反抗。"

杨忉恍然一笑："怪不得先前在碧湖轩寻不到他。"转头对秋剪水道："秋姑娘，我先帮你将穆清池看押起来。"

秋剪水黯然点头。

两人回到烧鹅铺子附近时，已是傍晚，徐开霁兀自未醒；过往路人指指点点，嬉笑不绝，却也阻不断徐开霁的鼾声。

杨忉叫醒徐开霁，道："徐前辈，天色不早了，咱们这便去湖上吧。"

徐开霁伸个懒腰，看了看对面的烧鹅铺子，笑道："嗯，也不着急走。"

杨忉一笑："我竟忘了这事，罪过罪过。"

三人买了烧鹅吃过，徐开霁又借了些清水，洗干净了油手，摸了摸袖中的鹅毛，洒然道："走吧。"

杨忉心知徐开霁终究尚是正气长锋阁的青锋令使，便也不对他提及擒住龙钧乐等人之事。三人来到湖边，在夜色中雇舟行去。

徐开霁执意要划桨，杨忉便不与他争，转述了阿叶临走时的话。徐开霁微笑道："我不想杀人，又很敬佩留影舫的刀客，如此切磋比斗正合我意，我自累些也没什么。"顿了顿，又道："那些刀客性情纯真朴厚，未沾染世俗浊气，颇可交个朋友，杨帮主稍后见了便知。"

明月当空，舟行轻快，渐至徐开霁过去月余与留影舫刀客比斗的那片水域，徐开霁望见远处有三艘船隐约可见，松了口气，道："瞧那三船的轮廓，便是留影舫一派的画舫与两只辅船了。"

杨仞眺望一眼，道："船上怎么没点灯？"

徐开霁沉吟道："想是这些刀客不愿引人注意。"

月色幽谧，三人乘舟追近画舫，一霎里心中均生异样，不禁相顾一眼，杨仞皱眉道："这船也太静了些。"

骤然间，吱扭一声，有人从画舫的船室内走出，脚步声一下一下地经过木板，空落落的宛如轻叹。

杨仞凝神瞧去，心下一凛，笑道："燕寄羽，原来你藏在湖上。"

燕寄羽手持一盏铜灯，缓步来到船边，将铜灯引燃，挂在船舷上，一道黄光铺于湖面，随着水波微微摇颤。

"遵四时以叹逝，瞻万物而思纷。春夜久候，诸君别来可好？"

十五

杨仞眼珠转动，打量三艘船，笑嘻嘻道："那些留影舫刀客在船舱里吗，可是都被燕山长的'惊鸿影'迷倒了？"

燕寄羽却只静静凝视秋剪水，倏而颔首道："短短数月不见，秋姑娘的武学进境竟如此神速，实在令我钦佩。"

秋剪水一怔，轻声道："不敢当。"

燕寄羽这才侧目看向杨仞，道："杨兄弟……"

杨仞摇头道："我是你老子，不是你兄弟。"说话中暗忖："终究还是让燕寄羽先找到了留影舫……嗯，他先将船上刀客制住，又将我引来湖上，今早何轻生、裴驷所见的'留影舫刀客'，多半是燕寄羽命人假扮的。"

燕寄羽也不着恼，莞尔道："看来杨帮主的性子仍是没变。"

杨仞笑道："今夜只有燕山长一人等我吗，那可不大隆重呀，怎么不见素微真人？"

燕寄羽道："夜里风凉，我怕家师禁受不得，便请李兄代我照料他老人家，故李兄未来湖上。"

杨仞闻言微惊，点头道："姓燕的，你果然还是忌惮柳老前辈，走到哪里都要带着他。"

燕寄羽恍若未闻，微微侧身，正对徐开霁一揖："又见徐兄。"

徐开霁方才默然听着燕寄羽与杨仞的对话，一直注目于画舫，此刻闻言也不还礼，长叹一声道："燕山长是信义之人，十多年前如此，想必今夜亦然。今夜徐某想与留影舫刀客践完先前之约，还望燕山长也能全我信义。"

燕寄羽道："徐兄言重了。"顿了顿，又道："十多年来，我对于徐兄不袖青蛇，不乘白鹤，浪迹红尘里的风姿，是极为钦慕的。"

杨仞听得皱眉，心知"不袖青蛇"是说徐开霁不用真剑，"不乘白鹤"自是说徐开霁不依附于门派，燕寄羽这般文绉绉地称赞徐开霁，却对徐开霁所言避而不谈，意思是再明白不过；当即冷笑道："徐前辈，我看你也不必和燕寄羽多说了。"

徐开霁目光缓抬，从沉寂的画舫上移开，望向燕寄羽，似仍要等他亲口作答。

燕寄羽轻轻一叹，却不开口。

杨仞见状微笑道："我知燕山长自恃修为，今夜想要擒我，但可惜得很，你怕是要弄巧成拙了。"

燕寄羽淡淡道："你和秋姑娘如今的修为，确是让我有些诧异。"

"是吗？"杨仞大剌剌地点了点头，又道，"嘿嘿，实不相瞒，如今龙钧乐、岳凌歌都已被我擒了，没奈何李素微不在，不然我今夜将你们正气长锋阁的阁主尽数捉住，倒也有点好玩。"

话音方落，便听远处有人笑道——"岂止有点好玩，简直好玩之极！"

杨仞听出这是游不净的声音，回望一眼，但见一只船载着二三十人穿破夜色，迅疾驶近，船头立着的除了游不净，却还有贺风馗、方轻游与赵长希。

徐开霁瞧清来者，神情微变，对着赵长希与游不净一拱手，怅然道："赵兄、游兄，时隔多年，没想到再见面时却是这般情形。"

赵长希冷哼一声，道："徐兄，你穿着我赠你的道袍，却在为姓燕的鸟人办事，时隔多年，你的脸皮可是愈发的厚了。"

"赵兄息怒，"徐开霁莞尔道，"徐某的脸皮也不过只比赵兄身上的污垢稍厚一点罢了。"

游不净摇头道："我瞧还是这脏道士身上的泥更厚些。"

三人相顾一眼，忽而齐声哈哈大笑，他们三个久别重逢，心中均感欣喜。

赵长希今夜却是携剑而来，他转头看向燕寄羽，目光一冷，将无锋剑拔在手里，道："燕寄羽，上次是赵某托大，这回再领教你的高招。"

贺风馗忽道："何劳赵兄出手？料想燕山长顾惜龙钧乐、岳凌歌的性命，定会束手就擒。"

杨仞心知贺风馗行事素来冷静务实，既有人质在手，断无不利用之理，眼瞧燕寄羽神色平静，便笑呵呵道："燕山长谁也信不过，兴许早就想除去龙、岳等人，那可就要挟不住他了。"

贺风馗道："那贺某便先杀一个试试看。"回眸道："将龙掌柜带上来。"

有个刀客应声下去底舱，拖着鼻青脸肿、晕厥未醒的龙钧乐来到甲板上。贺风馗漠声道："燕山长意下如何？"

燕寄羽沉默不言。贺风馗回袖一刀，将龙钧乐左臂斩断，又问道："燕山长意下如何？"

鲜血激扬，龙钧乐猝然痛醒，惨呼一声，随即又痛晕过去。

杨仞看得暗凛，欲言又止。一时间诸人都望向燕寄羽。游不净轻叹道："贺兄好狠的手段，以后龙掌柜打起算盘来，可不那么便利了。"

燕寄羽孤立画舫，仰头看了看月色，忽然坐了下来。

杨仞一怔，笑道："燕山长这是认命了吗？"

燕寄羽看着身侧那盏古旧的铜灯，轻声道："六十多年前的一夜，家师柳空图便是挑着这盏灯，独自上了华山，站在被前人遗弃的残屋断垣之间，决心要创出一个书院来。

"十四年前，在青鹿崖上，与摩云教大战之前，我也曾点燃这盏灯；去年春雪镇上，我布下满镇灯火，这铜灯是亮起的第一盏。

"有些人说我孤绝，素来没什么朋友，其实不然。这盏铜灯，这一道灯火，便是我多年的故友。

"今夜我将这道灯火，送与诸君。"

燕寄羽说到这里，忽而伸指在铜灯上轻轻一弹。

叮的一声，灯鸣宛如一阵清风，远远飘散出去，在湖光月色之间久久回荡。

诸人闻声相顾，心弦莫名一紧，不自禁地转头张望远处——

霎时间，四面八方都亮起了星星点点的灯火，照得暗沉沉的湖面上金光荡漾，舟船破水之声不绝于耳，朝着画舫这边合围过来。

杨仞凝神辨去，来船竟不下百余艘，船上人群影影绰绰，火把高低浮晃，在湖上连接成一个极广阔的火圈，不禁心下暗惊："每艘船上少说也有二三十人，加起来竟有两三千人之多，燕寄羽哪来的这么多手下？"

过去数月里，他派人在暗中紧盯着华山，确知停云书院众书生一直都在山上，并无什么大的动向，此刻眼看火圈不断收缩靠近，愈觉惊疑不解，又见这些船上的人衣衫各异，却并非都是书生装束。

忽听赵长希嘿的一叹，道："自柳空图在华山收徒以来，停云书院六十余年的积累，只怕已尽数在此了。"

杨仞闻言悚然一悟:"……这些人都是停云书院的云游弟子。"去年在肃州时,他被玄真教肃州分坛的静穆之气所感,曾心生一念,觉得停云弟子都是在华山学艺,出师后云游天下,散落无定;而玄真教势力虽也遍布武林,其教徒却都居住在各地的道观中,倘若这一院一教争杀起来,还是玄真教更易汇聚弟子。却不料燕寄羽竟有法子将云游各地的停云弟子召集起来,此际环顾周遭船只,他暗骂道:"他娘的,这下可够隆重了……"

燕寄羽缓缓起身,神色仍极平静,拱手道:"停云悠悠,六十载譬如朝暮,燕寄羽拜见诸位。"

下一瞬,百余艘船上的三千人一齐躬身还礼,朗声道——"拜见燕山长!"有人嗓音苍老,有人语调沉稳,亦不乏壮年人的劲喝,合拢在一起,声震数里。

赵长希、贺风馗诸人听在耳中,凛然不语,心中均想:"停云书院到底是武林第一大派,名副其实,这回当真是低估了它。"

贺风馗沉默一瞬,转身向着杨仞躬身拱手道:"属下失察,有负帮主信重。"

杨仞摇头道:"贺前辈言重了。"说话中心念电转,思索对策。

赵长希亦道:"此事须怪不得贺兄。"他心知停云书院的这些云游弟子来自天南海北,服色、年龄亦颇不同,平日里各有生计,有些甚至已不算武林中人,那是极难瞧出他们的身份的;此次乘锋帮在岳州不过二十几个帮众,近日里都忙于在城中各处搜寻燕、李的行踪,而洞庭湖水域极广,湖上舟船往来甚多,即便想要彻查,恐怕也来不及。

燕寄羽看着杨仞、贺风馗等人,轻叹道:"不错,这些弟子走在路上是寻常百姓,今夜现身之前散躲在百十艘船的船舱之中,确也不怪你们没留神。"

杨仞冷哼不语,心说:"你这厮倒会体谅人,那你还将老子围起来作甚？"又听燕寄羽道："说起来，这分散潜藏的法子，还是在下跟贵乘锋帮学的，如今木余刀、弹霜亭、游刃坊三派不见了副掌门、代掌门和好些刀客，也都是用的这个法子吧？"

杨彻越听越怒，笑呵呵道："看来老子的面子倒是不小，竟值得燕山长动用三千弟子。"

"这倒并非只为了杨帮主。"燕寄羽轻轻摇头，道，"如今武林虽大体底定，却也尚有些动荡不服的派别，在下替家师召集这三千云游弟子，便是要在今秋华山大会之前扫平这些动荡，以匡'正气长锋'之名；至于选在今夜洞庭湖上初聚，实也是出于对留影舫一派的敬重。"

"出于对留影舫的敬重？"徐开霁闻言心中微凛，问道，"不知燕山长此言何意？"

燕寄羽淡淡道："稍后徐兄便知。"

杨彻点头笑道："既不是为了捉我，那我就先走一步了，告辞告辞。"

燕寄羽莞尔道："杨帮主请便。"

杨彻环顾百余艘船上火把簌簌闪动，围得甚是严密，但想到龙钧乐、岳凌歌尚在自己手中，还有周旋的余地，便又笑嘻嘻道："燕山长好狠毒的心肠，方才明明随时能唤出这些云游弟子，却故意等我们斩断龙钧乐的手臂……听闻停云书院素来信奉仁义礼法，你们这些弟子云游久了，怕是已忘了，否则又怎肯甘愿为这等狠毒无义之人效命？"

燕寄羽淡然听着，也不出言打断。

杨彻说完眼看周遭船上无人应声，不禁心下暗骂；转念又想："这些云游弟子有的年纪甚老，多半拜入停云书院时燕寄羽还未出生，凭什么会听他的吩咐？"随即恍然笑道：

"怪不得燕山长要带着柳老前辈同行，想是只有他老人家才能召集这三千弟子，是也不是？若非如此，只怕你早将柳老前辈杀了。"

燕寄羽微微一笑，只道："杨帮主既不肯自己走，料想是顾惜贺兄等人的性命，定也会束手就擒吧。"却是将先前贺风馗问他的话反问出来。

杨仞摇头道："燕寄羽，你仗着这三千老弱病残……"

说到这里，船上人群中有几个按捺不住的，已接连出声怒喝斥责；杨仞哈哈一笑，住口不言，心中却暗暗叫苦，一时想不出什么好计策来：敌众我寡，硬抗硬打自然是敌不过，若要突围撤走，既不知能否冲开一条出路，拼杀起来死伤定也极重。

忽听身后一艘船上有个苍老声音道："燕山长，方才我听你的话音，似有伤势未愈，不知是否要紧？"语气威重中透出关切，瞬时将其余停云弟子的呵斥声盖过。

杨仞闻声微凛，暗忖："这人的年龄与修为，似是柳空图的师弟一辈，今夜这三千停云弟子中，当真不知有多少高手……"转念之际，不经意地与方轻游目光一触，方轻游自来到这里尚未出言，神色一直极镇静，杨仞见他冲自己微微颔首，便也点头致意，心绪莫名平定了许多。

却听燕寄羽答道："多谢许师叔挂怀，我确是在春山受了内伤，方才有些疲累，坐了一会儿，已歇过来了。"

便在这时，远处湖面上传来几声骚动，随即便听一人朗声道——"红罗山庄虞夙求见燕山长。"

燕寄羽轻扬右手，合围的舟船随之让出一条通路；虞夙乘舟靠近画舫，舟上还立着一个怯生生的少女，却是岳凌歌的侍女严知雨。

严知雨似不敢张望四周，低下头去，轻声道："陈公子，咱们到了。"

甲板上响起含糊的一声"哦"，又过片刻，才有一人跃起，打个哈欠道："多谢严姑娘。"

众人面面相觑，这才知道原来虞夙是三人同来，其中之一方才却竟是躺在船板上睡觉。

虞夙与燕寄羽相互见过了礼，又转身对徐开霁一拱手，问道："徐兄今夜仍要与留影舫刀客比斗吗？"

徐开霁轻叹不语，虞凤一怔，看向燕寄羽，正待询问，陈彻冷不丁地闷声闷气道："燕山长，请你放了杨兄他们吧。"

燕寄羽一怔，嘴角微露苦笑："陈兄弟，你别来无恙？"

杨彻心中感动，望向陈彻，见他懒洋洋地张了张嘴，忽听虞凤冷声道："此间大事，燕山长自会妥善定夺，又何须陈令使多言。"

陈彻道："我一共才说了一句……"

虞凤闻言皱眉，但见有个停云弟子禀告远处又有来者，却是一叶小舟，舟上亦只有一人；燕寄羽抬手向下轻挥，旋即便有一艘船调头拦去。

燕寄羽目视陈彻，叹了口气，正待开口，远处惊呼声骤起，似是那小舟不知如何已越过拦阻，逼近了火圈。

下一瞬，众人莫名觉得脚底下的流水声一紧，火圈如遭寒风刺入，裂开一道豁口，小舟显在月下——

一时间不下二三十人跃起扑向那小舟，却均未触及舟上之人，便在半空里纷纷倒飞出去，跌进湖水；小舟继续轻悠悠地漂行，停在画舫之前。

微风拂过众人衣衫，有些水珠不知何时飞离了湖面，此际洒落在周遭，宛如一场细雨；众人又觉湖水舒缓平静地萦绕在船侧，仿佛刚才有一股暗流顷刻汇聚，转眼间已消散无踪。

燕寄羽神色微变，拱手道："方兄。"

舟上来者正是方白，闻言淡淡道："燕山长好大的阵势。"说完看向杨彻，又道："今夜情形有些麻烦，我暂将他们挡住，杨兄弟，你们先回岸去吧。"

话音方落，湖上霎时一寂。

先前那嗓音苍老的"许师叔"忽而冷笑道："方白，难道你竟想以一人之力，对抗我三千停云弟子吗？"

方白莞尔道："有何不可？"

十六

周遭百余艘船上一片哗然，那"许师叔"静默一霎，愕声道："好生可笑！即便是刀宗复生，也未必敢出此狂言。"

杨仞皱眉看向贺风馗、赵长希等人，询问道："这位许师叔究竟是何方神圣，怎的这般聒噪？"

赵长希沉吟道："柳空图的几位师弟本都是他的朋友，在江湖上各有名号，加入停云书院后虽也得柳空图传授过武功，但和柳空图以师兄弟相称；此人既姓许，多半便是'铁掌拦江'许顾了，听说原'停云五贤'里的郭正便是他的弟子。"

杨仞恍然笑道："许师叔，原来你是郭正的师父……"

许顾截口道："乳臭未干的小子，'许师叔'也是你叫得的？"

杨仞不以为意，继续道："许师叔，你可知郭正已被燕寄羽害死了，你却还肯为燕寄羽出力？"

许顾一惊，道："郭正死了？此话当真？"

燕寄羽轻叹一声，接口道："去年郭师兄与峨眉织星剑掌门戚晚词起了些冲突，不幸死在戚姑娘手下，弟子还未及将此事禀告许师叔。"

许顾道："竟、竟是真的，唉……燕山长，戚晚词那小丫头不是最听你的话吗，怎么她竟会杀我徒儿？"

他心性耿直，有话当众便说，燕寄羽神色却颇不自在，苦笑道："许师叔说笑了，戚姑娘是别派掌门，又怎会听我的话？此事颇有些复杂，请许师叔容我以后细禀。"

许顾沉默一阵，叹道："我退隐已久，对于如今武林中的事，是既不知道，也弄不懂了……我那徒儿性子随我，太过直愣，他小时候我便担心他要吃亏遭难，没想到终究是……"说到这里，却说不下去了。

杨仞哈哈一笑，道："那也没什么弄不懂的，你只要领着这群弟子反了燕寄羽，便是造福武林了。"

许顾对郭正之死颇感震惊难过，本就心绪不佳，闻言登时大怒，喝道："若无你们乘锋帮，武林中本已太平，到此刻你小子还敢挑拨是非。"随即呼喝两旁弟子，道："将这帮狂徒尽数擒下！"

话音方落，便有数艘船驶离了火圈，迫近乘锋帮众人；贺风馗手臂一扬，二三十人一齐拔刀，凝神以待。

方白轻轻摇头，衣袂在夜风中轻展，一蓬水花倏从湖面上飞起，半空里散成无数水珠，在月光下微微一闪，宛如萤虫——

当先一艘船撞过这片水幕，船上的停云弟子失魂一般，纷纷软倒，木桨掉进湖中，船身横停打旋儿，将后面几艘船也阻得难进。

燕寄羽见状忽一顿足，船舷上的铜灯急剧震颤，发出嗡的一声长鸣，那些软倒的弟子闻声醒神，赶忙跃起。

"春夜微雨，月下飞光，这一剑当真妙绝。"燕寄羽凝视方白，怅然一叹。

一时间百余艘船上静如冰封，众人虽久闻"回雁峰上剑天子"之名，却也没想到方白的剑术竟神异至斯，面面相觑，神情均凛肃了许多，虽知人力有时而尽，料想方白刚才施展的剑术定然极耗心力，若说他真能以一敌三千，自是妄言，可是稍后双方若厮杀起来，那些冲锋陷阵的弟子，恐怕不免要死在方白剑下。

贺风馗等刀客眼看停云弟子暂且罢手，便也渐次垂下刀锋。杨仞回想方才情形，忍不住赞道："方老兄，你的剑术当真是……哈哈，真他娘的厉害！"却是一时没想出比"真厉害"更好听的词句。

"帮主过奖了。"方白淡淡一笑，说话中仍自与燕寄羽对视，两人眼神均极淡然，却又似都意蕴深长。

周围船上不少人听见方白称杨仞为"帮主"，脸色顿变，低语阵阵，这才确知"方白加入乘锋帮"的传言竟是真的。

许顾刚才派出的弟子为方白所阻，心中愈怒，忽道："燕山长，请恕老夫僭越。"

方白闻言眨了眨眼，目光落在远处湖水上，燕寄羽身躯微动，似乎松了口气，亦收敛目光，转身对着许顾所乘的那艘船遥遥拜道："许师叔折杀弟子了，不知何出此言？"

许顾沉声道："老夫已有二十多年未曾与人交手，早听说武林后辈里出了方白这号人物，今日便代燕山长先与他过过招儿。"不待燕寄羽开口，便已纵身跃出。

方白心知许顾并非恶人，轻叹道："许前辈这又何必……"话未说完，忽然身躯一颤，咳出一口鲜血！

与此同时，许顾脚尖连点，已倏忽越过几艘船，落向方白所在的小舟；赵长希与游不净相顾一眼，闪身跃起，迎向许顾——

半空里许顾衣袖飒然一振，双掌齐出，与赵、游二人各对了一掌，身躯倒翻出去，轻飘飘地落足于数丈外停云弟子所乘的船上。

赵长希与游不净亦落回甲板，均觉气血翻涌，暗忖："'铁掌拦江'，果然不虚。"

砰砰几声，三人掌力中的后劲当空进散，化作一阵夜风，荡得周遭船只轻晃。

许顾哼了一声，道："两个小辈，一个将'空游诀'修到了第八重，一个将'万物一炉'心法练得圆满，倒也不简单。"他自重身份，方才掠到半途瞥见方白忽然咳血，本已不打算出手，此刻也不再进击。

杨仞刚才惊凛之际，眼瞧方白摇晃欲倒，便急跃过去将他扶住，抽刀戒备；方白抬袖抹去嘴角血迹，缓缓吁了口气，对杨仞和赵、游二人道过谢，转头看向燕寄羽，神色似有些惊疑。

杨仞问道："方老兄，你怎会忽然受伤，是谁伤的你？"

方白心中费解，沉思不语，今夜自与燕寄羽相见以来，他一直留心提防，先前在燕寄羽使出天音宗功法、震响铜灯的一瞬里，他便将周身内息化分成了表里两层，宛如一个人有了两个丹田、两副经络一般，即便燕寄羽以"闭口蝉"的奇技猝然偷袭，也只能将他表层的内息截断，绝难伤他；可是不知如何，他却竟仍中了燕寄羽的暗算。

燕寄羽独立画舫，静静端详着方白，身侧的铜灯噼啪一响，灯光黯淡了一霎，重又明亮。

方白心中微凛，恍然醒悟：刚才燕寄羽将铜灯震得急颤，灯火闪烁不定，湖面上的波光也随之摇曳变幻，宛如一片碎羽乱鳞，隐隐汇成字形，虽不如精心布置出的"惊鸿影"那般能将人迷倒，却亦有一丝笔意映入他的眼帘，钻进心神深处，将他的剑意扰乱了些许。

他只是无意中曾瞥见那片波光，随即便转开了目光，未能及时警觉，而后他与燕寄羽凝神对视，互寻破绽，潜运"雨梳风帚"时，剑劲便随着那被引岔了的剑意运转了片刻，不知不觉中已伤及自身，等到发作开来，已是内伤颇重。

方白心知这是燕寄羽借由自己的剑劲击伤了自己，不禁颔首叹道："燕山长好高明的手段。"

燕寄羽微笑道："得方兄一赞，在下幸何如之。"

方白一怔，颔首道："十四年前，燕山长率领中原武人，以妙计瞒过了摩云教的追杀，将众多伤者悄然移送至荒台，当时燕山长听了我的称赞，所说之言却是和今夜一字不差。"

燕寄羽轻轻摇头，道："可惜后来还是走漏了消息，让摩云教教徒赶去了荒台，若无刀宗孤身将他们挡下，恐怕中原武林危矣。"言毕目露追忆之色，似乎神思陷入了往事。

方白闻言轻叹不语，亦觉怅然，同时却仍留意警醒，心知若论真正的武学修为，燕寄羽或许不如自己，但若说临敌对阵时的心机智谋，燕寄羽却委实深沉难测，非自己能及。

杨忉从旁听着两人对话，心头愈发忧切，快声问道："方老兄，你伤势如何？"

方白伸手拍了拍他的肩膀,温言道:"无妨。"

杨仞瞧他气色平定,心中稍松。

"'无妨'吗?"燕寄羽轻轻一叹,"方兄此言未免太过自谦,低估了自己'雨梳风帚'的剑劲……以方兄现下的伤势,不知修为还剩多少,四成还是三成?"

方白淡淡道:"便是只有一成存余,难道还不够用吗?"

燕寄羽眼神微动,一时不语。

"好个方白,既有此自信,那老夫便也只用一成功力,与你分个胜负如何?"许顾朗声接口,目光灼灼地瞪视方白。

"改日有暇,再与许前辈切磋。"方白微微摇头,随即看向杨仞,道,"杨兄弟,你们先行撤离,料想燕山长爱惜自己的性命,是不会拦阻你们的。"

燕寄羽闻言一笑,仍不开口。今夜他为了重创方白,颇费了一番心思:方才恰是因为波光中映显出的字形颇为粗糙,那似有若无的一丝笔意才能潜入方白心神之内,否则方白立时便能警觉。到此刻方白虽伤,但神机仍锐,剑意流转不息,他却也不急于贸然追击。

杨仞摇头道:"方老兄,我们又怎能将你舍在这里?咱们这便一起冲杀出去,谅他们人多,也挡不住咱们。"

方白莞尔道:"我稍后便去找你们会合,杨兄弟,你不必为我担忧。"

许顾站在不远处的木船上,却是越听越怒,刚才方白一句轻飘飘的"改日有暇",便将他晾在一旁,此刻竟还敢出言威胁燕寄羽,当即冷笑道:"老夫纵横江湖之时,你方白尚未出世,今日却在老夫面前一再卖弄狂言,老夫若不教训你一番,岂不让人以为武林中没长辈了吗?"

杨仞正担心方白伤势,闻言没好气道:"长你娘的辈,你少来倚老卖老。"

许顾一愣,道:"你、你小子说什么?"他辈分极高,数十年来武林中从未有人这般与他说话,一霎里浑身哆嗦,竟险些气得闭过气去。

杨仞瞪眼道:"老子说,你给老子滚远些。"

许顾脸色煞白,手指杨仞,却是唇齿打战,吐不出词句。

燕寄羽见状叹道:"杨帮主,且先不论你们乘锋帮究竟是好是歹,但你也总算是行走江湖的晚辈,又怎可对武林中的前辈长者如此不敬?"

杨仞哈哈一笑,道:"所谓尊敬武林长辈云云,那都是人定的道理,又不是天生的规矩,我只尊敬我想尊敬之人,管他是长辈还是晚辈?"

话音方落,周遭船上人群霎时哄然,停云弟子最重礼法,均觉杨仞此言实是大逆不道,狂悖到了极点,一时间斥责诘问之声纷纷不绝。

杨仞皱眉听着,忽而仰天一啸:"都给老子闭嘴!"——声音在湖上远远传开,如一阵狂飙飓风,将停云弟子的议论迫低荡散。

不少人闻声一凛,心想:"此人虽然年轻狂妄,但这份功力可着实深湛。"

杨仞转头望向许顾,道:"你这老头为燕鸟人效命,糊涂得很,老子骂你也不算冤屈了你。你若不服,便来与我打一架吧。"

许顾神情已沉静了许多,闻言冷哼道:"凭你这偷刀的小贼,还不配与老夫交手。"他一生遵礼奉规,心知方白身负"天下第一剑客"之名,又曾是名门大派的掌门,自己虽是前辈,与他交手也算位份相当,可是杨仞无论年纪身份,都不值一提,若与杨仞动手,那是辱没了自己,便径直道:"方白小辈,你须知老夫向来的兵刃便是这对手掌,听闻你出剑也无须金铁,你我比斗起来,正好谁也不吃亏。"

他说完也不等方白答应,径自跃步疾掠到方白所乘的舟上,双脚甫一触及舟板,小舟顿时陷入湖中数寸。

方白身躯纹丝不晃,仍是静静伫立;许顾眼见刚才那一脚"铁山蹴"未能震动方白,心下微怔,双袖呼啦一振,喝道:"请赐教!"一记"铁仙拜月"击向方白两肋。

燕寄羽唇角微动,似要劝阻,却欲言又止。

方白瞧出此式似攻似拜,蕴有敬重之意,身影倏然一空。许顾眼前失去了对手,惑然停掌,却见方白忽又现身,仿佛一直站在原处一般,冲着自己躬身施礼。

"不必多礼!"许顾哼了一声,再度挥掌攻上;方白轻声叹息,衣袖微晃,哧哧两声,许顾忽觉似有两道凉风从自己左右掌心里流泻出来,掌上积蓄的劲道霎时随风飘远——

许顾大惊,再聚掌劲,又觉脚下一空,恍若小舟消隐不见,自己正踏在茫茫湖面,随时便要下沉,不自禁地拔足斜跃而出,却见方白已敛袖拱手道:"得罪了。"

许顾一怔,双足落定,才发觉自己已倒掠回原先的船上,刹那间出了一身冷汗,暗道惭愧:"此人能不着痕迹地将我迫回,修为实是远在我之上。"

周围船上的停云弟子中有不少明眼人看出了端倪,心中均凛:"没想到方白重伤之际,竟仍有这般出神入化的修为。"

"多谢方兄。"燕寄羽拱手致意。

杨仞笑嘻嘻道:"燕山长,你谢方老兄什么?"他知燕寄羽言辞中虽未点明,但自是谢方白对许顾手下留情,便故意要点破此事。

燕寄羽微微一笑,却不理会杨仞。

方白莞尔道:"燕山长有大事要做,想来不愿今夜死在洞庭湖上,我看咱们两方不妨就此罢手,各自散去吧?"

燕寄羽轻笑道:"一般拿别人的性命相挟时,总须先显出本事,最好先制住别人,才好说话,可方兄眼下还未必能制得住我,便已径直要挟了吗?"

"我现下伤势不轻,已然难以将燕山长制住。"方白顿了顿,又道,"不过我虽制不住燕山长,但若仅是将燕山长杀死,却也只在一瞬之间。"

"当真吗？"燕寄羽淡淡道。

"燕山长若不信，不妨试一试。"方白神色倏而清冷。

十七

燕寄羽摇头一笑："方兄，你竟要杀我吗？"说完眼瞧方白依旧神情冷肃，心知他是真动了杀意，嘴角笑意渐渐淡去。

两人在夜风中静默对视，铜灯微颤，湖面上黄光摇曳，铺在小舟与画舫之间，恍若要将两人联结起来似的。

周遭诸人心弦收紧，一时间无人开口；噼的一声轻响，铜灯熄灭，一瞬里燕、方二人仍都伫立不动，却又仿佛相隔得远了许多。

贺风馗转头与赵长希、游不净相顾一眼，神情凝重，均知以方白那融入天地风雨的剑境，若决意全心一击，定是无迹可寻，神鬼莫测，恐怕要杀死燕寄羽确也不过眨眼间的事，四下的停云弟子再多，也是救援不及。可是若真杀死了燕寄羽，这百余艘船上的三千人自然绝不会甘休，到时候一拥而上，己方虽个个修为不凡，今夜却也未必能生离此间。

杨仞亦知眼下到了危急存亡的关头，只看燕寄羽是否肯答应方白刚才所言，今夜暂且罢斗；目不转睛地凝视两人，不自禁握紧了手中雪刃，振出一声清鸣——

电光石火之际，方白眉目微动。与此同时，燕寄羽忽道："罢了。"

方白随即颔首道："多谢燕山长。"

燕寄羽轻叹道："十多年来，武林中人谈起中原各派与北荒摩云教之战，往往会说'衡阳方白剑天子，犹有荒台落难时'……呵呵，却不知方兄当年之所以身负重伤，全是舍命救我之故。这份恩义我本该偿还,便答应方兄,今夜暂不与乘锋帮为难,咱们后会有期吧。"

贺风馗等人闻言脸容稍缓,互换眼色,均觉今晚这般收场,可算是最好的情形了。却听杨彻哈哈笑道:"燕山长怕死便说怕死,扯什么报恩。"

"杨帮主,"燕寄羽莞尔道,"我今夜来到湖上,本也另有要事,倒也不是非捉住你不可。"

"是吗,"杨彻随口道,"请问是什么事?"

"一来我想试试自己能否杀死方兄。"燕寄羽的嗓音低沉了许多,听着有些怪异,似是运上了"传音入密"的功法,让语声只落在方白、杨彻等人附近,未被一众停云弟子听去,"不过此事也不甚要紧,嗯,试过之后,才知方兄修为之深,还在我臆测之上。"

杨彻听他轻描淡写地说完,心中微凛,笑道:"此事既不要紧,不知何事要紧?"

燕寄羽道:"我此来湖上,是想寻找一位名为'秦芸'的女子,不知杨帮主可知晓她的下落?"

杨彻一怔,若说燕寄羽今夜大费周折不是为了对付乘锋帮,而只是为寻秦芸,他是无论如何也难相信;可是不知怎么,他心中又隐隐觉得燕寄羽此言却是实情,不禁暗忖:"江湖上都说燕寄羽这厮向来不说谎,可是这秦芸无非是严姑娘的亲生母亲,还能有什么要紧之处,竟值得燕寄羽如此重视?"忽又想起一事:"照此说来,岳凌歌先前暗助画舫藏起,恐怕也不是想救留影舫的刀客,只是想救秦芸一人……"

他暗自转念,嘴上笑问道:"燕山长既已将留影舫制住,难道还未找到秦芸吗?"

燕寄羽摇头叹道:"早前我便派柳续与展梅赶赴岳州,哪知他们俩见到秦芸之后却转变了心意,不但未将秦芸带归华山,反而与留影舫合谋,将此女子藏匿起来……这也是我今日问过留影舫刀客,才得知此事。"

杨仞越听越是迷惑，心说："柳续、展梅一见到秦芸就改变了心意，燕寄羽又想将她带回华山，难道这秦芸是个绝世无双的大美人不成……"想到这里，忍不住看了严知雨一眼，又看了看身侧的秋剪水，暗忖："可是瞧严姑娘的模样，虽也称得上秀美，却似还不及秋姑娘美貌，她的母亲又能美到哪里去？"

秋剪水见到杨仞的神态，已隐约猜到他的心思，蹙眉横他一眼，却见他冲着自己嘻嘻一笑；秋剪水侧开目光，嘴角亦忍不住微露笑意。

燕寄羽打量两人，叹道："杨兄弟，恭喜你了。"

杨仞一愣，随即笑呵呵道："燕山长，敢问这秦芸究竟有何重要之处？我知晓以后，说不准也能帮你找找。"

陈彻默然在旁，哈欠不断，心中却思绪纷飞，先前宁简与他分别时，曾说要去苏州简家打探秦芸的事，听主人话中意思，似乎这秦芸与往昔武林中的许多隐秘有关，多年前柳续曾到简家盘桓暂住，似也是为了找寻秦芸的行踪；此刻他听着燕、杨对话，心知杨仞已问到了关窍处，却见燕寄羽淡淡一笑，答道："当年若不是秦芸，世上便没'意劲'，自然也就不会有刀宗。此女子自是极重要的。"这句仍是低声传音说出。

杨仞一惊，道："不知这话从何说起？"

燕寄羽却径自转口道："杨帮主，咱们既说定了今夜罢斗，那便就此别过，请恕我不远送了。"

杨仞与方白、贺风馗等人相顾，见诸人都微微颔首，便笑道："那好，今夜就先将鸟毛暂寄在燕山长身上，改日再拔。"他知燕寄羽言出如山，绝不会当众反悔，故而言辞中甚不客气。

严知雨先前一直低头不语，此际见杨仞等人欲走，忽而凑近了陈彻，在他耳边悄悄说了几句话。

陈彻点点头，当即唤道："杨兄。"

杨彻道："陈兄请讲。"

陈彻道："严姑娘想请你放了她家公子,不知杨兄能否答应?"

"岳凌歌吗?"杨彻笑了笑,看向燕寄羽,又道,"燕山长,我便将龙钧乐与岳凌歌一并放还给你,不知你意下如何?"

燕寄羽一怔,道："杨帮主若肯这般大度,在下自是感激。"

杨彻道："那也说不上大度,我只不过想和燕山长做一笔买卖,只请燕山长莫再为难留影舫的刀客。"说完眼看燕寄羽沉吟不答,便又笑道："你以区区一帮刀客换得正气长锋阁两大阁主的性命,这买卖可不亏本。"

燕寄羽仍是静默不语。

杨彻心中一凛,沉声道："燕寄羽,难道你已将那些刀客杀了?"

燕寄羽摇头道："十四年来,在下也只杀过刀宗一人而已。"顿了顿,又道："杨帮主,今日我已和留影舫达成了约定,从此自不会再为难他们。"

徐开霁闻言想起燕寄羽曾说,他选在今夜洞庭湖上将这三千云游弟子召集,却是出于对留影舫一派的敬重,心头愈发不解,接口问道："原来燕山长也与留影舫定了约,不知所约为何?"

燕寄羽叹道："便请留影舫的张兄等人自与徐兄说吧。"说话中弹出指风,重又擦燃了铜灯,随即清脆地拊掌三下,走去了一旁。

少顷,画舫的舱室里传出响动,便有八九个汉子缓步来到甲板上,有的四五十岁,有的面容却极苍老,杨彻眼瞧这群人步履都颇为僵硬,似是刚被解开穴道,料想正是留影舫的刀客;又见数人手持鸿翼笔跟随其后,脚步轻快,自是燕寄羽的手下。

随即,画舫两旁的辅船里也各有十来人从底舱走出;杨彻凝神端详,发觉这些人里年纪最轻的也已年过四旬,不禁心下微奇："不是说留影舫有百十多个刀客吗,怎么不见有年轻弟子?"

徐开霁环顾三船,目光落在画舫上,认得当先的刀客正是留影舫掌门周行空的师兄张行巍，便拱手道："见过张兄。"

张行巍拱手还礼，瞥了一眼燕寄羽，欲言又止。

徐开霁又道："怎么不见其余刀客？"

张行巍苦笑道："那些年轻门徒，都已自废修为，上岸去了。燕山长肯放过他们，我等已极承燕山长的宽宏。"

徐开霁一惊，道："这、这怎会如此？"

张行巍叹息一声，率领身后几名刀客对着徐开霁躬身一揖，道："过去月余，我等与徐兄切磋交谈，心意相照，实是平生一大快事，只可惜终不能完成与徐兄之约。"

两侧辅船上的留影舫刀客闻言也齐齐转身对着徐开霁一揖。

徐开霁愈觉惊惑，急切道："张兄，你何出此言？"

张行巍目视徐开霁，沉默片刻，道："我们这些人年岁大了，不愿再上岸去，今夜便随着这画舫沉于湖中，从此武林中再没有留影舫一派了。"

十八

徐开霁闻言霍然转身望向燕寄羽，目光锋锐如剑，一瞬间杨仞几乎以为徐开霁立时便会出剑刺杀燕寄羽，过得片刻，却见徐开霁身躯轻轻一抖，呵呵笑道："没想到，当真没想到……不过燕山长的手段，本也该是徐某想不到的……"

杨仞听得涩然，正要开口，忽听贺风馗低声道："帮主。"转头瞧去，但见贺风馗微微摇头，神情漠然镇定。

杨仞心知他是提醒自己此际该当离去，莫生事端，亦知留影舫之事已成定局，再与这三千停云弟子纠缠下去，非但救不得留影舫，恐怕还要丧命于此，浪费了方白换来的脱身良机；斟酌片刻，道："瞧在陈兄的面上，我便放了岳公子，但龙钧乐可不能放。"随即对秋剪水道："秋姑娘，咱们这便回岸去吧。"秋剪水点点头，与杨忉登上了贺、赵等人乘来的船只。

贺风馗当即吩咐一名刀客将龙钧乐带下底舱，再将岳凌歌带上甲板。乘锋帮众刀客渐次收刀入鞘。

杨忉转身看向徐开霁，见他兀立舟上，兀自与燕寄羽对视，背影颇显孤单；燕寄羽的白衣在月下轻微飘动，始终不发一言。

虞夙忽道："燕山长，虞某有一事不明。"

燕寄羽道："虞兄请讲。"

虞夙犹豫一阵，道："燕山长已制服留影舫一派，与他们达成约定，虞某本不该多言，可是留影舫向来避世，似也不必非要让此门派消失灭绝吧？"

燕寄羽道："既然避世，为何要练刀？"

虞夙一怔，道："想来他们喜好钻研刀术，消遣自娱，也是有的。"

燕寄羽道："既是消遣，为何又去春山？"

虞夙道："周行空确曾前去春山，可现下亦已被囚，其余留影舫刀客一直未离洞庭湖，并未阻挡正气长锋阁诛杀刀宗……"

"是吗？"燕寄羽淡淡一笑，转头望向张行巍等人。

张行巍缓缓道："当时我等实是都想随周掌门同去春山，只是周掌门执意不肯罢了，正气长锋阁本也不该杀害刀宗，我们虽然避世，却不避正义良心。如今武林失义，我们力微难抗，那也无话可说。"

虞夙闻言皱眉，还待再说，忽听徐开霁长叹一声，道："虞兄，多谢你这番话。"

虞夙道："徐兄，你……"

徐开霁摇头莞尔，从衣襟里取出一块暗青色的铜牌，身影倏闪，跃上画舫；燕寄羽神色微变，看着徐开霁走近。

"燕阁主。"徐开霁双手持着铜牌，恭恭敬敬地将青锋令交还给了燕寄羽，退后一步，拱手又道："燕兄，多谢你当年之义。"

燕寄羽拿着令牌，轻轻一叹，徐开霁不待燕寄羽开口，便反身跃下画舫去了。

杨仞见状忍不住道："徐前辈，你此后打算去哪里？"

徐开霁恍若未闻，脖颈缓转，将留影舫的三艘船一一看过，忽然嘿的一声，甩袖一振，将一根鹅毛掷入了湖水，那鹅毛上附着了他的剑劲，直直沉到湖底去了。

徐开霁拾起船桨，独自驾着小舟调头，燕寄羽默默扬手，小舟穿过火圈远去。

这时，先前那名刀客背负着昏迷中的岳凌歌回到甲板上，杨仞随手接过，将岳凌歌掷到了陈彻、严知雨所在的船上。

严知雨慌忙敛身道谢，随即渡过内劲将岳凌歌救醒。岳凌歌慢慢睁眼，瞧清严知雨后，冲着她嘻嘻一笑。严知雨哇的一声哭了出来，道："公子，我好怕你死了。"

岳凌歌揉了揉严知雨的头发，站起身来，朝着燕寄羽躬身一揖，道："是我无能，还请燕山长恕罪。"

燕寄羽道："岳公子言重了，请先运功疗伤吧。"

岳凌歌点点头，盘膝坐下。

蓦然间，远处湖面上传来了徐开霁的悠悠吟声——"平生笑傲皆成幻，剑沉碧水人踟蹰……杨兄弟，我也不知今后要去哪里，实难答你……"语声萧索，渐低渐远，消隐在茫茫夜色中。

杨仞回身眺望湖上，郁郁不言。

燕寄羽摇头叹息，随即一拊掌，便有停云弟子乘舟靠近，将燕寄羽接离了画舫。

燕寄羽在经过虞夙所乘的船时，忽道："这些留影舫刀客既不愿服从正气长锋阁的管束，亦不肯说出秦芸的去向，我敬重他们，让他们自废修为上岸去，却也仍有些人不肯。虞兄，实非我无情，我对他们已是仁至义尽。"

杨彻心下暗骂:"狗屁的'仁至义尽'。"瞥见虞凤默然颔首,不禁冷笑一声,又见留影舫三条船上的刀客亦是默立不语,心中既觉悲凉又觉愤恨。

燕寄羽反身回望画舫,轻叹道:"便让这铜灯随画舫一同沉没吧,今夜留影舫绝迹江湖,我与停云书院三千弟子,俱为见证。"

杨彻环视那些留影舫刀客,见他们仍不作声,胸口热血一鼓,猛然叫道:"难道你们这就认命了吗?只要你们说一声'不愿意',我杨彻拼却性命,便将你们救走如何?!"——说完横刀一振,刀声荡散开去,似乎周遭月光也被这声刀鸣振得清亮了许多。

一时间留影舫众刀客纷纷动容,都望向张行巍;方轻游微微一笑,率先拔刀,贺风馗暗叹一声,与二十多乘锋帮刀客抽刀在手,凝神待战。

燕寄羽淡淡道:"杨帮主,咱们已约好今夜罢斗,你这是要毁约吗?"

杨彻随口道:"去你娘的。"却只目光灼灼地看着张行巍,等他作答。

张行巍看着乘锋帮的二三十人,又看看周围影影绰绰的火把船只,沉静片刻,摇头道:"多谢阁下好意,但燕山长既已放过了我等门徒,我等自也该给燕山长一个交代。"

杨彻听他出言拒绝,缓缓垂下刀锋,正想说些什么,忽然不自禁地感到心中隐隐松了一口气。

——此念一生,他顿觉自己败了。从前他被郭正、戚晚词一路追捕时没这么觉得,在肃州城外中了燕寄羽的"惊鸿焰影",躺在荒草间时没这么觉得,后来身携两封刀宗的书信流亡千里时也没这么觉得,可是今夜他一招都还未出过,却生平第一次觉得自己败了,败给了燕寄羽。若换作半年前的自己,兴许拼死也要斩杀燕寄羽、相救留影舫,可是如今的自己与半年前的自己,究竟哪个才是对的?

他愈想愈是心乱，忽觉手心一暖，侧头瞧去，却是秋剪水悄然挽住了自己的手心，他心中稍定，转头对贺风馗道："咱们走吧。"

…………

舟船渐近湖岸，杨刃始终低头凝视湖水，未曾说话。贺风馗忽道："帮主，你要击败正气长锋阁，便不能逞一时之勇，须得长远思虑。"

杨刃点点头，道："贺前辈所言极是。"

诸人回到湖边渡口，骤见两道人影快步奔近，却是何轻生与裘驷。裘驷道："帮主，我俩一直在等你们。"

何轻生道："不错，我们本要到湖上去寻帮主，但这湖面太过宽广，我俩怕与帮主错过，便想着倒不如在这里等候。"

杨刃昨日不欲这两人总跟着自己，在他俩到碧湖轩找寻岳凌歌未果之后，便将他俩打发走了，此刻眼瞧两人夜半时分仍在等候自己，也不禁有些感动，便道："两位辛苦了，嗯，燕寄羽便在湖上。"

裘驷一惊，脱口道："幸亏我俩……"何轻生用力推了推他，截口道："啊，早知如此，我俩便该及早前去湖上，援助帮主才是。"

裘驷连声道："正是，正是，没想到燕寄羽竟也到了湖上，可惜吴先生忙着与秦姑娘成婚，否则他老人家亲至岳州，定有法子制住姓燕的……"

杨刃闻言一凛，道："你说什么？"

裘驷一愣，道："我说吴重吴先生定有法子制住燕寄羽……"

"不是，"杨刃道，"你刚才说，吴重要与谁成婚？"

裘驷道："和一位姓秦的姑娘，叫、叫什么来着？"何轻生接口道："好像叫'秦雨'还是'秦云'的……"

杨刃点头道："那么两位可知吴重现在何处？"

何轻生想了想，答道："吴先生是在滁州左近的临江集成亲，现下多半仍在临江集。"

杨刃闻言与秋剪水、方白、贺风馗等人相顾一眼，沉思片刻，目视何、裘二人道："两位既已加入了我乘锋帮，那我也不与两位客气了——我想请两位为我引路，远行一趟，不知两位可否愿意？"

两人神情欢喜，忙不迭地答应。何轻生道："不知帮主要去哪里？"

杨仞一笑，回望一眼身后的渺渺湖水，轻轻吁了口气，回过头道："就去临江集。"

第二章

临江琴龙

此刻眼见片片屋舍沉寂在黑暗里，灯火零零星星，却只引得他心中空冷。他沉下一口气，倏而沿着粗陋的石街奔跑起来——

耳边夜风呼啸，双足踩在凹凸不平的硬石上，叶凉神思微恍，想起似乎从前也曾疾奔在静旷无人的小镇石街上，却是为了去救一个人……

一

叶凉随着展梅向东南行去，过得十余日，来到唐州，却也未见有停云弟子追来；展梅道："想是他们忙于应对乘锋帮，如此甚好，省得杀伤你的同门。"

叶凉拱手道谢。展梅瞧他谢得真诚，莞尔又道："嗯，说来停云弟子也不能算你的同门。"

"不论是不是同门，能少些死伤，总是好的。"叶凉轻轻一叹，又道，"展前辈说吴重前辈才是我本来的师父，我自是相信展前辈绝不会骗我，只是心里终究模糊，记不起来，吴前辈他、他是正在滁州吗？"

展梅道："先前我在返回华山的途中，曾接到吴重的传书，得知他要回到滁州左近的临江集……叶兄弟，你曾在临江集住了七年，难道连这地方也不记得了吗？"

叶凉茫然寻思一阵，道："临江集……想来是在江边吧？我有时夜里做梦，会在梦里听见江水声。"

展梅颔首道："记不得也无妨，等见到了吴重，料想他自有法子治好你。"

时近晌午，两人在唐州城内寻了一家酒楼吃喝，叶凉忽而问道："展前辈，你说弓魔当真是柳副山长放走的吗？"

展梅沉吟道："我听柳兄说，他只是想见弓魔问几句话而已。兴许是燕山长自己想放走弓魔，也未可知。"

叶凉道："那么柳副山长是被冤枉的了？唉……早前我便听见庄师伯他们对柳副山长颇有微词，似是怪他的刀术是为克制停云武学而创，还教给了宁姑娘……"

展梅摇头道："柳兄沉浸于武学一途，不但想要破解停云武学，亦想破解刀宗的刀术，那又何足为怪？昔年他便是因为自创的刀术尽破洛州柳家刀法，被逐出了家门，才独自横舟河上试刀，接连数十战不败，立下'洛水舟中柳青眸'之名。"

"原来如此。"叶凉想了想，又问道，"展前辈，不知你从前是如何认得燕山长的？"

展梅一怔，轻叹道："十多年前，我奉山中刺堂主之命，前去刺杀燕寄羽，却反被他的胸襟气度折服，也算是不打不相识。"

堂中另有一桌酒客，亦在谈论武林近闻。展、叶二人说到这里，听见那桌人却也提到了洛州柳家，说燕寄羽将柳空图接回中原之后，柳家便恍似得了靠山，不但在洛州频频生事，还与柳州龙家结盟，不日即要共击庐州花家。

叶凉恍然低语："怪不得去年冬天柳老山长刚回到华山，洛州柳家便急着赶来拜见。"

展梅点头道："柳家是想借着柳空图的名头崛起，取代庐州花家，成为武林四大世家之一。"神色淡然，心中却是微凛：方才那桌人忽而提及柳家，恐怕并非巧合，而是听见了自己与叶凉的交谈，自己已着意放低语声，若仍被听去，足见那桌人修为不低。

两人又听了一阵，那桌酒客说到多日前乘锋帮与停云书院在华山的一战，有个人道："我听说那些乘锋帮刀客虽只五六百人，却竟几乎都修成了'天风萦回'的绝技，结成'天风大阵'，与停云书院的鸿翼阵法厮杀，两方各有折损，似乎反倒是停云书院的死伤更重些……"

叶凉一惊，只听那人继续道："可是乘锋帮这次却也没能救走方、铁等掌门，与停云书院相持一阵，便退走了……嘿嘿，说起来这帮刀客想来便来,要走便走,也真是大挫停云书院的颜面。"

展梅闻言微笑道:"如此一来,那群停云书生就更不敢轻易离开华山了。嗯,当日乘锋帮未曾奇袭,而是先送去了拜山帖,那是本就打算与停云书院耗下去。"他这句话并未刻意低声,说完便站起身来,走近那桌酒客,拱手道:"几位熟知武林动向,在下甚是佩服,敢问是何派高人?"

那桌人一愣,纷纷摇头笑道:"阁下说笑了,我们并非武林中人。"

展梅嗯了一声,又道:"听几位口音,可是从关东来的?"

那桌人相顾一眼,有人站起,拱手道:"阁下不必多问,只需明白一事:近日里便会有不少高手来追捕阁下,你们两位还是多留神些吧。"言毕也不待展梅接口,领着同伴匆匆出门离去。

叶凉听得惊疑,眼见展梅回来落座,便问道:"展前辈,咱们该当如何?"

展梅道:"这些人倒似是好意,咱们快些赶路便是。"两人吃饱了饭,也不再留宿城中,便即纵马出城东去。

翌日清晨,两人行在荒野间,忽听身后依稀有马蹄声渐近;展梅对叶凉使个眼色,两人牵着马躲到一处土坡之后。

叶凉道:"听着似有百十人。"

展梅微微颔首,两人伏低身躯,不多时便遥望见三拨人马渐次疾过,衣衫分别为黑、蓝、白三色,马背上挂着狭长行囊,似都携了刀剑。

展梅皱眉道:"看这些人的装束,应是'辽水三刀'无疑了,原来'金''玉''冰'三派都到了中原,也不知方才是不是在找咱们。"

叶凉听得好奇,问道:"这三派是用金子、玉和冰做刀吗?"

展梅闻言莞尔,道:"这三派都用铁刀。"随即解释了几句,原来金雀刀门徒的刀鞘上雕有一只金雀,琢玉门则得名于其独门内功"琢玉诀",而履冰堂弟子却是个个精擅"履冰步"的轻功。

展梅又道:"金雀刀刀招精巧,花样繁多;琢玉门的刀术却颇为简朴,只有寥寥五式;履冰堂却以步法变幻见长,这三派各有绝学,均不易斗。"

两人躲避半晌,正待继续东行,隐约听见东边马蹄声再起,似是"辽水三刀"去而复返,两人惊疑对视,展梅心知若继续藏在原地,恐怕稍后躲不过搜找,便与叶凉上马折向西北避去。

疾驰出数里,经过一处狭隘的谷口,忽见前方有个衣衫破旧的瘦削之人独行在野草间,身形摇摇晃晃,宛如随时便要跌倒似的。

展梅与叶凉对望一眼,驰到近处,神情骤凛——那人低着头,踉跄走着,似浑未察觉到身后有人马靠近,发髻上微微闪光,却是斜插着一枚珠钗。

二

两人均未想到竟会猝遇弓魔江海余,不约而同地翻身下马,一时间屏息不语;叶凉瞧见江海余衣衫单薄,显出瘦骨嶙峋的身躯,忍不住心想:"难道他下了华山便没吃过饭吗?……"

展梅眼看着江海余走出十来丈,低声道:"他与咱们同日离开华山,这一路多半不曾骑马,全靠双腿施展轻功,竟与咱们行得差不多远,料想气力损耗必巨。"

叶凉点头轻叹一声。两人望着江海余走到数十丈外,方自松了口气,忽见江海余远远地站住不动了,一道闷哑的语声传回来:"你们两个怎么还不迈步?"

两人对视一眼,均想:"原来他早就觉察到了我俩。"

展梅淡淡一笑,道:"以弓魔的本事,既教咱们撞见了,咱们也不必想着逃掉。"随即坦然与叶凉牵马上前。

"江兄,你是让我俩跟着你吗?"展梅在江海余身后四尺处驻足。

江海余回过身来，脸色苍白如雪，缓声道："不是你俩跟着我，是我跟着你俩。"

展梅皱眉道："江兄此言何意？"

江海余瞟了两人一眼，目光落在叶凉脸上，道："你是吴重的徒弟，我跟着你，迟早能见到吴重。"

叶凉闻言一愣，不知该说什么好。

展梅恍然道："原来江兄是想见吴重。"神情渐肃，又问道："莫非江兄是想去杀吴重？"

江海余道："不是。"

展梅心中顿松，暗忖："这弓魔既是如此打算，料想一路上非但不会为难叶兄弟，反而不得不保护他，这倒是一大好处。"

却听叶凉道："江前辈，你……你饿吗？"语声微颤，似颇为紧张。

江海余一怔，点头道："是有些饿了。"说着弯腰从地上揪起一把野草，塞进嘴里，咀嚼两下，吞咽落肚。

叶凉瞧得心酸，从行囊里取出干粮，递过去，道："江前辈，你吃这些吧。"

江海余道："我已吃饱了。"

叶凉欲言又止，默默将干粮收起。展梅沉吟片刻，道："江兄要与我俩同行，我俩自是却之不恭，不过现下咱们三个人只有两匹马……"

叶凉接口道："我与江前辈共乘一骑便可。"

展梅摇头道："还是请江兄独乘一骑，我与叶兄弟共乘吧。"却是仍对江海余心存提防，怕他忽然发起疯魔来，伤及叶凉。

江海余道："我不愿骑马。"

展梅一怔，苦笑道："那么依江兄之见，咱们该当如何？"

江海余俯身拈起一根细草，手心松开，草叶断飞出去，倏忽射穿了那两匹马的脖颈；江海余转身道："走吧。"

展梅与叶凉看了看栽倒毙命的马匹，也只得迈步跟上。

三人行出数里，江海余始终一言不发，叶凉问他如何从华山脱困，他也不答。展、叶偶尔交谈几句，见江海余恍若未闻，漠不在意，渐渐地便也不再顾忌江海余，叶凉忽道："展前辈，眼下想来，倒似是那'辽水三刀'有意迫着咱俩遇到江前辈似的。"

展梅闻言微凛，道："不错，咱们先前不得不折向西北，而后直到出了谷口，却似也没别的岔路可走。"

"'辽水三刀'是关东刀派，"叶凉想了想，又道，"昨天那桌酒客也是关东口音，会不会也是三派中的一派弟子？"

"你是说，这三派中其实有一派想救咱们，只是不便显露在明里，这才派出弟子提前警醒咱们吗？"展梅越想越觉不无可能，思忖道，"这一派非但知道你我的行踪，还探查到了江兄的下落，这才能借着追捕之名，却将咱们'追'到江兄这里……嗯，此事不是派中弟子能做到的，料想是该派掌门之命。"

叶凉点头道："我想也是如此。"

展梅微笑道："叶兄弟，你果真极聪明，难怪吴重肯收你为徒。"寻思一会儿，又道："刘独翼身为青锋令使，自然来到了中原，他统率不了其余两派弟子，多半那两派的掌门也都来了；可是究竟是哪一派的掌门，难道竟能算准江兄会与你我结伴同行吗？此人能瞒过另两位掌门，心思可真是深沉周密得很了。"

叶凉问道："刘独翼是谁？"

展梅道："刘独翼是金雀刀的掌门，所用单刀形似鸟雀之翅，故而名曰'独翼'。他这把刀在江湖中很有名，江湖人便都叫他'刘独翼'，反倒没人记得他的真名了。"

叶凉道："原来如此。"又问了另两派掌门的姓名，得知琢玉门掌门名为章琼，而履冰堂掌门则是一名女子，名为凌素瑶。

展梅沉吟道："咱们现下没了马，这般慢慢走着，只怕过不了多久，这三派的人马便会追上来了。"说完转头看向江海余，道："实不相瞒，我与叶兄弟正遭'辽水三刀'追捕，江兄若继续与我俩同行，稍后恐怕会连累江兄。"

江海余道："'辽水三刀'吗，有多少人？"

叶凉道："少说也有百余人。"

江海余点点头，道："那是你俩连累了他们。"

叶凉一愣，越想越惊，道："江前辈，我、我谁也不想连累。"语气中似有求恳之意。

江海余神情淡漠，似未听见。

三人又行出数里，身后马蹄声伴随着烟尘滚滚而近，先前那百余骑果然追至；很快将三人围在当中。为首一个黑衣人喝道："金雀刀会同'冰''玉'二派，奉正气长锋阁之命，前来追拿展梅，营救叶凉！"

叶凉心下恍然：定是停云书院忌惮乘锋帮，不敢轻离华山，这才请托"辽水三刀"来救自己。但见这黑衣人四十来岁，身形修长，腰间佩刀，勒马调头之际，刀鞘上金晃晃一片，想来便是金雀刀掌门刘独翼了。

展梅拱手笑道："刘兄，多年不见，你的嗓音可是愈发威严了。"

"展兄，"刘独翼冷哼一声，道，"你的胆子也是越来越大了。"说话中打量江海余，神色疑惑，似不认得此人。

叶凉瞧见刘独翼身侧还有一男一女，都是三四十岁模样，男的一袭蓝衫，眉目端方，脸色平静；女的身着白裙，却是眼波流转，笑意娇艳。

叶凉料知这两人自是章琼与凌素瑶，他本来猜测履冰堂掌门定是一位冷若冰霜的女子，但眼前凌素瑶的神情却颇为妩媚，又见她腰悬双刀，心中微动："似乎武林九大刀派之中，只有履冰堂是用双刀……"不禁多看了几眼。

忽听凌素瑶轻笑道："小弟弟，你瞧我做什么？"

叶凉吓了一跳，慌忙躬身施礼，转念又想："这三位掌门神态各异,实难辨出究竟是哪位对正气长锋阁阳奉阴违……"

凌素瑶见叶凉施礼后便自低头静立,又是娇滴滴一笑,道:"小弟弟,怎么你这会儿又不敢瞧我了?你到我身边来,我有话要问你。"

叶凉更不敢抬头,只作未闻。凌素瑶蹙眉道:"你不肯听姐姐的话吗?"

刘独翼冷笑道:"我瞧这位叶兄弟倒也不是不想过来,他低着头不敢动,那是怕自己一旦妄动,便会遭到展兄的毒手。展兄既未制住他的手足,多半是逼他服下了毒药。"

章琼淡淡接口道:"刘兄料事如神,定是如此。"

"章兄过奖了,"刘独翼摆摆手,道,"叶兄弟,你吃了什么毒药,不妨大胆说出来,有我和章兄、凌姑娘在此,想来世上也没什么毒药能难倒我们。"

叶凉道:"我……我没吃什么毒药。"

"小兄弟,你怕什么,"刘独翼闻言顿时摇头,叹道,"你是燕山长的亲传弟子,怎能如此胆小?"

展梅微微一笑,道:"诸位要为燕山长擒拿在下,救回叶凉,在下也没什么好说的,只是诸位似是不认得这位江兄,在下却不得不奉劝几句……"说着看向一旁的江海余。

刘独翼冷哼道:"不认得便怎样?"

展梅道:"这位江兄便是江海余。"

刘独翼闻言皱眉,与章、凌相顾一眼,哈哈一笑,回过头道:"展兄,你说什么笑话?"目视江海余,又笑道:"阁下是弓魔吗?"

江海余道:"不是。"

刘独翼嗤笑一声,江海余缓声又道:"'弓魔'二字,是世人对江某的妄称,江某还当不起这个'魔'字。"

刘独翼一愕,随即大笑道:"阁下倒装得像模像样,弓魔不是已被囚禁在华山了吗,阁下若真是弓魔,敢问又是怎生逃脱的?"

江海余闻言却一声不吭。

刘独翼见他不答，更加不信他是弓魔，手按刀柄，便要向展梅邀战。凌素瑶忽而轻笑道："刘兄莫急，我倒曾听说，去年那弓魔现身于春雪镇上时，却也是头戴珠钗，和眼前这人极像。"

叶凉心弦微动："……难道这位凌掌门便是暗中警醒我和展前辈之人？"

刘独翼摇头笑道："珠钗到处都买得到，又有什么稀奇的？稍后我便将这人头上的珠钗拔下踩烂，看他还敢不敢冒充弓魔。"话音方落，不经意地与江海余目光相触，却莫名觉得心窍里一寒，如遭冰刺似的，不禁暗凛："这人倒真有些古怪。"

展梅忽而出指在叶凉丹田处拂点而过，道："叶兄弟，我已将你被封的内息解开，稍后恐有大战，你可得小心自保，你若想随这三派回华山去，我也不拦你。"

叶凉一怔，看向刘独翼等三位掌门，心知"辽水三刀"是为救自己而来，上前几步，躬身揖道："多谢三位前辈。"慢慢转身，对着那百余名刀客再度拱手揖道："多谢你们。"

刘独翼微微颔首，意似嘉许。凌素瑶娇声笑道："小弟弟，你可真乖。"

叶凉说完直起身子，又道："但我不回华山，我想随展前辈去见吴重。"

刘独翼一怔，喝道："小子，你疯了吗？你可知自己在胡说什么？"

"请刘前辈恕罪，我只是想知道……"叶凉一瞬里脸色苍白，语声轻颤，但眼神却愈发清晰坚定，道，"我想知道自己是谁。"

刘独翼厉声道："你不是叶凉，还能是谁？"

叶凉摇头道："那只是我的名字，我想知道自己究竟是谁。我想知道我是不是个……是不是个没什么用的人。"说到这里，他心底突然升起一道语声，这语声惫懒而又亲切，似乎已在他神魂深处蛰伏了许久，是他本应早已忘记，却又舍不得，偷偷珍藏起来的——"你眼下是没什么用，但以后会有用的。"

叶凉浑身一震，轻声道："会吗？"

他在不知不觉中落下泪来。

展梅轻叹一声，道："叶兄弟……"

叶凉霍然回身，面对江海余道："江前辈，多谢你愿与我一道去见吴重前辈，但请你别杀这三派的刀客。"语气颇为诚挚。

江海余漠然道："我若执意要杀呢？"

叶凉道："那我、那我拼命也要拦阻江前辈。"

刘独翼越听越是惊怒，骤道："你们三个也不必在此做戏，还是随刘某到华山谢罪去吧！"——说完猛一挥手，率领金雀刀弟子朝着三人大步走来。

江海余只默默瞧着叶凉，倏而一笑，笑声说不出的古怪凄伤，震得周遭野草簌簌抖动。

叶凉闻声只觉胸中气血阵阵翻腾，却仍是目不转睛地与江海余对视。

三

杨刈、秋剪水与乘锋帮诸人回到岳州城后，心知此地不宜久留，连夜赶路，三日后到了沔州。杨刈料想已将那三千停云弟子落得颇远，笑道："咱们寻一处酒楼，好好喝几碗酒，歇息一番。"

此时已是深夜，多数酒楼都已打烊，众人在城中走了好一阵子，才找到一家亮着灯烛的小酒肆。

店伙计将众人迎进来，赔笑道："客人见谅，眼下鄙店厨子都已睡去，烧不得热菜，酒是有的，也还有些腌鱼腊肉。"

杨刈道："有腌鲫鱼吗，满满地端一盆上来。"

众人落座吃喝,堂中闹哄哄一片。赵长希喝到酣处,更是与方轻游兄弟相称;只有贺风尅滴酒不饮,忽而看向方白,道:"方兄,我有一事想请教,还望方兄恕我直言。"

方白道:"贺兄但讲无妨。"

贺风尅道:"我知方兄的'雨梳风帚'是武林中第一神妙的剑术,但燕寄羽修为亦是渊深难测,方兄真有把握将他一击刺死吗?此事关乎乘锋帮与正气长锋阁最后的胜败,不知方兄是否方便回答?"

"胜败之事,向无绝对。"方白略一沉吟,又道,"但燕山长的武学天资与修为,我多少也知晓一些,近一年里我新悟出了一式剑术,应在'雨梳风帚'之上,想来是能胜过燕山长的。"

诸人闻言皆惊,均知"雨梳风帚"几乎已是江湖无敌的武学,却不料方白竟还能创出一式更加神异的剑术,一时间静默相顾,心中怦然神往。

贺风尅道:"敢问名目?"

方白道:"此式名为'风青雨白'。"

贺风尅神情一凝,点了点头,心知这一名目中包含了方白自己的名字,足见方白对此式的看重;随即又道:"方兄有此剑术,实是乘锋帮之福、武林之福。若有良机,还盼方兄能在今秋武林大会之前将燕寄羽刺杀,眼下燕寄羽召集三千云游弟子,定有重大阴谋,时日越久,武林的前途、命运便越是堪忧。"

方白微微颔首,沉吟不语。

杨彻一怔,虽知贺风尅言之有理,但燕寄羽修为深湛,手下众多,若将杀死燕寄羽之事只寄望在方白一人身上,对于方白未免太过凶险,便道:"此事还须咱们大伙儿共想计策。"

贺风尅道:"帮主所言极是。"随后便不再多言。

杨彻想起这几日纵马赶路,龙钧乐与穆清池被封住了穴道,捆在马背上的麻袋里,便道:"去马厩里给龙掌柜和穆前辈也吃几口饭,可别饿死了他俩。"

何轻生与裘驷给二十多乘锋帮刀客敬了一圈酒,已喝得面红耳赤。裘驷闻言当即道:"我去吧。"他想起自己的晴川刀一派被玄真教打得溃散,推根究源,全是正气长锋阁欺压自己,而龙、穆二人亦是正气长锋阁一伙,便在喂饭之际将两人痛揍了一番。

何轻生打个酒嗝,笑呵呵道:"帮主,你那日也太给陈彻面子了,要我说咱们便不该放岳凌歌,省得他又给燕寄羽出什么诡计。"

杨彻笑道:"我放他也不只为给陈兄面子,还是要放他回去捣鬼。"言毕将从前岳凌歌言行的种种可疑之处说了。

方白接口道:"这位岳公子确似对燕山长不甚忠心。前年我本已拒绝了吴重的邀约,不欲前去春山,亦是岳公子暗中传信于我,说燕山长此番布置周密,要将'青崖之盟'的诸位掌门一网打尽,我才又动身西去,想着或能有助于平息事端,只可惜……"说到这里,沉默片刻,又道:"更未想到,燕山长在杀死刀宗之后,行事竟愈发霸道失义。"

赵长希叹道:"人心隔肚皮,也不怪方兄看不透,想当年咱们北抗摩云教之时,贫道又何尝不敬佩那位侠义凛然、风华卓绝的燕山长。"

方白轻叹一声,又问杨彻道:"如今帮中刀客,可是都已领悟了'意劲'吗?"

杨彻点头道:"不错,那刀宗留下的书信当真神异,有人看过不久便彻悟了'意劲',也有极少人慢些,却是依照方兄的法子,将内力耗尽一次后,体内才有'意劲'滋生。"随即又笑道:"我说的'方兄',却是指方轻游方兄,方前辈岁数大些,我便还是称你为'方老兄'吧。"

方白莞尔道:"我本不觉老,瞧见你们这些少年人,才觉得自己老了。"沉思一阵,又道:"这书信既如此神异,那夜在湖上,燕山长却竟没提一句,实有些奇怪。难道找寻秦芸比书信还重要吗?"

杨彻道:"那也不奇怪,燕鸟人知道书信在我这里,既不能擒住我,提也没用。"

方白道:"嗯,应是如此。"

诸人酒足饭饱,歇息到翌日上午;杨仞刚一睡醒,便得知方白已独自悄然离去,只留下一张字条,与众人约在临江集再会。

杨仞想起昨夜贺风馗对方白所言,心中隐隐生出一丝忧虑,转念又想:"以方老兄的本事,自保定然无虞,何况他也未必是去涉险。"

众人收拾行装,便待继续北行。贺风馗清早就派了数名刀客到城中各处查探,这时渐次回报,均说未见停云书院一行人的踪迹。有个刀客却道:"不过属下留意到一事,有一名美貌女子正在各家客栈、酒楼打听帮主的下落。"

杨仞一愣,笑道:"美貌女子吗?这倒有趣……"瞥见秋剪水在一旁静静听着,转口道:"这可古怪得很了,我认识的女子极少,怎会有人平白无故地寻我?"

那刀客禀道:"那女子很是年轻,属下怕打草惊蛇,未敢上前询问她的姓名。"

杨仞嗯了一声,沉吟不语,心下愈奇。

秋剪水忽道:"那女子既已在四处打听,料想不久也会寻来这家酒肆,咱们不妨先在此等一等,可别错过了什么重要的消息。"

杨仞点头称是,众人便在堂中等候,过得半炷香时分,果然有个春衫单薄的年轻女子快步进门,赫然却是宁简。

宁简环顾堂中,一瞧见杨仞便道:"杨仞,可是你将陈彻抓走了?"

杨仞一惊,拱手道:"原来是宁姑娘。陈兄他不是和燕寄羽、虞凤等人同在一处吗,怎么宁姑娘却寻到沔州来了?"

宁简轻轻缓过一口气,道:"我先前在苏州有些私事,而后才赶去岳州与陈彻会合,可是到得岳州之后,燕山长却说陈彻已莫名失踪,多半是被你们乘锋帮擒去了。"

杨仞听得皱眉:"这可真是蹊跷。"

宁简又详细解释了几句,原来燕寄羽说那夜乘锋帮诸人回岸之后,陈彻似不愿目睹留影舫沉没，便向停云书院借了一只小舟，独自回城去了；可是后来燕寄羽、虞夙、岳凌歌等人返回碧湖轩，却未见到陈彻。他们从清晨等到晌午，亦派出不少弟子寻找，始终没找到陈彻。

杨彻见宁简脸色焦急，心中微动，回想先前几次见到宁简，她都是神情清冷，言辞中流露出淡淡的傲气，似乎从未如此刻般紧张过，便道："陈兄看似懒散，却极聪明，应变极快，以他今时的修为，不论遇到什么，料想也绝无性命之忧。"

宁简道："这些我岂不知道，只是……"她想说"只是仍不免担忧"，却没说出，静心凝思一瞬，又问道："杨帮主，不知你们这是要去哪里？"

杨彻闻言略一犹豫，心知宁简与燕寄羽、柳绿走得甚近，她的仆从陈彻更是正气长锋阁的青锋令使，便只笑呵呵道："我们离了岳州，正想到北边逛逛，也没什么确切的去处。"

"是吗？"宁简轻轻一笑。

"杨彻，"秋剪水见状轻声道，"六年前在青州，我与方盟主、铁前辈等人缔结'青崖之盟'时，宁姑娘却也在场，亦饮下了结盟的雪酒，并非信不过的外人。那日在肃州道观里，你晕厥过去，宁姑娘也曾渡劲助你疗伤。"

杨彻一怔，道："原来如此，是在下失礼了。"言毕躬身拱手，心想："算来我已欠了这对主仆颇重的恩义，可须好好偿还报答才是。"眼瞧宁简神情淡然冷傲，心中又颇不是滋味，暗想："宁姑娘盛气凌人，陈兄平日里一定没少吃她的苦头。"

宁简道："杨帮主也无须信得过我，不过我有一言相劝，你们乘锋帮既要北去，不妨便到滁州左近见一见吴重，或能有助于你们。据我所知，吴重现下应是回到了临江集。"

杨彻微笑道："实不相瞒，我等正有此意。"想了想，又道："不知宁姑娘可知秦荞其人？还望不吝赐教。"

宁简闻言也不隐瞒，将新近从简家探得的秦芸与秦英以及西域明光教的关系说了。

杨仞颇觉惊凛，又细问了几句。宁简叙说了秦芸与弓魔的往事，又道："去年在春雪镇的春风酒楼里，我曾听见弓魔称呼吴重为'师兄'，若这两人当真是师兄弟，那么吴重极可能便是昔年简家的外姓弟子周固了。"

方轻游沉吟道："张青①当年对我说，周固落入'天音宗'手里了，尸骨无存，换言之，也就是弓魔始终未曾见到他师兄的尸身，那么周固倒确有可能还活着。"

秋剪水接口道："去年那天夜里，我也随方盟主等前辈去了春风酒楼，后来燕山长说吴重实是北荒摩云教九大摩云使之中的'形使'，据此想来，吴前辈十余年前便潜伏在简家，莫非竟是为了接近秦芸？"

杨仞心想："原来那一夜镇上酒楼里如此热闹……"脱口笑道："那天我也曾想去酒楼瞧瞧，却被柳老前辈劝住了……是了，秋姑娘，转天早上我还隔着门缝偷偷瞧见过你呢。"

秋剪水脸颊微红，一时不知该如何接口。

宁简打量两人一眼，径自淡淡道："周固是否为了秦芸蛰伏简家我不知道，但早年柳续前去简家，确是为了拜访秦芸，似乎是想询问'意劲'相关之事……"

杨仞道："怪不得燕寄羽说若无秦芸，世上便无'意劲'，看来秦芸与'意劲'果真关联极深。"

宁简点头道："柳续见过秦芸之后，心有所感，写下了'竹声新月'的词句……但直到六年前，他在青州受到陈彻言辞的启发，才终于修成这一奇技。"念及陈彻失踪，她不禁又露出忧急神色。

杨仞道："我等前去滁州，沿途定会详加打探，倘若探到了陈兄的

---

① 弓魔江海余原名张青。——编者注

消息,不知该如何知会宁姑娘?"

宁简道:"多谢。我若自己多日找不到陈彻,还会再来寻你们。"言毕告辞离去,走到门口,忽而想起一事,回身从行囊里取出一块雪白的手帕,递给方轻游。

"这本是天风峡刀客俞凌托我归还楚姑娘的,也算是楚姑娘的遗物。"宁简轻叹道。

方轻游点点头,将手帕收起,轻轻道了声"多谢"。

宁简离去后,杨仞与诸人商议了一阵,贺风馗道:"秦芸怎地重要,也难怪柳续、展梅要将她交与吴重保护。"

方轻游道:"据我所知,秦芸实与弓魇情投意合,恐怕吴重也只是要保护秦芸,并非真与她成婚。"

杨仞沉吟道:"刀宗、燕寄羽、简家、明光教、青箫白马盟、吴重、柳续、弓魇,还有天音宗、留影舫和严知雨……万没想到这秦芸牵连竟如此深广。咱们可须及早赶到临江集才是。"

众人当即上路,十余日过去,来到庐州城南数十里外的荒野中。贺风馗道:"过了庐州,再走两三天,便至滁州了。"

前去探路的乘锋帮刀客回报道:"如今庐州城里很不太平,柳州龙家与洛州柳家不断有高手赶到,似要一举灭绝花家。"

随即细禀详情:原来庐州花家本难以一敌二,但朔州胡家亦知倘若任由花家被灭,龙钧乐下一个要灭的定是胡家,故而胡家新任家主胡飞尘亲率大批精锐驰援庐州,如今花、胡、龙、柳四家两两结盟,已在城中厮杀多次,互有死伤。

杨仞笑道:"龙钧乐都已被咱们逮住,还能灭个屁。如今龙家在庐州的首脑是谁?是他儿子吗?"

那刀客道:"龙钧乐的独子龙霖已死,如今庐州是龙钧乐的弟弟龙钧鸣主事。"

贺风馗道:"四家自相残杀,那是再好不过,咱们有要事在身,不必卷入其中，取小径绕过庐州为妥。"

杨仞先前派人将阿叶护送到了庐州，本想顺路去瞧瞧他，心知贺风馗所言在理，便道："好，就绕过庐州。"

众人转向西去，改走小路，在一片树林中穿行半晌，忽见前方微光闪烁，树木之间挂满了"刃网"，却有百余名胡家弟子拦路。

为首的几名胡家弟子瞧见乘锋帮诸人腰间佩刀，当即厉声喝道："你们这伙人，可是洛州柳家的刀客吗？"

二十多个乘锋帮刀客神情激愤，纷纷望向杨仞与贺风馗。去年害死赵风奇、焚毁天风峡的几个门派里，朔州胡家也在其中，而乘锋帮刀客本都是天风峡弟子，此际狭路相逢，更是气血上涌。

贺风馗略一沉默，道："既然撞见了，那也不必容情。"话音方落，众刀客霍然拔刀在手，大步朝前走去；胡家弟子相顾一眼，叫骂起来，不少人手持"刃网"，立时跃出拦截——

当先一个乘锋帮刀客手臂一振，"天风萦回"挥洒出去，数十股刀风将面前的"刃网"劈得散碎坠地，叮当乱响。

少顷，二十多名刀客提刀走回，林中多了百余具尸体。

赵长希与游不净凛然相顾，他们两人均是初次见到乘锋帮刀客施展"意劲"，虽久闻"天风萦回"之名，却也没想到这场激战如风卷残云一般，片刻间便已收场。

"厉害厉害，"游不净嘿嘿笑道，"胡家弟子最擅轻功，若只将他们击败，那也不算太难，但能打得他们逃都逃不掉，那可真是让我老游开眼了。"

贺风馗闻言淡淡道："游兄过奖。"这二十多刀客是他亲自挑选的帮中佼佼者，他对方才之战并不惊异。

杨仞瞧着胡家弟子的尸身，暗叹一声，心知江湖人素来恩怨分明，既然冤家路窄，那也别无他法，总不能不让这些从前的天风峡弟子报仇，默然侧开了目光，心中却仍颇不舒服，忍不住道："这些胡家弟子也只是听命行事，未必个个都恶贯满盈。"

贺风馗道："他们既甘愿听命行事，亦该想到诸般后果，这本是公平得很。"

杨仞知他说得在理，一时不作声。

赵长希接口叹道："不错，这些弟子自作自受，那也没什么好说的。"游不净亦道："方才即便咱们不动手，他们既将咱们截住，又见咱们人少，难道肯让咱们好端端地继续行路吗？"他们两人见惯了江湖争杀，均觉死伤难免，便想为杨仞劝解开这一心结。

贺风馗见杨仞面色沉郁，当即躬身揖道："是贺某下令让众兄弟出手，帮主若觉不对，请责罚贺某便是。"

杨仞摇头道："贺前辈言重了。"寻思一阵，又道："连这偏僻小路都有胡家弟子埋伏，若要安稳绕过庐州，恐怕不大容易。"

贺风馗道："帮主所言极是。花家终究占据地利，与胡家结盟后，更加人多势众，眼下多半已将龙家、柳家先到庐州的高手困在城中，占据了上风，这才能分派人手在城外周遭设伏，截杀龙、柳二家前来增援的弟子。"

杨仞道："那咱们便再往西去，多绕些路，以免徒增事端。"

贺风馗欲言又止，静默片刻，只道："谨遵帮主吩咐。"

众人又行了半个时辰，才穿出树林，来到春草起伏的野地上；杨仞心念微动，对方轻游道："请教方兄，'意劲'是否也有功力深浅之别？我记得赵风奇赵老兄使出的'天风萦回'，可比刚才帮里兄弟施展时凌厉不少……"

方轻游道："'意劲'虽不像内力那般须得长年累月地修炼才能增长，但亦是施展越多，体悟越深；料想不出数月，等帮中刀客运用纯熟了，自能更加凌厉。"

杨仞点头道："那确是比内力方便快捷得多。"说话中忽然微征，望见前方远远地停着一驾马车，似在等候众人。

秋剪水轻咦一声，道："那是雷姑娘的马车。"

杨仞奇道："你怎知道？"

秋剪水道："我依稀能瞧见那车夫的样貌，应当便是雷姑娘的车夫。"

赵长希与游不净、贺风馗闻言均是一凛，以他们数十年的修为，望过去却也仅能辨出车夫的身形轮廓。

杨仞恍然笑道："'心照'之境当真神异。"随即便见马车里下来一人，一身淡紫衣裙，脸上蒙着纱巾，步履轻盈，朝着众人走近，正是雷缨络。

秋剪水曾与雷缨络数月同行，交情匪浅，当即迎上几步，问道："雷姑娘，你怎么来了？"

雷缨络微笑道："我来瞧瞧你的杨帮主。"不待秋剪水接口，便看向杨仞道："杨公子，你们是要去滁州吧？"

"不错，"杨仞心中微凛，问道，"雷姑娘，你是如何找到我们的？"

雷缨络道："我前几日遇到了宁简姐姐，听她说起你们要北去临江集；我猜想近日庐州城中颇有争端，你们或会绕过，便先赶到城西的荒野等候。"

杨仞道："雷姑娘心思聪颖，在下很是佩服。是了，不知宁姑娘是否已找到了陈兄？"

雷缨络微微摇头："陈公子仍然下落未明。"

"唉，只盼陈兄无事。"杨仞轻叹一声，又道，"料想雷姑娘不是刚到这里，既然久等，想来有要紧事吧？"

雷缨络略一静默，却反问道："杨帮主，你们擒住了龙家家主龙钧乐，是吗？"

杨仞犹豫片刻，笑呵呵道："是又如何？"

雷缨络道："我有一位好朋友，他与龙钧乐颇有……颇有渊源，我想代他请求杨帮主，可否将龙钧乐放了？"

杨仞闻言皱眉，心说："你朋友与我又无渊源，龙钧乐是正气长锋阁的阁主，对我乘锋帮大有用处，岂能轻易就放？"

雷缨络见杨仞不开口，便又道："我知杨公子擒下龙钧乐是为了日后对付燕寄羽，但以燕山长的心思性情，杨公子真以为他会在意龙钧乐的性命吗？"

杨仞心知她此言不假，但若说龙钧乐毫无用处，便该就地放了，那却也未必，便微笑道："雷姑娘，不知你口中的这位'好朋友'到底是何人？"

雷缨络回望一眼，淡淡道："便是我的车夫。"

杨仞一怔，点头道："嗯，既是雷姑娘的朋友，怎不与雷姑娘一并过来，却远远地坐在马车上？"

雷缨络道："正因他和龙钧乐关系不一般，才不便走近相见。"

"无论如何，"杨仞道，"这龙钧乐是我手下帮众舍命擒下的，总不能凭雷姑娘几句话便将他放了，还望雷姑娘见谅。"

雷缨络轻轻颔首，侧目瞧向秋剪水。杨仞见状暗道："糟了，她可别请秋姑娘替她说情。"

雷缨络瞥见杨仞神态，忽而抿嘴一笑，道："我自不会空口便让杨公子放人。"顿了顿，又道："请杨公子随我来。"

杨仞又是一怔，见她说完便转身走向马车，也只好迈步跟上。

两人来到马车跟前，雷缨络看也不看车夫一眼，只轻轻拊掌，那车夫便从车厢里抱出一人来。

雷缨络道："杨公子，我便想用这人来与你交换龙钧乐。"

杨仞打量那人，见是个六七十岁的老头，模样端正，身穿粗布衣衫，已然昏睡过去，自己从前却未见过，便道："这人我不认识。"伸手在老者脉门上一搭，道："这老头似乎不会武功？"

雷缨络道："嗯，此人本是种田的农夫，后来又去大户人家做了花匠。"

"花匠？"杨仞愕然失笑，"那我为何要拿龙钧乐换他？"

雷缨络道："此人名叫燕海柱，是燕寄羽的亲生父亲。"

四

江海余的怪笑声中，刘独翼霍然扬手顿步；他身后的金雀刀弟子也随之停步，均觉气血阵阵乱涌，有些修为较浅的，已被笑声震伤了脏腑。

刘独翼暗凛："此人功力如此深湛，即便不是弓魔，也不易对付。"

江海余冷眼觑向刘独翼，迈出半步。叶凉随即贴近一步，挥臂将江海余的出手方位封死，一瞬里两人推肩挤肘，"秋水"剑劲与"青丝箭"的"意劲"交相碰撞。江海余脸色愈白，冷笑一声；叶凉却是浑身剧震，几欲呕血。

"'雨梳风帚'吗？"江海余漠声低语，忽而微微皱眉，又觉叶凉的剑劲在深微处似与方白的"雨梳风帚"颇有不同，夹杂着一抹锋锐，宛如风雨中的一隙闪电，便要钻透自己的护身气劲，当即右肩一斜，撤动右臂，将剑劲卸在空处，左掌切向叶凉颈侧，便欲先将他击晕——

叶凉大惊，脚下急转，堪堪避过江海余的手掌，却仍觉一团掌风如铁锤般敲在右颈扶突穴上，头晕目眩，扑倒在地。

刘独翼在数丈外瞧得惊心，倏听破空劲响，有一细物飞袭而至，却是江海余那一掌切断了叶凉颈边的一根头发，"意劲"随心生发，将头发激射出去，直刺刘独翼咽喉——

情急之际，刘独翼抬刀一挡，咔的一声，金鞘断碎，露出一柄精光闪闪、刀弧宛若鸟翼的长刀来。

"……'青丝箭'！"刘独翼看着飘落身前的细发，心头震骇，这才确知这个头戴珠钗的怪人竟真是弓魔。

不远处，章琼脸色顿肃，立时转身，从马背上的皮囊中取出一柄刃不盈尺的无鞘短刀；凌素瑶纤腰一旋，腰畔双刀脱鞘飞起，被她接在手里。

"金""玉""冰"三派的掌门相顾一眼，一时均不开口。

展梅神情微紧，怕江海余再度攻袭叶凉，闪身拦在江海余面前，右袖轻振，掌心里已多了一根枝条。

江海余忽一挥袖，似要随手便将展梅拂开。与此同时，展梅的右手连同枝条仿佛瞬息虚化，春风中绽开噼啪一阵细响，枝条末梢已接连点中江海余周身十余处穴道。

江海余目光清冷，只看了展梅一眼，便俯身出掌去抓叶凉；展梅只觉袖风扑面，几乎闭塞气息，不得已旁掠，倏然醒悟，暗道糊涂："弓魔的武功是以'意劲'催动，我竟去封他穴道，可真是徒劳无功了。"

叶凉趴在野草之间，虽觉天旋地转，但凭着一丝剑意支撑，却也并未昏厥过去，心想："江前辈无非是要跟着我，倘若我独自逃走，他一定会来追我，无心再杀伤别人……"他不欲连累展梅与"辽水三刀"，想明此节，当机立断，眼瞧三大刀派的包围中，却是东南边履冰堂弟子站位最是松散，脚腕一拧，身躯倏如一片薄薄的树叶，贴地急蹿出去，便朝着东南方疾奔。

江海余抓了个空，冷哼一声，用足尖踢起一块石头，咻的一声，打在叶凉左腿上。叶凉只觉腿上剧痛欲断，却仍是大步迈出，潜运剑劲，将石头的来势转化为一股冲劲，身姿飘掠更疾，顷刻冲进一群履冰堂弟子之间。

叶凉左突右撞，不断催发剑劲，将拦阻自己之人震开，忽然眼前白衣飘晃，却是凌素瑶挡住了去路，叶凉低喝道："请让开！"随即挥掌劈向凌素瑶——

凌素瑶轻笑一声，侧身闪躲，却又似躲避不及；叶凉只觉掌缘温软,已击在凌素瑶胸口上。凌素瑶咳出一口血来,倏忽压低嗓音,快声说道:"往南二十里,有人接应。"

叶凉一怔,不假思索地转而向南奔去,凌素瑶却是踉跄倒退,失声惊呼;刘独翼与章琼见叶凉过眼之间便将凌素瑶击退,不禁暗自惊凛。

叶凉奔出一阵,"秋水"剑意不知不觉流转周身,双腿愈发轻盈,脚尖在草地上微微一点,便能弹飞极远;回望一眼,但见江海余已越过百余名刀客,身形在野草上滑动,宛如鬼影游魂一般,飘追而来。叶凉赶忙又加力猛跑了一阵,越过一处土丘,再回头已瞧不见弓魔,腿伤渐渐发作,却仍不敢松懈,只拼命运转内息。

他越跑腿上越痛,但知自己将弓魔引得越远,便越不会牵连旁人,当即不顾疼痛,咬牙狂奔,向南跑出十余里,望见前方远远的有数十名身穿劲装的汉子,正在荒野间行来,也不知是何派弟子,奔到近处,豁然瞧见一个熟人,脱口道——"雷兄?"

那人一身青色短打装束,正是雷缨锋,眼见叶凉奔行甚疾,似一时停不下身形,便迎上前去,出掌轻轻在叶凉腰间一托,叶凉只觉浑身暖热舒泰,气息一缓,刹住了步子。

叶凉道:"雷兄,你、你怎会在这里?"

雷缨锋道:"我受舍妹所托,来接应你去临江集。"

"是雷姑娘吗?……"叶凉一讶,心中有些迷惘,又不自禁地有些欢喜雀跃。

"不错,她会赶去临江集等你。"雷缨锋点点头,又道,"叶兄弟,你方才疾奔,是有人在追你吗?"说完忽见叶凉脚下一晃,险些摔倒,当即伸手将他扶住,打量一眼,不禁皱眉:"叶兄弟,你腿伤颇重,方才实不宜奔跑的。"

叶凉道:"我没事。嗯,是弓魔江前辈在追我……"

雷缨锋神情微变,见一个瘦削的红袍身影显露在远处的天光草色之间,顷刻里已愈发清晰;转身对数十名雷家弟子道:"你们将叶兄弟护住。"又对叶凉道："叶兄弟，你坐下歇歇吧。"

叶凉勉力稳住身躯，摇头道："雷兄，江前辈后面还有'辽水三刀'的百余名刀客，也在追我……"

雷缨锋道："嗯，我知道了。"说完双膝微弹，整个人倏忽向前冲出，脚步飒沓，刹那间已快逾奔马，宛如一道雷电，朝着江海余急掠而去。

江海余步履稍顿，似没料到有人敢迎击自己，远远瞧清了雷缨锋的样貌，嘴角露出一丝冷笑。

雷缨锋奔到距江海余两三丈处，右足猛然踏震在地，泥土飞溅，一股热力贴地蹿蔓出去；江海余忽觉脚心炙烫，一霎已被震得离地飞起；雷缨锋左脚随一顿地，双膝一屈，身躯急弹而出，宛如一块飞岩，重重撞在江海余的胸腹间！

两人身躯在半空里稍触即分，在江海余被撞飞前的一瞬里，雷缨锋吐气开声，一拳擂在江海余腹间，春风中爆开衣衫破裂之声；江海余去势骤急，远远跌在野草上，又翻滚出数丈，躺倒不动。

雷缨锋收拳落地，调匀气息。此际叶凉刚刚挣脱雷家弟子的护卫，一瘸一拐地跑到雷缨锋身旁，颤声道："雷兄，他、他死了吗？"

雷缨锋神情沉肃，盯着远处闭目仰躺的江海余，却不接口。

叶凉道："江前辈他不是要为难我，只是想跟着我去见吴重……"

雷缨锋道："他不为难你，就不是魔头了吗？"

叶凉一怔，片刻后轻叹道："我知江前辈是杀过很多人的弓魔，可我、我没见过他害人，心里对他总是恨不起来……甚至不知为何，我瞧见他还觉得有些、有些亲切。"

雷缨锋道："你没见过他害人，他与你师父交情又深，你不恨他，也是人之常情。"顿了顿，又道："身为侠者，惩奸除魔，便是要超越人之常情。不能为了一时之仁，而对不住更多的无辜之人，这便是侠之大义。"

叶凉默然点头,心想:"人之常情,是不对的吗?……要当个侠者,可真是难得很了……"

"好个'侠之大义'。"

——江海余陡然睁开双目,哑声轻笑起来,周遭一丈内渐次迸出砰砰闷响,不断震碎野草。

雷缨锋脸色微变,想起弓魔方才被自己击得脊背弓起,却未呕一口血,多半是将"岩雷"的拳力吸纳在体内,此刻又转泻在草地上,一时辨不清他伤势究竟如何,又见他缓慢爬起身来,姿势古怪笨拙,却又气机圆融,无懈可击。

"雷家拳术,有些力道。"江海余微微颔首,嗓音淡漠,"去年擒我的七个人里,以你和那个姓方的娃娃修为最高。"

雷缨锋暗蓄拳劲,忽道:"叶兄弟,你先退去。"又提高声音,喝道:"雷家弟子听令,你们带着叶兄弟,速速退走!"

叶凉腿上愈痛,此际已难站立,未及说什么,便被两个雷家弟子架住抬起,朝着南边急行而去。

江海余漠然踏前数步,随手挥掌虚击雷缨锋胸口;雷缨锋亦快步迎上,凝劲出拳,他所忌惮的是弓魔的"青丝箭",但觉袭来的掌风如墙如盾,颇为厚重,却正合他意,便待以拳劲硬碰硬地破开掌风,那掌风却在触及拳风末梢时倏忽崩解,化散成无数细锐的气箭——

一瞬间雷缨锋周身数十处穴道刺痛纷纷,他刹住身形,急运"岩雷",无形的甲胄遍覆全身,阻住"青丝箭"气劲透入;与此同时,江海余身影转折,已绕过雷缨锋,朝着叶凉追去。

雷缨锋心知这般"挥劲成壁,应机化箭"的修为,武林中能拥有的也不过寥寥数人,凝神沉下一口气,不停地提聚"岩雷"之力,反身追向江海余。

护送叶凉的雷家众弟子眼瞧弓魔追近,当即分出四名弟子回头拦阻,四人各施"列缺惊飞掌""风渊腿"等雷家武学,分袭江海余胸肋要害，江海余迈步间踏碎野草，草叶急射乱溅，瞬息将那四人刺毙。雷家弟子大惊，又留下十余人拦截，抬着叶凉的两个弟子奔行更急。

叶凉扭头回顾一眼，但见江海余目不斜视，大步追近，身边草叶纷飞，靠近他的雷家弟子不断倒毙；两人目光一触，江海余脸色漠如白纸，忽一挥袖，两截草叶扫射而至——

一道青黑色的光影一晃而停，雷缨锋挡在了草叶之前，此际他已将"岩雷"提至十成，血脉流转加剧，臂上的火色纹路几欲燃起，倏而双臂轻振，啪的一声脆响，草叶未触及他身躯便凌空炸碎。

江海余神色微凝，歪头打量雷缨锋，又仿佛有些好奇；便在这时，远处荡起一线烟尘，似有不少人马将至。

雷缨锋料想是"辽水三刀"追来，不禁微微皱眉，以他本意，既撞见了弓魔，义所当为，不惜性命也要将其擒杀，但此刻顾及叶凉的腿伤与自家弟子的安危，却实难再耽搁下去，暗叹一声，遽然倒掠数丈，从两个雷家弟子手里接过叶凉，目视江海余，沉声道："雷某改日誓必除你。"

他说完手臂微紧，将叶凉抱得稳当，转身朝南疾奔而去，口中喝道："雷家弟子远远散开，莫随着我！"

江海余瞧着雷缨锋远去的背影，又回头望望"辽水三刀"的百余人马，目光转动之际，周遭雷家弟子无不神情凛骇。江海余面露讥诮，弃下雷家弟子，轻飘飘地迈步向南追去。

雷缨锋双腿疾踏如飞，短时便带着叶凉奔出十多里路，算来已将弓魔甩开，步履稍缓，又折向东行。

叶凉只觉眼前景物飞闪，神思中乱念频频，忽而心想："弓魔这般厉害，一见弓魔便逃，也是人之常情，雷兄要行侠除魔，耽搁了一阵，反而让弓魔多杀伤了一些雷家弟子……可是，倘若人人见到弓魔便跑，恐怕迟早让更多人死在弓魔手下……"他思来想去，只觉行侠仗义之事，分寸实难把握，稍有不慎，便会累及旁人；又察觉到自己的身躯始终纹丝不颤,不由得深深佩服雷缨锋的修为。

行出几个时辰,到黄昏时分,也未见江海余追近;其间叶凉左腿疼痛如碎,几次险些昏厥,都靠神思中的一抹锋锐剑意强撑下来。雷缨锋曾短暂停歇为叶凉敷药,劝道:"叶兄弟,你便昏睡过去,恢复精力,对伤势反有好处。"叶凉怕江海余忽然追至,雷缨锋一个人难以应对,执意不听,雷缨锋劝说了几次,也就不再多言。

暮色渐浓,雷缨锋寻了个隐蔽处,两人坐下吃了几口干粮。

雷缨锋为叶凉换过伤药,又运功助他疏通腿上血脉,沉默一阵,叹道:"叶兄弟,你的左腿先前便受过伤,想是刚愈未久,今日却又被震伤了经络,恐怕以后走路不免瘸拐。"

叶凉闻言微惊,想起去年在肃州道观里,自己迷失了心智,与杨仞、"停云四贤"等人大打出手,确曾被庄诚的鸿翼笔扎伤了左腿,不禁苦笑道:"嗯,两次都伤在这条腿上,看来是天意。"言毕轻轻摇头,随即问道:"雷兄,你可要去寻你们雷家弟子?"

雷缨锋道:"弓魔不知何时便会追来,我暂不与他们会合,以免累及他们。"

"嗯,"叶凉叹了口气,又道,"也不知展前辈与'辽水三刀'现下是否无恙,只盼未与江前辈厮杀起来……"他心中牵挂此事,不自禁地张望远处,眉头轻皱。

雷缨锋见叶凉神情中颇为忧切,却似浑然忘了自己的腿伤,端详他一眼,叹道:"叶兄弟,你这般豁达仁善的心性,实非我能及。"

叶凉一怔,沉默一阵,道:"人有善心不难,要有义举可不容易。我很敬佩雷兄。"

雷缨锋微微摇头,又道:"你的腿伤我治不好,但若换作燕山长、方白,兴许能有法子;等你在临江集事了,我送你去寻燕山长医治便是。"

叶凉闻言,低头道:"燕山长他……他还不知我离了华山。我也没想到,雷兄会愿意接应我去临江集。"

雷缨锋道："我不知燕山长为何去年忽然收你为徒，但你本是吴重的徒弟，去见一见从前的师父，也是人之常情，料想燕山长也不会怪罪。"

叶凉道："嗯，我本以为雷兄会劝我超越人之常情，归返华山的。"说到后来，不禁露出微笑。

雷缨锋莞尔道："人之常情，也不是时时处处都须超越。"顿了顿，又道："舍妹自幼从未求过我什么事，这次她请求我护送你去临江集，我自当答应她。"

叶凉心中一阵恍惚，道："雷姑娘她……她……"却忽而又不知该问什么，便静默下去。

雷缨锋拍了拍叶凉的肩膀，道："叶兄弟，你安心睡一觉吧。"

叶凉点头答应，侧身躺在松软的野草上，迷迷糊糊地睡了一会儿，睁眼瞥见不远处，雷缨锋高大宽厚的背影孤立月下。

叶凉看着他良久，见他一直伫立不动，忍不住问道："雷兄，你觉得燕山长是好人吗？"

雷缨锋闻声转身与叶凉对视，一时不答。他自去年经历天风峡一事之后，心境改变颇多，沉默良久，才道："我相信燕山长所做之事，定会有助于武林。"

两人又歇息了几个时辰，继续东行，叶凉腿伤走不得路，便仍由雷缨锋抱着赶路；叶凉很不好意思，让雷缨锋改为背负着他，雷缨锋担忧背后暗箭难防，未答应。

行到晌午，两人在旷野间猝然又撞见了江海余。

雷缨锋将叶凉轻放在地，迎上几步；江海余漠声道："姓雷的小子，你以为你们能逃得掉吗？"

雷缨锋淡淡一笑，道："弓魔，你来得倒快。"

江海余道："本来江某昨日便能杀你，但念你去年在青石镇上……便先将你的性命寄下，七日之后，江某再来找你们。"

雷缨锋心头迷惑，听弓魔此言，倒似自己对他曾有什么恩义似的；

却听江海余冷然又道："那三个刀派不久即至。"

江海余说完径自转身，步履飘然诡异，顷刻远去。

雷缨锋静默一阵，重抱起叶凉上路。

叶凉问道："雷兄，你是去年曾救助过江前辈吗？"

雷缨锋叹道："我只是曾劝岳凌歌等人莫要折辱他罢了……说起来，我们去年也不过只将弓魔擒住了七天，便被他逃脱了。"

叶凉恍然道："怪不得方才江前辈说七日后再来找我们。"

雷缨锋嗯了一声，不再接口，只默默奔行；过得半个时辰，叶凉忽道："雷兄，多谢你。"

雷缨锋闻言一笑："叶兄弟，我护送你，一是义所当为，二是舍妹所托，叶兄弟不必太客气。"

叶凉道："雷兄，我、我不是为这事谢你。"

雷缨锋一怔，只听叶凉继续道："去年在玉门关附近的那片林子里，是雷兄第一个告诉我，我的师父实是吴重。我……我很感激雷兄。"

"原来如此。叶兄弟，盼你见到吴重之后，便能恢复记忆。"雷缨锋道。

往后七日，两人一路东去。过了颍州，叶凉腿伤渐轻，已勉强能骑马；两人纵马来到滁州左近，却察觉通往临江集的水路、陆路都有"辽水三刀"弟子巡行看守，也不知他们是如何得知两人要去临江集的。

雷缨锋心知即便能硬闯到临江集，弓魔随时便会现身，到时只怕连累了无辜村民，便带着叶凉暂时转向南行，想等着"辽水三刀"散去，弓魔亦被甩脱之后再返回滁州。

又过两日，两人行至庐州西边的荒野，忽听一阵人马喧哗，雷缨锋领着叶凉伏于暗处，少顷便有数十人纵马驰过——

雷缨锋见这些人大多都穿白衣，袖缘泛金，却是柳州龙家弟子，其间夹杂了些青衫带刀的汉子，似乎是洛州柳家弟子的装束，却听他们呼喝道："那贼子带着姓叶的小子，一定跑不远！""贼道士，有胆出来！"

雷缨锋心下暗奇:"他们要追之人'带着姓叶的小子',倒似是在寻我,可又怎么说是'贼道士'?"

叶凉低声道:"他们是在找我吗,我可不认得他们呀?"

雷缨锋摇了摇头,等着那伙人去远,道:"此事确有些蹊跷,叶兄弟——"说到这里,忽听不远处有个极年轻的声音惊咦一声,雷缨锋转头望去,见一个十四五岁的少年从一株老树的树洞里钻出。

雷缨锋道:"小兄弟,你是何人?"

那少年打量雷缨锋与叶凉,神情紧张,道:"我、我是阿叶,刚才我听见你叫我……"

雷缨锋恍然道:"你也姓叶,是吗?"

阿叶点了点头,忽而嘴巴一瘪,颤声道:"是徐道长让我藏在这里的,你们、你们能帮我去救徐道长吗?"

五

杨彻将雷缨络提出的换人一事与乘锋帮诸人商议,贺风尴道:"停云书院最重礼法孝道,拿住燕寄羽的父亲,确然要比龙钧乐有用。"

赵长希道:"不错,燕寄羽与龙钧乐本也说不上一条心,咱们替他擒住了龙钧乐,说不准他还暗地里高兴呢。"

杨彻见众人都无异议,心中却仍觉扭,犹豫一阵才点头同意。

马车缓缓驶近,那车夫将装着龙钧乐的麻袋抱起,也不解开捆缚,便径直放入了车厢,转身对着众人默默一揖,驾着马车朝庐州城方向远去了。

杨彻眼瞧雷缨络留伫原地,奇道:"雷姑娘,你不乘马车走吗?"

雷缨络轻声道:"嗯,我想随杨帮主你们同去临江集。"

杨彻一怔,心知雷缨络行事神神秘秘,难料她有何居心,一时沉吟不语。

雷缨络微笑道:"怎么,杨公子不喜欢我与你们同行吗?"眼见杨仞仍不说话,便转头瞧向秋剪水,嗔道:"秋姐姐,你看看你的杨……"

秋剪水不待她说完,赶忙道:"雷姑娘,你与我们同行,我们大家都很欢迎。"

贺风馗接口道:"不错,雷姑娘出身不凡,一路还请多多指教。"他知雷缨络是戚晚词的徒弟、雷缨锋的妹妹,而这两人又都与天风峡结有血仇,倘若雷缨络与众人同行,兴许便能将这两大仇人引来。

"多谢贺前辈。"雷缨络解下面纱,对着众人敛裙施礼。

一瞬里杨仞眼前微微恍惚,这却是他初次瞧见雷缨络的容颜,心说:"他娘的,世上竟有这般美貌的女子……"

忽听方轻游道:"帮主,咱们可要将这位燕老伯救醒吗?"

杨仞心神一定,收敛目光,侧头瞧向燕海柱,问道:"雷姑娘,不知你是如何擒住燕寄羽他老子的?嗯,若不便说,便请当我没问。"

雷缨络沉静一瞬,答道:"燕老伯本是苏州简家的花匠,是我请宁姑娘回家时顺便擒来的。"

众人相顾皆惊,杨仞皱眉道:"那简家可知此事?难道他们多年来竟敢役使燕寄羽的老子吗?"

雷缨络道:"燕老伯的身份,在简家恐怕也只有简青兮知道。"

杨仞点头沉思片刻,掌蕴内劲,将昏迷中的燕海柱拍醒。

燕海柱一骨碌爬起身来,一边不断拍打衣衫上的泥土,一边惊呼喝骂:"你们、你们是哪个山头的贼人,快把我放了!"

他环顾周遭,见是陌生荒野,脸色顿白,又道:"你们想行凶?你们可知我是什么身份?说出来骇破你们的胆!"

杨仞微笑道:"老哥,敢问你是什么身份?"

燕海柱大声道:"我是简家的花匠!苏州简家!你们若是走江湖的,总该听过简家的威名吧?你们这便放我,可别等我主家派人追了来，将你们都打杀了！"

杨仞颔首道："嗯，你是简家的花匠，还有吗？"

燕海柱一愣，道："没有了。"

杨仞本以为他会说出自己是燕寄羽的父亲，不禁心下微奇，笑道："燕老哥，我看你是有点老糊涂了，不如我帮你想想，你不是有个儿子，便是停云书院的山长燕寄羽吗？"

燕海柱闻言一呆，闷头寻思起来，却是越想脸色越怒，忽道："你们是为这小崽子才捉我，是不是？"

杨仞道："嗯，且算是吧。"

"这小崽子，这小崽子……"燕海柱嘴唇哆嗦着，破口骂道，"老子当初就不该生他！从小不让我省心，离家跑了不说，到如今还要连累我这把老骨头！"

杨仞挠了挠头，道："嗯，我也觉得你老哥当初不该生燕寄羽……"

燕海柱忽然瞪眼道："我儿不叫燕寄羽，叫燕小雨。"

杨仞一怔："燕小雨？"

燕海柱道："他娘生他那天下了小雨，我就给他取名燕小雨。'燕寄羽'是那个、那个恶人给他取的名，不是我儿的本名。"

"那个恶人？"杨仞奇道，"你说的是谁？"

"哼，"燕海柱气鼓鼓道，"那人姓柳……"

杨仞恍然一笑："原来是柳空图。"

燕海柱道："对，柳空图，就是他，他不是空图，他是图我的儿子啊，他把我儿拐跑了……"说到这里，他的嗓音忽然有些粗哑，顿了顿又道："……我都几十年没见着我家小雨了。"

杨仞道："他如今已是停云山长、武林魁首，厉害得很了。"

燕海柱道："他厉害个屁！快四十的人了，连个儿子都没有。"

杨仞道："这、这个……"却不知该如何接口。

燕海柱说了这许多话，倒不似先前那般害怕了，叹了口气，道：

"小兄弟,你可知我本是家里老四,还有三个大哥吗?"

杨彻苦笑道:"这却不知,但这又与燕寄羽有何关系?"

"那当然大有关系,"燕海柱絮絮叨叨地说道,"我大哥燕天柱死得早,我二哥燕地柱、三哥燕山柱生的都是女娃,只有我生了个儿子,本指望他给我燕家传宗接代,他却不学好,跟着那姓柳的跑了……小兄弟,那时他比你还小。"燕海柱仔细端详杨彻一眼,又道:"比你可小多了。"

杨彻笑道:"原来不是柳空图拐跑了他,是他自己愿跟着柳空图走。"

燕海柱恨恨吐了口唾沫,默然良久才道:"也怪我当年总跟他吹嘘简家的名头,他便总想拜入门派,做个武林中人,我让他跟我学种花弄草,他不爱学……

"后来姓柳的恶人到简家做客,认识了小雨,就来跟我说:'你儿子有很高的天赋和志向,不该在简家埋没了。'我听了很不乐意,在简家有什么不好,但他是贵客,我也不敢得罪他,就说:'他心灵手巧,正适合摆弄花草。'"

燕海柱说着语声一顿,道:"这么多年过去了,那姓柳的早死了吧?"

杨彻道:"他还活着。"

燕海柱一愣,道:"好人不长命,祸害遗千年。那姓柳的当时找我劝说过好几次,我就是不答应让我儿随他走。他私下里也常常找我儿说话,定也都不是什么好话,我听旁的用人说,姓柳的本来只打算在简家小住几日,不知为何竟一连待了半个多月还不走,我自然知道他是为了拐走我儿子……

"有一天晌午,我在院里教我儿裁剪花枝,我瞧他心不在焉,好像根本没在听我说话,就问他:'小雨,你笑呵呵地想什么呢?'我儿说:'爹,我有新名字啦,叫燕寄羽,是今天早上柳伯伯给我取的!'我当时就扇了他一巴掌,说:'滚蛋!只有你老子能给你取名,懂不?'

"我打完他那一巴掌,自己心里也后悔了,他脸上又红又肿,看着我不说话。我缓下脾气劝他好好地认命，以后讨个简家丫鬟当老婆，安分过日子，他没说答应，也没说不答应，我就继续教他种花。过了两天，他就跟着那姓柳的跑了。这些年我老是梦见他站在院里，眼睛清亮亮的，肿着脸看着我。

"他走前没和我说话，在我放剪子的盒里留了一张字条，说要随着他师父去见识江湖，他说他不光要做武林中人，还要……"燕海柱拧了拧眉头，显得脸上皱纹愈深，时隔多年，他满腹怨气，却还仍记得儿子那说来拗口的志向，他哼了一声，嘀咕道："他说他还要匡扶正道，拯救江湖。"

众人听燕海柱说完，各怀心事，都不开口。

杨仞想了想，问道："燕老哥，难道这么多年，燕寄羽竟将你舍在简家不管吗？"

燕海柱犹豫片刻，闷声道："其间他倒也曾悄悄回来过一次，想将我接去华山奉养，却被我骂走了，我让他成亲了抱着孙子再来见我。"

杨仞一时语塞，却听赵长希慨叹道："柳老前辈所言不错，燕山长的天赋志向均是极高的，十余年前也是领袖武林的英杰，只可惜如今……"

"什么天赋志向，都是骗人的鬼话。"燕海柱连连摇头，叹道，"我儿是小疯子，那姓柳的是大疯子，我当年不肯答应姓柳的，便是因为我心里清楚得很，小疯子有治，大疯子没治，我儿若是随他去了，早晚也变成大疯子。"

杨仞忍俊不禁，道："燕老哥，你见事可比你儿子明白多了。"

燕海柱嘿嘿赔笑道："小兄弟，你方才问我的话我也都答你了，你瞧我一把年纪，还是放我回去种花吧……"

杨仞自是不答应。燕海柱喋喋不休，不断恳求杨仞，眼见他只佯作未闻，猛然一跺脚，道："小兄弟，你今天必须放我！"

杨仞好奇道："我为何必须放你？"

燕海柱急道："你、你若不放我，我那些花无人打理，岂不都要枯死了？"

杨彻瞧他神情认真，苦笑一声道："料想简家定有别的花匠，你老哥也不必太担心。"

燕海柱瞥见一旁的雷缨络，又道："这位天仙般的姑娘，一定便是小兄弟的媳妇吧，你快帮我劝劝他，让他早早放了我。"

雷缨络抿嘴一笑："燕老伯说笑了，我可没这么好的福气。"顿了顿，又道："便请燕老伯暂与我们同行，权且当作出来游玩散心可好？"

"我哪有心思游玩？"燕海柱怒道，"你这姑娘好生可气，也不是好人！"

雷缨络微笑道："燕老伯说得不错，我的确不是什么好人。"说完身影闪动，出指在燕海柱肋间轻轻一点。

燕海柱惊叫一声，浑身发起抖来，唇齿不住打颤，似乎一瞬间跌进了冰窟，却见雷缨络神色平静道："听说这'游丝指'的滋味很不好受，宛若有一根冰丝在体内游走，所过之处既寒且痛，不知是不是这样？"

燕海柱哆嗦着点了点头，已难受得说不出话来。

赵长希与游不净、贺风馗相顾微凛；杨彻从前没听过"游丝指"之名，心下不忍，劝道："雷姑娘，你还是给燕老哥解了指力吧。"

雷缨络目视燕海柱，道："只要燕老伯答应从此好好地与咱们同行，我立时便解去指力如何？"眼见燕海柱微一点头，便出指在他肋间又轻点了几下，燕海柱随即瘫坐在地，大口喘息。

赵长希忽道："雷姑娘，'游丝指'是北荒摩云教的武功，不知你为何会使？"

雷缨络道："我只懂一点皮毛，也算不上会使，是我先前请求吴重前辈教我的。"

众人闻言恍然，均想吴重本是摩云教的"形使"，会使这一武学也不足为怪；却听何轻生笑呵呵接口道："从前贫道曾听吴先生说，他通晓世间八千三百种武学,自然这'游丝指'也在其中。"

裘驷道:"不错,八千三百种,那是一种也不会少的。"

杨仞听得心下暗笑:"他娘的,世上有这么多武学吗,等我见到吴重,便让他一一给我背出来。"

赵长希皱眉道:"敢问雷姑娘,为何要学摩云教的武功?"

雷缨络轻笑道:"我是想着,等我嫁给秦楚后,他若不听我话,我便用'游丝指'对付他。"

杨仞听她语气俏皮,说得很是坦然,不禁皱眉道:"雷姑娘,你当真要嫁给秦楚吗?我实在不大明白。"

"嗯,"秋剪水亦道,"此事雷姑娘还是慎思为妥。"

雷缨络淡淡一笑,只道:"秋姑娘,你不知道我有多羡慕你。"说完径自俯身将燕海柱扶起,又道:"咱们快些赶路吧。"

众人向西绕行了半日,翌日转向北去,又行了一日,相距滁州已不到百里,路过一处小集镇,便在镇上茶楼暂歇。

杨仞听说此镇叫望江集,便问店伙计:"这镇子与临江集有何关系?"

那店伙计笑道:"临江集是临着江边,我们这里却只能远远望见江水,还得站在镇子北边的山上才望得见。"

说话中,贺风馗派到镇上各处打探的乘锋帮刀客回报,说留意到一队客商经过镇上,买了些干粮便匆匆往北去了,瞧步法似乎是武林中人。

贺风馗道:"什么步法,你学来看看。"

那刀客学了几步,贺风馗皱眉道:"似是庐州花家。"转头又道:"赵兄、游兄,你们以为呢?"

游不净道:"迈步收敛细碎,确像花家步法。"赵长希道:"不错,花家弟子衣衫里各处藏针,若非一流高手,那是不得不如此走路。"

贺风馗问明那伙客商共计九人,护送着一辆马车,沉吟道:"花家弟子不在庐州应对柳家与龙家,怎么却改扮了往北来了?"

乘锋帮众刀客听说是花家弟子,纷纷请战;杨仞道:"此事确有些古怪,咱们先追去瞧瞧。"

诸人快步出了茶楼,在镇北的山脚下追上了那伙"客商";杨仞挥挥手道:"莫伤性命,擒下问话。"

那九个花家弟子神情惊惶狼狈,眼瞧二十多人提刀围近,有人奋力掷针阻敌,有人却似本已受伤,手也抬不起,吓得僵立原地;一蓬蓬银针被刀风震得四下飞散,片刻间这九人便尽数被制。

杨仞见这些花家弟子个个委顿不语,心下愈奇,问道:"马车里有人没有?"

话音方落,便听车厢里传出一道熟悉的嗓音:"……是谁,出什么事了?"语气既惊疑又虚弱疲惫。

杨仞恍然冷笑,拔刀走近马车,刀光一绽即收,车厢分裂成两爿,显露出重伤躺倒的花流鸳来。

"花老兄,你可曾想到自己也有今日?"

乘锋帮众刀客见逮住了花流鸳,个个欣喜不已;一瞬间只有方轻游神情微黯,似乎瞧清车厢里的人是花流鸳之后,却有一丝失落。

杨仞眼看花流鸳身上伤痕累累、脸上刀痕处兀在渗血,便问道:"花老兄,你怎么落得这般惨状,是在庐州被龙、柳两家打败了吗?"

花流鸳嘴角露出古怪笑意,却不说话,眼神恍惚变幻,似乎既愤恨不甘,又透出一抹解脱轻松。

杨仞皱眉转身,刀尖虚晃,点中一名被擒的花家弟子,道:"换你来说。"

那花家弟子颤声道:"我们花家……花家已被灭门了。"

杨仞一惊,追问下去,才知究竟:

花家与胡家结盟之后,本来占据上风,花流鸳去年断了双掌,修为大损,回到庐州便让弟弟花流骐暂领花家诸事,但又拖着不肯将家主之位传与花流骐,大敌当前,两人之间却起了内斗,以至于花、胡两家迟迟不能将龙家、柳家击退。

两日前，龙钧乐进了庐州城，当夜便设法联络胡飞尘密谈，承诺龙、柳两家灭掉花家之后，绝不会对胡家发难；翌日清晨四家大战之际，胡家突然倒戈，胡飞尘连杀花家前任家主花静庭的三个弟弟，随后龙、柳、胡三家高手攻入花家祖宅，花家年轻一辈的"流花七瓣"，除去花流骊早死、花流鸳逃脱之外，其余五人尽数战死。

在此一战里，花家数百精锐弟子或是被杀，或是被擒住废去了修为。而后，龙钧乐收缴花家账册，着手接管花家的珠玉生意，又下令将花家武学典籍尽数焚毁，自此在武林中抹去了"庐州花家"的名号。

那花家弟子低头讲完，涩然道："若非大公子他执意霸着家主之位，只怕胡家未必反戈，花家也未必会亡……"

杨仞心头震惊，随口道："嗯，你当着花流鸳的面说他坏话，不怕他吗？"

那花家弟子苦笑道："都已死到临头，还怕什么……这些年花大公子他、他就没做过一件好事！"说到后来，语气忍不住激愤起来。

花流鸳恍若未闻，神色平静地以右臂断腕处抚摸自己脸上的瘤子，做梦似的，也不知在想什么；片刻后忽然轻声道："我面目丑恶，即便去做好事，人们心底也仍当我是丑恶之人，这是我自幼便明白的道理。"

"你明白个屁。"杨仞骂了一句，默默寻思花家被灭之事，心绪仍难平复，又道："龙钧乐当真老奸巨猾，只一两日便扭转了庐州的局势。"说完忽而心中轻震："……倘若那日我不答应换人，是否花家便不会被灭？"

贺风馗瞧见杨仞神色，隐约猜到了他的心思，便道："倘若龙钧乐不入城，四家对峙持久，只会更增死伤，还要连累城中的无辜百姓。"

杨仞微微点头，沉吟道："难道燕寄羽竟放任四家乱斗不管吗？"转头又问那花家弟子，却听他道："燕山长本来派了峨眉织星剑的戚晚词来庐州相助花家，但大战时她眼看大势已去，便带着门徒走了。"

杨仞一惊，恍然道："怪不得在洞庭湖上没瞧见这婆娘，原来被燕鸟人派到了庐州……"——倏听方轻游问道:"戚晚词现在何处?"

那花家弟子摇头道:"这我就不知了,当时她是往北出城,多半也到了这附近吧。"

贺风馗道:"想来燕寄羽对龙钧乐还有些借重,洛州柳家又是打着柳空图的旗号行事,姓燕的不便干预庐州之事,只派了戚晚词前去。"

杨仞道:"嗯,燕鸟人根本也不在意花家的存亡,恐怕武林中只剩下他的停云书院,他才称心如意。"想了想,又疑惑道:"你们这些花家弟子既要逃命,为何却不骑马?"

那花家弟子道:"我们本是骑马逃脱,今早被搜捕我们的一队龙家弟子追上,好不容易将他们击杀,马匹却也惊得逃散了……"

贺风馗闻言当即道:"如此说来,龙、柳两家弟子随时便可能追来,此地不宜久留,以免徒增纠缠。"

杨仞点头道:"不错。"注目花流鹜,心中百感交集。他对花流鹜的阴狠毒辣可谓痛恨之极,去年在树林中,赵风奇临死前曾遭花流鹜折辱,当时他拄刀望着戚晚词、花流鹜等人离去的身影,曾暗自发誓一定要为赵风奇报仇,可是此时此刻,眼瞧花流鹜双手俱断,遍体鳞伤,已是个凄惨的废人,却觉刀柄沉重,难以斩落。

但听赵长希叹道:"龙家要生意,柳家要名位,胡家要保命,龙钧乐这笔买卖做得真是精当……看来从此以后,武林四大世家便是'龙、雷、柳、胡'了。"

"恐怕未必,"花流鹜倏而嗤笑一声,"只是灭掉我花家,龙钧乐又岂会做这等便宜生意?这恶贼定让胡飞尘答应了他,不久三家便要齐攻雷家,多半还是胡家打头阵。"

杨仞闻言颇觉可能,颔首赞道:"还是恶贼懂得恶贼。"

"帮主,"贺风馗拱手道,"花流鹜的这九名手下,该当如何处置,还请帮主示下。"

杨仞一怔,已明白贺风馗的意思,轻叹道:"如今花家已然覆灭,这些弟子也并非首恶，便让他们去吧。"

贺风馗道："遵命。"随即便与几个刀客将那九人放了；那九人没想到竟能捡回性命，惊喜不已，抖落身上银针，飞快跑远。

花流鸳淡淡一笑，忽道："杨仞，我衣襟内还有一样物事，你敢不敢取出来瞧瞧？"

杨仞大剌剌走近，从他衣衫内搜出一个布包，展开一看，却是一册薄书上搁着一枚精光闪闪的银镯，不禁惊疑道："'针枝镯剑'？这镯子不是去年就被方兄斩碎了吗？"瞥见花流鸳疲累的脸颊上流过一抹狡黠微笑，霎时恍悟，笑道："此物本就有两枚，却是一曲一直，是吗？"

"不错，"花流鸳低声道，"两枚都贴身收藏，换用时借衣袖遮掩，手法快绝，外人自以为是同一枚。这本是只有花家家主才知的秘密。"

"他娘的，"杨仞心下暗骂，"老子当时还纳闷儿，这般曲直如意的暗器如何能打造出来……"

却听花流鸳咳嗽了几声，断续道："这薄册子里写的，便是'针枝镯剑'的使用之法……杨仞，你便随意将这镯子交与谁吧，也算是为武林留传一点绝技。"

杨仞点点头，道："花老兄走好。"言毕迈步走离。

在他身后，贺风馗手起刀落，将花流鸳的头颅斩下。

一名刀客上前接过头颅，收入包裹，留待在楚风萧、赵风奇墓前祭奠；随即，贺风馗与二十多名刀客一齐转身北望——

青鹿崖上，刀旗犹立。春风吹过荒野，杨仞亦北望了一眼，领着众人继续前行。

六

翌日，众人行至滁州城郊，已是夜色昏浓，便在城外的江边露宿，准备明晨乘舟从水路抵达临江集。

杨仞一整日里都心绪烦郁，胡乱吃了两口干粮，道："我去瞧瞧江水。"便径自走开。如今花流骛死了，赵风奇的仇算是报了一些，可不知为何，他却丝毫不觉得欢快，手里把玩着那枚银镯，怔怔目视江水流逝。

燕海柱就着乘锋帮刀客所携的肉干、咸鱼吃饱了干粮，这一路他怕雷缨络再对他用"游丝指"，也未敢多言，此际眼见杨仞孤零零坐在岸边，便也走过去，对着江水打了个饱嗝，叹道："小兄弟，我知道你是个心地仁善的好人……"

杨仞随口道："嗯，你知道嘛。"

"我自然知道！"燕海柱一拍大腿，嘿嘿笑道，"昨日你连那几个花家的人都放了，我只是个种花的老头，也不是武林中人，你当然更加不会难为我，很快便会放了我……"

杨仞道："燕老哥，我暂还不能放你。"

燕海柱一愣，随即笑呵呵道："我听你们说明早要去那什么集，小兄弟，你瞒不过我，你一定是打算好了，明天一早就放我……"

杨仞心不在焉，眺望江水，只轻轻摇头。

燕海柱见他久不吭声，不禁急了，反复劝说，一会儿动之以情，一会儿又以长辈老者的身份对杨仞讲述做人的道理；杨仞越听越觉不耐，喝道："老子非但不放你，还要在燕寄羽面前抽你的筋、剥你的皮，把你剁碎做成花肥，你待如何？"

燕海柱吓得一哆嗦，讪讪一笑，转身颤巍巍走回去了。

杨仞心下愈烦，孤坐江边，低头注目水面微明微暗，在心里想着月亮在云层之间隐现，渐渐沉静下来，忽听身侧有人轻声道："杨兄弟，你可学会了用这镯子？"转头瞧去，却是方轻游面露微笑，不知何时走近。

杨仞瞥了一眼那银镯，摇头嗤笑："花流骛委实气量褊狭，倘若他早早将镯子交与别的花家弟子,说不准还能多杀伤几个敌人。"

"这话不错,但一只镯子,终究左右不了最后的胜败。"方轻游说完略一犹豫,又道,"杨兄弟,我瞧你今日很不开心,可是后悔让贺前辈杀死花流骛吗?"

杨仞一怔,道:"那倒也不是,我从不后悔。"

方轻游点点头,静默片刻,忽道:"报仇的滋味,可不好受。"

杨仞心中微动,看向方轻游,却见他的脸容模糊在月色里,辨不清悲喜,便道:"从前我听赵老兄说,江湖人行事,讲求的是'快意恩仇',可是昨日花流骛死后,我虽觉他死不足惜,心中却仍莫名发苦,确然不是什么好滋味……"

方轻游道:"所谓'快意恩仇',其实并不'快意',报仇苦、报恩累,都很耗人。但生于世间,本也有些苦事累事是逃避不开、该当去做的。"

杨仞默然颔首,却听方轻游问道:"杨兄弟,不知你打算如何处置那位燕老伯?"

杨仞反问道:"方兄觉得该如何处置?"

两人对视一瞬,方轻游道:"将无辜百姓扣为人质,不是侠义正道。"随后又道:"杨兄弟,你是个仁侠之人,我知你迟早还是要将他放了。"

杨仞笑道:"方兄谬赞了,我从来不为'仁侠'二字行事。我不信侠义,不信正道,我只信我自己。"

方轻游知他素来嘴硬,言行不一,也不与他争辩,只轻叹道:"贺前辈不甚懂你,甚至你自己也未必懂你自己,杨兄弟,我只盼你行事之际,能自己想清楚。"

杨仞嗯了一声,蓦然心下微奇,道:"方兄,你不是啰唆之人,怎么今夜忽然来劝我?"说着瞥向众人露宿之处,隐约瞧见一个身形纤细的女子伫立不动,似在凝望这边,恍然笑道:"……是秋姑娘让你来的?"

方轻游莞尔道:"不错,秋姑娘说你很佩服我,对我的言辞颇为信重,便请我来劝劝你。"

杨仞哈哈一笑,道:"我确是极佩服方兄,但也断不会因为方兄的几句话便将那老头放了。"低头思忖一阵,忽而叹道:"其实,我心里也不知该如何处置。倘若我是靠着用燕老哥要挟燕寄羽,才能打败正气长锋阁,那也显不出我的本事,即便乘锋帮最后真成为武林第一大帮,也没多少光彩;可是在打败他们之前呢?在此之前,这老头可不只是一个老头,紧要关头,他能值许多条性命,方兄,我现下是乘锋帮的帮主,那是真正的帮主,不似从前闹着玩了,我的帮里可有许多条性命。"

他一口气说完这番话,眼瞧方轻游只是静静看着自己,忽然心头涌上一股狂劲,暗骂自己:"他娘的,杨仞呀杨仞,你何时竟变得这般畏首畏尾,顾忌恁多?"

"杨兄弟所虑极是。"方轻游倏而一叹,"但方才我听秋姑娘说了一句话,亦觉得颇有道理。"

杨仞好奇道:"她说什么?"

方轻游道:"她担心你非但不能利用燕老伯来对付燕寄羽,若不及早将他放了,反而会成为你的麻烦与负担。"

杨仞一愣,苦笑道:"我有那么蠢吗?"顿了顿,又道:"罢了,等我下次见到燕寄羽,无论情势是否危急,都将他老子还给他便是。"

随后,两人不再谈及燕海柱。杨仞最近思索刀术,积了些困惑,便向方轻游问出,方轻游沉思解说,又过良久,两人骤听众人歇息处传来一阵骚动,似有不少刀客纷纷拔刀。

两人疾步返回,却见众刀客将三人围在当中,杨仞打量过去,顿时讶道:"徐前辈,你怎会在此?"又见徐开霁身旁跟着少年阿叶,站在阿叶身旁的,赫然竟是叶凉。

杨仞命手下收刀散开,见徐开霁脸色苍白,道袍上遍布血污,似乎受伤不轻,心中更加惊疑;徐开霁叹道:"此事说来话长,终归是徐某遭龙家、柳家追杀,幸得金陵雷家的雷缨锋仗义相助……是了,杨兄弟,你们可有遇见雷缨锋吗?"

杨仞摇了摇头,却听叶凉急声道:"雷兄他……他是一个人找弓魔去了!"

杨仞闻言一凛,道:"叶兄,你沉住气,慢慢说。"

叶凉点点头,正待开口,忽听有人轻声唤他:"叶凉,你还好吗?"

叶凉心弦一颤,目光越过杨仞等人,瞧见雷缨络正站在数丈外,衣袂在月光下轻轻飘动,仿似随时便会飞去云端;他不由自主地快步走过去,颤声道:"雷姑娘,你……"

话未说完,雷缨络忽然轻轻抱住了他,依偎在他怀里;叶凉啊的一声,一时间似手足无措,过得片刻,才慢慢伸手将雷缨络抱住,不自禁地越抱越紧。

雷缨络脸颊飞红,语声低微道:"叶凉,你抱疼我了……"

叶凉脱口道:"我、我怕你飞走了。"随即便觉说得古怪,又道:"雷姑娘,我很怕和你分别。"

雷缨络闻言抿嘴轻笑:"咱们才刚见面呀。"

叶凉道:"我也不知为什么,我刚见到你、第一眼见到你,就开始害怕要和你分别……"

雷缨络听他说得认真,不禁心神一动,眸光盈盈流转,似忍不住要说些什么,却又只怅然轻叹,将脸颊靠在叶凉的肩头。

杨仞干咳一声,道:"叶兄,咱们还是先说正事……"忽见秋剪水横了自己一眼,似责怪自己多嘴,便住口不言。

乘锋帮众刀客面面相觑,神情讶异,不少人均想:"这位雷姑娘分明自己说要嫁给秦楚,可现下却又当众抱着叶凉,当真是一位奇女子……"

雷缨络轻轻离开叶凉的怀抱,瞥见他腰间系着一柄乌金色的短剑,便道:"嗯,你还带着这柄剑。"

叶凉点头道:"起先我虽记不清,但却莫名觉得这剑极为重要,便一直随身携带,后来才知道这是你送给我的。"

杨仞挠了挠头,又想开口,却终究忍住;却听何轻生低语道:"啧啧啧,真是人不可貌相。"裘驷亦道:"不错,吴先生说他徒儿并非油嘴滑舌之人,我本还信了……"

方轻游莞尔道:"两位这可想岔了,叶兄弟出语至诚,实是难得。"

叶凉与雷缨络静静对视片刻,听见徐开霁正与赵长希、游不净叙旧,忽而醒过神来,如今雷缨锋独寻弓魔,安危未明,自己方才却竟将此事忘下,不禁又羞又愧,赶忙回身走近杨仞、贺风馗等人,重拱手施礼致歉。

杨仞瞧出他迈步间似有些瘸拐,不禁奇道:"叶兄,你那日在道观受的伤还没好吗?"

叶凉道:"我不要紧。"随即便将近日里所经历的重要事讲了。

杨仞听他提及"辽水三刀"派人把守在临江集左近,不由得一惊,打断问道:"这三派可知吴重在临江集吗?"

叶凉道:"想来他们只是为了堵截我和雷兄,应是不知。我们一路北来也没再遇见他们,多半他们已然散去了。"

杨仞闻言与贺风馗对视一眼,贺风馗道:"须得派几个人扮成村民渔夫,先到临江集探查,以免中了埋伏。"

叶凉一怔,却听杨仞道:"叶兄,请你继续讲吧。"

阿叶抢着道:"后来他俩就遇到了我和徐道长!"当即大声讲说下去。

原来那日徐开霁离开洞庭湖后,想起杨仞派人将阿叶护送到了庐州,蓦然动了收徒之念,便赶至庐州找寻阿叶,却遭遇龙、柳、胡、花四家在城内混战。

阿叶所投奔的亲戚在一家布庄做伙计,那布庄是花家的产业,龙、柳两家高手前来寻衅，放火烧了布庄，阿叶的亲戚竭力拦阻，也惨遭杀害；徐开霁救下阿叶与布庄里的其余伙计，与龙、柳两家弟子冲突起来，他不想杀人，又要顾及阿叶的周全，虽然修为极高，却也左支右绌、受伤不轻，救护着阿叶与几名店伙计逃离了布庄。

徐开霁眼见龙、柳两家为动摇花家根基，在庐州大肆滋事，毁去了许多店铺，许多无辜百姓都受到牵累，义愤之下，连连出手拦阻两家弟子行凶，却被两家认定为花家请来的强援，遭到两家围捕，到后来龙钧鸣与洛州柳家家主柳鹰亦都出手；徐开霁在城中各处救下了不少人，但终究寡不敌众，身上伤势愈多愈重，不得不带着阿叶避出庐州，途中将阿叶藏在一处树洞里，自己将两家的追兵引开，本待万不得已之际只身赴死，好在雷缨锋、叶凉遇到了阿叶，最终循着踪迹找到徐开霁，助他击退了龙、柳两家弟子。

杨彻听到这里，不禁叹道："徐前辈，这两家行事如此凶恶跋扈，难道你仍然没下杀手吗？"

徐开霁微微一笑，坦然道："不错，徐某不愿杀人。"

杨彻心中震动，欲言又止，知他倘若肯施杀手，未必会落得如此重伤，可对他此举却也颇为佩服；沉默片刻，只道："如今花家已然覆灭了。"

徐开霁道："嗯，路上我们也曾听温蔚说起此事。"

杨彻奇道："怎么又扯上了温蔚？"说着摇头一笑："这假货郎那夜被我放跑之后，后来也没去湖上，岳凌歌可将货担还给他了？"

叶凉接口道："我们摆脱了龙家、柳家的追杀之后，便一起北行，途中却遇到温蔚来找我们卖消息……"

杨彻笑道："原来温蔚不只卖迷香毒鸟，还卖消息吗？"却听赵长希叹道："昔年温歧便是以消息灵通著称，售卖武林消息是他的拿手生意，这温蔚倒是有样学样，也卖消息。"

杨彻恍然点头，道："叶兄，既然你和雷兄正被弓魔追踪，想来你们买的一定是关于弓魔的消息了？"

叶凉道："不错，温蔚告诉我们，如今江前辈找不见我与雷兄，很是气恼，正在滁州城内大肆杀戮……"

众人闻言一惊，杨仞疑惑道："难道温蔚这般好心，特意赶来将弓魔的行踪告诉你们吗？"

徐开霁微笑道："温蔚自言是因在岳州暗算过徐某，心下歉疚，才会及时来为我报信。"

"是吗，"杨仞随口一笑，"温蔚倒会放屁。"

徐开霁道："依我猜测，温蔚是为了岳凌歌才来的。——燕寄羽近来似对岳凌歌不甚满意，江湖上风传弓魔逃离了华山，燕寄羽便派岳公子去擒杀，可他又哪里擒得住，他知道雷缨锋侠肝义胆，定愿助他除魔，这才指使温蔚前来报信。"

杨仞颔首道："徐前辈言之有理。"可他身后的乘锋帮刀客听见徐开霁说"雷缨锋侠肝义胆"，却面露冷笑，似甚不屑。

叶凉道："温蔚走后，当夜我们歇息睡觉时，雷兄却不告而别，只留下一张字条，托付徐前辈带我前来临江集，我想雷兄他一定是自己到滁州找弓魔去了……杨兄，咱们这便赶去滁州吧！我怕雷兄他敌不过江前辈……"说到后来，神情愈发焦急忧虑。

杨仞打量叶凉一阵，忽而轻叹："叶兄，你是要我去救雷缨锋吗？"

叶凉道："不错，咱们一起去救雷兄……"话未说完，一众乘锋帮刀客已纷纷喝骂起来。

"你小子胡说什么？""让老子去救雷缨锋，放你娘的狗屁！""老子见到姓雷的便刹了他！""傻小子吃错药了！"……

叶凉脸色苍白，张口结舌，他平生从未遭到这么多人一齐辱骂指责，一时听得呆住。

"住嘴！"雷缨络倏而清喝一声，"你们这么多前辈刀客，恶言辱骂一个心思善良的晚辈，羞也不羞？"语声中运上了织星剑内劲，将一众乘锋帮刀客的骂声刺透压低。

贺风馗淡淡道:"雷姑娘,你是雷缨锋的妹妹,要救他天经地义;我帮与雷缨锋有仇,要杀他也是天经地义,却也不劳雷姑娘出言教训我帮弟子。"

雷缨络神情清冷,凝思不语。

杨仞心下烦躁,扬了扬手,身后众刀客敛声静立。杨仞看向叶凉,叹道:"叶兄,你也知赵风奇赵老兄是死在雷缨锋的拳下。"

叶凉轻轻点头,想了想,又道:"可我觉得,雷兄他、他不是坏人……"

杨仞苦笑一声,赶忙又一扬手,转头对雷缨络道:"雷姑娘,不知你作何打算?"

雷缨络略一静默,凝视着叶凉,轻声道:"咱们还是先去临江集,见你师父要紧。"

叶凉顿时急道:"那雷兄怎么办?"

雷缨络道:"我哥所修的'岩雷'最擅守御,料想即便胜不过弓魔,也自保无虞。"

"不,"叶凉摇头道,"我亲眼瞧见过江前辈出手,他实在厉害得可怕,恐怕雷兄不是他的对手……"

杨仞道:"叶兄,你们一路奔波,还是先歇息片刻,咱们不妨从长计议。"言毕不待叶凉开口,便径自对徐开雾道,"徐前辈,你坐下吃些干粮吧。"

徐开雾与阿叶相继坐下,叶凉一时忧急失措,也只得坐了。

杨仞瞧着阿叶,微笑道:"小兄弟,你已拜徐前辈为师了吗?"

阿叶点头道:"对,徐道长是我的师父!"

杨仞莞尔道:"那你怎不叫他师父?"

阿叶挠挠头,道:"我……我叫他徐道长叫习惯了。"徐开雾拍了拍阿叶的肩膀,道:"阿叶的武学天资很高;如今我自己是老了,什么事也干不成，只盼着能教出个好徒弟来，以慰平生。"

杨仞笑道："恭喜徐前辈收得爱徒。"寻思片刻，又道："我便送你徒儿一样防身物事，作为贺礼吧。"言毕将花流弩留下的"针枝镯剑"交与阿叶，简短解说了使用之法，从行囊里取出那薄册子，一并给了阿叶。

徐开霁心下甚喜，笑道："眼下阿叶武功未成，正缺防身的本事，多谢杨兄弟厚赠。"

燕海柱坐在一旁，不住打着饱嗝，方才他听徐开霁说阿叶"天资很高"，想起了当年柳空图"拐骗"自己儿子时的话语，心中忿忿憋气，此际眼瞧阿叶接过了那"针枝镯剑"，忍不住道："我看这也不过是一枚寻常的银镯罢了，又怎能防身？小娃娃，你可别上了别人的当。"

杨仞哈哈一笑，也不跟他解释。叶凉瞥见燕海柱面生，瞧他目光举止，又似没练过武功，好奇道："不知这位老伯是何人？"

杨仞随口道："他嘛，便是燕寄羽的老子。"

叶凉一惊，问明了燕海柱是一名花匠，却非武林中人，不禁愕然道："杨兄，你怎能绑架无辜百姓？"

杨仞道："叶兄，我们乘锋帮要对付燕寄羽，这老头身份不一般，可有用得很……"

叶凉霍然站起，神情认真道："你们要对付燕山长，便该堂堂正正地与他分个胜负，又怎可做出这般行径？你们这样是……是不对的！"说着看了一眼燕海柱，又道："这位燕老伯只是一位不通武功的老者，杨兄，请你立即放了他。"

杨仞皱眉道："叶兄，此事就不劳你操心了。"

叶凉注目杨仞，沉默一阵，忽道："杨兄，原来你是怕了。"

"你说什么？"杨仞亦站起身来，直视叶凉。

叶凉道："你是怕了燕山长，才会做出这般行径。"语声虽低，却并未回避杨仞的目光。

杨仞胸中气血一阵翻涌,他不欲和叶凉争吵,只淡淡道:"这老头是雷姑娘交给我的,可不是我捉了他。"

叶凉一怔,转头看向雷缨络,却见她轻轻颔首,道:"若不如此,实难对付燕寄羽与正气长锋阁。"

叶凉脸颊陡颤,恍若被人劈面斩了一刀,迷茫地摇了摇头。雷缨络轻叹道:"叶凉,你先别着急……"

叶凉恍若未闻,环顾众人,神色渐渐沉静下来,眼见徐开霁伤势不轻,阿叶年纪尚幼,他心中对阿叶这位同乡甚觉亲切,便道:"徐前辈,有劳你在此照顾阿叶。"说完看向杨仞,又道:"杨兄,等我从滁州回来,定会再来寻你们,将这位燕老伯救走。"

杨仞默然不语,他身后有不少乘锋帮刀客都冷笑嘲讽起来,均觉叶凉此言委实太过狂妄。

叶凉看了看雷缨络,欲言又止,猛然转身朝着滁州方向奔去,顷刻隐没在夜色中。

他越跑越快,耳听身后依稀有人唤他,却也没停步回头,忽而禁不住想要落泪,赶忙忍住,心说:"叶凉,你怎么这般没用?"

他一瘸一拐地奔行在荒野间,不知疲累似的,一路奔到滁州城里,天已蒙蒙亮,一时不知该去何处找寻雷缨锋与弓魔,在街上胡乱走着,忽然心中生出熟悉之感,似乎从前也曾来过滁州。

他顺着心里朦胧的记忆疾行了一阵,不知不觉来到一家名为"琅琊居"的酒楼门口,看到街边有一株柳树,已然半枯,树干上露出掌印状的白皮。

叶凉走近柳树,张望长街左右,却再无别的树,心想:"这棵树孤零零的,和我一样,没什么朋友。"他本来对杨仞很是佩服,一直很想和他交个朋友,昨夜却也闹得不欢而散,更没想到雷缨络竟会擒来燕寄羽的父亲作为要挟,怅然暗叹,慢慢地伸出手掌,贴在树干上的掌印上;不知为何,一瞬间他心底的模糊往事清晰了一些,耳边倏然闪过几句对话——

"这可是真金白玉,值钱得很……咱们出去看看。"

"师父,他是不是死了?"

"原来是'木余刀',好生厉害。"

…………

"江湖中的事,原也不是那么容易分辨。"

叶凉醒了醒神,忽听身后有人轻唤:"叶凉,你还好吗?"

"雷姑娘?"叶凉倏地转身,脱口道,"你怎么来了,你……你一直跟着我吗?"

雷缨络颔首道:"我与乘锋帮同行,本也是为了去临江集见你,你忽然跑了,我当然要跟着你。"顿了顿,又道:"你不喜欢乘锋帮难为燕老伯,咱们一起再想办法将他老人家救了便是。"

叶凉心中感激,低声道:"雷姑娘,你真好。"

雷缨络抿嘴一笑,道:"快要下雨了,咱们进酒楼里吧,也好打探我哥的消息。"

七

叶凉答应一声,雷缨络见他眉宇间仍有忧色,劝慰道:"杨仞要拿燕老伯作为人质,绝不会伤害燕老伯性命的。"

叶凉也正因如此才决定先赶来滁州寻雷缨锋,点头道:"嗯,你们这一路上,没人欺负燕老伯吧?"

雷缨络犹豫一瞬,微笑道:"杨仞和乘锋帮诸人可是连手指也没戳过燕老伯一下,你安心便是。"

叶凉放下心来,见雷缨络又取出面纱蒙住了容貌,想是顾忌酒楼里人多眼杂。

两人进了琅琊居，点了茶饭，在堂中角落背对门口坐下。这酒楼是藏玉楼的产业，现任楼主温蔚便曾是这里的掌柜，过往的江湖人常在酒楼里谈论武林见闻。此时正值清晨，来喝早茶的客人络绎不断，时而有人谈及弓魔现身滁州一事，有个瘦子道："我可听说弓魔在城中四处寻人，说不准稍后便进门来了。"

另一桌有人粗声笑道："来便怎的？常言道'双拳难敌四手'，咱们这堂中有几十个人，近百双拳头，难道还制不住一个弓魔吗？"

先前那人笑赞道："兄台这话说得对极，在下以茶代酒，敬你一碗！"

叶凉偷眼观察堂中，见这些人无论语声、眼神抑或举止，均不似武功高手，料想都不知弓魔修为的究竟；过得半响，忽又有个身躯壮硕的汉子道："诸位近日里想必都听说了花家的事吧？"

叶凉一惊，心想："这才短短几日的事，消息传得倒快。"却听那人又道："诸位可知，致使花家覆灭的罪魁祸首，却是何人？"

有人接口道："我倒也知道，不过还是先听你老兄说说吧！"

那壮汉哈哈一笑，道："此人不是别人，正是出身云梦山白鹤剑的徐开霁。"

叶凉本以为这人要说龙钧乐，又或是柳鹰、胡飞尘，闻言大觉意外，险些失声惊叫。

那壮汉继续道："此事的起因，便是徐开霁与庐州花家的一家布庄起了纠葛。此人在岳州被燕山长收缴了青锋令，已是丧心病狂，一把火烧了布庄，杀害了不少无辜，花家高手虽多，但徐开霁那'鹤忘机'的内功与'一羽出尘'的剑术更加精妙，直打得花家……"

话未说完，便有人狐疑道："且慢，你老兄所得消息怕是不准，即便那姓徐的修为再高，我也不信他一人便能灭掉花家……"

那壮汉笑道："自然并非他一人，我正要说到，徐开霁与乘锋帮的杨仞颇为交好，后来杨仞便带着二十多刀客进了庐州，这二十多刀客的刀术邪异得很,据传源自刀宗,可谓是二十多把魔刀,那些花家弟子自然抵挡不住……"

有人闻言叹道:"刀宗的刀术如此邪异霸道,果然遗祸江湖,难怪燕山长要杀刀宗……"

叶凉听了一阵,既感好笑,又觉错愕;雷缨络轻声道:"定然是龙、柳两家也怕落恶名,这才编造了谣言,派人飞快传扬开来。刚才那人当众的一番话,多半也是两家安排好的。"

叶凉却觉难以置信,压低声音道:"龙家、柳家弟子会聚庐州,与花家争杀,这么大的动静,难道还能瞒过整个武林吗?他们捏造的谣言如此可笑,又岂会有人相信?"

雷缨络道:"现下没人信,时日久了,人们也就信了。兴许三五年后,'二十魔刀灭花家'云云,已是江湖皆知的'真相'。花家终归已然覆灭,除了花家自己,武林中还有谁真正在意花家是被谁所灭?"

叶凉默然不语,一股气愤涌上胸口,寻思一阵,愈觉雷缨络所说不无可能,在心里重复着那句"江湖中的事,原也不是那么容易分辨",不禁暗忖:"这句话很有道理,只是我初听到时还不大懂。"

雷缨络见他神情沉郁,便道:"徐前辈实是个好人,但好人往往要承受更多冤屈与误解,这世道便是如此。除非我们胜了。"

"我们?"叶凉好奇道,"雷姑娘指的哪些人,可也有杨兄与乘锋帮吗?"

雷缨络却恍若未闻,只道:"料想在这里也听不到什么有用的消息了,咱们换个地方。"

叶凉道:"好。"忽而心念微动,低声道:"雷姑娘,门外那棵柳树,似乎与我从前的记忆有关,等我问问店伙计。"

雷缨络细问几句,听他说已记起了一些往事,很是惊喜,道:"真盼你快些恢复记忆。"语气极真挚。

少顷,一名年轻的店小二来给两人添茶,叶凉便问起那树干上的掌印,店小二笑道:"此事常有客人问我,我也是听掌柜说的,那掌印是一年多前,青箫白马盟盟主秦楚路过此地……嗯,当时秦公子尚未接任盟主,与我们酒楼的前任掌柜,也就是武林中赫赫有名的温蔚温楼主切磋武功,一掌拍在树干上,便留下了这么一道掌印。"

叶凉一愣,只觉店小二所言与自己心里的模糊记忆不甚相符,便道:"这掌印当真是秦楚所留吗?"

店小二道:"那还有假?这是温蔚楼主亲口告诉我们掌柜的。"他嗓音甚大,旁边一桌客人听见,拈须笑道:"原来如此,这秦楚年纪轻轻,便能有这般深厚掌力,怪不得燕山长器重。"又一人道:"不错,当真是英雄出少年。"

叶凉挠了挠头,待店小二走远,看向雷缨络,但见她神色宁静,似对"秦楚"这名字无动于衷。他欲言又止,却听雷缨络淡淡道:"咱们走吧。"

叶凉跟着雷缨络在城中行走良久,穿梭于陋街暗巷之间,眼见雷缨络步履从容笃定,路过不少茶楼酒肆,却均未进入,似乎早已定好了去处,忍不住问道:"雷姑娘,你是与人约好了见面吗?"

"不错。"雷缨络轻轻颔首。

叶凉道:"可你不是跟着我才来滁州的吗,又怎能提前约好?"

雷缨络道:"我本也打算先来一趟滁州,再去临江集见你;倘若昨夜没遇到你,我便会借口要去滁州打探我哥的行踪,暂与乘锋帮众人分别。"

叶凉听她随口说了"借口"二字,心中不由得有些不舒服,似乎她并不真正关心雷缨锋的安危,只是以此为借口似的。

雷缨络留意到叶凉神色异样,不禁抿嘴一笑:"叶凉,你有时傻乎乎的,有时心思却又极细敏。"

叶凉苦笑道:"雷姑娘,你这是夸我吗?"

雷缨络道:"今日我确需见几个人,但也确是要向他们打探我哥的行踪。"略一静默,又道:"叶凉,你相信我吗?"

叶凉一怔,道:"自然相信。"

"那好,"雷缨络凝视叶凉道,"稍后你无论见到谁、听到什么,都要保密,好吗?你要相信,我绝不会害你。"

叶凉点头答应,雷缨络展颜一笑,领着叶凉转入一条极窄的巷子,进了一家脏旧的面馆,径直穿过堂中,来到后院,院中有一张青色的石桌,桌边已坐了两人,一男一女,均以黑巾蒙面。

雷缨络眸光流转,道:"只到了两位吗,看来我来得早了些。"

"雷姑娘,你也请坐吧。"那蒙面男子说完叹了口气,又道,"时隔一年,咱们'青崖六友'再度聚首,只可惜阮老弟被困在华山,不能赶来。"

雷缨络微笑道:"不是叫'荒台六客'吗?"

与此同时,叶凉却在打量那蒙面女子,莫名觉得她有些熟悉,不自禁露出疑惑神色,忽听那女子娇笑道:"小弟弟,你先前摸了姐姐身上,现下竟想假装不认得姐姐吗?"

叶凉顿时醒悟到这女子便是履冰堂掌门凌素瑶,不禁脸颊通红。多日前他急于将弓魔引走,奔逃之际虚晃一掌,本意是将拦在身前的凌素瑶迫开,没想到竟能击中,随后也猜到凌素瑶是故意中掌放自己逃走,此时听了她的质问,慌忙道:"那日多有得罪,还请……"说着忽觉不妥,倘若自己出言致歉,倒像承认了那次确是有意要摸凌素瑶似的,赶紧又住口。

雷缨络好奇道:"叶凉,这是怎么回事?"

叶凉心下愈慌,只道:"这其中有些误会……"眼见雷缨络神色平静,心中微松,又听凌素瑶轻笑道:"小弟弟,姐姐很喜欢你,不算你得罪姐姐。"

雷缨络微笑道:"凌姐姐总爱与人开玩笑。"说着解下了面纱;凌素瑶亦将面巾取下,她身旁那男子却仍蒙着面。

叶凉正要请教那男子的姓名身份，忽觉左手剧痛，却是雷缨络悄然伸手在他手背上狠掐了一记，侧头瞧去，雷缨络目不斜视，神色仍极平静；叶凉莫名有些心虚，忍住未敢呼痛。

那蒙面男子道："这位小兄弟想来便是叶凉吧？两位快快请坐。"

凌素瑶笑道："田桑榆田老前辈，这里又没外人，你老人家为何还不肯摘下面巾？是信不过我，还是疑心雷姑娘？"

那男子苦笑道："凌掌门，小心总无过，你有话对我直说便是，又何必非要叫出我的名字？"

凌素瑶道："嗯，田老前辈不愿泄露姓名，原来是信不过这位叶凉弟弟。"

田桑榆道："雷姑娘信得过叶兄弟，我自也信得过，不过小心些总也没坏处，唉。"说着叹了口气，也将面巾取下，却是一位六十来岁的清瘦老者。

叶凉当即起身，正色施礼道："晚辈叶凉见过田老前辈。"去年他在归返华山的途中，曾听停云书院的师兄弟们提起田桑榆，得知此人是燕寄羽派去约管画剑堂一派的青锋令使，当时几位师兄均说这位田老前辈实是一位奇人。别的武林高手，不乏少年成名，如方白、柳续者，晚一些的到壮年时多半亦已闯下名号，可是田桑榆为人却极谨慎，虽然二三十岁时修为已然不低，却一直僻居乡间，迟迟不入江湖，据说他观望到四十八岁，才对自己的几个徒弟说："看来以为师的修为，在武林中也不算太差了。"

——随后，田桑榆便打算率徒众闯荡江湖，可是恰逢中原武林与北荒摩云教激战，他为求稳妥，又多等了五年，直到确信摩云教当真彻底覆灭，再难死灰复燃了，他才开始在江湖上行走；没过多久，他便收服了王屋山神泉寨的一众山贼，接管了山寨，也是在那一年，神泉寨吞并了周遭十余个小帮派，成为"九川十三崖"里势力仅次于青箫白马盟的门派。

田桑榆当了寨主之后,既不打家劫舍,也不拦路剪径,却将自己的兵刃从铁矛换成了锄头,名字也改作"桑榆",天天领着徒弟与那群从前的山匪耕田种地,养桑植树,有时与别的武林门派起了纠纷,也往往是赔礼道歉,息事宁人;正气长锋阁的几位阁主均觉此人实是个向往太平的仁厚老者,便颁给他一枚青锋令,自此北方武林便更少有门派敢来招惹神泉寨了。

叶凉委实没想到竟会在滁州城中一家又脏又破的面馆里见到田桑榆,更没想到此人已暗地里加入了"青崖六友",坐在石桌旁,端详着面前这个样貌平常的老者,心中颇觉惊异。

田桑榆亦在打量叶凉,良久才缓缓点头,道:"叶兄弟的眼神不会撒谎,应是个实诚人。"

"田老前辈慧眼如炬,"凌素瑶闻言笑道,"叶凉弟弟身上,我最喜欢的便是他的眼睛。"

雷缨络忽道:"算来也快到约好的时辰了。"

田桑榆道:"不错,那只老鹰一向准时,等他来到,人便齐了。"

叶凉心下疑惑,除去阮青灰被囚于华山,"青崖六友"理当还有五人才是,即便稍后再来一人,也才只四人;凌素瑶似瞧出了叶凉的心思,便看着他道:"还有一位,却是有事缠身,今日也来不了。"

叶凉被她看得颇不自在,只低头不语。却听田桑榆道:"雷姑娘,听闻你过去一年为吴重做了不少事,不知他给了你什么好酬劳?"

雷缨络摇头笑道:"吴重小气得紧,又怎舍得给我酬劳?倒是田老前辈这几个月奉燕山长之命,护着秦楚四处游山玩水,想来秦盟主给了你老人家不少金银珍宝吧?"

田桑榆道:"秦楚四处游玩,还不是为了寻你?雷姑娘,你若想见秦楚,我倒能帮你这个忙。"

雷缨络道:"那却也不必了,多谢田老前辈。"

田桑榆点点头,片刻后忽而叹道:"只盼今次是咱们'青崖六友'

最后一次聚会，近日里一举挫败燕寄羽，从此各自散去无事。"

叶凉一惊，又听凌素瑶笑嘻嘻道："田老前辈这是说哪里话，即便过两天杀死了燕寄羽，以后咱们几个常常相聚，不也开心得很吗？"

"我看还是少聚为妙，"田桑榆的语气中似有埋怨之意，"去年那次聚会，难道还不够险吗？咱们几个在青石镇外中了'蓣草'的迷香，几乎被温歧一网打尽。"

凌素瑶随口道："那也只是'几乎'而已。"

田桑榆道："万幸当时只有阮老弟暴露了面目，燕寄羽以为咱们'青崖六友'便是阮老弟和方天画、铁风叶那些在青州共饮过雪酒之人，却没料到'青崖六友'与'青崖之盟'实是两伙人。"说完看向雷缨络，摇头又道，"雷姑娘，那次你明知雷缨锋也在青石镇上，实不该随我们现身才是……"

雷缨络微笑道："当时我改变了嗓音，亦没显露过织星剑的武学，我与我哥从小见面不多，料想他也认不出我；至于后来在镇外枯树边，倘若我哥瞧见了我的面目，多半会设法相救，那又有什么不好了？"

田桑榆轻叹道："雷姑娘，你伶牙俐齿，老朽一时说不过你……"

凌素瑶截口笑道："田老前辈，我知你老人家是世上最谨慎的人，那你起初便不该入伙，一直为燕山长效命多好。"

田桑榆摇头道："即便再谨慎，有的事也该去做。我应邀加入'青崖六友'，从来也没后悔过……"

话音未落，院子入口处响起一声爽直笑语："什么'青崖六友'，不是'荒台六客'吗？"

叶凉转头望去，但见来者年约五旬，青衫带刀，头发灰白，眉目峻拔如刻，左脸上有一道长疤，更添英气；忽听身侧的雷缨络轻声道："叶凉，这位前辈便是洛州柳家的家主柳鹰。"

叶凉心下暗凛，起身揖道："晚辈叶凉，见过柳前辈。"

柳鹰大剌剌地扫了叶凉一眼，道："叶兄弟，我这两日正想找你。"

言毕不待叶凉发问，便又看向田桑榆，笑道："田兄，方才我在院外听见你与雷姑娘争论……那次咱们六个虽然被制，但前一夜若非看在雷缨锋是雷姑娘兄长的分儿上，咱们又岂能容他活着回到镇上客栈？雷姑娘，算来还是你先救了你哥哥。"说到后面，却又转而和雷缨络对视。

叶凉听他说得狂妄，对雷缨络很不客气，不禁暗生不喜，心知洛州柳家在武林中的地位颇有些尴尬，柳家武功以刀术著称，但柳家刀术最高的，却公认是被逐出家门的柳续，而近百年来柳家最为有名的人物，自然是开创停云书院的柳空图，亦是早年便脱离了柳家的；故而柳家虽出了两个绝世奇才，却一向也不是"武林四大世家"之一，江湖上人人都知柳鹰是柳家家主，却也不觉得他是个很了不得的人物。

却听田桑榆道："柳老弟，你在庐州很是顺当，可喜可贺。"

柳鹰哈哈一笑："庐州花家不值一提，我没想到的是徐开霁也卷入其中，险些杀死了他。"

田桑榆神情微变，道："柳老弟，你还是谨慎些好，可别真杀死了他。"

柳鹰摆摆手，道："田兄恁地啰唆，我既说'险些杀死了他'，那便是没杀死他。"说完径自转身走近叶凉，快声道："叶兄弟，我有话直说，眼下实有一事想请你去做。"

叶凉一怔，道："柳前辈请讲。"从前他曾猜测柳家家主多半是个平庸守旧之人，甚至还有些胆小，等到燕寄羽寻回了柳空图，才敢狐假虎威地在武林中生事，却不料今日一见，柳鹰为人却很是狂直，暗忖："嗯，柳前辈性子直，没什么心机，那自然争不过别派，才致使柳家的武林地位一直不高。"如此一想，便觉颇合情理。

柳鹰注目叶凉，点头道："既有要事相请，你我便须坦诚相见，叶兄弟，你可知我是谁？"

叶凉道："柳前辈是洛州柳家的家主。"

柳鹰淡淡一笑；一旁的凌素瑶见状轻笑道："这只老鹰不仅是柳家

家主,亦是山中刺的掌门;如今零字堂的堂主薛夜鱼,以及从前落字堂的展梅,都是他的手下。"

柳鹰叹道:"可惜展兄弟后来被燕寄羽蛊惑,成了他的得力助手。"

叶凉怔怔瞧着柳鹰,心头震骇已极,万没想到不仅武林正道最大的门派停云书院是柳家人所创,而且潜于暗处的江湖第一杀手帮会,竟亦被柳家人掌控;却听田桑榆道:"这只老鹰可比狐狸还精,便是燕寄羽也不知他还有这一重身份。"

一瞬间叶凉瞧见柳鹰眼底似有一丝深沉的狡黠流过,却又仿佛只是自己的错觉,眼前依旧是那副英武中透出狂气的面容,不由得暗叹道:"江湖人、江湖人……叶凉呀叶凉,恐怕你从来也没看懂过江湖人。"

柳鹰道:"山中刺本是我们柳家暗中所创,柳家武学亦不只有刀术,这便是我柳家百年来最大的秘密。"

叶凉道:"原来如此。"心中颇感柳鹰的诚意,转念暗忖:"也不知柳空图与柳续昔年脱离柳家,是否与此事有关……"

却听柳鹰又道:"叶兄弟,我想请你刺杀江海余。"

叶凉一惊,未及细思,已不自禁连连摇头:"不成,这可不成……"

"嗯,"柳鹰转口问道,"不知叶兄弟前来滁州,是为了何事?"

雷缨络接口道:"我哥独自去寻弓魔决斗,叶凉他放心不下,便想赶来相助我哥。"

柳鹰颔首笑道:"原来叶兄弟本也是来对付弓魔的,那不是正好吗?叶兄弟,不是我们妄自菲薄,你身负'雨梳风寻'的神妙剑意,眼下在滁州恐怕也只有你才能为武林除此一害。"

叶凉默然不语,他此来只是打算救助雷缨锋,却没想过要杀死弓魔,这两者于他实有极大差别;只听柳鹰叹道:"叶兄弟,倘若你只将雷缨锋救走,却放任弓魔继续杀戮无辜,岂非有违侠义正道吗?"

叶凉难以反驳,轻轻吁了口气,心绪莫名微动,似乎隐隐觉得这便是雷缨络带自己前来此处的用意，忽而手心一暖，雷缨络轻轻握住他的手，柔声道："叶凉，我知你心地仁善，你不愿杀江海余便算了，料想柳前辈也绝不会勉强你。"

叶凉闻言心中微定，苦笑道："柳前辈，即便我想答应你，那江海余的修为委实高得骇人，恐怕我也没那本事……"

"叶兄弟放心，"柳鹰拍了拍叶凉的肩膀，道，"我教你一个法子，保管你能杀死弓魔。"

八

清晨，临江集后山，疏雨扫过茅檐，宁简撑着伞踏入篱笆院落，瞧见吴重正从屋里走出。

吴重脸上泛着红晕，似是刚喝了酒，笑嘻嘻地反手带上了门。

宁简一瞬间瞥见屋里似还坐了别人，却没瞧清，道："吴大叔，你知道我来了？"

吴重随口道："以我'心外之心'的修为，方圆百里之内便是有一只虫子多吃了一口草叶，也瞒不过我的耳朵。"

宁简闻言暗忖："难道一只虫子每日该吃几口草也有定数吗，这'多吃'二字又从何说起？"心下微觉好笑，却不由自主地叹了口气。

吴重摇头道："宁丫头，你原先只是笑得少，怎么现下还染上了唉声叹气的毛病？你近日一定遇见过李素微，学了他的'愁眉苦脸神功'。"

宁简只道："不知秦芸前辈可在屋里吗，我想拜见她。"

吴重连说两个笑话都没能将宁简引笑，神情颇为不快，没好气道："你来临江集，便是为了见她吗？"

宁简道："倒也不是。"随即说了陈彻失踪一事，询问吴重是否知晓陈彻的下落。

吴重道："原来如此，我哪知道。"

宁简心下微沉，道："吴大叔，你再想想，陈彻他……"

吴重恍若未闻，走到院里桂树旁的石凳坐了，叹道："斜风细雨，落在身上，恍似一阵往事飘过。"言毕瞥了一眼宁简手中的油纸伞。

宁简一怔，走近石凳为吴重撑伞；等候良久，吴重悠然眺望远处，迟迟不说话，宁简心绪烦忧，忍不住道："吴大叔……"

吴重径自笑呵呵道："你想想这片风雨中不知有多少人为了多少事，正在世间各处策马急奔，急着去生，急着去死，你却只是在为你吴大叔撑伞，还不该知足吗？"

宁简闻言心里怅然，眼见吴重心安理得地坐在伞下，又忍不住回嘴道："世间各处，也未必都在下雨。"

吴重摇头道："你这丫头真没慧根，怪不得你的刀术始终……始终不及刀宗。"

宁简微露苦笑："吴前辈，你这话说得再对不过。"

"哈哈！我到底还是把你逗笑了。"吴重眉飞色舞，似甚是开心，拊掌笑道，"宁丫头，你这'愁眉苦脸神功'功力不深，还须再练才是呀。"

宁简道："吴大叔，你当真不知陈彻现在何处吗？"

吴重瞪眼道："自然不知，我又不是未卜先知的神仙，哪知那小子会跑到哪里去。"

宁简愈觉忧急，脱口道："你不是未卜先知，当年又怎能预先断言我一见到柳续，便会、便会喜欢他？"

吴重嘿嘿一笑，道："那时你离家出走未久，对我说你带着那卷写着'竹声新月'词的丝帛，那丝帛是你小时候便常看的，是吗？"

宁简道："不错。"

吴重道："那我问你，你小时候可知丝帛上的词句是何人所写，又可曾假想过那写字之人是何样貌，写下词句时又是何种心境？"

宁简道："那丝帛上有落款，我自然知道是柳续写的，也听说过他的刀术很厉害,否则我又怎会想找他学刀?至于其余……其余也是想过的。"

"那便对了。"吴重得意扬扬道,"你看久了那丝帛,心里存下了柳续的字迹,又佩服他的刀术,早已不知将他幻想成了何般人物,再一见到他,焉有不喜欢他之理?这也不难推断出来。"

宁简静默一阵,蹙眉道:"吴大叔,原来你当时也只是揣测。"

"不然呢,难道你还当是天意吗?"吴重满不在乎道,"一个人喜不喜欢另一个人,只看能否自己骗过自己,老天爷才懒得哄你。"

说话中,有个农夫打扮的年轻汉子走到半山腰,进了院子,对着两人拱手道:"敢问吴重吴先生可在家吗?"

吴重道:"吴先生便在你小子眼前。"打量那汉子一眼,颔首道:"嗯,你身负'意劲',瞧着又不大聪明的模样,一定是乘锋帮的刀客。"

那汉子一愣,苦笑道:"吴前辈慧眼。晚辈奉杨帮主之命,先行前来探望吴前辈;杨帮主说,他不日即来拜会你老人家。"

吴重哼了一声道:"杨仞这小子狡猾得很,他怕我被'辽水三刀'围困,等着他来自投罗网,便派你先来探路,是也不是?你放心,我老人家太平安好,便在这里等他来到。"

那汉子赔笑道:"吴前辈料事如神,晚辈佩服之至。"顿了顿,又拱手道:"既然吴前辈一切安好,那晚辈便及早回去复命了。"

吴重道:"你来一趟不容易,我若让你就这么走了,心里实在过意不去。"

那汉子以为吴重要留他吃饭,或是赠他什么礼品,忙道:"吴前辈,你老人家不必客气,晚辈……"

吴重摆摆手道:"不必多言,你随我来。"言毕领着那汉子来到柴房,取出一柄短斧交给他。

那汉子愕道:"吴前辈,你要送我兵刃吗?可我平日惯用长刀……"

吴重径直道:"你去给我砍些柴来,须得堆满这间柴房。"

那汉子一时语塞，也只得接过斧子，转身奔到深山树密处，没过多久便背回不少木柴。吴重甚是满意，端坐在细雨中，瞧着他来回跑了四趟，道："嗯，差不多了。"

那汉子道："吴前辈满意便好，那晚辈就告辞了。"

吴重道："斧子还我。"

那汉子恭恭敬敬地将斧子放回柴房，却听吴重又道："我有一样礼物要送给杨仞，你便替我转交给他吧。"

"晚辈先代杨帮主谢过吴前辈。"那汉子赶忙躬身施礼。

吴重微笑走近那汉子，拍了拍他的肩膀，道："不必多礼，你去吧。"

那汉子似怔住了，犹豫片刻道："这、这个，吴前辈不是还没将礼物交给晚辈吗……"

吴重道："礼物我已交给你了，那是来自刀宗的一截刀意，等你见到杨仞，便也拍拍他的肩膀，他自能收到。"

那汉子一惊，运转功力，只觉周身并无异样，将信将疑，却也不敢多问。吴重道："你翻山回去，别走原路了。"

那汉子道声"遵命"，匆匆离去。

宁简问道："吴大叔为何不让他原路返回，莫非此地确有危险吗？"

吴重道："不好说。"

宁简又道："吴大叔，你当真送给了杨仞一截刀意吗，陈彻也用刀，你怎不给他？"

吴重笑道："这刀意是我从刀宗那里借来的，可惜叶凉修剑，承受不了，至于陈彻那小子，他那般懒，我给他何用？"

宁简道："陈彻虽有些懒，但极聪明，一定能更好地领悟刀意。"

吴重道："岂止有些懒，简直是懒得透顶，我瞧那小子心里想的便只有两件事，多一件也懒得想。"

宁简一怔："哪两件事？"

吴重道:"唉,其一嘛,便是要杀死你哥哥,为韩昂报仇。"

宁简蹙眉道:"简青兮不是我哥哥。第二件呢?"

吴重嘿嘿一笑:"第二件不用我说,难道你自己不清楚吗?"

宁简静默不语。

吴重瞟她一眼,笑嘻嘻道:"宁丫头,你也不用替陈彻叫屈,那刀意只是残缺不全的一截,难以久存,便让杨彻得了,也只够他悟成一式,刀意便即消散,谈不上有多大用处。我只盼危急时刻能救他一命。"

宁简轻哼一声,道:"杨彻已得了柳空图八十年的功力,定然自保无虞,你若早早将这刀意赠予陈彻,兴许他便不会失踪,倘若他、他竟死了……"说到这里,自知强词夺理,此事终须怪不得吴重,可是眼下束手无策,不由得心中酸苦,凝眉低头,只觉周遭的风雨声都似有意惹自己心烦。

"柳空图又顶个屁用,"吴重嗤笑道,"那功力在他自己身上时,既没见他击退摩云教,也没见他管好自己的徒弟,反倒让徒弟弄得疯疯癫癫……"

话音方落,忽听山道上传来一道苍老嗓音:"吴重,你这小娃娃又在背地里说老夫的坏话。"

宁简一惊,抬头瞧去,但见玄真教掌教真人李素微搀扶着柳空图缓步走近,柳空图身旁还有个年轻的停云书生,瞧着有些眼熟,却不记得姓名。

吴重笑道:"柳老头,我是知道你们到了,才故意说那句话,这可不是背地里。"

"姓吴的,"那年轻书生喝道,"你这无赖之徒,胆敢对柳老山长不敬?!"

李素微皱眉叹道:"刘师侄,此人对谁都不敬,你也不必如此大声呵斥他,以免惊吓了柳老前辈。"

那书生正是刘万山,闻言一愣,随即道:"谨遵李前辈之命。"多日前他在巴山送完了请帖,想着自己从没来过江南,便也不急着回华山复命,一路东游闲逛,邂逅了李素微与柳空图,便自荐要代李素微侍奉柳老山长;先前李素微受燕寄羽之托照料柳空图,同行中柳空图言行糊涂倒乱,一天里没几刻清醒,不断提出一些古怪要求,李素微本已颇受其苦,自也乐于刘万山为自己分担,三人便一起赶到了临江集。

柳空图上前几步,端详着吴重,叹道:"你这小子头上也有白发了。我且问你,你可是将那位名叫秦芸的女子藏在屋里了?"

吴重却径自看向他身后的李素微,道:"李兄,不知柳老山长的疯病可还常犯吗?"

李素微苦笑一声,微微点头。

吴重当即对柳空图道:"柳老头,你现下无趣得很,等你犯病了我再和你说话。"说完侧头瞥向宁简,摆手催促道:"宁丫头,如今李素微来到,你还不向他多多请教,让他指点你的'愁眉苦脸神功'?"

"唉,吴兄,"李素微闻言摇头道,"你怎么还在说笑?你可知我们今日前来,是为了什么?"

吴重笑嘻嘻道:"我本来不知,你这么一说,我倒知道了。他奶奶的,看来我今日有些倒霉。"

李素微脸色忧凝,颔首道:"你今日倒霉这一回,以后就再也不会倒霉了。"

柳空图兀自端详吴重,神情感慨,恍若回忆起了一些往事,片刻间眼神惘然飘忽起来,似又陷入了糊涂;李素微叹息一声,近前搀扶,却倏而被柳空图甩袖挣脱。

"离我远些!"柳空图瞪着李素微道,"瞧你这一脸苦相,料想也不是好人,你这般凄凄苦苦地瞧着我,是盼我死了好哭丧吗?"

吴重哈哈一笑:"柳老头说得好,你还是发疯时头脑更清楚。"

柳空图转身看向刘万山,招手道:"刘师侄,瞧你容光焕发,你来扶着我。"

刘万山一惊，赶忙躬身揖道："柳老山长，弟子辈分低微，这'师侄'二字万不敢当。"

柳空图恍若未闻，只道："刘师侄，你快过来。"

刘万山也只得走上前搀住柳空图，心下却颇不是滋味。这"刘师侄"三字本是杨仞爱叫他的，他对杨仞深恶痛绝，长而久之，连带着对这一称呼也颇为厌恶，便是他的师叔卢修、欧阳致等人叫他"刘师侄"，他都不自禁觉得刺耳；后来奉命下山送信，又遇到李素微，他知李素微与燕寄羽平辈论交，按照江湖规矩确该叫他"刘师侄"，那倒也罢了，却不料今日柳空图也忽然这般叫他，忍不住补了一句："柳老山长，你老人家称呼我'万山'便是，还请莫叫弟子'刘师侄'，弟子实在承受不起。"

柳空图顿时瞥了李素微一眼，气冲冲道："怎么，这道士能叫你'刘师侄'，我便叫不得？"

刘万山苦笑道："是弟子失言，你老人家自然也叫得。"

"那就对了，"柳空图神情甚是满意，"刘师侄，你是个孝顺孩子，我可不能亏待了你，你有什么想要的东西吗？"

刘万山一怔，只觉心跳愈快，他的武功修为在年轻一代的停云弟子中虽已不算低，但距离真正的一流高手还相差甚远，自知再循序渐进地苦练多半也无出头之日，此番甘愿一路侍奉柳空图，却是存了私念，想趁着柳空图神志不清楚，求他将从未传与旁人的绝学"言剑"教给自己，此刻听了柳空图的一问，可谓欣喜之极，但又觉当着李素微、吴重等人不便明说，便只语气恭谨道："多谢柳老山长厚爱，请容弟子再好好想想。"

李素微忽道："刘师侄，恭喜你了，今日你不但承蒙柳老山长厚爱，还将要名震江湖。"他口称恭喜，脸上却仍是愁郁一片。

刘万山又惊又喜，颤声道："李前辈，你、你何出此言？"

李素微道："刘师侄可知咱们为何要来临江集？"

刘万山道:"先前我本以为是陪着柳老山长游山玩水,现下想来,咱们是来见这吴重的。"

"不错,"李素微从容道,"那日燕山长托付给我两件事,一是照顾柳老山长,还有一事,便是来此地杀死吴重……刘师侄,吴重此人身无武功,今日你杀了他,不久武林中便人人都知你的名字。"

宁简冷眼旁观,心中微动:先前吴重让那乘锋帮刀客翻山离开,似是早料到有人要来杀他。

刘万山道:"原来此人不会武功?"言毕翻腕亮出鸿翼笔,笔杆色泽甚新,却是他归返华山后新制的。他低头瞧了一眼鸿翼笔,神情渐渐激动,念及今日杀死吴重,不久再学得"言剑",那便是名实兼具,江湖中人人钦佩,在停云书院里的地位也定会越来越高;想到这里,心中蓦然闪过秋剪水的身姿容颜,他几度见到秋剪水,对其已是念念不忘,不禁暗忖:"假以时日,我已成为武林名侠,未尝不能向巴山烛照剑提亲……"

从前他规规矩矩地在华山学艺,没受过什么挫折,也不甚急于成名,可是随师门去了一趟春雪镇,在镇外被杨忉击断了鸿翼笔,心绪却再难平复,后来在玉门关附近的小镇客栈里重逢杨忉,惊见其刀术突飞猛进,自己竟已接不住他的三招两式,更觉愤恨不甘,夜半常常失眠自问:"难道我还及不上一个出身微末、粗鄙无礼的野小子?"再后来杨忉与乘锋帮之名更是武林皆知,虽然他不齿于此等"恶名远扬",可深心里亦隐隐有个念头,只觉杨忉这般终究还是胜过自己默默无闻;直到今日,他自知终于得了扬名改命的良机,心下感慨:"上苍公道,好人终有好报,任凭杨忉一时嚣张,不久便要被我挫败。"

吴重眼瞧刘万山神色急剧变幻,显是心底欲念翻涌,摇头轻笑道:"可惜,可怜。"

刘万山道:"姓吴的,你再怎么自怜自惜,今日也难逃命数。"

吴重霍地站起,森然瞪视刘万山,一字一顿地缓缓道:"年轻人,你真要杀我？"

刘万山道："不错，这也是燕山长与李前辈的吩咐，你就认命吧。"

"呵，你倒不怕死，"吴重冷冰冰道，"宁丫头，你退远些。"

宁简一怔，退后三步，心想："也不知吴大叔要施展什么功法。"却听吴重又道："再退远些。"

刘万山眼见宁简退到了两丈开外，而吴重却目光灼灼地紧盯自己，不由得心弦微紧，瞥向李素微道："李前辈，此人当真不会武功吗？"

李素微苦着脸道："千真万确。"

刘万山顿时松了口气，笑道："这无赖倒会装模作样。"说着迈步踏前，抬笔待刺。

"来得好！"吴重大叫一声，转身就跑，飞快躲到了宁简身后。

宁简微微蹙眉，等着刘万山奔袭而近，飞起一脚，将他踹得远远跌出。

刘万山翻身跃起，凝神调息片刻，冷哼道："宁姑娘，你要护着吴重吗？"他知宁简身份殊异，既忌惮她的修为，却也不欲得罪她。

宁简却不理他，只回眸对吴重道："吴大叔，你怎么这般没用？"

"你有所不知，"吴重长叹一声，道，"我所修神功，一年里有三百多天都所向无敌，只有一天功法失效，偏生却赶在了今天。"

宁简闻言哑然，忽听李素微叹道："刘师侄，你再上前去，料想宁姑娘绝难再伤你。"

刘万山道："遵命。"心中有了底气，展开"春日游"的步法，便想绕过宁简去攻吴重。

宁简脚下侧移，以指代刀，点在鸿翼笔上，将刘万山震退两步，刘万山不敢轻忽，使出自己所会最精妙的一式"龙蛇刺"，笔影在细雨中急舞乱闪，落向宁简胸腹要害；宁简冷笑一声，手指迅疾晃动，如风吹轻絮一般，顷刻便将刘万山的笔势破散——这一记"芳菲仙佩"是她所悟六招刀术之一，得自柳续的笔意，本就极克制停云武学，刘万山功力不深，在她面前更无还手之力。

李素微见状微微摇头，倏地闪掠到宁简身旁一丈处，袍袖一拂即收，凝立不动；宁简骤觉一股炙热劲风扑至，凛然倒掠，那劲风之中钻出丝丝寒意，追着她的身形透入周身各处穴道，宁简跌坐在地，僵痹难动。

"这袖风好生奇诡，从前可没见玄真教弟子施展过这门武学……"宁简冷冷瞪视李素微，心下惊疑不已。

却听吴重哼了一声，道："好个李素微，不声不响竟已练成了'空游诀'第九重。"

宁简顿时恍然，她从前曾听楚轻鸿说起，"空游诀"共有九重境界，方轻游是玄真教年轻一辈中唯一将"空游诀"修至第七重之人，且在退教之前已即将破境；而"玄真三子"均已达到第八重的修为，却不料如今是李素微第一个将这门神妙心诀修得圆满。

"唉，吴兄眼光高明。"李素微苦笑道，"可惜长希师兄心怀偏见，却误以为我是在偷练'意劲'。"

"是吗，"吴重随口道，"他对你有偏见，倒也未必是他不对……"——说话中挪步退到了院子角落，猛然急跃而起，便要跳过篱笆逃走，却跳得不够高，被木条一绊，又摔在院子里。

刘万山哈哈一笑，道："纳命来吧！"笔锋一振，大步迫近。

吴重急忙躲避，满院乱窜，踏得地上雨水四溅，刘万山不欲被泥水溅满衣衫，一时间竟追之不及，不禁怒喝道："姓吴的，你站住别动，受我一刺！"

吴重自不肯答应，一边跑一边叫道："柳老头，别犯疯了，快说句话！你个糟老头子见死不救？"

柳空图面对着紧闭的屋门，却只是呆呆伫立。

李素微叹道："吴兄，你本是不世出的奇才，又何必死得如同儿戏一般，还是坦然赴黄泉吧。"说着轻轻弹指，一滴雨珠逆风斜飞，打在吴重膝弯,吴重痛呼跌倒。

刘万山眉头一松,从容走近吴重,手腕急抖,笔锋朝着吴重咽喉刺落——

九

午后,江岸边,杨仞听着阵阵水声,若有所思;一旁的燕海柱刚吃饱饭,凑近了道:"小兄弟,你真要带我去临江集吗,我可坐不惯船……"

杨仞道:"我也坐不惯,咱们彼此彼此。"昨夜叶凉离去之后,徐开霁为报雷缨锋相救之恩,亦带着阿叶赶去滁州,杨仞心知徐开霁伤势不轻,没能将其劝留,此刻望江暗叹:"也不知他们是否已找到了雷缨锋……"

他不待燕海柱再说什么,便转身走回众人歇息之处,不多时,昨夜派去临江集查探的几个刀客陆续返回,均说没瞧见"辽水三刀"的踪迹。

杨仞点头道:"甚好,咱们这便雇船出发。"最晚回来的那名刀客又禀道:"属下见到了吴重前辈,吴前辈说,有一样礼物要送与帮主。"

杨仞一怔:"什么礼物?"

那刀客略一犹豫,走近杨仞,伸手拍了拍他的肩膀。

杨仞错愕道:"你这是作甚?"

那刀客当即将吴重所言"刀意"云云原样转述出来,问道:"帮主,你收到吴重的刀意没有?"

杨仞皱眉拧了拧肩膀,又晃晃手腕,沉默一阵,道:"老子收他爹个鬼。"

那刀客大惑不解,挠头道:"要不属下再多拍帮主几下?"杨仞瞪他一眼，道："不必了。"

贺风馗默然旁听，念及派去临江集的几个刀客里，只有这名刀客是骑马返回，便问道："你怎不乘船回来？"

那刀客道："是吴重让属下别走原路，属下便翻山走的陆路。"

贺风馗闻言与杨彻对视一眼，道："如此紧要的消息，你刚才怎么不说？"

那刀客躬身回道："属下尚未来得及禀告，而且……而且属下以为，是因属下身负刀意，不宜坐船，那吴重才让属下改走陆路。"

贺风馗皱眉道："什么刀意，此等荒诞之言，如何信得？"转头对杨彻道："吴重言辞蹊跷，此去临江集一事，还须慎重。"

那刀客道："可是吴重自言太平安好，只在临江集等待帮主来到，属下瞧他的神情语气，不像是预知了什么危险……"

贺风馗摆摆手道："知道了，你先去歇息吧。"

杨彻道："燕寄羽与那三千停云弟子，现在何处？"

贺风馗道："据快马回报，他们并未取道庐州，却朝颍州方向去了，多半不会来临江集。"

杨彻道："萧野谣那边呢？"

贺风馗道："萧兄弟仍率领众刀客在华山左近牵制停云书生。"

杨彻点头道："那咱们还是去一趟临江集，即便吴重真察觉到了什么，既非'辽水三刀'这般的大批敌人，对于咱们却未必算得上危险，正好去将吴重与秦芸救下，或能成为反制燕寄羽的良机。"

众人旋即雇乘一艘大船，顺江东去；行至黄昏，天上阴云凝集，春雨洒落，杨彻也不去船舱里避雨，独立在船舷边看着流水。不多时，秋剪水走到他身旁，轻声道："杨彻，你从昨夜便心事很重，是在想什么？"

杨彻静默片刻，道："我在想，也许叶凉说得没错。"

秋剪水一怔："叶凉？你是指他说的哪一句？"言毕不等杨彻回答，

心下明白过来，又道："即便如此，那也没什么。"

"没什么吗？"杨仞轻叹道，"秋姑娘，也许我真的怕了燕寄羽。"

秋剪水道："一个人若从不害怕，也就永远算不上真正的勇敢。"

杨仞心头微震，眼见她凝视自己，说得极认真，不禁颇为感动，握住她的手道："秋姑娘，多谢你。"

秋剪水脸颊微红，轻轻抽手，侧头瞧着雨花打落在江面，又道："每逢下雨，我总会想起去年你擒住温蔚时，在雨中施展的那一刀……"

杨仞点头笑道："你是说那式'剪雨'吗？"

秋剪水闻言微奇，正要问他为何此式又不叫"天锋"了，却听杨仞干咳一声，抢先道："秋姑娘，眼下正好下雨，我再使给你瞧瞧。"

杨仞当即抽出雪刃，信手横扫一刀，船舷外一道道连绵的雨线霎时被刀气剪碎，大蓬水珠急向外泼洒，两人面前丈许内的雨水倏忽一空。

秋剪水赞道："好强猛的刀劲，比之去年更增威势。"说着心念一转，好奇道："杨仞，你所领悟的'意劲'似与'天风萦回'极为不同……嗯，想来'意劲'因人而异，是你那些帮众从前练久了天风峡刀术的缘故。"

杨仞一愣，摇头道："我领悟什么'意劲'？我又没看过刀宗的书信。"

"你没看过？"秋剪水一惊，"那你是怎么恢复的内力？"她知杨仞去年内伤颇重，料想他是看过了刀宗的书信，才能使内功不损反增，只是她亦知杨仞性子要强，既曾断言不会看信，她在岳州便也未提此事，只是暗自为杨仞高兴；直到今日才知，杨仞竟始终未曾看信。

杨仞道："是柳空图这老头将他八十年的内力传给了我。"随即简略解释了情由。

"这……怎会有这等事？"秋剪水语声惊疑，"这可古怪得很了。"

杨仞道："哪里古怪？"

秋剪水道："传让内功之事，我从前也曾请教过师父与郁师姐，她们均说这不过只是茶楼说书人的虚妄之言罢了。古往今来，不知有多少能人异士想做到此事，却都没能成功，再怎么竭力施为，传过去的内力也是十不剩一，效用低微，反会让传功者精气大损，甚至丧命。"

杨仞闻言不以为然，道："可我确是得了柳空图八十年的内功不假，料想此事定有法门，也不全是虚妄。"

秋剪水道："试想倘若一个人的内功能尽数转给另一个人，如此一代代地积叠下去，内功将至何等深厚的地步？又或者数个身具几十年功力之人都将内功转给同一个人，那人岂非轻易便可天下无敌，可是千百年来，武林中又何曾出现过这等人物？"

"嗯，这话倒是在理。"杨仞想了想，又道，"但我记得楚风萧楚老兄也曾说过，这传功之举，本极艰险，恐怕放眼武林，也只有柳老前辈才有能耐将内功尽数传与旁人。"

秋剪水摇头道："将自己经络中的内息一时渡给旁人不难，但既难传渡太多，旁人亦只能短暂借用，很快便会消散，又哪有能将自身全部修为永久传与旁人之理？"

杨仞道："可我所得的内功，已运使了数月，也没什么异样呀？"

秋剪水道："此事终归极不寻常。杨仞，你将那次见到柳老前辈的情形详细说与我。"

杨仞道："好。"随即将柳空图当时的言行毫无遗漏地讲出。

秋剪水沉吟片刻，蹙眉道："不对，你方才的讲述之中，有一处颇不合理。柳老前辈告诉你，他在和你同住的九年里，已将自身内力一点一滴地尽数灌输给你了，是吗？"

杨仞道："不错，这是柳老前辈的原话。"

秋剪水道："但你方才还说，当时柳老前辈平击一掌，打在你的丹田上，将你击得倒飞出去，从而废去了你自己的内功，这才使他传给你的内力显现出来……可他既已将内力尽数传给了你，又如何还能一掌便将你击飞，甚至废去你的修为？"

杨仞一怔,道:"从我在春雪镇与他分别,到那日我再见到他,也相隔好几个月,料想是这数月里他又重新练出了一些内劲,那也不足为怪。"

"那'一笔勾销'的掌劲,需要极深厚的内力才能施展,不是几个月能攒出来的。"秋剪水微微摇头,又道,"更何况柳老前辈一掌销尽你的内力,却几乎没伤到你,如此神妙的分寸拿捏,更是极难。"

杨仞道:"原来如此,那我下回见到柳老头,再问问他。"他不觉得此事有什么要紧,说完哈哈一笑,又道:"无论如何,我得了这般深厚的内力,那不是挺好吗?"

秋剪水道:"不错,料想柳老前辈绝不会害你。"随后与杨仞并肩看雨,心中却仍不禁思索此事,只觉似乎隐隐触及了一个极大的秘密,短时却难以索解。

少顷,船速倏而变缓,有个船夫快步走近禀报:"前方有条船挡住了去路,也不知是何缘由。"

两人当即走到船头,隔着层层无尽的雨幕,遥望见确有一艘船横在江心,船上似有几人正在激斗,劲风震得远处的雨线时断时续;杨仞凝神瞧去,心下微凛,道:"那船上有一人身形极高壮,莫非是雷缨锋?"

秋剪水道:"嗯,船上还有叶凉与岳凌歌,正和雷缨锋联手相斗一人。"

杨仞一惊,道:"这三人合斗一人吗?可看清了是谁?"

说话中,船又前行了一段距离,秋剪水神色微变,道:"那人似是弓魔。"

杨仞闻言微凛,转头呼喊一声,贺风馗、方轻游等人纷纷走出船舱,听明情形后,不禁惊疑相顾。

两船相距渐近,杨仞辨出弓魔是个身形瘦削、头戴珠钗的红袍人,又见那船上的角落里晕倒着一名红裙女子,背对自己,却不知是谁;一时间心念电转:倘若出手救得三人,只怕稍后便要与雷缨锋做个了断,可若是袖手不管,也不知这三人能否敌得过弓魔。

眼看两船相距不足十丈，顷刻间就要交错而过，杨彴心念倏定，暗忖："弓魔杀人如麻，为恶极多，无论如何，也不能让他们三个死在弓魔手下。"当即喝道："叶兄、雷兄，你们先退到我船上来！"

"恭敬不如从命。"岳凌歌嘻嘻一笑，身影闪动，率先退出战圈，转身抱起那红裙少女，倏忽跃上邻船；杨彴这才瞧清那少女是严知雨。

砰砰两声，雷缨锋与江海余连对两掌，两人各退数步，雷缨锋沉声道："叶兄弟，你先上那船去。"

叶凉一怔，心知自己走后，雷缨锋多半要留下与弓魔决死，摇头道："雷大哥，还是你先……"话未说完，江海余袍袖横扫，一缕缕锋锐气劲袭刺而至，叶凉急忙挥出手中短剑，剑风激扬，将那些"气箭"荡散。

雷缨锋忽而一叹："叶兄弟，咱们一起退吧。"

叶凉喜道："甚好。"心知雷缨锋言出如山，不会诓骗自己，便即灌劲双腿，正待跃起，只觉浑身虚软，内息涣散，却已是精疲力竭，身躯摇晃欲倒。先前他们三人共抗江海余，但"岩雷"与"弦劲"都难以消解"青丝箭"的"意劲"，全靠叶凉持续催运"秋水"剑劲，才能将纵横纷飞的"气箭"化散大半，剧斗良久，叶凉数次感觉心力不支，却仍咬牙支撑下来，到此刻乍见杨彴等人，心弦一松，却再也抑不住疲惫。

雷缨锋接下了江海余许多拳掌硬击，内息损耗亦多，耳听身后叶凉气息虚弱，面前弓魔又蓄势待攻，当机立断，猛一顿足，脚下舟船霍然断裂，将自己二人与弓魔分隔在两处——

江海余神色微怔，正要纵身扑击，却不料雷缨锋方才踏足时却还震出了另一重劲道，推着江海余那半爿船逆流急向后漂；雷缨锋趁机反身抱起叶凉，青衫呼啦啦一闪，已跃到杨彴的船上。

杨彴见江海余独立残舟，浮浮沉沉，已落在十余丈外，便转回头喝道："加速行船！"

方轻游与乘锋帮诸刀客立即疾掠散开，各自掌舵升帆；杨彴看向雷缨锋与叶凉，叹道："你们这是……"话未说完，倏听风里裂开一道异响，似有一物远远飞来。

雷缨锋抱着叶凉，尚未及放下，一瞬里神情微变，沉气挺直脊背，啪啦一声，一根木条如飞箭般钉在他后背魂门穴上，撞得粉碎。

与此同时，叶凉背上骤然传来一股剧痛，忍不住喷出一口血来，念及抱着自己的雷缨锋，心中冰凉，料是江海余发出"青丝箭"，自己隔着雷缨锋厚实的身躯尚被震得内伤呕血，雷缨锋首当其冲，硬受了这一击，真不知伤势何等危重；急忙落地站定，回身搀扶着雷缨锋，颤声道："雷大哥，你、你怎么样？"

雷缨锋嘴唇微微翕动，却说不出话来，脸色惨白，随即垂首凝立不动。

杨仞一惊，掠近握住他脉门，道："他已晕过去了。"抽刀奔到船舷边，眼见风吹雨打之间，那残舟在激流里打着旋儿，渐落渐远，怒喝道："老子管你是公魔还是母魔！你有种再丢块木头试试？"

远处，江海余静静站在急旋的船板上，漠然望着杨仞所在的舟船，也不知在想什么。

杨仞凝神盯着他的身影消隐在风雨中，转身走回，与贺风馗对视一眼，道："先救人，再报仇。"

贺风馗道："遵命。"语声沉静，言毕走去接替方轻游掌舵。有不少乘锋帮刀客已在怒目瞠视雷缨锋，闻言也都散开。有人道："帮主说得不错！等这厮伤好了，咱们再将他打败杀死，堂堂正正地报仇！"

随后，方轻游、杨仞、赵长希、游不净四人轮番为雷缨锋渡劲疏通其重伤淤堵的经穴，面面相觑，神情均极凝肃。

赵长希皱眉道："此人十二正经与奇经八脉多处都被弓魔震断，也不知是否还能救回性命。"

游不净摇头叹道："咱们勉力一试吧。"

叶凉从旁听得忧急，喃喃道："都怪我没本事，没能帮到雷大哥，还让他身受重伤……"话音未落,忽听雷缨锋低声说道:"叶兄弟,若不是你,我早已死在弓魔的'青丝箭'之下了。"

雷缨锋缓缓睁眼,对杨仞、赵长希等四人道:"多谢诸位。此后便让我运转'岩雷'自行疗伤吧。"

杨仞当即道:"那可不成……"却听方轻游道:"就依雷兄所言吧。'岩雷'独辟蹊径,与咱们的内力都不相同,雷兄自行运功,多半伤愈更快。"

杨仞点点头,道:"那好,雷兄,你进船舱里运功吧。"

雷缨锋道:"不必,我正要借助雨水治伤。"语气微弱,几乎被雨声遮掩。

杨仞一怔,退后不再多言。雷缨锋盘膝而坐,闭目调息。

方轻游轻声道:"咱们走远些说话,莫扰了雷兄疗伤。"

岳凌歌淡淡道:"方兄所言极是。"说着当先走去船舱,径自将昏迷的严知雨安置在船舱里,乘锋帮众刀客眼见帮主默许,也就没拦阻他。

叶凉怔怔看着雷缨锋,似想出些力气,却又无从插手,一张苍白的脸上沾满雨水,仿佛随时要哭出来;杨仞走过去,拍了他的肩膀,道:"叶兄,咱们去船舱里说话,你也好好歇歇。"

叶凉跟着杨仞走向船舱,回望一眼,但见雨滴落在雷缨锋身上,发出嗤嗤的微响,却是不断被"岩雷"的热力迫成水汽。

诸人在船舱里坐下,杨仞眼瞧叶凉眼神疲累不堪,一时倒不知从何问起,想了想道:"叶兄,怎么雷姑娘没和你在一起?"

叶凉沉默一阵,低声道:"我……我和雷姑娘吵架了。"

十

杨仞一愣,苦笑道:"叶兄,你先和我吵架,又和雷姑娘吵架,你到底是要闹个什么……"眼见叶凉脸色黯然,便转口道:"嗯,却不知你到滁州之后,究竟发生了何事?"

叶凉道:"我在滁州随着雷姑娘见了几个人,听到了一些事,但我答应了雷姑娘要保守秘密,恕不能说与杨兄。"顿了顿,又道:"总之是,我去滁州本来只想相助雷大哥,但他们却再三劝我刺杀弓魔……"

杨彻挠头道:"这个……这两者不是一回事吗?"

叶凉正色道:"自然不是。"

杨彻一时语塞,岳凌歌接口道:"叶兄弟见到的那几人,便是所谓的'青崖六友'了,他们一向在暗中与正气长锋阁为敌。"

杨彻道:"那倒是同道中人。叶兄,你便是因为不愿刺杀弓魔,才和雷姑娘吵架吗?"

叶凉低头道:"嗯,也不只为此。"却似不愿详谈。

岳凌歌瞥了一眼昏迷不醒的严知雨,轻叹道:"我家这位小侍女,便是叶兄弟从'青崖六友'手中救下的。"

杨彻听得一头雾水,身旁的秋剪水忽道:"以我在春山所见,弓魔似对严姑娘颇为在意,多半是'青崖六友'想利用严姑娘挟制弓魔……"

杨彻恍然道:"而叶兄自然是绝不肯答应的了。"

叶凉道:"总之我带着严姑娘,一时寻不到弓魔和雷大哥,却遇到了岳公子;岳公子说他两人多半去了临江集,我们便急匆匆乘船东行;后来弓魔却突然跃上船来,似想劫走严姑娘,雷大哥一路追击弓魔,也跟着上了船,我们便打了起来……"

"照此推想,"杨彻沉吟道,"弓魔不是想劫走严姑娘,却是误以为你劫走了严姑娘,想来救她……嗯,多半是'青崖六友'将你的行踪泄露给了弓魔,他才能追到船上。叶兄,你不愿利用严姑娘来刺杀弓魔,但你却仍被'青崖六友'利用了。"

"不会的,"叶凉断然摇头道,"雷姑娘绝不会同意他们出卖我的行踪。"

杨仞欲言又止,叶凉轻声道:"雷姑娘对我很好,虽然我惹她伤心生气,但她还是将一幅对我很重要的画交给了我。"

"什么画?"杨仞好奇道。

叶凉道:"我也不知,雷姑娘让我到临江集后,见过吴重前辈再打开看。"说完径自转头,怔怔瞧着船舱的木门,神色忧切。

岳凌歌也扭头瞧了一眼木门,忽而叹道:"唉,方才雷兄被'青丝箭'击中时,本可借势卸劲,但他正抱着叶兄弟,不及放下,非但没向外卸劲,反而竭力将那一击的劲道收蓄在自己身上,这才落得重伤垂死……"

叶凉闻言浑身一颤;杨仞皱眉道:"岳凌歌,你少说两句,没人当你是哑巴。"

叶凉脸色苍白,摇头道:"杨兄,你别怪岳公子,即便他不说,我也想到了。是我连累了雷大哥。"随即起身道:"我、我去瞧瞧雷大哥。"说着奔出了船舱。

"叶兄……"杨仞一怔,一瞬间与秋剪水眼神交汇,秋剪水微微颔首:"我也出去瞧瞧。"言毕起身走出。

船舱里一时寂静,贺风尵忽道:"只盼雷缨锋就此死了。"

杨仞望向贺风尵,但见他神情淡漠如常,便道:"贺前辈何出此言?"

贺风尵道:"帮主,你不愿杀雷缨锋,是吗?"

杨仞径直道:"不错,但他打死了赵老兄,我不得不杀他,那是绝不会更改的。"

贺风尵颔首道:"故此倘若雷缨锋伤重不治,才是最好的结果。那便无须咱们乘锋帮动手了。"

杨仞听他说得冷酷,心中颇不舒服,但亦知恐怕如此确是最好的收场,不禁暗叹不语。

过得半炷香,秋剪水返回船舱,杨仞问道:"情况如何?"

秋剪水道:"'岩雷'当真神异,竟能将断裂的经络勉强接续,雷兄的性命应是保住了。"说话中在杨仞身旁坐下。

杨仞随手为她将发梢上的雨珠拂落，心念微动，又道："你说'勉强接续'，是什么意思？"

秋剪水轻声道："雷兄性命无虞，但一身武功怕是从此废了，若再运功动武，周身多处经络血脉崩断，必死无疑。"

杨仞一惊，沉默片刻道："雷兄大好的修为，没想到竟会落到这般境地。"转念想到此后乘锋帮无法再与雷缨锋堂堂正正地决斗复仇，此事真不知该如何了局，心下愈发烦郁。

又过半个时辰，船行渐缓而停，船夫来报："已到临江集的岸边了。"

众人纷纷出了船舱，眼见天色昏暗，雨线密集，雷缨锋已站起身来，叶凉呆呆站在一旁，正为雷缨锋撑伞，自己的衣衫却早已湿透。

杨仞道："叶兄，咱们去见吴重吧。"

叶兄想了想，摇头道："我在这里守着雷大哥，暂先不去了。"

雷缨锋微笑道："叶兄弟，你既来到了临江集，如何能不去见自己的师父？正好我也想拜见吴重，咱们便一起去吧。"说话中轻轻咳嗽了几声，当先迈步上岸。

乘锋帮诸刀客眼瞧着雷缨锋经过身旁，面面相觑，不少人神情愤恨，似想骂他几句，终究却也没人开口。

赵长希看向叶凉，道："吴重此人神秘莫测，或有法子治愈雷缨锋，也未可知。"

叶凉如梦初醒，道："多谢前辈指点。"当即快步追向雷缨锋。

众人陆续上岸；杨仞走在最后，望着雷缨锋缓步而行的背影，心中百感交集，莫名觉得他的脊背似乎伛偻了不少。

少顷，来到村口的陈家酒馆，一众乘锋帮刀客按捺不住酒瘾，进去买了些酒，又打探了吴重的住处；众人迁就雷缨锋的伤势，走得甚慢，有个年轻刀客骂骂咧咧道："老子不杀他就算好的，还他娘的陪他慢腾腾地淋雨……"

贺风馗淡淡呵斥道:"你小子多喝酒,少说话。"

众人在雨中穿过村落,来到山脚下,仰望见半山腰依稀有两间茅屋;叶凉心中隐隐紧张起来,道:"也不知吴重前辈是否在家……"

话音未落,叶凉忽听铮的一声,身后似有什么物事被刀刃格开,霍然回头,却见杨仞手握雪刃,已转过身去,远处风雨中一个红袍人疾行而来——

方才杨仞有意落在后面,便是为了提防弓魔忽然追及偷袭,迈步中倏忽辨出一丝异响在雷雨声里忽隐忽现,当即回身拔刀,将一根飞射而来的枝条斩碎,此刻面对着越来越近的江海余,哈哈一笑,手中雪刃震飞雨水,大步迎上。

乘锋帮诸人回顾惊呼,眼看杨仞横刀疾进,顷刻间与江海余相距已不足三丈,地上湿漉漉的野草陡然断折飞起,朝着杨仞笼射而去;诸人心下一凛,均想:"弓魔的'青丝箭'在郊野间比在船上更增威势,怪不得他到此刻才现身突袭。"

雨中刀光一亮,杨仞出手便是"剪雨",附着了沛然刀劲的雨珠四下荡飞,将片片草叶击得粉碎不见;江海余神色微变,顿步静默在春雨中,歪头看着杨仞手中的雪刃,似有所思。

众人纷纷奔回,为杨仞掠阵,何轻生与裘驷跑在最后,不疾不徐,时而相顾一眼,谁也不肯领先谁一步;裘驷忽道:"何道长,你瞧帮主那一刀如何?"

何轻生边跑边道:"所谓'一鼓作气,再而衰,三而竭',那一刀纵然神妙,料想损耗必巨,不能久施……"话音未落,便望见杨仞随手又是两刀"剪雨",密密麻麻的雨珠逆风卷向江海余。江海余漠然一笑,迈步踏前,足边方圆数尺内断草溅飞,悬浮在他周围,宛如层层铠甲——风雨中绽开一阵噼啪急响,雨珠与草叶相撞,劲风迫得两人各自凝步;裘驷瞧得咋舌,道:"这可出了三刀了……"

何轻生气喘吁吁道:"不错,恐怕帮主已至力竭……"说话中两人跑到赵长希、游不净身后站定。却见杨仞目视江海余，哈哈一笑，道："老子管你是'青丝箭'也好，'绿丝弓'也罢，且看谁能耗得过谁吧！"笑声飞扬，猛然高跃而起，刀光暴涨，斩向江海余头颈——

江海余斜掠数尺，避过刀芒；杨仞旋身迫近，手腕圈转，一连七刀"剪雨"振出，万千雨滴呼啸如刃，朝着江海余倾泻不停。江海余一时间难以防得周密，身上多处溅出血丝，不得不闪身连退。

乘锋帮众人眼见杨仞稳占上风，心下均松，何、裴二人早已惊得呆住，却听游不净沉吟道："即便弓魔先前与雷兄弟等人拼斗时颇有耗损，可杨帮主的功力也委实太深厚了些……"

岳凌歌眼珠一转，微笑接口道："在下曾听燕山长说，兴许柳空图老前辈已将自身内力尽数传给了杨仞，看来多半是真。"

众人里除秋剪水、方轻游外，其他人均不知此事，闻言相顾惊凛；何轻生笑呵呵道："原来帮主只是仗着深厚内力一味硬拼……"赵长希摇头道："杨兄弟聪明得很，这般借雨附劲，挥刀硬拼，实是短时击败弓魔的最佳方法。"

说话中，杨仞连连追斩，风雨中血雾弥漫；江海余伤势渐重，出指点偏了倏忽袭近的刀刃，冷声道："小子，你是何人？"

"老子是天下第一高手，你服不服？"杨仞大剌剌答话，刀光明灭十余次，斩散了纷飞的草叶，从江海余周身上下擦过，带起一串串血花；江海余头上珠钗摇颤，几根头发倏然断落，夹杂在碎叶断草之间，穿风过雨，一霎刺至杨仞身前。

杨仞一惊，回腕格挡，只觉发丝打在刀面，震得手腕阵阵酸麻，笑道："这才有点意思，你还有什么招数，都使出来吧！"言毕跃步直进，刀光宛如雪崩怒潮，轰然扫向江海余——

…………

半日之前，山腰篱笆院中，春雨细密。

鸿翼笔刺破吴重皮肉，眼看即要将其咽喉贯穿，李素微从旁倏一拂袖，刘万山浑身轻颤，不由自主地撒手踉跄倒退。

"李前辈，你、你这是为何？"刘万山勉力稳住身形，满脸惊愕。

李素微瞥了一眼紧闭的屋门，道："燕山长真正的吩咐是将吴重活着带去见他，方才贫道只想试探一番罢了。"

刘万山惊疑道："李前辈，你想试探晚辈吗？"

"蠢材，"吴重跌坐在地，没好气道，"他是想试探屋里会不会有人出来救我。"

李素微颔首道："不错，看来秦芸姑娘不甚在意吴兄的安危。"又见吴重脸色惫懒，不似受了惊吓，暗想："……莫非此人早料到我只是试探，并不会杀他？"

却听吴重道："什么'禽姑娘''兽姑娘'，我屋里可没这人。"

李素微莞尔道："既然如此，那便有劳刘师侄进屋查探。"

刘万山道声"遵命"，快步走到门前，略一犹豫，推门而入，不多时便出来道："屋里确无一人。"

李素微怔了怔，道："定是吴重将人藏了起来。"

宁简心下讶异，她初到之际，分明瞥见屋里依稀有道人影，现今却竟凭空消失了，倏而念及春山的山腰上也有一个一模一样的茅屋，暗忖："难道这里的茅屋地下也修了暗道，那秦芸是循着暗道走了？"转念之际，与吴重目光相触，吴重似猜到了她的想法，微微颔首，随即大声叫道："李素微，我既被你擒住了，要杀要剐赶紧些，我可不怕！"

李素微苦笑道："吴兄，我方才分明已说了带你去见燕山长，你又谈何杀剐……"

吴重自顾自叫道："你快让这小书生拿笔扎我一百八十下，我若有一下呼痛，便算我输给你！"

刘万山闻言踹了吴重一脚，吴重当即痛得啊哟一声；李素微摇头叹道："吴兄要逞英雄，等见到燕山长也为时不晚。刘师侄，咱们走吧。"

刘万山瞥向穴道受制的宁简，道："这位宁姑娘怎么处置？"说着心念微转,暗想:"她的身材容貌倒似不输给秋姑娘……"眼见宁简蹙眉瞪来,一阵心虚,赶忙收敛目光,又想:"嗯,她眼神冷冰冰的,又怎及秋姑娘温柔。"

李素微道:"不必管她。"说完径自搀扶着柳空图,转身下山。

刘万山扯起吴重,连连推搡,喝道:"快走!你若敢耍滑,我便在你身上捅个窟窿!"

吴重踉跄前行,叫道:"柳老头,你醒了没,你奶奶的快说句话!"

刘万山冷笑道:"即便柳老山长清醒过来,也断不会为你说话。"

四人就此离了临江集,柳空图身躯老迈,骑不得马,李素微便让刘万山雇了一驾马车,柳、李、吴三人坐进车厢,刘万山却充作车夫,冒雨赶路。

半日过去,吴重不住催问柳空图,呼唤他救助自己,柳空图却不理会,一直怔怔出神。

李素微劝道:"吴兄,你还是省些气力吧。"

吴重瞪他一眼,道:"李素微,别以为我不知你那点小心思,你想扮个缩头乌龟,是不是?"

李素微淡淡道:"吴兄知与不知,都于我无妨。"

少顷,忽听车厢外刘万山惊声道:"李前辈,有人拦路。"

马车渐停,三人下了车,傍晚春雨愈密,但见前方的雨中站着四名蓑衣蒙面人,瞧身形似是两男两女。

李素微愁眉苦脸道:"不知诸位是何方高人?"

柳空图眉目微动,眸光里似有一抹锋锐闪过,忽而叹道:"昨日我与明光教教主论剑之前,也曾遇到四个蒙面人拦截。"语气怅然,似乎颇受触动。

李素微一怔,心想柳空图与明光教教主论剑已是六十年前的往事,却被他说成了昨日,不禁叹了口气。只听一个蒙面男子道:"我们是'青崖六友',见过素微真人,请你留下吴重,我等自不会多为难你。"嗓音极为粗哑怪异。

又听一个蒙面女子轻笑道:"不对,咱们现下只是'青崖四友'。"

吴重打量四人,脸色微僵,干咳道:"他奶奶的,李素微,我还是跟着你走吧。"

李素微看向四人,苦笑道:"四位可听见了?"

那蒙面男子道:"吴重,你要跟谁走,只怕由不得你。"言毕与三名同伴相顾一眼,一齐迈步迫近。

李素微神色微紧,袍袖翻鼓,随时便待迎敌;柳空图却只久久仰望天穹,任凭雨水落满脸颊,眼睛却眨也不眨。

吴重好奇道:"柳老头,你在做什么?"

柳空图道:"洗脸。"

刘万山从旁听得一愣,心想:"看来柳老山长兀自犯糊涂,他若一直如此,我该怎么请他教我'言剑'才好……"忽听吴重哈哈笑道:"不错,不错,柳老头,你都知道用雨水洗脸了,想是清醒过来了。"

柳空图静默一瞬,道:"那也未必。"转头看向吴重,缓声又道:"吴重,你又是何苦来哉?"

"你真醒了?"吴重又惊又喜,"只要你帮我挡住李素微和这四人,我就不苦……哈哈,我得赶回临江集去了,诸位告辞。"说完扭头就跑。

一个蒙面男子脚下疾晃,立时掠向吴重;李素微皱眉一叹,也待追去,身侧忽然不见了柳空图的身影,惊疑中转头望去:

柳空图已伸手挽住了那蒙面男子的手腕,温言道:"别追了。"那蒙面男子眼神凛骇,进力相挣,柳空图轻轻一甩手,那男子只觉一股江河奔流般的浩然气劲冲撞而来,口喷鲜血,远远跌飞出去——

与此同时,在临江集后山的山脚下,杨牣激斗弓魔、跃步扫斩之际,骤觉全身内劲荡然一空,重重摔倒在地。

十一

江海余觑见杨仞来势强猛，正待闪身避让，乍见他摔落在自己身前，倒是吃了一惊，以为他要忽施奇招，随即回过神来，抬脚遽踢向杨仞额头；倏而眼前微亮，一点光华凭空燃起，目光不自禁被引得一晃，神魂随之摇漾，仿佛风声雨声瞬息远去，天地间只余自己的一颗孤心，与一盏烛火怔怔相对。

江海余凛然收摄心神，电光石火之际，秋剪水已俯身抱起杨仞，倒掠数丈，轻声问道："杨仞，你没事吧？"

自杨仞与弓魔交手以来，秋剪水目不转睛，一直凝神从旁掠阵，杨仞方一跌倒，她便疾掠而近，以"心照"境的奇技迫住弓魔，从容将杨仞救下；不远处，乘锋帮诸人一阵惊呼，方轻游身形展动，立时上前接应。

杨仞皱眉道："我忽然提不起内劲……"说话中江海余纵身袭掠而近，秋剪水反手一推，将杨仞交与方轻游看护，左手烛台闪动，将弓魔的掌风化于无形，右手食指点刺如剑，哧哧连响，江海余眼神骤紧，侧步旋身，几缕剑气擦身而过。

江海余打量对手，但见她神情沉静，既无惧意，亦非盛气凌人，身姿在风雨中似融似离，没有一丝破绽可寻。他平生遇敌，除去方白，从未生出这般深幽难测之感，微微颔首："小姑娘，你是何人？"

秋剪水低声道："巴山烛照剑，秋剪水。"说话中烛焰颜色变幻，凝于淡红，右手食中两指紧贴，斜指弓魔，宛如剑锋；江海余漠然踏步，挥袖扫动草叶雨水，两人身形穿梭分合，片刻间已互换数招——

杨仞缓缓站起，眼望战局，猝觉经络中的内息如涌泉般滋生，淙淙流遍四肢百骸，顷刻间内功竟又恢复如常；惊疑之际，但见秋剪水纤细的身姿已欺近弓魔，手指几乎点中了弓魔眉心，一瞬间江海余头发披散开来，几丝乱发挡在额前，将秋剪水的手指震偏——

两人各退数步，江海余眉心渗出一滴血，却是方才仍被秋剪水的剑劲所伤；江海余瞟向秋剪水的手指，问道："这是什么剑术？"

秋剪水道："这是'心照'境的'飘零剑'。"

江海余涩声一笑："花自飘零水自流，云本无心烛相照。呵呵，好剑境。"

秋剪水听他一语道破了此剑术的神意所在，心下微凛；江海余笑声一顿，头发与衣袖逆风飘飞起来，周遭地上野草纷纷摧折。

秋剪水左手烛台的火光倏而一定，便待接招，忽听江海余道："后会有期。"竟反身疾奔而去。

此际乘锋帮诸人散落站定，已将江海余围在当中，江海余奔去的方位正站着几名刀客，见状立即挥刀斩截；江海余踏步震起一蓬野草，碎叶飘转四散，暂将几人迫退，却见迎面赫然站着叶凉——

叶凉顾及要守护重伤的雷缨锋，一直站在外围，这时猝与江海余四目相对，心中犹豫是否该出手拦阻，脚下却已不自禁地退开两步，任凭江海余从身旁飞掠而过。

几个乘锋帮刀客连声喝骂，追出十余丈，却听贺风馗沉声道："穷寇莫追，且先由他去吧。"

杨仞快步走近，道："秋姑娘，你没受伤吧？"

秋剪水道："没有。你的内息如何了？"

杨仞挠头道："忽然又恢复了，当真古怪。"说完看向叶凉，道："叶兄，刚才你怎么不拦截弓魔？"

叶凉道："我……我也不知道。"眼见杨仞皱眉欲语，便又道："方才我瞧见江前辈眉头滴血，脸上挂满雨水，像哭了似的，一时不忍，便没、没出手……"

"叶兄，"杨仞闻言叹道，"我知你心地善良，既不想弓魔杀死雷兄，也不愿杀死弓魔，可你又不能时时刻刻制止弓魔杀人，难道你非要等到弓魔将你亲近之人杀死，才能下定决心杀他吗？"

叶凉脸色苍白,轻声道:"杨兄说得有道理,我只是盼着,谁也不要杀谁……"

杨仞摇头道:"叶兄,把善心用到该用之处,才叫善心,否则只是愚蠢。"

叶凉一怔,良久低头不语。雷缨锋缓步走近,道:"杨兄弟,你不必责怪叶兄弟,他也是担心弓魔对我出手,才未能放手与弓魔拼斗。"

杨仞刚才眼见弓魔在眼皮底下逃走,颇觉气恼郁闷,忍不住对叶凉说得重了,此刻颔首道:"雷兄所言甚是,倘若弓魔再敢来袭,咱们定不放他。"

随后,众人继续朝着半山腰行去;雷缨锋忽对秋剪水道:"先前在船上,多谢秋姑娘助我疗伤,否则单以我的'岩雷'心法,定然难以抑住伤势。"语气郑重,言毕抱拳施礼。

秋剪水赶忙还礼,轻声道:"雷兄不必客气。"

众人闻言讶然相顾,这才知道秋剪水当时出船舱后曾为雷缨锋治伤,只是她回来时却只称赞"岩雷"神异,对自己的助力却只字不提。游不净赞叹道:"秋姑娘天资高绝,性情又如此谦退,实在令我们这些老骨头汗颜。"赵长希亦道:"不错,方才秋姑娘与弓魔交手时展露的修为,真让贫道大开眼界。"

诸人之中,只有杨仞早猜到秋剪水的离舱治伤之举,耳听两位前辈夸赞秋剪水,心中也不禁得意,笑道:"秋姑娘的修为自然是极厉害的,去年我和她……"

秋剪水脸颊微红,打断道:"杨仞,你方才经络中到底有何异状?"

杨仞对这骤无乍有的内息颇觉诡异,当即向众人说出此事,众人商讨一阵,均觉不解;岳凌歌嘻嘻一笑,忽道:"我知道了,莫非是和'言剑'有关?"

杨仞道:"有什么关?"

岳凌歌道:"柳老山长传功一事,是他老人家亲口告诉你的,是也不是?"眼见杨仞点头,便继续道:"这就对了,所谓'言'者,言说之意也,多半柳老山长的'言剑'神异之极,说你有功力,你便能有功力……"

"说有就有,说什么是什么?"杨仞愕然失笑,"那他怎不把他那欺师灭祖的徒儿径直说死,把武林说出一番新气象来?"

"这、这个嘛……我也不过随口一说。"岳凌歌干笑两声,似也自觉出言太过怪诞。

秋剪水道:"等咱们见到吴重,兴许他能说出其中缘由。"

春雨渐歇,众人一路来到半山腰的篱笆院落,但见雨水将院中地面冲刷得干净,周遭寂静,却听不见屋里有何响动。

贺风馗挥了挥手,几名刀客进屋查探,少顷回报道:"屋里没人,只找到一张字条。"

众人见字条上潦草写着一行字:"明日再与诸位相见。"赵长希精擅书法,道:"我从前见过吴重的笔迹,这字条便是他写的。"

何轻生当即拊掌赞道:"吴先生神机妙算,他今日有事外出,但又料准了咱们今日会到这里,故而留下字条。"

赵长希摇头道:"可这字条已然泛黄,墨迹也颇旧,显是许多天前便已写好的。"

"原来如此……"何轻生干咳一声,闷头寻思一会儿,又道,"那么就是吴先生多日前便算准了咱们会在今天瞧见这张字条,嗯,明日咱们定能见到吴先生。"

杨仞道:"他算准个屁,他就是装神弄鬼。"忽听啊的一声低呼,侧头望去,却见叶凉站在院子里的桂树旁,失魂落魄一般,便道:"叶兄,你怎么了?"

叶凉颤声道:"我记得这棵树……我、我一下子记起了好多事……"

杨仞一愣,问道:"你记起吴重是你师父了?"心想倘若叶凉恢复记忆,自此与停云书院决裂,以其神妙的剑意,实是对抗燕寄羽的一大助力。

叶凉摇头道："还是记不清楚，但我记得这棵树从前的样子，记得自己从前常常在树下练剑……"

方轻游闻言道："叶兄弟，你回到故居，不妨四处瞧瞧，多半能触起你心底的记忆。"

叶凉道："多谢方大哥指点。"随即进屋去；岳凌歌也随之进屋，将昏迷的严知雨安置在床榻上，轻叹一声，又走出门来。

杨伋问道："岳公子，不知你家侍女受的什么伤，怎么迟迟不醒？"

岳凌歌道："她是中了'青崖六友'的迷香奇毒，我却没解药。"

裘驷接口道："等明日我们吴先生到了，定有法子帮她解毒。"却听贺风馗道："日日都有明日，咱又如何能知吴重所言的'明日'，到底是哪一日？是去是留，还请帮主定夺。"

杨伋道："来都来了，多等一日，也没什么坏处。"

贺风馗道："就怕这一两日里燕寄羽突然改道，率三千弟子赶至，那就有些棘手了。"

叶凉走出屋门，神情怅然，目光却似清澈了许多，听到贺风馗此言，略一犹豫，道："燕山长他似乎……似乎未打算来临江集。"

杨伋奇道："叶兄如何得知？"

叶凉道："这是我在滁州听'青崖六友'说的，本来我答应了雷姑娘要保密，但、但此事涉及杨兄和你们乘锋帮的安危……"

杨伋赶忙道："多谢叶兄赐告，想来雷姑娘她是秋姑娘的好朋友，又与我乘锋帮一样要对付燕寄羽，必不会拦阻叶兄说出。"

叶凉道："嗯，我想也是如此。"顿了顿，继续道："我听他们所言，似已制订了一个极凌厉的计划，近几日只要燕山长来到临江集，那便再难生离；只是他们却担心燕寄羽另有行程，不会前来。"

杨伋心下微惊，贺风馗沉吟道："我已在沿途布下哨探，燕寄羽若率众大举来犯，咱们定能得到消息；若他孤身前来临江集，也必然不是咱们的对手，那'青崖六友'笃定他难以生离，多半是知晓咱们在此，意图借刀杀人。"

叶凉道："贺前辈所言甚是。不过据我所闻，他们似乎不仅有把握杀死燕山长，还有法子就此牵制住贵帮。我记得其中一人曾言：'为防燕寄羽死后，乘锋帮趁机独霸江湖，不得不出此下策……'"

杨仞一怔："出何下策？"

叶凉道："我也不知，他们还没全然信得过我，故而未曾详说。"

杨仞摇头笑道："这'青崖六友'想得挺美，我看恐怕是他们自己想独霸江湖。"想了想，又问道："倘若燕寄羽当真不来临江集，不知他们又作何计划，莫非是将我等的行踪泄露给燕寄羽吗？"

叶凉道："似乎不仅如此。我听那柳……我听他们其中一人说，燕山长对吴重似乎颇为忌惮，轻易不会亲至临江集，故而他们便让雷姑娘设法将她的师父戚前辈引到临江集，燕山长怕戚前辈丧命于此，多半会来相救……"

杨仞狐疑道："以燕鸟人的心性，当真会在意戚晚词的生死吗？我看却也未必。"

赵长希接口道："即便燕寄羽当真在意，难道雷姑娘竟会答应出卖自己的师父吗？"

叶凉神色微黯，道："当时我也劝雷姑娘不要答应，还与她争执起来，但她最后却……却还是答应了。"

乘锋帮众刀客听后颇觉不满，纷纷道："戚晚词若来这里，正好杀她报仇，你小子又何必多嘴劝阻？""不错，这小子实在可气。"

叶凉低头不语，杨仞瞥向方轻游，见他神色沉静，却无责怪叶凉之意。

贺风亶淡淡道："这位雷姑娘是做大事的人，叶兄弟，你与她相比起来，可是浅嫩得多了。"

叶凉轻叹道："是，当时雷姑娘谈及戚前辈，曾说'戚晚词是一枚好棋子，对燕寄羽是，对乘锋帮、对我们也是，可须得善加利用'……我听她这样说自己的师父，心里又害怕又替她难过，想来她定有迫不得已的苦衷吧。"说到后来，心绪微微激动，径自转身走去柴房。

杨彻眼望叶凉的背影，心下暗叹："真不知叶兄与雷姑娘之间，究竟会是什么结果……"只听身旁的秋剪水轻声道："雷姑娘绝非坏人，她不会亏待叶凉的。"

"嗯，"杨彻点头道，"盼是如此。"

贺风馗从旁端详秋剪水，正待开口，忽闻柴房门口叶凉讶声低呼："啊，屋里堆满了干柴。"

叶凉眼见柴房里几乎插不进脚，便反身走回院子中央，喃喃自语："吴重前辈砍了这么多柴，想来一定是个极勤快的人……"

赵长希闻言与游不净相顾莞尔，游不净道："看来叶兄弟离恢复记忆，还有些远……"

杨彻笑道："既然吴重为咱们备好了干柴，咱们也就不必客气了。"当即命帮众搬出干柴，在院中生起火堆。

众人观望天色，料想今夜不会再下雨，便从屋里找出几张竹席，铺在院中，又去山下酒馆买了酒肉，就此围坐在篝火边，把酒谈笑。

贺风馗看向秋剪水，忽道："今日得见秋姑娘的神异修为，实令贺某叹服。"

秋剪水语声轻细道："贺前辈过奖了。"

贺风馗又道："贺某有一事想请教秋姑娘，倘若燕寄羽当真来此，不知秋姑娘是否有把握胜过他？"

秋剪水一怔，道："这……"一时不答。

众人闻言均颇为好奇，在秋剪水之前，巴山烛照剑一派已经百余年无人修成"心照"之境，而秋剪水修成之后，几乎不曾与人争斗，武林中也无人知道她的修为究竟有多深，此际众人纷纷瞧向秋剪水，却听她低声道："……我也说不好，这总须打过才知。"

贺风馗沉思一阵，道："多谢秋姑娘相告。"

少顷，倏听院子外望风的刀客大声喝问——"来者何人？"众人起身瞧去，却见宁简与一名素裙女子缓步行来，宁简轻轻搀扶着那女子，举止颇为尊敬。

杨仞道："让她俩进来。"待两人走近，心中莫名一凛，那素裙女子三十来岁，眉目与严知雨颇像，只是眼神沉郁，似久经风霜。

杨仞当即拱手揖道："敢问可是秦芸前辈？"

那素裙女子微微颔首，院子里霎时寂静下来，赵长希与游不净、贺风馗虽是行走江湖多年的前辈，今夜却也都是初见秦芸，宁简见状便为秦芸引见众人。

秦芸敛裙施礼，赵长希等人瞧她气度郁郁庄静，颇有不凡之处，但观其眼神举止，武功修为却似平平。何轻生与裴驷相顾一眼，抢先上前还礼，何轻生笑呵呵道："秦姑娘，你可是已和我们吴先生成婚了吗？"

秦芸淡淡一笑，摇头道："'成婚'之说，只是周师兄……嗯，只是吴重师兄的戏言罢了，实无此事。"

杨仞心下微凛，多日前在沔州，众人遇到宁简，曾一起商讨推断摩云教"形使"吴重化名周固蛰伏简家之事，眼下听得秦芸的"口误"，此事应是证实了。

众人客套了几句，秦芸的目光落在了院子角落的燕海柱身上，神色似有些异样；杨仞见状笑道："燕老伯，这位秦前辈也曾在苏州简家久居，兴许你们两位以前见过。"

燕海柱打量秦芸一眼，神情迷惑："我可不记得这位姑娘。"

秦芸轻声道："燕老伯，你不记得我，我却认得你。你是简家的花匠，剪得一手好花木。"

"不错，不错，"燕海柱哈哈一笑，甚是得意，"要说修剪花木，可有许多讲究，比方说这花枝……"他吹嘘了几句，眼见没人爱听，又想到陷在这里迟迟不能回苏州，闷哼一声，独自进屋去了。

贺风馗倏而问道："我们本以为吴重与秦姑娘都会在这茅屋里，请问宁姑娘是如何遇到秦姑娘的？"

宁简随即讲述了吴重被李素微等人擒走的情形，又道："后来我解了穴，在屋里找到暗道下去，没走多久便见到了秦芸前辈，却是吴大叔让她暂时在密道里藏身。我怕李素微去而复返，进密道时便将入口处复原，而后和秦前辈多等了半日，才走出山脚下的密道出口，回到了这里。"

杨仞闻言暗忖："原来我只差半日，便能与许老头见面。"不禁颇有些惋惜。

宁简说完看了一眼秦芸，迟疑道："秦前辈，方才咱们上山时，我总觉似有个人远远地跟踪咱们，但停步观望，却又瞧不见一丝人影，也不知那人是何居心。"

贺风馗当即命乘锋帮刀客在茅屋周遭严加戒备；秦芸轻叹道："我大约能猜到那人是谁，我和他许多年未见面了，许是他一时……一时不敢见我。"

杨仞略一寻思，已知那人是谁，心想："弓魔果然尚未远离临江集。"随即好奇道："宁姑娘，那密道入口是在屋里何处？"

宁简道："在吴重睡觉的床榻下面。"

杨仞点点头，正待再问问柳空图的事，却听方轻游道："咱们还是请秦前辈先进屋去。"

"方兄所言极是，"岳凌歌立时接口道，"秦前辈，知雨她、她便在屋里……"言毕躬身在前引路。

秦芸神情微凝，进得屋门，一眼瞧见了躺在床榻上的严知雨，嘴唇轻颤，却说不出话来。

严知雨一直昏迷未醒，身上忽冷忽热，此际额上不断渗出细汗；燕海柱坐在床榻边，手持一块布帕，却正在为严知雨擦汗，脸色颇为亲切和蔼。

杨彻瞧在眼里，暗觉有趣："原来这老头也有不牢骚气闷的时候。"

燕海柱瞥见秦芸进屋，讪讪笑道："秦姑娘，你和这小丫头模样这般像，一定是她的娘亲吧？我瞧这丫头迷迷糊糊地躺着，怪可怜的……"

秦芸轻轻嗯了一声，道："多谢燕老伯。"

燕海柱摇头一笑，眼见众人纷纷进门，便道："我去瞧瞧那棵桂树。"说完径自走去院中。

秦芸怔怔然来到床榻前，岳凌歌从旁轻叹道："知雨她是被'青崖六友'迷倒，晚辈苦无解药，不知秦前辈可有法子将她救醒？"

秦芸握住严知雨的手腕，探查片刻，低声道："这似乎并非迷药，更像'山中刺'的某种功法……"

杨彻一凛，沉吟道："难道'青崖六友'之中，竟有'山中刺'的高手？"说话中瞥见叶凉的脸色，已知自己所言不错。

秦芸继续道："我功力浅薄，难以破解，等明日吴师兄回来，还需他施以援手。"

贺风道："可是吴重已被李素微擒走，难道明日还能回来吗？"

秦芸道："吴师兄既说了明日回来，那是一定会回来的。"

众人听她说得笃定，却都将信将疑，杨彻道："倘若吴重真有本事救治严姑娘，自也有本事从李素微手里逃脱，咱们等一日便是。"

秦芸低头凝望严知雨一阵，转身正对岳凌歌，忽而盈盈下拜，道："这些年来，多谢岳公子照料知雨，小女子感激万分。"

"万不敢当。"岳凌歌平素嬉皮笑脸，此际却长揖至地，语气极认真，"有负秦前辈所托，未能将知雨照顾周全，晚辈惶愧无地。"

秦芸轻轻摇头，道："岳公子言重了，你将她照顾得很好，而我只给她取了名字，却从没照看过她……"顿了顿，又道："我听说知雨她心思很单纯，那当真极好，我真怕她像她父亲那般心眼太多，谁也猜不出她想什么。"

杨彻听得好奇，心想："瞧那弓魔古怪阴狠有余，却似也算不上心眼很多，而且计算年岁，昔年张青与秦芸订婚之前，严姑娘便已出生……嗯，看来弓魔不是严姑娘的父亲。"

他颇想问问秦芸究竟是和谁生了严知雨，终觉太过唐突失礼，忽听何轻生大剌剌道："秦姑娘，贫道冒昧请教，不知令嫒的父亲是谁，莫非便是我们吴先生吗？"

宁简立时侧目瞪向何轻生，似责怪他多嘴。秦芸闻言怔了怔，道："自然不是。"

杨仞见秦芸神情怅涩，细思她方才所言，心弦倏动，暗忖："严姑娘，严，燕……严知雨，燕小雨……"霎时明白过来，脱口道——

"严姑娘的父亲竟是燕寄羽？"

十二

众人相顾惊凛，各自寻思起来，这"严""燕"二字谐音，而燕寄羽本名燕小雨，也算出身于简家，多日前燕海柱提及，燕寄羽亦曾回苏州探望过父亲，确有时机与秦芸接触相识；一时间众人都不作声，只等秦芸作答。

秦芸出神片刻，凄然一笑，低声道："杨帮主真是聪明。"

此言无异于承认，众人神情震惊，都望向秦芸。

宁简疑惑道："这、这怎会如此，秦前辈，你这究竟是为何？"眼见秦芸静默不语，心念飞转："秦前辈当年定是以生病或归家省亲为由，偷偷将女儿生下，却又不愿泄露严姑娘生父的身份，故而给严姑娘取了假名，难道……难道竟是燕寄羽强迫于她？不对，若是强迫，她绝不会给女儿如此取名。"想到这里，不禁微微蹙眉，只在心中反复默念"严知雨"这个名字，愈觉悯然。

秦芸侧头避开众人目光，忽而幽幽一叹，道："我与燕……燕山长之间，其实并无情意，当年却是有别的缘由，总之铸成此错。"

宁简闻言心想："想是严姑娘出生之后，又过了几年，秦前辈才与张青相恋，多半她当时已决心要和张青相守一生，却不料张青又成了弓魔……"

秋剪水想到自己的师姐郁剪寒，心中一阵气苦，郁师姐钟情于燕寄羽，至死未嫁，却不料燕寄羽竟还与别的女子生下了孩子，方才秦芸虽说与燕寄羽并无情意，但若真是这样，她又怎会给自己女儿取名"知雨"；转念之际，与杨仞温和凝定的目光一触，轻轻吁了口气，心绪稍缓，又想："师姐一生郁郁寡欢，只盼她在九泉之下能忘却烦忧。"

贺风尵忽道："秦姑娘，请恕贺某直言，昔年燕寄羽接近你，多半只是为了套取'意劲'的秘密吧？"

众人想起多日前燕寄羽在洞庭湖上曾言，秦芸与"意劲"牵连极深，均觉贺风尵此言颇有道理；秦芸涩然一笑，只道："过去的事，我实是不想再提了。"

贺风尵颔首道："秦姑娘的私事，我等确是不该多问，失礼莫怪。"说完望了杨仞一眼，欲言又止，目光中似别有意味。

杨仞心知贺风尵是想说，如今燕寄羽的亲人已尽数落到乘锋帮手里，可须得好好利用；两人对视一瞬，杨仞心头涌起一阵不舒服，却听贺风尵淡淡道："只是如此说来，那燕海柱也是严姑娘的亲人了，不知帮主是否打算将此事告诉他？"

杨仞一怔，看向秦芸；众人闻言均想："怪不得秦芸乍见燕海柱时，神色颇有异样，方才燕海柱没来由地对严知雨关怀亲切，多半也是因为心中隐有所感。"

秦芸略作犹豫，低眉道："既然燕老伯在此，若不让祖孙相认，终究有悖人伦。便请杨帮主告诉他老人家吧。"

杨仞点头答应，当即走到门口，叫燕海柱回屋；燕海柱从柴房里找到一把斧头，正自兴致勃勃地修剪院中桂树，闻声不耐烦地走进屋，道:"小兄弟,你叫我作甚,莫非是答应放我回苏州了?"

杨彻径直将严知雨的身份说出,燕海柱又惊又喜,颤声道:"当真?"说话中随手丢了斧头,奔到床榻边打量了一阵,点头道:"像,真像!我早便觉得这丫头的眉毛像我家小雨……"

众人哑然失笑,严知雨的柳叶眉神似秦芸,与燕寄羽的眉毛颇不一样,可是耳听燕海柱絮絮叨叨,几乎将严知雨说成和燕寄羽一模一样,倒也不便反驳。

燕海柱突然回过身来,目视杨彻道:"小兄弟,我不回苏州了。"

杨彻吓了一跳,道:"燕老头,你欢喜得疯了?"

燕海柱摇头道:"我没疯,我要跟着你们,我得照顾我孙女,她眼下生了重病,可不能没有亲人照顾……"

杨彻听他说得坚决,苦笑道:"严姑娘未必会与我们同行,这得看秦前辈和岳公子的意思。"

岳凌歌眼珠一转,只道:"此事等咱们离开临江集时再议不迟。"叹了口气,又道:"当年秦前辈设法将知雨寄养到渝州严家,既能遮掩身份,又可学得严家软剑防身,后来严家出了内乱,危及知雨性命,秦前辈又托付我将知雨救走……我本来自忖足以保护好知雨,却终究本事不够,让她吃了不少苦头……"

秦芸道:"岳公子不必自责,江湖风波本多,这绝非你的过错。"

燕海柱听得一知半解,却冲着岳凌歌大声道:"你这人亏待我孙女,着实可恶!"

岳凌歌也不反驳,只躬身赔礼道:"燕老伯教训得是。"

燕海柱还待再骂,一名乘锋帮刀客快步奔进院中,走到门前禀道:"有个货郎上山来了,瞧步法似乎武功不低。"

杨彻皱眉道:"多半是温蔚,上次在岳州让他跑了,难道他竟敢来送死?"

贺风馗吩咐那刀客:"让他过来,莫要拦截,且看他意欲何为。"

那刀客领命而去，众人走到院中等候，不多时果然望见温蔚挑着货担远远行来。

温蔚走到离院子二三十丈处便即停步，朗声道："杨帮主、诸位好汉，温某此来是想和你们做一笔买卖，不知可否？"

杨仞笑道："你要做买卖，怎不走近些？"

温蔚道："温某一片诚心，只是怕诸位误会了温某，突然动起手来，还是站远些说话为妥。"说完见杨仞并不接口，便继续道："为表诚心，温某先将一个要紧消息告知诸位，分文不收可好？"

"那自然好，"杨仞哈哈一笑，"在下洗耳恭听。"

温蔚语气郑重道："再过两三日，贵帮的大仇人戚晚词便到临江集了。"

杨仞一怔，心想："看来雷姑娘果真将她师父引来了……"只听贺风尬沉声接口道："温楼主，此消息我们早就知道了。即便戚晚词将她织星剑一派的两百门徒尽数带来，只怕也不是我帮的对手。"

温蔚笑呵呵道："还是贺兄会做生意。那我再附赠几句，戚晚词可不是只带了自己的门徒，还有别派高手帮她，譬如神泉寨掌门田桑榆、柳家家主柳鹰，此事贺兄不会也早知道吧？"

贺风尬脸色依旧淡漠，却不接口。叶凉听见田桑榆与柳鹰的名字，心中犹豫，欲言又止。

温蔚继续道："看来贺兄对这消息还算满意，那温某也不废话了，此次是想将一个人卖与诸位，不知诸位愿不愿买？"言毕揭开了货担的盖子——

众人凝目瞧去，但见竹筐里蜷缩着一人，双目紧闭，也不知是生是死；宁简不自禁地上前几步，颤声道："……陈彻！"

温蔚微笑道："不错，正是这位陈兄弟，温某要价不高，诸位是一定付得起的……"

宁简不待他说完，脚尖微转，便要掠近将陈彻救下，温蔚目光闪烁，手中扁棍末梢触在陈彻额上，摇头道："宁姑娘，你还是别轻举妄动,否则活的变成死的,这货物就不值钱了。"

陈彻被扁棍一碰,身躯微晃,歪了歪头,仍闭着双目。

宁简顿步冷冷瞪视温蔚,一时无策,但知陈彻还活着,略松了口气,凝神望向竹筐中:陈彻双手抱膝,身形蜷曲,在远处瞧去宛如孩童一般,仿佛又变回了初相识时的那个小乞丐。她瞧着瞧着,心中莫名一疼。

忽听岳凌歌道:"我看陈兄弟似昏似睡,手足松软,像服食了大量蘋草所致。"

杨仞恍然暗忖:"嗯,以温蔚的武功,若不下药用毒,自也不是陈兄的对手。"

温蔚笑道:"岳公子慧眼,温某向来佩服,只是不知岳公子身为正气长锋阁的阁主,为何却与乘锋帮的刀客混迹一处,难道不怕燕山长怪罪吗?"

岳凌歌淡然道:"我不过是偶遇杨帮主等人罢了,倒是温楼主擒住陈兄弟这位青锋令使,难道是要从此与正气长锋阁决裂吗?"

温蔚微笑道:"岳公子,有些心思,你我彼此彼此,谁也不必再笑话谁,只盼你稍后多劝劝杨帮主,助温某做成这笔生意,温某感激不尽。"

杨仞道:"温蔚,你到底想要什么价钱?"

温蔚正色道:"杨帮主,你们乘锋帮敢与燕山长为敌,说实话温某心底倒也有几分佩服,今日我便将陈兄弟交给贵帮,只请贵帮从此莫要为难温某,无论日后贵帮与燕山长之间谁胜谁败,温某置身事外,绝不插手。"

杨仞一怔,哈哈笑道:"温蔚,你是怕我打败燕寄羽之后找你算后账,便想先用陈彻换一张保命符吗?"

温蔚面色坦然道:"温某确也只有这个小小的请求罢了,这武林中的乱局,温某是越来越看不透了,还是明哲保身为妥。"

杨仞嗤笑一声，却不置可否。温蔚目视宁简，又道："宁姑娘，今日我放还陈彻，也请你以后不得为难温某，可好？"

宁简素来是有仇必报的性子，既知温蔚欺负陈彻，心里颇为气恼，但眼下自当以救回陈彻为重，冷哼道："你多行不义，只怕也用不着我为难你。"说完不再理会温蔚，瞥向杨仞，却有些拿不准他是否愿意答应。

杨仞在肃州道观里曾得陈彻相救，后来又参习了陈彻所写的刀谱，亦想将其救回，他打心眼儿里瞧不上温蔚，自也不是非杀温蔚不可，只是他的"乘锋十九式"里有"飞锋"一式，可掷刀伤敌，若此刻使出，多半能瞬息重创温蔚，只是终究称不上十拿九稳，一时间犹豫不语。

宁简静默片刻，忽道："杨仞……便算我欠你一份恩情如何？"

杨仞一怔，心想："难得她如此傲气之人，能说出这般话来。"当即拱手道："宁姑娘言重了，先前在肃州承宁姑娘相救，在下铭感于内。"

温蔚笑呵呵接口道："那么杨帮主是答应温某了？"

杨仞道："只要你不助燕寄羽，不再犯奸作恶，老子也懒得难为你。"不待温蔚开口，又道："你留下蒎草的解药，这便滚下山去吧。"

温蔚苦笑一声，道："多谢杨帮主。"从衣襟内取出一个瓷瓶，放在竹筐旁边，径自挑着另一只竹筐快步离去。

宁简身影闪动，疾掠过去，但见陈彻闭目垂头，面黄肌瘦，这些时日里真不知吃了多少苦头，她俯身捡起瓷瓶，鼻尖微酸，险些落下泪来，方从瓶中倒出几粒丹药，忽然身侧传来了轻轻的鼾声。

宁简踢了一脚竹筐，道："还睡？"

陈彻微微睁眼，瞧见宁简，当即便想站起，只是手足酥软，无可奈何；岳凌歌曾听温歧讲说过蒎草的用法、解法，从旁道："解药吃上五粒，总也够了。"

宁简料想温蔚惧怕乘锋帮报复，绝不敢给假药，当即喂陈彻服下五粒丹丸。不多时，陈彻便从竹筐里跃出，闷声道："主人。"

宁简道："跟我来。"转身领着陈彻进了篱笆院，让他在桂树下坐了，又找来一些酒肉。

众人面面相觑，眼看着陈彻吃喝了好一阵子；贺风馗客气道："陈兄弟，若不够吃，我再命人去买。"

陈彻道："多谢，那就去买吧。"

贺风馗一怔，随即摆了摆手，便有帮众飞奔下山而去。岳凌歌从旁打量着陈彻，好奇道："我本以为修成'意劲'之人便不惧蘋草之毒，去年在青石镇外，那江海余便是如此；却没想到陈兄弟仍会被蘋草所制。"

秦芸听到"江海余"三字，神情微黯，却只轻声道："每个人所领悟的'意劲'都不一样，与各人的天资心性相关。"

众人等着陈彻吃饱喝足，问起他被擒的经过，陈彻起身打个饱嗝，讲述起来：

多日前在洞庭湖上，他不愿眼睁睁看着留影舫沉没，便独自返回城中的碧湖轩，刚踏入所居的偏院，便见温蔚鬼鬼祟祟地与一个青衫人凑得极近，正在院子角落低语，瞥见陈彻后，立时闪身进房去了；而后陈彻便回自己的房间睡觉。

杨彻听到这里，奇道："你既撞见温蔚鬼鬼祟祟，难道接下来不该去查探个究竟吗？"

陈彻道："那太麻烦了，会耽误我睡觉。"

杨彻闻言挠了挠头，只道："……嗯，那不知后来如何？"

陈彻想了想，却转口道："我被擒的这些天里，想清楚了一件事，我想先说出来。"说完见众人神情疑惑，便又道："早晚是要说的，拖得越久越麻烦，我便懒得拖了。"

杨彻点头道："陈兄请讲。"

陈彻却看向宁简，道："主人，我做你的仆从，已满五年了吗？"

宁简一怔，道："不错，咱们本来约好，做四年的主仆，此外你每求我一件事，便须在我身边多留一年；去年春在青石镇上，你曾求我救治韩昂，这便又多出一年，到如今也满五年了。"

陈彻嗯了一声。两人对视片刻，陈彻忽道："我想求你一百件事。"

十三

众人闻言均吃了一惊，随即有人怪声干咳，有人嬉皮笑脸，也有人佯作未闻，与身旁的人谈起了别的；杨礽哈哈大笑，道："陈兄，我真是愈发佩服你了。"说完眼见周遭无人说话，挠了挠头，也不再多言。

宁简双颊飞红，心中阵阵慌乱，只听陈彻又道："是……是我说得不够清楚吗？那我重说一次。"

宁简道："你说得够清楚了，也不必重说了。"

陈彻道："嗯，那你答应我吗？"

宁简轻轻吁了口气，凝视陈彻片刻，忽而冷笑道："陈彻，你可长本事了，敢这般和我说话。"

陈彻也不躲避宁简的目光，语声颇为沉静："若不这般说，若不在此刻说，我怕我以后再也不敢说了。"

宁简微怔，这些时日里，她极为牵挂陈彻的安危，几乎从未想到过柳续，可是今夜陈彻猝然将此事挑明，她却也难以顷刻间便明确自己的心意，她本想板着脸教训陈彻一顿，但念及他这番直抒胸臆的话语，心中也不禁感动，神色缓和下来，迟迟不语。

陈彻轻声道："主人，你……"

宁简眼瞧他目不转睛地看着自己，眼睛无比清亮，似乎眼神深处燃起了一抹光芒，将他积存多年的困意照彻驱散，那光芒固执而澄澈，仿佛将恒久燃烧下去。一瞬间她听到一声轻响从不知名的地方传来，像有一颗石子投入了湖水深处，在湖面荡开涟漪；几乎同时，她听见那声轻响的回音，从她心里发出。

陈彻说到这里，蓦然见宁简眸光轻颤，便不再说下去，只等她开口。

赵长希与游不净相顾一眼，均想："陈兄弟终究是少年心性，此等私事，如何能在众目睽睽之下说出，却叫姑娘家如何回答？"

游不净轻咳一声，道："陈兄弟，方才你还没讲明白你究竟怎么被擒的，还请继续为我等解惑，至于……至于其余的事，不妨另寻时间，从长计议。"

陈彻略一沉默，道："好。"径自叙说："那日我回房睡觉，睡醒时已快天亮……"

杨仞瞥见陈彻边说边舒展手指，指节不知何时已捏得发白，恍然心想："……原来陈兄刚才也极紧张。"

陈彻道："我走到院中，撞见几个客栈伙计端着食盒与酒壶从我身前经过，嘴里不停牢骚抱怨，似乎温蔚与那青衫人在房中喝了一夜的酒，这些伙计伺候得很是疲累……"

"我本来没去在意，忽听有个店小二说：'那个姓简的公子最是挑剔，一会儿嫌酒凉，一会儿说菜肴不够精美，哼哼，整个岳州城里他也找不到第二家比咱们店里菜色更好的……'"

"姓简的公子？"宁简蹙眉道，"简景兮年纪尚小，难道竟是简青兮来岳州了？"

"不是。"陈彻说话中与宁简目光交汇，两人神色都微微异样，陈彻继续道，"我当时听得惊疑，拦住那几个店伙计，细问了那青衫人的年龄样貌……那人是简青兮无疑。"

众人闻言顿凛，杨仞皱眉道："简青兮不是被囚禁在华山吗？"他曾听叶凉说过弓魔从华山脱困之事，转头看向叶凉，问道："叶兄，到底燕寄羽这鸟人故意放脱了几个人？"

叶凉神情也颇震惊，道："我本也以为只有江前辈一人……"

众人商议片刻，均想不通燕寄羽为何要放脱这两人，也不知是否还有别的掌门被他放了；赵长希道："燕寄羽的父亲是简家的花匠，莫非他是看在这份情面上，才放走了简青兮？"

贺风馗道："此事恐怕大有蹊跷。陈兄弟，你先接着讲吧。"

陈彻道："后来我就闯入温蔚所居的客房，房里还点着灯烛，却空无一人；我在房中搜查了一阵，忽觉周身酸软，很快便跌倒不能动弹……"

杨彻奇道："这是为何？"

陈彻道："房中的蜡烛里掺了蓣草粉末，我吸入了蜡烛燃出的烟气，便被迷倒了。"

宁简心弦微动，瞪向岳凌歌，冷声道："去年在青石老店，你便想用这法子将众人迷倒，却是被薛秋声看破……岳公子，这法子是不是你教给温蔚的？"

"冤枉，冤枉！"岳凌歌连连摇手道，"我在青石镇与陈兄弟一见如故，去年陈兄弟做青锋令使还是我率先提议的，我又怎会坑害陈兄弟？"

"最好如此。"宁简转回头道，"陈彻，后来呢？"

陈彻道："我倒在地上，这才明白那几个店伙计是温蔚与简青兮安排好的。不多时，温蔚便回到房里将我擒住，我问他简青兮在哪儿，他也不答。"

陈彻说，自那日起，他便被温蔚带着一路北上，温蔚似乎有意避开乘锋帮与停云书院这两伙人，专走崎岖小路。温蔚对陈彻的修为似乎颇为忌惮，生怕蓣草的药性不够压制他的"意劲"，每日正午都逼迫他服食一大碗蓣草粉末沏成的药水。

陈彻本就爱犯困，每天里吃了蓣草便睡，对他倒也不算什么。有时不到正午，他便向温蔚索要蓣草来吃，温蔚惊疑不定，问他为何如此，是否心存诡计。他道："我现下便想睡觉，等到中午你催我吃蓣草时，不免将我吵醒，不如先吃了省事。"

温蔚愕然无语，只道："你老老实实，别给我生事就好。"他心知陈彻身份不一般，正所谓奇货可居，本没打算这么快便将陈彻"卖给"乘锋帮，但途中他探得消息，方白近日里也正四处打探陈彻的行踪，他深知方白的能耐，不得不赶在方白找来之前将这"奇货"脱手，这才急匆匆来到临江集。

"原来如此。"杨仞听完颔首道，"他娘的，方才便该拦下温蔚，问问他简青芩的事。"

话音刚落，便听远处有人呼喊道——"杨帮主！诸位好汉！"听嗓音竟似是温蔚又从山下跑回来了。

杨仞一怔："他怎知我有话要问他……"

众人面面相觑，纷纷走出院子，但见夜色中两道人影一追一逃，奔上山来，前边那人兀自挑着货担，正是温蔚，跟跄跑出几步，似骤然中了一击，扑通摔倒；后面那人追近了将温蔚揪起，赫然却是江海余。

江海余拎着温蔚走向众人，不知为何，却越走越慢，忽道："……秦师妹，你当真还活着？"语声闷哑，宛如一面老鼓。

——在江海余嗓音响起的一瞬里，人群中的秦芸倏忽背过身去；众人一愣，转头望向她，也不知她是自觉无颜面见弓魔，还是不忍心见他。

江海余望着篱笆院门口层层叠叠的人影，目光却仿佛穿透了人群，落在那道素裙绾髻、清瘦落寞的背影上。

"秦师妹，当真是你吗？

"这些年来，我本以为只有周师兄欺瞒过我……他将你的珠钗给了我，我本以为那是你的遗物……"

杨仞闻声一怔，心想："原来弓魔也有这般轻柔说话的时候……嗯，弓魔一直不知秦芸未死，多半也不知严姑娘的父亲是谁……"回头望去，秦芸的身姿被众刀客挡住，料想江海余是断然瞧不见的，可是听他语声，却似正对着眼前不远处的一人温言细语。

"先前在山脚下，我远远地跟着你，不敢靠近。我怕走近了瞧得清楚,却又不是你,我只能躲起来,望着你上山去了……可是我遇到这货郎,他却告诉我,那确然是你;一句话之间,这货郎已成为我平生最恨之人,因为他的话语,我不得不上山来,再也没法躲避下去……

"倘若你不是秦师妹,这货郎竟敢骗我,我立时便杀了他;倘若你真是秦师妹,那太好了,太好了,你还活着,我多少次梦见你还活着!但我也要立时杀了这货郎,因为他那一句真话,厉害过世间所有风雨和刀剑,已然先将我杀死……"

众人听着江海余言辞有些疯癫倒乱,面面相觑,不少人念及他平生遭遇,心中也不禁恻然;忽闻木门掩闭之声,却是秦芸头也不回地快步进屋去了。

"秦师妹,你我都还活着,那不是好得很吗?"江海余笑了笑,眼中落下泪来。

此际温蔚已吓得魂飞魄散,急声道:"杨帮主救我!咱们、咱们先前说好了的,诸位好汉快快相救温某……"

"温老兄此言差矣,"杨仞摇头道,"先前那笔买卖,我只答应不难为你,可没说还要救护你的性命,你就自认倒霉吧。"

话音未落,身侧倏然飘过一道人影,却是叶凉手握短剑,疾掠向江海余。

众人的惊呼声中,叶凉已在江海余身前站定,道:"江前辈,你别再杀人了。"

江海余瞟向叶凉,漠声道:"小娃娃,你仗着是吴重的徒弟,便以为我不会杀你吗?"

叶凉瞧见他红通通的双目,心下微寒,却仍是认真说道:"我便是死,也要阻你杀人。"

"叶兄弟,多谢你……"温蔚满脸感激,心底却犯嘀咕,也不知叶凉是否有能耐从弓魔手中救下自己,扭头看着江海余,又赔笑道,"江兄,冤有头债有主,当年是吴重、秦芸这对狗男女欺瞒了你,可与我无关……"

杨刃听得皱眉,心说:"温老兄这般说话,那不是找死吗……"

温蔚言毕便见江海余目光一寒,禁不住浑身一哆嗦,心知命在顷刻,脱口道:"江兄,你绝不能杀我!因为,因为……"说到后面,却"因为"不出来了。

江海余斜觑温蔚,冷笑一声,便待发劲将他击死;温蔚心念电转,想到弓魔曾言无论这女子是不是秦芸,他都要杀死自己,实在无法可施,情急中胡乱道:"因为她、她既是秦芸,又不是秦芸!"

众人闻言暗自摇头,均觉温蔚语无伦次,堕了一派掌门的尊严;然而江海余却神情微震,喃喃道:"不错,不错,你说得很有道理……"随手将温蔚远远掷出,再不看他一眼。

叶凉怔了怔,但见江海余似不会再杀温蔚,暗自松了口气,收起短剑。

江海余望着月下的篱笆院落和茅屋,目光缓抬,忽道:"落月满屋檐,犹记照颜色。这么多年了,天上的月亮竟一点也没变。

"但这月亮下面,人世间却匆匆变幻,落得满目疮痍。

"秦师妹早不在月下了,我也不再是张青,谁又能知,屋里那女子是不是秦师妹?"

众人一时静默,何轻生与裘驷相顾一眼,裘驷悄声道:"看来弓魔是真疯了,秦姑娘不是刚进屋吗,怎么能说'早不在月下'……"

叶凉瞧着江海余,心绪怅涩,却不知该说些什么。

江海余淡淡看他一眼,道:"小娃娃,你要么杀死我,要么便莫挡着我看月亮。"说完径自坐在地上。

叶凉一惊,道:"你、你不走吗?"他心知身后乘锋帮诸人虎视眈眈,既见江海余放过了温蔚,终究不忍让他今夜死在这里。

江海余道:"我已走到了尽头,再没别的去处了。"

叶凉道:"江前辈,你……"未及说完,屋里遥遥传出秦芸的语声——"叶凉,你是吴师兄的徒儿吗,请进屋一叙。"

叶凉一愣,瞥见江海余仰望夜空,恍若未闻,一袭红袍在夜风里轻轻摇颤。

贺风馗眼看江海余落魄失神、斗志浑无,低声道:"帮主,可要趁此机会为武林除掉弓魔?"

杨仞沉吟片刻,刚要开口,倏听屋里秦芸又道:"杨帮主,我也有些要紧事想说与诸位,请诸位一起进屋来可好?"

杨仞心中微动:"秦前辈忽出此言,是不想让我们杀死弓魔吗……"念及燕寄羽在洞庭湖上所言,又想:"燕鸟人对秦芸如此看重,她既说是'要紧事',多半涉及什么重大的武林隐秘,不可不听。"思忖之际,与贺风馗对视,贺风馗道:"帮主,我带众兄弟守在这里,你们先进屋去,且看秦芸说什么。"

杨仞点头道:"贺前辈多加小心。"随即与秋剪水、方轻游、赵长希等人转身走回院中。

叶凉跟随在后,进屋前回望一眼:江海余兀自远远坐着,面目隐约难辨,头上珠钗在月色中泛出微光,宛如一枚小小的、孤零零的月亮。

屋里,秦芸正坐在床榻边照看严知雨。杨仞拱手道:"秦前辈,不知你有何……"说到这里,忽见秦芸眼睛发红,似刚哭过,不禁说不下去了。

秦芸起身道:"杨帮主,你们乘锋帮来到临江集,是为了寻我吗?"

"正是如此。"杨仞也不隐瞒,径直道,"我们得知燕寄羽急于找寻秦前辈,便想着若能抢先见到秦前辈,一则保护秦前辈不落入燕寄羽手中,二则或能得到秦前辈指点,领悟到击败燕寄羽的方法。"

秦芸颔首道:"既然如此,杨帮主一定有许多事想要问我,是吗?"

杨仞道:"不错,只盼秦前辈能不吝赐教。"

秦芸轻声道:"有些事我曾立誓终生保密,有些事我已不愿再提,但也有些事,我自当实言相告。不知杨帮主想问什么?"

杨仞听她说得坦然，短时倒不知从何问起了，忽听秋剪水道："请教秦前辈，世上真有人能将自身内力尽数传给他人吗？"

杨仞一怔，心知秋剪水牵挂自己内功的隐患，当即接口将柳空图传功一事说出。

秦芸道："此事我亦曾听吴师兄说起。"

杨仞道："可是今日我与弓……与那江海余交手时，浑身内力却突然消失了，过了一阵才恢复，实在令我百思不解。"

秦芸沉静片刻，道："此事我确知其中缘由。"

杨仞与秋剪水相视一眼，均感惊喜，只听秦芸又道："但要说清楚此事，须得先知晓'意劲'的秘密。"

杨仞闻言一凛，心想："许老头传给我的分明是内力，怎么又牵扯到'意劲'了？"此次他寻到秦芸，最想问的便是"意劲"相关之事，未承想她自己先提起，赶忙道："原来如此，晚辈在岳州听燕寄羽说，当初若非秦前辈，世间便无'意劲'，也就不会有刀宗横空出世。"

"他这般说吗……"秦芸惘然轻笑，低眉道，"不错，当年确是我将一个隐秘的关窍告知了刀宗，他才能创出'意劲'。"

屋里一时寂静，众人心弦收紧，但见杨仞拱手正色道："请秦前辈详说，我等感激不尽。"

秦芸敛裙还礼，道："杨帮主不必客气，我这便将当年说与刀宗的秘密，也告诉你们。"

十四

众人不由得屏息凝神，心知稍后听到的或许便是武林中最大的秘密，但见秦芸目露凝思之色，似在斟酌该如何讲起。

秦芸转头瞧向秋剪水，道："秋姑娘，方才我说到'传功'一事与

'意劲'相关时，你神情异样，似有所悟，是吗？"

秋剪水曾看过两封刀宗书信之一，数月来对体内隐约萌生的那一丝"意劲"体悟颇深，这才能将其与"心照"境相融，闻言微微颔首："晚辈确是有了一个猜测，只是恐怕不对。"

秦芸道："秋姑娘但讲无妨。"

秋剪水思忖片刻，道："据我猜想，'意劲'就是内力。"

"这……"众人相顾错愕，心中均不以为然。

宁简迟疑道："且不说刀宗'天地朝夕'之神异，我曾在春山脚下目睹摩云教'影使'施展意劲，竟似能从阴影中借力，这般匪夷所思的招法，又如何能靠内力使出？"

叶凉看了一眼方轻游，亦道："去年我和方大哥在树林中交手，方大哥的'意劲''浮光'能以刀光伤人，这似乎也并非用内力能做到的……"

一时间屋里低语纷纷，杨彻耳听诸人反驳秋剪水，心下不喜，朗声道："究竟如何，咱们还是听秦前辈讲说。"

秦芸凝视秋剪水，眼神中却似有赞赏之意，转头环顾众人，道："其实秋姑娘所言虽不中，亦相差不远。诸位觉得诧异，并非是因不懂'意劲'，反倒是对'内力'思悟不深之故。"

杨彻皱眉道："内力？"

秦芸道："不错，杨帮主不妨试想，倘若一个人能活千年万年，持续修炼积累内力，将会如何？"

杨彻道："千万年的内功修为吗，那自是极为浑厚，浑厚之极了……"

秦芸点头道："那么诸位觉得，假使一个人当真身具万年修为，内力浑厚无比，是否便能一掌扫平昆仑山，荡尽东海水？"

众人一怔，虽知万年内功自是深厚到骇人听闻的地步，但人力有时而穷，若说能摧山移海，只怕终究做不到。

游不净沉吟道："一个人的精神气力，难免会随着年龄增长而日渐衰减，这不是勤修苦练能克服的，但若真有人永远不衰不老，练上一千年、一万年的内功，究竟会如何，那自当另说……可是人寿有限，此事只怕永远也难知答案。"

秦芸道："要知答案，也不必非要活上千年万年。"顿了顿，继续道——

"这答案，便是'意劲'。

"一个人若能将内功持续不断地修炼下去，千万年后，虽不能力摧山海，却能从影中借力，以刀光伤敌，亦能施展出'天地朝夕''天风萦回'这般神妙超绝的武学招式——

"内力是'蛹'，'意劲'是'蝶'，'意劲'的诞生，便是内力积叠到某种地步之后的'蝶变'。"

众人震惊不已，屋里沉默片刻，何轻生挠头问道："可既然无人能活千年万年，这答案又是如何得出的？"

秦芸轻声叙说："天下内功繁多，各派都有各自的心法诀窍，但所修炼出来的'内力'，却都是同源同质之物。"

赵长希颔首道："不错，贫道修习'空游诀'多年，对武林中其他内功也略有了解，随着功力渐深，越来越觉得内功心法实与外门招式一样，均是表象；武学一途，说到底不过是'厚积薄发，灵心运用'而已。"

屋里诸人多是武学行家，闻言纷纷点头，均觉颇有道理。

"道长见识高明，所言极是。"秦芸继续道，"这武林之中，每个人的内力看似彼此隔绝，孤存于各自体内，蔓散在天地之间，但因所有内力本是同质同源之物，故而天下的内力在深处却是联系在一起的，就恍若……天地也有一处丹田。"

"这便是多年之前，我告诉刀宗的那个隐秘的关窍。

"方才秋姑娘说'意劲就是内力'，此言不能算错，但确切说来，'意劲'其实是一种'联结'，是一个人联结所有人的内力，仿佛与天地的丹田接通。

"所谓'意劲',便是'意动天下内劲'。"

众人听完良久无言,均觉神魂深处轻颤不绝,各自沉思起来。

杨仞与秋剪水对视一眼,心中蓦然闪过一幅图景——

世上武者的内力深深浅浅,行走各地,就像星星点点的烛火,有的蜡烛光焰明亮,有的蜡烛则只有微小的火苗,但他们不知道,所有蜡烛的烛芯都在他们看不见的地方纠绕合一:天地宛如烛台。

"这便是'意劲'的真相,也即是……内力的真相。"秦芸低眉敛目,轻轻一叹。

杨仞喃喃道:"原来如此,倘若一个人联结了万名高手的内力,运使起来,便如同自己修炼了万年内功一般……"

何轻生咋舌道:"怪不得方兄弟、陈兄弟年纪轻轻便能修成'意劲',我本以为他们是活过千年的老妖怪呢,没想到竟会是这般道理。"

秦芸神情微怅,道:"知晓了其中道理,距离创建自身与天下内力的联结、真正修成'意劲',还相隔甚遥;而从创出'意劲'到写下能让他人领悟'意劲'的书信,其中又有许多难关……刀宗实是千载难逢的奇才,不愧是天下一人。"

众人默想刀宗当年神采,又念及他身死春山,心中感慨叹惋。忽听裘驷道:"秦姑娘,我有一事不懂,倘若一个人修成'意劲',借用别人的内劲施展诸般神奇武学之时,难道别人内力减少了,却毫无觉察吗?"

秦芸道:"修成'意劲'只是与天下内劲建立了联结,但各人天资心性不同,所能承受和运使的内力也有各自的极限;'意劲'施展之际,往往只是从天下每个武人身上抽走了一丝内力,便连十成中的半成也不到,故而被借劲之人是极难察觉的……但即便每人只被借走一丝,汇聚到一个人身上,也是超过数百年的修为了。"

杨仞闻言微凛,隐隐想到了什么,只听秦芸又道:"千百年来,天下武人生死交替,如今世间内力的总量究竟是增是减,恐怕谁也不知;

倘若修成'意劲'之人越来越多，'意劲'施展愈发频繁，迟早有一天，亦会有越来越多的武人察觉到自身内力的减损。"

秦芸说着看向杨仞，道："杨帮主，你所遭遇的内力骤失之事，亦与此相关：柳老山长传功的法门，实是'意劲'的雏形，不同于'意劲'与所有人的内力联结，柳老山长却只是在你和他两人之间缔结了这种联系，故而你能借用他八十年的内功修为，但当他自己动用全部内力与人交战时，你便无力可借了。"

杨仞心下恍悟，惊诧暗忖："……看来老子要当天下第一高手，一须祈求许老头长命不死，二须他自己少用内力，他娘的，这可麻烦得很了。"

秋剪水忽道："我记得燕山长在春雪镇上曾说，摩云教的教徒人人都会'意劲'，想来他们所使的功法，也都只是'意劲'的雏形了？"

秦芸颔首道："不错，摩云教的'意劲'与天下内力结成的联系极为微弱；但即便如此，十多年前数万名摩云教教徒死伤殆尽之后，中原各派武人的内功修为其实都有所提升，只是各派未必知晓其中缘由，只当是自己勤修有成，或是天资颖悟罢了。"

赵长希叹道："没想到竟是这样。今日宁姑娘提及贫道的师弟李素微修成了'空游诀'第九重，想来那也是'意劲'雏形的一种吧。"

秦芸点了点头，道："除此之外，'竹声新月'能扰动敌人'意劲'的联结，使其反制自身；无颜崖的心法'半日红妆'，以及其他能短时激增自身内力的功法，则都是与所谓的天地丹田短暂联结，粗具雏形罢了。"

杨仞心思飞转，接口道："既然天下内力相连，回想吴重那般神异的传音之法，定然也是借助于此了，而方兄能自废'意劲'，便是切断了这种联结之故……"

屋里沉寂下去，众人心头阵阵战栗，既觉豁然开朗，却又不自禁地惶惑起来；陈彻默然在旁犯困，听到杨仞提及"吴重"，忽而想起一事，道："主人，你可还记得吴重在春山峰顶上所说的话吗？"

宁简一怔："什么话？"

陈彻道："当时柳续前辈猜到杀刀宗的原因或与'意劲'相关，吴重口出戏言，夸赞柳副山长'机灵'，而后他说……"

宁简心弦微动，脱口道："吴大叔说：'须知这意劲一物，并非浑成独立，实与世间其他武学此消彼长，在深处颇有关联，如今武林中会使意劲之人越来越多，这可着实不是好事……'"

十五

众人耳听宁简转述出吴重在春山所言，不由得陷入深思。方轻游当时亦在春山峰顶，沉吟道："原来那晚吴前辈便已道破了'意劲'的秘密，只是当时却无人领会。"

陈彻道："我记得吴前辈还说，刀宗横空出世，夺走了武林气运，从此武林由盛转衰……"

宁简颔首道："这'气运'之说，当时大家都道是吴大叔信口胡言；现下想来，吴大叔多半是忧心'意劲'泛滥，才会那般说。"

叶凉闻言疑惑，忍不住道："可是倘若人人都修成'意劲'，等同于将天下所有的内力均分，那不是很好吗？到那时武人之间再无强弱之分，谁也欺负不了谁，这江湖便公平得多了。"说到这里，不禁微微激动起来，又道："也许……这便是刀宗的用意，刀宗是要创出一个真正公道的江湖！"

赵长希与游不净相望一眼，均面露苦笑。方轻游摇头道："恐怕未必。柳老山长是武林百余年来数一数二的绝顶高人，他为杨兄弟传功，亦是耗费九年苦心，才在两人之间结成了内力的关联；而无颜崖的心法'半日红妆'虽能激增内功修为，但施展后便活不过半日，反噬如此剧烈，足见即便只是修成'意劲'的雏形，亦要付出极为艰巨的代价……"

宁简接口道："可是刀宗的书信短时内便能轻易造就大批的'意劲'高手，近乎不劳而获，一旦普传开来，谁还肯自己去苦修内功？定然人人盼望别人去积攒内力，为自己所借用……如此一两代人过去，武林中再也没人习练内功，天下武学凋零，只怕江湖也不复存在了。"

叶凉一凛，却听方轻游轻叹道："或许让这江湖从此消亡，才是刀宗真正的用意。"

众人相顾凛然，静默片刻，岳凌歌笑嘻嘻道："要让江湖消亡，只怕也用不了一两代人。"

"这……"叶凉惊愕道，"岳公子何出此言？"

宁简神情微变，斟酌道："我想起去年在春雪镇春风酒楼，方盟主曾问燕山长是否觉得江湖中不该有'意劲'，当时燕山长说：'若人人都会意劲，则江湖覆灭只在顷刻。'"

"不错，不错，"岳凌歌抚掌笑道，"现今细思之，恐怕燕山长也并非危言耸听。一旦'意劲'泛滥开来，人人都成了高手，许多人心底潜藏的阴暗与龌龊便会随之显现，不免相互争杀起来，尤其那些平日里武功低微之人，乍得了这般奇绝的武学，定然按捺不住，自此江湖陷入腥风血雨，兴许要不了多久，便会死伤得干干净净。"

宁简蹙眉道："岳公子，怎么你倒是一副欢喜模样，莫非是盼着江湖消亡吗？"

岳凌歌目光闪烁，道："到时大家谁也不必再操心受累，在黄泉下同享清福，不是逍遥得很吗？"

游不净微微一笑："岳公子的意思，是觉得燕寄羽的所作所为都是对的，是在挽救江湖的危局，是吗？"

岳凌歌脸色微凝，从游不净的语气中感知到一丝杀气，心知这位知味谷谷主平素游手好闲、不务正事，但一身修为却极深湛，当即躬身揖道:"晚辈如何觉得,实在并不重要。"

游不净哼了一声,岳凌歌看向杨仞,又道:"但今日既知了'意劲'的隐秘,自然还须问杨帮主如何看待此事?"

杨仞淡淡道:"刀宗的真正用意,你我多半是猜不透的。何况如今刀宗已死,那也无从验证。"

岳凌歌道:"杨帮主所言极是。可是那刀宗留下的书信……"

杨仞又道:"刀宗书信在我手里,我不会让'意劲'肆意流传,也不管燕寄羽究竟有何目的,燕鸟人既作了恶,我便拔他的鸟毛,此事简单分明,没什么好说的。"

岳凌歌一时语塞;赵长希哈哈一笑,道:"妙极,妙极,贫道一时兴起加入乘锋帮,看来果真没入错。"

杨仞微笑道:"承蒙赵前辈看得起。"转头目视秦芸,问道:"秦前辈,近来江湖传闻,刀宗昔年曾指点过江海余的武功,更有人说江海余的'意劲'便是刀宗亲授,正气长锋阁也将此事作为刀宗的罪证之一,不知这究竟是真是假?"

秦芸轻声道:"不错,当年我实没想到张青师兄竟会加害青石镇的镇民,后来他遭到追杀,也是我请求刀宗救了他一命……"

杨仞心下恍然:"秦前辈将修成'意劲'的关窍告知了刀宗,对刀宗有恩,难怪刀宗会答应她的请求。"随即又道:"请恕晚辈言辞鲁莽,如今江海余就坐在院外,不知秦前辈以为,我等该如何处置他?"

秦芸沉静良久才道:"我知张师兄杀害过许多人,不敢奢求诸位饶过他的性命,只请诸位饶过他这一夜,让我私下同他说几句话可好?"

杨仞一怔:"秦前辈,你要单独见江海余吗?这、这恐怕有些危险。"眼见秦芸低头不语,转念又想:"这江海余杀了方兄的父母,又是雷兄誓必铲除的魔头,此事可不该我来拿主意。"便道:"方兄、雷兄,你们觉得……咦,雷兄去哪儿了?"——先前刚进屋时,他分明瞥见雷缨锋站在门口处聆听秦芸说话,可是不知何时,雷缨锋竟已悄然出门去了。

叶凉心神剧凛,环顾屋里,果然不见了雷缨锋,不禁急道:"雷兄他、他一定是自己去杀江前辈了!"

杨彻皱眉道:"我瞧未必,雷兄伤势如此沉重,如何能杀得了弓魔?"

"不,不是这样,"叶凉心念电转,愈想愈是惶乱,喃喃道,"雷大哥是怕你们听秦前辈说了'意劲'的秘密,受了她的恩惠,便不肯让他杀弓魔了,这才一个人出去……"

方轻游道:"叶兄弟切莫心急,雷兄他——"

叶凉怔怔摇头,不待方轻游说完,猛地拧身如一道疾电般冲出了屋子。

屋外夜色愈浓,十余名乘锋帮刀客散立院中,正自持刀警戒;叶凉仓促环顾一眼,没瞧见雷缨锋的踪影,心下一沉,但见篝火在风中不断摇曳,贺风馗从旁伫立,纹丝不动,一身灰衣在火光映照下忽明忽暗。

叶凉奔近了快声问道:"贺前辈,雷大哥呢?你、你怎么不拦住他?"

贺风馗漠然道:"我为何要拦他?"

叶凉一怔,霎时明白过来:贺风馗本就想杀雷缨锋为赵风奇报仇,只是未得杨彻首肯,眼下既遇到借刀杀人的良机,又如何肯拦阻雷缨锋?转念中望向院门之外,隐约瞧见一团黑影仍在远处坐着,当即绕过贺风馗,急掠过去。

江海余垂头端坐,眉目收敛在暗影中,整个人宛如被月光雕刻出的古怪石像,似乎浑未察觉叶凉奔近。

叶凉颤声道:"江、江前辈,雷大哥呢?!你把雷大哥怎么样了?"

江海余缓缓抬头,瞧了叶凉一眼,一言不发;叶凉莫名觉得江海余的神情有些可怖,扫量周围,仍未瞧见雷缨锋,不由得浑身冰凉,又往山下奔出数十丈找寻，却是越找越怕，几次将山岩误认成雷缨锋的尸身，可是连一丝血迹也没找见。

叶凉心中惊疑，奔回篱笆院中，越过江海余时犹豫一瞬，却未做停留。

众人瞧见叶凉返回，均松了口气，方轻游苦笑道："叶兄弟，雷兄正在柴房里歇息，你不必担心。"

"啊？"叶凉一愣，"这……这究竟是怎么回事？"

方轻游道："先前在屋里，我见雷兄脸色疲倦已极，似乎伤势又将复发，便劝他先去柴房中休息，稍后我另有要事去找他商谈；当时秦前辈尚在讲述'意劲'之事，我不想扰了大家的话头，便只暗中传音给雷兄。叶兄弟想是听得入神，却没留意到雷兄离开。"

叶凉挠了挠头，转身跑去柴房，但见屋里的干柴大半已被搬出烧成了篝火，雷缨锋躺靠在柴草上，胸口缓慢起伏，却已睡熟。

院落中，杨刟讶然道："方兄，原来你也会吴重那般的传音之法？我早前倒不知道。"

方轻游微微摇头："我也是听秦前辈说了'意劲'的隐秘之后，刚刚领悟。"

众人闻言暗自惊赞，均极佩服方轻游的天资。赵长希笑道："好好好！轻游，你可当真是青出于蓝而胜于蓝了。"

"呸，"游不净横他一眼，道，"他的'意劲'既非你教的，天资也不是你生出来的，与你这脏道士又有何关系？"

赵长希却仍极欣喜，只顾哈哈大笑，也不理会游不净。

叶凉从柴房回来，瞥见贺风馗仍然是一副冷淡神态，心里颇不好意思，暗想："雷大哥既是去柴房睡觉，贺前辈自无拦他的道理……"

"傻小子，"游不净呵呵一笑，"遇事须沉心静气，别这般毛毛躁躁。"

叶凉羞愧无地，对着贺风馗躬身长揖，郑重致歉。贺风馗只淡淡道："无妨。"

方轻游忽而轻叹道:"叶兄弟方才误以为弓魔杀死了雷兄,却仍未对弓魔下杀手,足见心地仁善。"说着看向叶凉,温言道:"叶兄弟,你虽然一时急躁,想得岔了,言行却是光明磊落,也不必太过自责。"

叶凉摇了摇头,未及开口,方轻游径自转头对贺风馗道:"可是贺前辈呢?敢问贺前辈是否也是同样的光明磊落,心中从不自责?"

众人一惊,贺风馗眉头微皱:"方兄弟,你想说什么?"

方轻游只是静静面对贺风馗,却不说话。

两人对视良久,贺风馗神情恢复淡漠,点头道:"我知道你想说什么,我只是有些想不通,为何你直到今日才说出来。"

方轻游也点了点头,道:"既然贺前辈知道了,那在下便直言相问了。"

贺风馗略一沉默,转身扬手,喝道:"众兄弟听令,你们且去院落周遭三十丈处戒备,不得让任何人靠近院落!"

乘锋帮众刀客领命远离了院子,贺风馗回过身来,一时间众人都望向方轻游。

方轻游道:"请问贺前辈,在下的师弟张轻鹿,是不是你杀的?"

杨昫一凛,如今他已熟悉赵长希的为人,自知张轻鹿绝不会是赵长希所杀,刹那里心思疾转:"张轻鹿临死前托付宁姑娘给方兄传话,说'楚师姐有危险';而当时贺前辈一心想擒住楚姑娘,以胁迫楚风萧老兄降服于正气长锋阁……"越想越觉惊骇,瞪着贺、方二人说不出话来。

方轻游淡淡道:"贺前辈,去年秋天你在途中撞见了奉命赶赴肃州的张师弟,而后制住了他,逼问楚师妹的下落,他不肯说,你便发劲震死了他,对吗?我曾细问过宁姑娘那个杀死张师弟的黑衣蒙面人,他的身材迥异于玄真教中的诸位师长,却与你极相似。"说话中面容平静,只是嗓音隐约有一丝抖动,似蕴有极大悲愤。

贺风馗道:"不错,当时情势未明,我天风峡绝非正气长锋阁的对手，贺某所做的一切，皆是为了保全天风峡一派。"顿了顿，缓声又道："你问我是否光明磊落，贺某向来不以'光明磊落'自居，但贺某并非为一己私欲行事，故而……问心无愧。"

众人相顾震惊，均觉难以置信；贺风馗注目方轻游，语声沉静道："方兄弟，张轻鹿确是贺某所杀，你要为他报仇，贺某接着便是。"

明月当空，清辉满院，篝火噼啪闪动；方轻游衣袂飘摇，冷然不语。众人心弦紧绷，均想："难道转眼便是一场生死相搏？"

赵长希与游不净互换眼色，神情极肃，两人心知方轻游的刀术"浮光"自是极为神异，而贺风馗性情深沉内敛，从前谁也不知他真正的修为，料想至少不在楚风萧之下，如今他又看过刀宗书信，领悟了"意劲"，只怕方轻游也未必胜得过他；更何况倘若贺风馗败亡，帮中六百个出身天风峡的刀客又如何能甘愿？眼瞧贺风馗右手慢慢移向腰侧，似要握刀，短时却也苦无对策。

忽听杨仞叫道："且慢！"

贺风馗转身面对杨仞，拱手道："不知帮主有何吩咐？"

杨仞闻言却沉吟不语，他对方轻游素来钦佩，曾数度邀其入帮，后来交情渐深，更是引为知己，而对于贺风馗虽谈不上是至交好友，但亦甚是敬重，过去数月也是多亏贺风馗助他整顿帮务，乘锋帮才能日渐稳定壮大；今夜无论这两人谁胜谁败，都是自己极不愿见到的。想到这里，他目视贺风馗，反问道："贺前辈，你觉得此事该当如何处置？"

众人一怔，随即均觉杨仞此问极是高明。方才贺风馗分明已说了若方轻游要报仇决斗，他便接下，可是此刻杨仞又问他该如何处置，言下之意显是让他另说个法子出来。

贺风馗沉静片刻，叹道："归根结底，楚二哥、赵老四之死，我天风峡所遭之劫难，一切的罪魁祸首都是燕寄羽，如今乘锋帮尚未击败正气长锋阁，燕寄羽也还活着，贺某又如何甘心赴死，如何忍心与方兄弟搏命？"

说完转身对着方轻游躬身长揖，语气肃重道："贺某杀害张轻鹿，罪无可辩，但如今贺某仍想追随杨帮主，为乘锋帮做些实事；等到燕寄羽败亡后，贺某便在方兄弟面前自刎谢罪如何？"

众人一凛，注目方轻游，但见他神色清淡，恍若未闻。游不净忽道："轻游，你须得慎思此事。"却是担心方轻游冲动之际断然拒绝，以至于局面不可收拾。

赵长希却道："轻游，你顺心行事便是，不必勉强自己。"他并非张轻鹿的亲传师父，往常对其也不甚熟悉，但身为玄真教的师长，对于贺风馗杀死张轻鹿之事亦感气愤，虽知倘若贺风馗今夜身死，乘锋帮帮众多半要生出哗变，但若因此而拦阻方轻游报仇，终究有违正道侠心。

"多谢师父，多谢游前辈。"方轻游对着赵、游一揖，看向贺风馗道，"贺前辈所言不错，如今当以对抗燕寄羽为重。不过晚辈不敢劳动贺前辈自绝，到时自会再找贺前辈讨教。"

众人心下松了口气，方轻游既这般说，便是同意了贺风馗的提议；只听方轻游继续道："正如贺前辈所说，一切的罪魁祸首实是燕寄羽，我知贺前辈与帮中兄弟均想杀死雷缨锋为赵风奇前辈报仇，此事也请等到燕寄羽败亡之后，再做计较如何？"

贺风馗一怔，道："此事贺某一人难以答复方兄弟，还请帮主决断。"

杨刃沉默一阵，道："去年赵老兄遇害，推究起来，燕寄羽是元凶，戚晚词是首恶，咱们正该先齐心协力铲除这两人，不可内讧自乱。"

贺风馗淡淡道："谨遵帮主吩咐。"

方轻游对着杨刃微一颔首，道："我去和雷兄说几句话。"说完看也不再看贺风馗，转身走向柴房。

贺风馗忽道："方兄弟，你知道雷缨锋若是在场，必不会答应你为他求情，故而才先让他去柴房歇息，是吗？你起初便没想着在今夜与贺某决死。"

方轻游步履微顿,道:"贺前辈预先将帮里刀客驱离了院子,不让他们听闻此事,亦是起初便没打算与在下决斗吧。"

众人面面相觑,杨仞心中霎时明白过来:"方兄深知贺前辈对于统结乘锋帮众刀客极为重要,虽早清楚张轻鹿是贺前辈所杀,却隐忍不提,直到今夜才说出来,却是为了挽救雷兄的性命……"默默望着方轻游走在月下的背影,既觉亏欠,又觉感动。

随后,贺风馗径自走去院子角落歇息。诸人在夜风中站立良久,方轻游仍未从柴房里出来;杨仞心头微奇,道:"也不知方兄要和雷兄商议什么要事……"

秋剪水轻声道:"多半是方兄要指点雷兄修成'意劲'。"

杨仞一凛,点头道:"雷兄经络多处被震断,虽勉强接续,但此后再难运功,若不学'意劲',确然便成废人了。"转念又疑惑道:"可是'意劲'实质上不也是内力的堆叠吗,雷兄经脉既断,即便借来别人的内力,又如何能运使?"

秋剪水道:"依我猜想,或许'意劲'无须经络,也能运转。"

秦芸从旁听见,神色微讶,道:"秋姑娘好生厉害。'意劲'确是不必非在经络中才能运转。"

杨仞愕道:"不在经络中运转,却又在何处运转?"

却听陈彻道:"我的丹田损毁,存不下内劲,领悟'意劲'之后所得来的劲力,倒也仍是在经络中流转。但去年在青石镇外,弓魔周身经络亦有多处损毁,伤势未必轻过雷兄,却仍能催运'意劲',正与秋姑娘所言吻合。"

"这……可是柳老山长传给我的功力,不也是'意劲'的雏形吗?"杨仞转头瞧向秦芸,问道,"可那功力分明就是在我经络中运转,和深厚内力一般无二,这又是为何?"

"那只是因为你想让功力在经络中运转而已。"秦芸低声解释,"正因天下所有的内力在深处潜藏着先天固有的联系,才有人能修成'意劲'，但'意劲'却并非直接与天下内力相连，一个人修成'意劲'后所借来的内力，也并非贮存在自己的丹田经络之中。"

"自己的丹田经络，不同于天地的丹田经络，故而一个人才能兼修'意劲'与内功，不会彼此冲突。

"所谓'天地的丹田'，指的是天下内力之间潜藏的联系。——'意劲'真正联结的，其实是一种'联系'。"

众人心头微震，不禁陷入沉思。裘骊与何轻生相顾一眼，均听得深奥懵懂；裘骊干咳一声，道："且先不说到底是什么联结了什么，既然由'意劲'得来的内力无须贮存体内，却又随时能用，那这些内力总也得有个存放的所在吧？"何轻生嘟囔道："对呀，总不能放在行囊里背着吧？"

杨仞闻言一怔，随即恍悟，喃喃道："天地丹田，无处不在。"

"不错，"秦芸微微颔首，"既然无处不在，又何须自己贮存？"

十六

院落中一时寂静，众人隐隐皆有所悟，赵长希叹道："不在自己经络中运转，却在天地经络中运转，原来'意劲'竟是如此。天地之奇，造化之妙，委实超出凡人之臆度。"

何轻生瞥了一眼柴房的木门，道："方老弟还不出来，可见点拨旁人领悟'意劲'，实是费力得很……"

"是啊，"裘骊道，"明明帮主手里有刀宗的书信，看过便能学会'意劲'，方兄弟却不找帮主要，嘿嘿，这可着实有些糊涂啦……"

杨仞闻言暗叹不语，心知方轻游念及自己与赵风奇情谊深厚，不愿让自己为难，那是绝不会找自己借用刀宗书信的。

何轻生与裘骊嘀咕一阵，一齐望向杨仞；何轻生笑嘻嘻道："帮主，你可否将那书信取出，给我俩也开开眼？"

杨仞莞尔道："等明日见到吴重，他老人家神通广大，两位不妨向他求教。"心下暗觉有趣："以这两人的天资脾性，学得'意劲'后真不知会领悟出什么新花样来……"

他回想今夜听闻的"意劲"隐秘，渐渐出神，忽而叹道："果然世上一切争斗都是为了一个'利'字……'意劲'能使人不劳而获成为高手，对于江湖武人，还有比这更大更诱人的'利'吗？"

"帮主言之有理。"杨仞闻声回顾，却见是贺风馗不知何时已来到自己身后；贺风馗继续道："贺某虽未闻秦姑娘屋中所言，但听你们方才的几句话，对于'意劲'真相也能猜到几分，不免心生忧虑——倘若燕寄羽将'意劲'的秘密传泄开来，江湖上人人知道乘锋帮刀客独霸刀宗书信，轻易胜过旁人数十年的苦修，必会招来无数觊觎嫉恨，成为整个武林的众矢之的。"

杨仞一凛，颔首道："贺前辈所虑极是。"寻思一阵，又道："但若这秘密当真传开，武林中必将生出极大变乱，恐怕燕鸟人也不得不有所忌惮。除非万不得已，我想他不会公布此事。"

贺风馗道："故而咱们还须设法速战速决，不能拖延到'万不得已'之际。"

杨仞心中微动，道："所以贺前辈才会询问方白老兄和秋姑娘的修为，却是急于要将燕寄羽杀死，是吗？可是先前那时咱们还不知晓'意劲'之秘呀！"

贺风馗轻叹道："燕寄羽把持武林十余年，所掌握的秘密与势力自是极可怖的，这不必知晓究竟，也能推想出来。帮主须知，咱们真正要做的是击败燕寄羽，而非探究真相。"

游不净淡淡一笑，摇头道："贺兄行事素来只求简明快捷，但常言道'知己知彼，百战不殆'。若不知晓真相，一则未必能击败燕寄羽，二则又如何能还武林以公道正义？"

杨忉点头道："两位前辈所言均有道理……"说话中看向秦芸，又道："该如何击败燕寄羽，晚辈也想听听秦前辈的指点。"

秦芸道："此事还是等明日吴师兄来到，咱们再一同商议。"不待杨忉接口，便转开了目光，对叶凉道："听说你不记得吴师兄是你师父了？"

叶凉语声恭谨道："晚辈本来全不记得，但今日来到临江集后，心中平添不少熟悉之感，多半晚辈从前真的曾在此地追随吴前辈学艺吧……"

赵长希笑道："那自是真的，还能有假？不过贫道却也有些纳闷儿，不知吴重为何竟会收了你这般老实诚朴的孩子为徒。"

秦芸轻轻摇头，道："吴师兄从前还叫'周固'的时候，其实与叶凉的性子极像……或许正因如此，他才愿意将叶凉收作唯一的徒弟。"说完凝视叶凉，不禁莞尔："我初次瞧见你，便觉得有些亲近，兴许也是因为你骨子里很像多年前的吴师兄。"

叶凉心中感动，道："多谢秦前辈。"顿了顿，轻叹道："可是晚辈实在没用，非但帮不到别人，便连自己的往事也记不起……"

秦芸温言道："你心思细敏，又这般善良，你这一生会帮到许许多多人的……就说方才在屋里，我瞧得清楚，其实并非你猜错，当时雷缨锋确是想悄然出门，多半便是要去杀张青师兄的，只是他刚退出一步，便被方轻游发觉了……"

叶凉恍然道："所以方大哥才会传音给雷兄……唉，我为人做事，可真是比方大哥差得远了。"

杨忉闻言亦是颇觉惊诧，接口道："叶兄不必妄自菲薄，世上并非人人都如方兄，方兄也不会时时处处都在；先前方兄若不在屋里，你应变迅速，多半便是你救下了雷兄的性命。"

叶凉听他说得真诚，心弦一颤，低声道："多谢杨兄，我本以为你会……会瞧不起我。"

杨忉一愣，哈哈笑道："叶兄，你若再自谦下去，我可真要瞧你不起了。"

叶凉闻言亦露出笑容，想到今夜雷缨锋无恙，而方轻游与贺风崮也并未真去生死相搏，心绪舒缓了许多；忽而瞥见秦芸神色幽凝，正自张望院外，便也随之转头望去：

月色之下，那团坐在地上的黑影似乎愈发浓了。

秦芸轻声道："我这一生，见过许多厉害的人物，我爹和我哥哥都是一派宗主，还有刀宗、燕山长……但这些年我极少记起他们，若非近日离开了留影舫，我几乎已将这些人忘了。我常常想起的是十六年前，我和张青师兄、周固师兄奉命外出送信，我们三个谈天说地，一同赏看沿途风光，我几乎以为自己已经摆脱了那些枷锁，那是我一生中最快乐的几个月……

"可是这些年里我将那几个月回想得太多了，它在我心里越磨越薄，越缩越短，短到仿佛只有一瞬间，只是一个时刻。有时我很后悔，不该回想太多次，不该这般随意的，否则不就太不珍惜了吗？但有时我也很开心，因为我可以将回想停止在我们三个的归途中，停在即将路过青石镇之前，谁也无法闯进我的心事，逼迫我继续回想下去……我只回想真正属于我的时刻。我不知道别人有没有这样的越来越短的时刻，但我就是为了这个时刻活着的。"

秦芸说完出了院子，朝着十六年后的张青走去。一年年的阴影积叠在他身上，仿佛凝结成了魔镜，将月光映折到她的身上，照出的仍是十六年前的倩影。

那枚珠钗微微颤动起来。

…………

叶凉一凛，担忧秦芸的安危，赶忙追近，拔剑护卫在秦芸身侧；杨仞与秋剪水对视一眼，也跟随过去。

秦芸快步而行，江海余低低的嗓音倏起——"秦师妹，莫要再前行了。"

秦芸恍若未闻，继续迈步，相距江海余已不足十丈。

江海余头也不抬,遽然喝道:"你再往前一步,江某便杀了你!"语声怪涩,如弓弦般剧颤不绝,似乎一边厉声威胁,一边自己却恐惧已极。

"是我对不住你,你便杀了我也是应该。"秦芸步履微顿,凄然一笑,随即又迈出一步。

月光微晃,叶凉倏觉异样,似有一物从暗影中闪过,急挥短剑格挡,却挡在空处,一根枝条插入了秦芸脚边泥土,钉在她斜长的影子上。

叶凉惊凛之际,稍稍松了口气,方才江海余射来的枝条快逾光电,落地后夜风里才掠出咻的一声,委实难以防御。

秦芸低头凝望着那根枝条,眸光清柔如水。

叶凉暗想:"江前辈终究不忍杀死秦前辈,只射中了她的影子……"凝神望向前方,但见江海余面容扭曲畸变,眉目口鼻都纠挤成一团,缓慢地抽搐弇张,仿似有什么磅礴无尽而又深切沉重的东西,即要从他脸上喷发出来——

叶凉从不知道,一个人的神态中能够凝聚这么多悲伤。蓦然间,他深心里响起了一道话语,不知来自何人,却又无比耳熟:"那江海余有一奇技,名曰'悲弓射影',即便能躲过他的弓箭,只消被他射中影子,也会顷刻间毙命……"他倏忽一惊,瞥见秦芸呼吸微促,脸颊苍白,却是浑然无事,于是他明白了,江海余的这一箭并不能杀人,而是射在自己的心上。

秦芸忽道:"张师兄……"这一声轻唤怅然如痴,恍若对着遥远的梦境说话,却又透出一抹决绝的坚定,她迈过地上的枝条,加快了脚步。

叶凉侧目望去,江海余已抬起头来,眼睛一霎里变得赤红,仿佛被那道越来越近的身影刺痛了双目。

"别过来,别过来,你别过来!"江海余宛如遭到惊吓的孩童一般,以手撑地,急向后挪,猝然浑身一耸,似乎想跃进夜空里去,随即扭身连滚带爬地逃远了。

杨仞一怔，犹豫之际，弓魔的身形已然消隐在茫茫夜色中。

秦芸双手掩面，低头伫立良久，听见身边叶凉轻声叫她："秦前辈……"秦芸抹了抹眼角，转身道："咱们回去吧。"

杨仞与秋剪水也随之返回院落；杨仞瞧着秦芸的背影，倏而动念："莫非秦前辈是算准了弓魔不敢见她，这才趁着方兄、雷兄尚在柴房中，故意将弓魔迫走吗？……"回想秦芸神情凄哀，却也不似作伪，便只轻叹一声，也懒得再去多想。

不多时，木门吱呀一声，方轻游走出柴房，叶凉赶忙奔近几步，问道："方大哥，雷兄现下怎么样了？"

方轻游道："雷兄伤势平复了些，但精气亏损仍多，已然睡下了。"说话中与贺风尫目光交汇——

贺风尫淡然自若，冲着方轻游微微颔首致意，浑如往常，随后环顾众人道："夜色已深，诸位都早些睡吧，便请秋姑娘、宁姑娘在屋里歇息，陪着秦姑娘母女；燕老伯年迈，雷缨锋伤重，劳烦叶兄弟看护他俩，同住柴房；至于其余的各位，便只得委屈在院子里露宿了。"

众人听他安排得妥当，均无异议。陈彻料想今夜再无旁的要紧事，便转身望向宁简；宁简瞧见他清澈发亮的目光，心中没来由地慌张，抢先道："陈彻，你、你早点休息。"说完不待陈彻开口，便快步进屋去了。

诸人各自睡去；下半夜，叶凉躺在柴房里，久久难眠，耳听身侧雷缨锋的呼吸声较黄昏时稳健了不少，不禁暗自钦佩方轻游的能耐，心想："雷兄能修成'岩雷'，天资本就极高，真不知他领悟出的'意劲'会是何等模样……"又听见燕海柱鼾声大作，气息粗重里偶尔夹杂着一丝古怪的沙哑，叶凉心下微奇："燕老伯毕竟年老体衰，似乎患有什么疾病。"

又过良久，叶凉仍无困意，便起身拿着行囊出门。院落中众人鼻息此起彼伏，叶凉穿过院子，一路来到山脚下的村镇。今日他初到临江集，便想在这小渔村里走逛一番，兴许能唤起往昔的记忆，只是当时他怕乘锋帮诸人难为雷缨锋，一直不敢独自离开；此刻眼见片片屋舍沉寂在黑暗里，灯火零零星星，却只引得他心中空冷。他沉下一口气，倏而沿着粗陋的石街奔跑起来——

耳边夜风呼啸，双足踩在凹凸不平的硬石上，叶凉神思微恍，想起似乎从前也曾疾奔在静旷无人的小镇石街上，却是为了去救一个人……他胸口莫名一疼，喃喃道："是了，当时我是要去救雷姑娘。也不知现下雷姑娘正在哪里。"

想到雷缨络，他不由得缓下了步子，却已来到江边，坐在一块长满青苔的石头上，取出雷缨络所赠的短剑端详。剑身在月光下隐约映出他的面容，他微微摇头，心想："倘若这剑上能映出雷姑娘的容貌，该有多好……"随即将剑身轻轻贴在自己的脸颊上，怔怔出神。

过得良久，他默默将短剑收好，又从行囊里取出一个狭长的木盒，里面却是雷缨络交给他的一张画纸，他想："雷姑娘虽没告诉我纸上画的是什么，但她说这是名动江湖的萧野谣前辈所画，照此说来，难道这竟是萧前辈从前为我画的骨相吗？"越想越觉好奇，便打开了木盒，暗忖："我的骨相定然也不过是普普通通的人骨，瞧瞧也无妨。"

但见盒中的画纸已卷叠起来，转念又想："雷姑娘让我见过吴重前辈再看画，我还是听她的话吧。"——正要将盒子盖上，突然瞥见画纸的背面似有字迹。

叶凉惊咦一声，心说："我只瞧瞧背面的字，也不算违背雷姑娘的话。"便将那画纸从盒中取出，借着月光凝神辨去，但见纸上歪歪扭扭地写着一行字：

"九霄泼墨，燕羽龙鳞，惊起飞虹一笔，可贯日月乎？"

叶凉神思一颤，仿佛一瞬间被那些纠乱如麻的笔画钻入了心窍，浑身禁不住哆嗦了两下；随后默念了几遍那行字，想起那日在华山朝云殿内,乘锋帮送来拜帖,当时庄诚曾称赞萧野谣的书法"清奇峻拔",那么眼前这般丑拙的字迹定非萧野谣所写,也不知出自何人的手笔。

寻思一阵,叶凉将画纸收回木盒,忽觉一阵疲倦涌来,闭目暂歇,那行字迹仍在心神深处缠来绕去,宛如拂不尽的蛛网。他索性睁开眼,望着不远处暗沉沉的江面——水声远远近近,不知不觉中,他在江边睡着了。

哗啦一声,他梦见一团模糊的光影冲破了江面,带着淋漓的水汽直飞云端;那团光影变化翻腾,气象万千,于他时而亲近,时而遥远,时而又化作洒然笑语响彻天地。他在梦里暗暗惊赞:"也不知谁发笑,世上竟还有这等人物……"

十七

清晨,杨仞从睡梦中醒来,翻身跃起,正自舒活筋骨,便见叶凉背负着一大堆干柴踏入院落。

杨仞奇道:"叶兄,你去砍柴了吗?"

叶凉轻笑道:"嗯,我想到咱们昨日生火耗费了吴重前辈家里的木柴,便想着再多砍些回来,以免他老人家看到柴房空落而生气。"

杨仞见他神清气爽,笑容洒脱,不禁微怔,道:"叶兄,一夜不见,你倒像变了个人似的。"

"是吗?"叶凉一愣,随即笑道,"我昨夜在江边睡着了,做了一个古怪的梦,醒来心里清楚了许多,记起了不少以前住在临江集的往事,只觉周身松快得很。"

赵长希从旁听见,颔首道:"身心本是一体,心神清明,身子自然轻松,恭喜叶兄弟,看来你离全然恢复记忆不远了。"

"多谢赵前辈指点。"叶凉躬身一揖,随后将干柴堆放在院子角落,手提短剑，转身又走向院外。

杨仞愈发好奇，道："叶兄，你还要去砍柴吗？"

叶凉点点头，语声轻快："不错，总须再去两趟，杨兄可要一起吗？"瞥见宁简、陈彻主仆经过，便和两人打个招呼，又道："陈兄，可要和我一起去砍柴吗？"

陈彻不假思索道："不去。"

杨仞想了想，笑道："左右无事，我便陪着叶兄同去吧。"

叶凉甚是欢喜，与杨仞并肩出了院落，杨仞问道："瞧叶兄神情，似乎……似乎很喜欢砍柴？"

"也说不上喜欢，"叶凉摇头笑道，"只是砍柴时心里很踏实，想是因为以前我住在这里时，便天天砍柴吧。"

杨仞道："那吴重可够黑心的，不好好教你武功，天天让你砍柴。"

叶凉道："这倒不然，天天砍柴，便是将挥出的一击千锤百炼，我觉得对修习剑术也有裨益。"

杨仞撇撇嘴道："想来这也是吴重从前诓骗你的话。"

叶凉神情微怅，道："我也不知是不是。我今晨醒后，虽然想起了许多往事，对这临江集已颇觉熟悉，但关于吴重前辈的样貌举止，以及他往昔对我的教诲，却仍是记忆模糊……"

杨仞心说："兴许是吴重根本没怎么教过你，你自然想不起来……"随口道："我也没见过吴重，但听他的语声，想来不怎么英俊。"

叶凉心弦微动，念及那道偶尔在自己心底响起的怠懒笑语，暗忖："难道那便是吴重前辈的声音吗？我本以为他老人家德高望重，声音一定很是威严……"

两人快步而行，杨仞道："叶兄，你说昨夜做了一个古怪的梦，莫非是梦见了雷姑娘吗？"略一犹豫，又道："实不相瞒，我昨晚也做了一个古怪的梦。"

叶凉好奇道："不知是什么梦？"杨仞道："还是叶兄你先说。"

叶凉便将夜里梦见的那团模糊的人影描述出来，杨彻道："原来是这样的梦……你说的那人腾云驾雾，变幻万千，那不是龙吗？世上又哪有龙。"

叶凉沉吟道："那人自不是龙，只是他所具备的气象当真让人心生震撼……"寻思一阵，问道："对了，昨夜杨兄梦见了什么？"

杨彻脸颊微红，道："咳咳，叶兄见谅，这却有些不便告知。"不待叶凉再问，便转口道："啊，那柴房里有一把斧子，咱们竟忘了拿，叶兄，莫非方才你不是用斧子砍柴？"

叶凉晃晃手中短剑，道："我还是更喜欢用剑。"眼看杨彻神情错愕，便解释道："嗯，我也不知为何，就是……就是习惯了。"

杨彻哈哈一笑，道："这习惯倒有些少见。"

两人进得树林，叶凉拔剑在手，杨彻道："叶兄，你用雷姑娘赠你的短剑砍柴，不怕她怪罪你吗？"

叶凉摇了摇头，轻声道："雷姑娘待我很好，从来没有责怪过我。"低头瞧着沾了木屑的剑刃，却也不免有些心虚。

杨彻笑道："叶兄莫怕，我用刀宗的雪刃陪你，料想雷姑娘的短剑再高贵，也高不过这把刀去。"

随后两人各自砍柴，叶凉运转"秋水"剑劲，轻轻一划便能将树干剖开，剑刃上只偶有微风振出；杨彻挥动雪刃，却是刀风霍霍，劲响不绝。

过得片刻，杨彻忽听身后叶凉止住了动作，转头望去，叶凉收起短剑，拱手道："杨兄，你有什么话，便请说吧。"

杨彻挠头道："你怎知我有话要说？"

叶凉微笑道："杨兄是一帮之主，若无要事，又怎会陪我在此砍柴？"

"既然如此，那在下便直言了。"杨彻正色敛容，拱手道，"我想邀请叶兄加入我乘锋帮，共抗正气长锋阁。"

叶凉一怔，良久不语。

杨仞劝道："燕寄羽的恶行，想必叶兄也有所了解，叶兄秉性善良正直，正与我们乘锋帮志同道合，何况你做燕寄羽弟子的这一年来，除了……"他刚才与叶凉同行时瞧出叶凉腿伤未愈，本想说"除了落得腿上瘸拐，又得了什么好处"，但话到嘴边，终究忍住。

叶凉道："燕山长的诸般作为，有些我不明白，有些我也不认同，但我一时间不能答复杨兄，还请杨兄见谅。"

杨仞点点头，轻叹道："那叶兄便再多想想吧。"

叶凉道："我现下心中还有些模糊不清，料想再过不久，等我见了吴重前辈，若能恢复全部的记忆，便可答复杨兄……"说到这里，心念一动，道："杨兄，你是觉得今日吴前辈不会现身，才会在这时问我，是吗？"

杨仞道："不错，但我会一直等到夜深，若吴重始终未回，我便须带着秦芸前辈暂离临江集了。"

叶凉奇道："可是温蔚不是说戚晚词等人这两日便要赶到，贵帮不留下来找她报仇吗？"

杨仞只道："此事我自有安排，倘若叶兄肯入帮，我自当告诉叶兄。"

叶凉沉默一阵，不再多言，两人又砍了些柴，便一齐返回院落；此际雷缨锋与燕海柱都已睡醒，叶凉见雷缨锋精神健旺颇多，很是为他高兴，想起昨晚燕海柱鼻息有异，便问道："燕老伯，你是否患了什么疾病，若须服药，晚辈这便下山去采买。"

燕海柱瞪眼道："臭小子咒我吗，我身子骨结实得很，从不生病！"

"晚辈不敢。"叶凉赶忙长揖谢罪，随后与院中诸人打过招呼，走近那株桂树，手抚树干，追忆往事。

陈彻冷不丁道："一株树无人看顾依旧可以生长，但一个人却终究难以孤零零地活。"

叶凉愕道："陈兄，你说什么？"陈彻身旁的宁简听见这句话，神色亦颇不自在。

陈彻道:"这是去年在春雪镇上,叶兄对我说的话。"

叶凉神色微动,回想一阵,喃喃道:"不错,去年我说这话时,便是在想念眼前院落中的这株桂树……"心念倏而一闪,又道:"我记得自己从前曾经坐在这棵树下,为自己的剑术取名,我本想叫作'春风',但是他……但是我师父说这两个字不好……原来如此!后来我的剑术才有了'秋水'这个名字……"

宁简闻言微微蹙眉,道:"'春风'二字有什么不好,我的刀术便名为'春风',我看分明是吴大叔胡言乱语。"

杨仞笑道:"这倒有趣,春风刀,秋水剑,这不正是一对……"话未说完,瞥见陈彻脸色闷闷地看过来,当即住口不言。

方轻游目视叶凉,道:"叶兄弟,你已记得吴重是你师父了?"

叶凉道:"我已记得从前自己确曾有一位师父,一位很好很好的师父,只是仍想不起他的样子……"

"很好很好,能有多好?"燕海柱嗤笑一声,他自己的儿子离开他追随师父走了,他平生最不爱听的两个字便是"师父",在他心中天下师父便没一个好的。

叶凉苦思良久,才道:"他……他教了我一招剑法。"

燕海柱哈哈大笑:"那你师父可有些小气啦。"

叶凉恍若未闻,却已陷入了回忆,右手挥动带鞘短剑,随手比画着剑招;何轻生与裴骊瞧了一阵,相顾摇头,何轻生道:"我瞧这式剑法可也不怎么样呀……"裴骊悄声道:"不错,一定是吴先生舍不得教他厉害的,随便糊弄了他两手。"

赵长希与游不净、贺风馗端详叶凉的手势动作,却均是神情一凛,眼见剑鞘上荡出轻风阵阵,似乎叶凉的每一下挥手,都与旷远天地相融,暗藏着极神妙的剑意。杨仞与秋剪水、方轻游互换眼神,亦是暗自惊佩。

"叶凉,你可还记得当初拜师时,吴师兄他怎么说的吗?"说话中,秦芸从屋里走出。

叶凉心神一颤，本来全不记得当时情景，可是触及秦芸温和亲切的眸光，却不由自主地脱口道："师父他说……他精通剑术，我若拜他为师，他便对我倾囊相授……"说着说着，不知为何却流下泪来。

"今日看来，他并没有食言。"秦芸颔首道。

十八

时至晌午，杨仞派帮众去山下买来酒饭，吴重却仍未现身。

叶凉胡乱吃了几口干粮，兀自在桂树下比画着剑招。众人一边吃喝，一边瞧着叶凉挥剑，游不净赞叹道："叶兄弟能将一式剑法练出万千变化，每一剑灵机各异，却均又暗合周遭风物气象，实是将'雨梳风帚'的剑意领会极深。"

赵长希沉吟道："我瞧叶兄弟的剑术却似和'雨梳风帚'有些差异，这剑术毕竟是吴重教的，或许叶兄弟曾受过方白的点拨，但叶兄弟的剑招中实似藏着一抹刀意……"

杨仞随口道："刀意吗？莫不是和吴重让他多年砍柴有关？"

叶凉擦了擦额上汗水，收剑站定，却浑未听见几人所言，回身问道："杨兄，你方才说什么？"顿了顿，又自顾自道："我记得从前住在这里时，每日都要在树下练剑许久，一连几年都未曾间断。"

杨仞点头笑道："原来如此，我从前也是每日练刀不间断，哪天咱们倒可切磋一番。方才我们说，叶兄的剑术里似乎另藏玄机，等吴前辈到了，叶兄不妨仔细问问他。"

"好啊，到时杨兄可要手下留情。"叶凉展颜一笑，他与人交手几乎都是迫不得已，从未与朋友切磋过武学，只觉甚是欢喜。

忽听贺风馗道："多半今日吴重不会来了。帮主，接下来该当如何，还须早做计较。"

杨仞嗯了一声。叶凉神情微愕，忍不住道："吴重前辈他会来的……"

贺风馗道："叶兄弟为何这么说？"

叶凉一时倒被问住了，结结巴巴道："因为、因为我在这里……如果他是我的师父，他不会想来见我吗？他已那么久没见过我了，我、我就很想见他……"说到后来，似乎自己也没底气，语声渐低。

贺风馗也不和叶凉争辩，只淡淡道："原来如此。"

院落中有几个乘锋帮刀客听见两人对话，却都嗤笑起来，有人道："昨日瞧见那字条，我便觉得吴重是个唬人的骗子，害得咱们白白耗在这里一日。"又有人道："不错，杨帮主、贺副帮主，咱们这便下山去吧！"

杨仞道："要走也不急在这片刻。"

叶凉面对众人，想到今日或许自己当真见不到吴重，不知为何心头一酸，摇头道："吴前辈他会来的。"快声说完，径自转身下山去了。

众人面面相觑，赵长希望着叶凉背影渐远，苦笑道："吴重此人做事古怪难测，他会不会来，恐怕谁也说不准。"

贺风馗道："无论吴重来不来，依照哨探回报以及温蔚所言，戚晚词、田桑榆、柳鹰一众人马近一两日便至，咱们要么留在此地，以逸待劳，料想他们未必是咱们的对手；要么便须暂时撤离临江集，转入暗处，再伺机复仇。"

杨仞笑道："贺前辈言之有理，但咱们何不既转入暗处，又不离开临江集呢？"

贺风馗沉吟道："属下愿闻其详。"

杨仞道："这屋里不是有密道吗，咱们便躲进密道埋伏起来，派一两名帮众扮作渔民留在山下村落，等戚晚词等人来到，查明其人数虚实之后，咱们再从密道出来，杀他们个措手不及。"

贺风馗抚掌赞道："帮主此计甚妙。"

杨仞转头望向院子角落的岳凌歌，未及开口，岳凌歌已笑嘻嘻道：

"方才杨帮主说什么了,在下犯困走神,竟没听见?"

杨仞笑呵呵道:"没什么,只是我很想向岳公子多多请教,咱们就再多相处几日,岳公子可莫要擅自离去才是。"

"那是自然,"岳凌歌目光闪烁,叹道,"知雨一直昏迷不醒,我便是想走,也舍不下她呀。"

杨仞领首道:"不错,辛苦岳公子了。"

众人商议停当,又过良久,叶凉才从山下奔回,手里却拎着许多肉鱼、菜蔬,还有些碗筷。杨仞好奇道:"叶兄,你这是要做饭吗,咱们不是才吃过午饭吗?"

叶凉挠了挠头,似颇不好意思,道:"我在山下村镇里逛了一阵,莫名其妙地很想做饭,便买了这些回来……嗯,到晚上我烧菜给诸位吃。"随即快步走进柴房去了。

临近黄昏,吴重仍未归来;叶凉已烧好了满满一大桌子菜肴,众人围挤在屋里,争着尝鲜,均对叶凉的厨艺赞不绝口。

叶凉很是开心,瞥见方轻游只吃了一口便放下碗筷,不禁一怔,问道:"方大哥,你觉得不好吃吗?"

方轻游起身走到了门口,微微摇头:"叶兄弟,你烧的菜很好吃,让我想起一位故人。"语声轻悠悠的,仿似落在远方。

杨仞闻言与秋剪水相顾,他俩去年与楚轻鸿、俞凌相遇,曾吃过楚轻鸿烧的菜,确似和叶凉的厨艺不分伯仲,不禁暗自一叹。

众人吃饱喝足,叶凉收拾了碗碟,又独自进了柴房;杨仞与诸人闲谈一阵,也来到柴房,但见叶凉又在生火做饭,愕道:"叶兄……"

叶凉转头瞧见杨仞,微笑道:"我要烧一碗青笋腊肉,一碗野菜豆腐,还有一钵鲜鱼汤……可惜眼下正值春季,不然汤里加些桂子,会更清甜……"

杨仞心中微动,道:"你是要做给吴重吃吗?"

叶凉点点头,轻声道:"我猜想这三样菜肴都是他爱吃的……嗯,若我记得不错,他一定爱吃的。"

杨仞一时无言,默默看着叶凉烧好了菜。叶凉低头注目案板,道:"天要黑了,他再不来,菜也要凉了。"说着走出门外。

院子里,不少乘锋帮刀客已纷纷开始整理行囊,何轻生与裴驷亦是颓然坐在门槛上,嘟囔道:"看来今日是见不到吴先生了。""不错,吴先生哪是这般容易见到的……"

叶凉忽然转头望向两人,道:"吴前辈一定会来的。"他不愿待在院中,便往山下又走出老远,坐在石头上等候吴重。

日影西移,斜阳洒落在叶凉的衣襟上,不知过去了多久,他猝地望见山下远远走来一个身形宽厚的中年男子,似乎很是疲累,走出几步便停下歇息一会儿。

叶凉怔怔站起,但见那人穿着洗得发白的灰衣,左手当胸悬着,右手提了一坛酒,身姿歪斜地立在黄昏的风里,宛如昨夜见到的那行歪歪扭扭的字迹。

"师父,今日又输棋了吗?"叶凉迎近几步,不自禁地遥遥喊出了这句话,仿佛从前曾问过许多次似的。

"我怎会输?我还赢了一坛酒哩。"吴重大声回话,晃了晃手里的酒坛。

——话音未落,一群紫衣蒙面女子倏然出现在他身后,疾步奔上山来。

"小心!"叶凉一凛,没想到竟会在这里遭遇无颜崖的女杀手,一边急呼,一边朝着吴重狂奔过去。

"你小子说什么?"吴重似没听清,露出疑惑神色,便在这时,一名紫裙女子闪掠而近,一柄弯刀贯入他后背,从他心口穿出,鲜血飞溅。

叶凉浑身颤抖,骇得说不出话来,奔行中蓦然看清了吴重的样貌,一瞬间心想:"……原来我昨夜梦见的,就是我的师父。"

第三章

风青雨白

一场苦战如雨而息,日头照旧挂在天边,浑不知这世上有人生,有人死,更不懂生死之间还有千百回的哭笑生涯、情仇遭遇。
蔽日浮云,洗天风雨,尽成过往。

一

黄昏，篱笆院中，杨彻瞧见叶凉快步朝着山下行去，沉吟道："叶兄独自去等候吴重，可别遇上什么敌人才是。"

贺风馗闻言道："料想不会。我已在山下村落中布下几名哨探，假扮成了村民，若有任何武林中人进到临江集，他们便会急速来报。"

赵长希问道："倘若敌人来得过快，探子来不及上山禀告呢？"

贺风馗道："若突遇此种情形，他们便会在山下燃起特异的烟火，我等在山腰亦能望见。"

杨彻摇头道："我倒不担心这些，只是怕叶兄遭遇弓魔。"

秦芸轻声接口："张师兄知道叶凉是吴师兄的徒儿，绝不会伤及他性命的。"

说话中，岳凌歌走到宁简、陈彻身边，笑嘻嘻道："岳某有事想和两位商议，不知可否请两位到柴房里一叙？"

主仆二人对视一眼，陈彻道："正好我也有事想问岳公子。"宁简点点头，两人便随着岳凌歌走向柴房。

杨彻见状微微皱眉："岳凌歌，你又要弄什么鬼？"岳凌歌回身笑道："在下想和宁姑娘商谈一件喜事，可与杨帮主和贵帮无关。"

三人进得柴房，宁简蹙眉道："岳公子，你有什么喜事要说？"

岳凌歌不疾不徐道："宁姑娘当真是贵人多忘事，莫非忘了曾派陈兄弟向我提亲，说是想让陈兄弟迎娶我家知雨，不是吗？"顿了顿，笑道："我瞧陈兄弟是个实诚人，此事我在岳州已答允了陈兄弟，咱们两家何时办喜事，眼下不妨商议个日子出来？"

宁简一怔，却静默不答。当初她派陈彻去提亲，一则是不愿让严知雨嫁作秦楚妾室而使出的缓兵之计，二则是知道岳凌歌深沉诡变，绝不甘心为燕寄羽效命，定然另有所图，若能与其结盟，却也有助于她自己想做的事；至于是否真让陈彻娶严知雨，她心中却并未想得清楚。

岳凌歌道："莫非宁姑娘反悔了？"

宁简今时的心境，已和数月前派陈彻去提亲时颇有变化，闻言仍不开口。岳凌歌微笑道："倘若宁姑娘要取消这桩婚事，自己嫁给陈兄弟，那也仍是喜事一桩，在下提前恭喜二位便是……"

宁简瞪向岳凌歌，未及开口，陈彻忽道："岳公子，昨日我家主人猜测是你教了温蔚将蘋草掺进蜡烛的下毒之法，应当并未猜错。"

岳凌歌皱眉道："陈兄弟说笑了，为何要平白冤枉在下？"

陈彻道："去年在青石镇外，温歧前辈在一株半燃的枯树里掺入蘋草粉末，将许多人迷倒，当时温前辈曾说过一句话：'树上烧出的毒烟在荒野间耗散极快，好在诸位都是守时之人，不过我攒了十年的蘋草粉末，今日也都已为诸位用尽了……'——既然用尽，藏玉楼又哪还有蘋草留给温蔚每日逼我吞服？"

他打了个哈欠，继续道："但是更早前在青石老店里，你既能将蘋草掺进蜡烛，那自然是温前辈预先将不少蘋草分给了你，当时堂中烛台被卓明月打灭，你的下毒手法又被薛秋声识破，那些蘋草没派上用场，便被你留了下来，是吗？"

岳凌歌苦笑道："当时温楼主不过随口说了这句话，没想到你竟一直没忘……陈兄弟，你的记性未免太好了些。"

此言无异于承认了陈彻所说，宁简神色顿冷，衣袖倏振，随时便待出刀，喝道："岳凌歌，你究竟是何居心？"

陈彻脸色却仍是困倦如常，又道："岳公子，你让温蔚给我服下的，恐怕不只是蘋草的粉末吧？"

岳凌歌目光闪动，忽而长叹一声："陈兄弟，在下对你绝无歹意，只是此事说来话长……"

宁简耳听陈彻竟还被迫服下了别的药物，心弦霎时绷紧，便待先制住岳凌歌再逼问实情，忽闻远处隐约传来了叶凉的呼喊声——

"师父，今日又输棋了吗？"

院落中，诸人亦是相望惊凛，均想："今日吴重竟当真来了？"

…………

山道上，那名紫裙女子抽回弯刀，倏忽倒掠回到一群女杀手之间。

吴重身躯一震，又踉跄前行了两步，鲜血从胸口泼洒坠地。

叶凉闪电般掠近，心头阵阵悲惶，只觉浑身虚飘飘的，忍不住便要瘫软坐倒，却仍咬牙稳住了身躯，吴重跌在他的怀里，一瞬里仿佛整个世间的重量都朝他压来——

今日本是叶凉失忆以来最开心的一天。他砍柴、练剑、烧饭，重过了一天往年久居临江集时的熟悉生活，他的记忆也愈发清晰，想着不久便能见到自己真正的师父，他在心里默默立下了一个誓言。尽管别的人都不相信他今日能见到师父。

叶凉出指如风，为吴重封住胸背伤口处的血脉，哭道："师父，我今天发誓了……发誓这次一定将你记得更深，再也不会忘掉你啦……"

吴重脸色惨白，微弱一笑，嘟囔道："你小子……你可还记得我给你说的那句话吗？"

刹那间，叶凉记起了吴重从前对他说过的每一句话，他不知吴重指的是哪一句，只颤声应道："记得，我都记得……"

"嘿嘿，记得就好……"吴重气息愈低，随即晕厥过去；叶凉抱着吴重缓缓坐下，吴重胸前被弯刀破开一道狭长的血洞，眼见是难以救活了，叶凉不忍再瞧师父身上的伤口，低头侧目，心口处传来一阵空落落的疼痛。

忽听一个中年紫裙女子冷声道："恐怕半山腰很快有人下来。"又一个蒙面女杀手道："不错，咱们这便带走吴重的尸身，向明姑娘和燕山长复命。"这群无颜崖女子似对吴重颇为忌惮，直到看见吴重闭目靠着叶凉不动了，才一边说话，一边朝着叶凉围近。

叶凉恍如未觉，怔怔摇了摇头，望向那个手提染血弯刀的紫裙女子，先前她一击得手，后退颇远，此刻侧对着叶凉，却落在一众同伴的最后。

"我不明白……"叶凉涩然开口，嗓音薄薄的，宛如被撕裂的纸，"雷姑娘，为什么竟会是你？"

那紫裙女子身姿微颤，片刻后轻幽一叹："叶凉，你为何能认出我……又为何要认出我？"

二

"你的眼睛、你的身材，"叶凉说话中慢慢站起，"便如刻在我心里一般，我又怎会认不出来……"这番话若让他换在往常说出，定不免脸红心慌，甚至羞于启齿，可是此刻他凝视着雷缨络，语气中却只有深深的悲伤苦楚。

一众紫裙女杀手听见两人交谈，各自顿步，紧盯叶凉肩腕，一时却不贸然出手。雷缨络轻声道："叶凉，我有我的苦衷，你以后会明白的。"

叶凉苦笑一声，微微摇头，道："你是怕'青崖六友'敌不过燕山长，便想靠着杀我师父，来换取燕山长的信任，以便随时投靠燕山长，是吗？你答应嫁给秦楚，也是为此吧？"

雷缨络静默一瞬，只叹道："叶凉，你以后会明白的……"随即语声微肃，又道："诸位姐姐，请你们先走一步，稍后我便带着吴重尸身与你们会合。"

那些女杀手相顾一眼，纷纷转身，一言不发地疾掠下山去了。叶凉心中微动："看起来似乎雷姑娘才是这群女杀手的头目，也不知她们是不是真的无颜崖弟子……若是真的，难道说无颜崖掌门明映雪亦是'青崖六友'之一？"

雷缨络仰望了一眼半山腰，又瞥向地上的吴重；此际叶凉心绪稍平，当即道："雷姑娘，我不会让你带走我师父的。"

雷缨络低低嗯了一声，倏而松手丢掉了弯刀，身姿毫无防备地走向叶凉。

叶凉微愕，雷缨络已走到他身前，道："叶凉，我杀了你的师父，你这便杀我为他报仇吧，我、我绝不会还手。"语声柔弱，单薄的衣裙在春风中簌簌摇颤，仿佛整个人随时便要飘散在风里。

"雷姑娘……"叶凉没料到她竟会这般说，不禁呆住了，雷缨络轻轻抬起他握剑的右手，将剑尖移向自己的心口，又道："能死在你手里，死在我送你的短剑之下，我心甘情愿。"

叶凉一凛，不由自主地往回撤手。与此同时，雷缨络运指如电，连点叶凉胸腹间多处要穴。

"你、你竟这般——"叶凉浑身陡震，僵瘫难动，心中又难过又气愤，却说不下去了。

雷缨络低头避开叶凉的注视，将脸上的面纱解下，倏然神情微变，却是听见山腰似有不少人正自奔近。

叶凉亦听到脚步声，心中怦怦急跳；雷缨络抬头凝望叶凉，道："叶凉，这次是我对不住你，以后你还愿意再相信我吗？"说到后面，嗓音止不住地颤抖，似是害怕已极。

一瞬间叶凉瞧见雷缨络泪光盈盈的双眼和凄婉清丽的容颜，胸中一鼓，几乎忍不住便要脱口说出"我愿意"，随即暗骂自己："叶凉呀叶凉，眼前这人杀了你的师父，你若再说'愿意'，那还是人吗？"便只愤愤然瞪视雷缨络,几乎将唇咬出血来。

"叶凉,你……你好好保重。"

雷缨络又望了一眼山上,忽而踮起脚,在叶凉唇上轻轻一吻,转身抱起吴重飞奔离去。

叶凉怔怔望着她的背影,良久说不出话来;那正下山而去离他越来越远的,是他生命中最重要的两个人。

蓦然间,他耳边闪过两句熟悉而惫懒的笑语——

"这女娃儿如此美貌,一定便是金陵雷家的闺女了……嗯,倒是配得上我的徒儿。"

"不过美貌女子大都颇有心机,你也要留心她害你……"

这两句话化作两股疼痛,交汇在他的心口,仿佛一刀一剑交相绞拧。

少顷,杨仞、秋剪水以及乘锋帮诸人都来到近处,岳凌歌和宁、陈主仆紧跟在后;赵长希见叶凉穴道被封,便运劲为他解穴,却费了好一阵工夫才解开,皱眉道:"这手法有些像'游丝指',却似也是北荒摩云教的武学。"

随后众人询问叶凉方才情形,叶凉心里难受,低声解释了几句便不愿再说;众人听闻雷缨络杀死了吴重,均是震惊不已,不少人神情黯然,秦芸更是独自走去一旁,悄然垂泪。

何轻生与裘驷相望一眼,忽然齐声号啕大哭,何轻生哭道:"吴先生,我便说你言而有信,今日一定会来的,可有些人却偏偏不信!"裘驷亦是不断擦拭眼角,抽噎道:"不错,可是吴先生你来去匆匆,来是来了,走得却也太快了些……"

杨仞心思纷乱,听得不耐,喝道:"别哭了!"沉静片刻,转头看向贺风馗道:"听叶兄所说,无颜崖杀手竟突然现身临江集,这可有些奇了。"

贺风馗沉吟道:"若她们是刚至临江集,绝难瞒过咱们的哨探,除非她们到得比咱们还早，提前便装扮成村妇，埋伏在山下的村里……"

宁简心弦微动，接口道："也许未必是潜藏在村里。先前我和秦前辈在地下暗道中躲避时，曾留意到那暗道还有一些别的岔路，却未去深探；兴许这些女杀手便是埋伏在暗道里，刚才又从山脚下的暗道出口突然出来，才会绕过了村中的哨探。"

贺风馗道："宁姑娘言之有理。"旋即与杨刅对视一眼："如此看来，这暗道还不够隐秘，实难预料戚晚词等人是否也同样知晓。"

杨刅颔首道："不错，如此看来咱们藏进暗道里奇袭的计策，便有些冒险了。"当机立断道："咱们这便撤离临江集，转入暗处，再商议复仇之事。"

众人方才下来得急，行囊还留在山腰院落，随后贺风馗便派几名刀客返回为众人拿取行囊；岳凌歌亦回去背负昏睡中的严知雨。杨刅眼看叶凉低头不语，叹道："叶兄，今后你打算如何？"

叶凉沉默一阵，道："无论如何，我也要追回我师父的遗体……只是雷姑娘去得甚疾，短时怕是追不上了。"

杨刅道："料想雷姑娘要去江边雇船，稍后咱们一同到江边打探便是。"

叶凉点了点头，忽而瞥见了山道旁的一株野花——

先前吴重猝然中刀，鲜血泼洒出去，却已将白色的花朵染得深红，叶凉轻轻摘下一片花瓣，触手之际，指尖滚烫，仿似那血仍在灼热流动着。

叶凉心弦一颤，随即又觉花瓣冰凉如雪，方才的一霎只是自己的错觉罢了。他仔仔细细地将那片花瓣收入了衣襟。

便在这时，山下村落中忽然升起了三股浓浓的黄烟。

众人眺望山下，赵长希道："多半是那群无颜崖女子被贺兄布置的哨探发觉，故而燃烟传讯。"

贺风馗微微摇头，道："赵兄有所不知，只有遇到极紧要的情形，才会同时燃起三道烟火。恐怕是有强敌来犯。"说完看向杨仞,又道:"但料想来者人数不多,若是大批人马奔赴临江集,必难瞒过咱们布置在各地的哨探。"

杨仞道:"嗯,那咱们便下山瞧个究竟。"

不多时,那几名乘锋帮刀客取回了行囊,带着燕海柱与被捆缚在麻袋里的穆清池与众人会合;雷缨锋有伤在身,步履缓慢,却也是此际才至,听方轻游说了吴重之死,脸色沉肃,良久不语。

众人快步下山,杨仞留意到叶凉渐渐落后,低着头僵硬挪步,宛如丢了魂似的,不禁心下微奇:"叶兄不是急着要追回吴重的遗体吗,怎么走这么慢?"正要出言发问,秋剪水瞥见他的神情,冲他微摆了摆手。

杨仞一怔,随即明白过来:"……难道叶兄并不想追上雷姑娘?唉,不错,他两人若再相见,真不知会是何种局面。"

雷缨锋走近叶凉,低声道:"叶兄弟节哀。"

叶凉轻轻嗯了一声,雷缨锋叹道:"舍妹自幼便去了峨眉山学剑,多年来很少回家省亲,我也不懂她心里真正怎么想。但凭我与她为数不多的相处看,她绝非心存邪恶做事偏激之人,真不知此事是因何而起,其中到底有什么误会……"

叶凉点点头,道:"我也很不明白。"

雷缨锋道:"我与你一同寻到舍妹,问个究竟。"

杨仞从旁听得刺耳,心说:"你妹妹杀了吴重,你说她不是坏人;你打死了赵老兄,叶兄却也曾说觉得你不是坏人……他娘的,老子一个人也没杀过,却是正气长锋阁亟欲除之的'刃贼',这是什么狗屁道理。"虽心中不悦,但对雷缨锋终究怀有一丝敬意,却也没说什么。

众人刚到山脚下,便撞见一名扮作渔夫的乘锋帮刀客疾奔而至;那刀客禀道:"先前柳空图、李素微、龙钧乐来到了村中,同行还有几人属下不认得,但瞧身姿步法,似都是极厉害的高手。"

杨仞恍然道："之前是你燃的黄烟吗？原来是柳老山长和玄真掌教到了，这阵仗确实不小。"

那刀客道："之前那伙人来势汹汹，步履飞快，直奔临江集后山而来，属下便远远地在暗中跟随，那黄烟却是另一兄弟所燃。"

杨仞奇道："既然你是跟着他们，为何现下却是你奔在了前头？"

那刀客道："那伙人快到山脚下时，似乎是柳空图突然犯起疯癫，吵嚷着要喝酒，他们便只得返回村里去了；属下猜测他们多半去了江边的陈家酒馆。"

杨仞闻言暗叹，也拿不准柳空图是真的犯病还是有意为自己缓住敌人，却听贺风虺问那刀客："你说还有几人，可看清楚了？"

"还有四人。"那刀客当即详叙了那几人的衣着样貌。贺风虺道："前两个是柳家家主柳鹰、胡家家主胡飞尘，那老者应是神泉寨的寨主田桑榆，还有一个年轻书生，贺某却不认得了。"

宁简接口道："料想便是跟随侍奉柳老山长的那个停云弟子。"却也记不得他的名字。

杨仞笑道："那是刘万山刘师侄，他这回混在一众高手之间，可威风得很了。"略一寻思，又道："柳鹰和田桑榆既都来了，难道戚晚词没来吗，他们不是结伙了吗？"

那刀客禀道："来者之中，并无女子。"

杨仞点点头，道："无论如何，他们既然敢来，咱们正好将柳老山长救下，以免他再受到燕寄羽的诓骗迫害。"

贺风虺道："帮主所言极是。"赵长希冷哼一声，道："趁此机会，贫道也和李师弟做个了断。"

众人心知不久或有一场激战，各自提振精神，朝着陈家酒馆的方向行去。半路上杨仞忽而念及一事，沉吟道："这临江集的后山有密道，也不知和春山上的密道有没有关联……"

宁简道："这两处密道均是年代久远，从密道里的模样瞧来，应是同一些人所修建的。"

秦芸闻言略一犹豫,轻声道:"此事我倒曾听吴师兄说过……"她提及吴重,眼眶不禁泛红,静了静又道:"这些密道是许多年前天音宗修造出来的,应是为了他们要找寻的东西而修。"

众人默然相顾,惊疑不定,均知天音宗可谓是江湖中最古老神秘的宗派,门徒身着墨袍麻鞋,寡言少语,外人谁也不知他们的门规教义;本来他们极少与武林其余门派往来,最近数十年里却似愈发热衷名望,但也只有薛秋声、谭寒音两位长老率领一些门徒为正气长锋阁做事,传闻中天音宗有一位教宗、五大长老,武林中人却连教宗和另三名长老是男是女都不知晓。

"听秦姑娘所言,"游不净沉吟道,"天音宗门徒行走世间各地,所谓的'聆听天声地籁',其实是为了找寻某样东西吗?"

秦芸道:"不错,但我也不知他们要找什么。数百年前天音宗鼎盛之际,共有三大支派,在中原、西域、北荒分别设有总坛。春山与临江集的这座山,便是其两处总坛所在。"

杨仞恍然道:"原来如此。不论天音宗要找寻什么,在他们全盛时尚未寻到,恐怕如今是更寻不到了。"

方轻游道:"也不知刀宗昔年选在春山隐居,是否也与此相关。"

说话中,众人来到江边的酒馆,李素微、柳鹰等人似有所预料,已在门外等候;刘万山搀扶着柳空图站在一伙人的最后,瞧见了杨仞身旁的秋剪水,神色顿变,脱口道:"秋姑娘,你、你被乘锋帮的歹人擒住了?"

秋剪水闻言微微蹙眉,刘万山又道:"秋姑娘放心,我与诸位前辈稍后便救你脱困!"

杨仞从前没见过柳鹰与田桑榆,正自打量,闻言不禁好奇道:"刘师侄,你倒是挺关心秋姑娘?"

"别叫我刘师侄!"刘万山顿怒,紧握鸿翼笔,便待上前与杨仞拼杀。

李素微轻声一咳，道："刘师侄，你且守护好柳老山长，不必多言。"

刘万山收笔道："遵命。"这才醒觉当着诸多前辈，实不该自己先出言，忍不住又瞥向秋剪水，心想："秋姑娘可别把我当作莽撞无礼之人才好……"

李素微默默环顾面前诸人，岳凌歌背负着严知雨，与他目光相触，神色微变，笑嘻嘻道："晚辈偶然路过此间，因我家侍女受伤，不能向各位前辈施礼，还请前辈们恕罪。"

李素微淡淡道："岳公子不必客气。"而后对着赵长希躬身一揖，道："拜见长希师兄。"

赵长希仰头望天，却不理会；李素微苦叹一声，但见杨彻大剌剌上前拱手笑道："在下杨彻，见过李前辈。"

李素微颔首道："肃州一别，杨帮主的修为进境神速，可喜可贺。"他口中贺喜，面容却极悲愁，宛如哭丧一般。

杨彻道："李前辈过奖了，不知诸位可曾瞧见一群无颜崖女子经过？"

李素微道："确曾遇见。"他似已知晓吴重丧命之事，随即又叹道："燕山长做事向来周全稳妥，想是不放心贫道的本事，故而才在临江集早早备下一群无颜崖杀手，终究让吴重插翅难逃。"

杨彻道："原来如此。李前辈可知那群女杀手去向何处？"

李素微回身瞧了一眼江边渡口，道："她们雇船去了，眼下多半尚未出航。"

"多谢相告。"杨彻闻言看向叶凉，却见他神色惊疑地瞧着柳鹰与田桑榆，也不知在想些什么。

杨彻回过头来，拱手与柳、田二人见礼，又笑道："敢问两位前辈怎会和李前辈在一起，我本还误会两位竟去相助戚晚词那恶婆娘了。"

田桑榆生性谨慎，只道："老朽幸会杨帮主。"

柳鹰却爽朗一笑，道："我与田老确是派了些门徒去帮戚晚词，也正纳闷为何她迟迟不至；至于邂逅素微真人，却是巧合。"

杨仞点点头,心想:"这柳鹰相貌英悍,言辞爽快,倒不似卑鄙诡诈之人。嗯,不过也说不准,燕寄羽那鸟人不也是人模人样的……"又听李素微道:"杨帮主有所不知,先前贫道本已擒住了吴重,孰料柳老山长突然犯起糊涂,竟助吴重逃脱;当时偏生又遭逢几个自称'青崖六友'的蒙面人来袭……所幸柳兄与田兄路过,仗义相助,这才击退了那伙蒙面人。"

叶凉心中微凛:"分明柳前辈与田前辈自己便在'青崖六友'之中,怎么又去帮李道长击退'青崖六友'?"转念之际,忽瞥见柳鹰似有意若无意地瞟了自己一眼,目光中隐隐有警告之意,随即明白过来:那几个蒙面人定是柳鹰安排好的,所谓"路过相助",不过是做戏给李素微看。

却听柳鹰笑道:"李兄言重了,举手之劳,何足挂齿。"

李素微正色道:"柳兄与田兄此举非只救了贫道,亦是有功于正气长锋阁,贫道自会将此事禀明燕山长,如今正气长锋阁尚有阁主空缺,倘若两位有意,贫道便向燕山长举荐如何?"

柳鹰哈哈大笑,拱手道:"李兄,那可实在多谢!看来我柳家在江湖中终有出头之日了。"

田桑榆犹豫片刻,亦拱手谢道:"素微真人有心提携,老朽实在是——"杨仞听得不耐烦,打断道:"李前辈,你方才说柳老山长犯了糊涂,不知他现下神志如何?"

李素微叹道:"他老人家好不容易才稳住了心性,现下应是神志无恙了。"

话音方落,便听柳空图闷声道:"刘师侄,你好生孝敬,又带着我回到春雪镇啦。"

刘万山一愕,道:"多谢柳老山长夸奖,只是……只是此地却并非春雪镇,而是滁州之南的临江集呀。"

"胡说八道!"柳空图瞪眼道,"你瞧这酒馆,与春雪镇上的春风酒楼一模一样，这里不是春雪镇又是哪里？"

众人闻言都端详起那陈家酒馆；燕海柱缩身在人群之后，本待找时机痛骂柳空图一番，此际见他目光痴惘，思绪错乱，却又有些不忍了，叹道："柳老头，当年你来到简家时那般神气，可曾想到会有今日？"

杨刎寻思一阵，看着龙钧乐笑呵呵道："龙掌柜，莫非这家酒馆也是你们龙家的产业？"

龙钧乐的左袖空落落地随风飘摆，自贺风馗现身以来便脸色阴沉，淡淡道了声"好说"；又对贺风馗道："姓贺的，今日龙某定要讨还断臂之仇。"

贺风馗面无表情，充耳不闻，只眺望岸边，但见一艘大船缓缓驶离了渡口，忽道："料想那艘船便是无颜崖杀手所雇的船了。"

众人转头望去，杨刎道："叶兄，你可要……"说着却见叶凉兀自低头出神，正待走过去拍拍他的肩膀，猛然心头一凛，几乎失声惊呼——

远处江面平阔，那艘大船上忽然腾起了熊熊烈火。

李素微神情顿变，略一迟疑，道："杨帮主，咱们先去瞧个究竟，其他事稍后再说如何？"

杨刎点头道："甚好。"言毕身旁人影倏闪，却是叶凉不知何时抬头醒觉，当先朝着起火处疾掠过去；李素微、柳鹰等人紧随其后，却让胡飞尘与刘万山留下照看柳空图。

杨刎请贺、赵、游三位前辈率众刀客留待，与方轻游等人亦奔向岸边。刘万山眼看秋剪水身影闪动，似乎也要过去，急道："秋姑娘，你、你别过去呀！"

秋剪水微怔，道："刘师兄有何指教？"刘万山快声道："秋姑娘，你趁此机会，岂非正好摆脱乘锋帮那伙恶贼？"

秋剪水听得迷惑，无暇与他多言，径自转身而去。

顷刻间，船上火势愈发猛烈，等到众人奔至靠近船的水边，那船已在江心烧成了残骸；李素微取过一根拉纤用的长绳，骤然抖直甩出，圈住了冒着黑烟的船舱，轻轻吐气，将那艘大船缓缓拉近了岸边。

杨仞见状暗惊："这苦脸道士练成了'空游诀'第九重，功力果然骇人。"

众人扑灭余火，进得船舱，但见里面横七竖八躺着不少人，都已死去，多是无颜崖女子；另有一具身材宽厚的男子尸身，已被烧得焦烂一片，面目难辨，料想便是吴重了。

叶凉怔怔瞧着这具尸身，随即忽如发狂一般，将其余尸体急乱翻看了一遍，喃喃道："没有雷姑娘，没有雷姑娘……"说话中瘫坐在地，额上冷汗涔涔，仿佛虚脱。

李素微道："这些女杀手并非被烧死，而是被细物射穿了喉咙。"众人端详尸身，果然见咽喉处均有伤口。

杨仞皱眉道："难道是弓魔的'青丝箭'？"说着霍然转身走出船舱，诸人跟随其后，望向船上一处角落，但见一人蜷缩坐地，周身衣衫焦黑破裂，双掌合拢紧紧护在胸前，似乎正握着一样珍逾性命的宝贝。

"果然是江海余，他还活着。"李素微长叹一声，"想是他修为高深，护体气劲荡开了火焰，故能保住性命。"

众人一惊，一时间相顾静默；忽听脚步声响起，却是叶凉从船舱走出，慢慢地走近了江海余，轻声唤道："江前辈……"

叶凉一边说话，一边轻轻拨开了江海余皮开肉绽的手掌，里面是一枚珠钗。

三

李素微眼见叶凉把江海余慢慢搀扶起来，不禁目光微变，道："叶兄弟留神。"

叶凉一怔："留神什么？"李素微叹道："此人可是弓魔，他性情喜怒无常，杀人夺命只在一念间，你不该留神些吗？"

叶凉闻言打量江海余，但见他满脸血污，眼神迷茫乱闪，宛如被吓傻了似的，哪还有一丝武林魔头的气魄，握住他的脉门，片刻后低声道："江前辈的五脏六腑伤损颇重。"料想先前船上曾有一场短促而惨烈的激斗，心想："江前辈杀那些无颜崖女子，是为了给我师父报仇吗……"

李素微颔首道："此来临江集，不意竟能擒获弓魔，也算为燕山长了结一桩烦忧，为武林省却一场祸患。"

田桑榆道："听闻弓魔的'青丝箭'颇难以常理揣度，为防他暴起伤人，咱们还是先将他手足斩去。"

叶凉心弦一紧，但知江海余作恶甚多，此际实难出言劝阻，却见李素微缓步走近，伸掌在江海余肩井穴一拍，苦着脸道："擒拿弓魔一事，是燕山长吩咐岳公子去办的，稍后咱们便将弓魔交与岳公子吧。方才我以第九重'空游诀'的'悬锁'之法压制了弓魔的行动，一旦他想聚劲发难，便只会自行高高跃起，摔在原地。"

杨仞暗忖："这手法倒是有趣。"随即笑道："李前辈，你张口便是燕山长，倒像他的弟子随从，浑不似玄真掌教了。"

李素微莞尔道："燕山长一心为武林计，贫道素来钦服，只盼杨帮主也能和贫道一般。"

柳鹰道："李兄所言极是。"转身看向杨仞，拱手笑道："杨帮主有所不知，我等随李兄到此，便是为了好言劝说贵帮，可不是来打架的。"

"劝说？劝我们降服吗？"杨仞嗤笑一声，"却只怕燕寄羽的这一桩烦忧，诸位还没本事替他了却。"

"杨帮主此言，未免太小瞧燕山长。"李素微摇头道，"贵帮近来声势不小，却也算不上燕山长心头真正的烦忧。我等此来，纯是为了相救贵帮，以免贵帮不幸覆灭。"

杨刈哈哈大笑，道："那你且说说，燕鸟人真正烦忧什么？"

李素微沉吟道："燕山长一则忧心刀宗普传'意劲'，为祸武林；二则不满吴重胡言乱语，在江湖上掀动是非。如今这两人都已死去，还有一桩烦忧，却是忌惮山中刺的'描红'之术……燕山长如今已伤在'刺青'之下，若再遭山中刺的刺杀，不免耽误今秋的华山之会。"

杨刈一怔，问道："这'描红'之术是什么，与'刺青'有何关联吗？"此言一出，一时间却无人回答；方轻游、秋剪水以及宁、陈主仆均是武林年轻一辈，对于"描红"却也是初次听闻。

"几位前辈怎不说话了？"杨刈笑呵呵环顾李素微等四人，目光落在龙钧乐身上，道，"龙掌柜，你胳膊少，你先说。"

龙钧乐脸上怒色一闪而过，正待发作，李素微赶忙劝道："咱们双方既说好了，凡事等回去酒馆再议，可莫要先打杀起来。"随即解释道："杨帮主或有不知，这山中刺设有零、落两堂，各有一项绝技，零字堂的绝技便是'刺青'，而'描红'则是落字堂的绝技。"

田桑榆接口叹道："传闻燕山长十余年来未曾受伤，却竟在春山上被薛夜鱼的'刺青'重创，足见山中刺身为武林第一的杀手宗派，确有不凡之处；料想那'描红'也定是不逊于'刺青'的绝技了。"

柳鹰笑道："我倒觉得燕山长未免多虑，听说山中刺遭到'辽水三刀'南下奇袭，死伤惨重，也不知还剩几个杀手活着，又岂有本事伤及燕山长？"

叶凉从旁神情微异，自从方才李素微提及"山中刺"，他便忍不住偷眼打量柳鹰，却见他脸色豪洒如常，也不禁有些佩服他的心境。

"柳兄言之有理。"李素微颔首道，"燕山长倒也曾对贫道说起：如今薛夜鱼被囚华山，料想山中刺再无别人修成'刺青'，而那'描红'则更近似一种阵法，须得多人耗时良久才能练就，凭山中刺残余的杀手，倒也未必真有这个能耐。"

柳鹰与田桑榆、龙钧乐听后纷纷称是；李素微略一停顿，又道：

"只是那山中刺掌门始终未曾现身,'金''玉''冰'三派的刀主也不知此人究竟是谁,终究是个隐患。"

杨仞恍然道:"李前辈,你说得很是清楚,多谢了。"李素微道:"只望杨帮主体会贫道这番诚心,从此莫再与正气长锋阁为敌。"

杨仞哈哈一笑,从前徐开霁劝他莫与燕寄羽为敌,他自知其是出于诚心,但眼下换作李素微,却觉其中定有什么阴谋诡计,便只道:"在下有些口渴了,李前辈,咱们这就回酒馆去,比比酒量如何?"言下之意,却是懒得聒噪,只想速战速决。

李素微长叹一声,也不再多说,转头对江海余道:"江兄,便请移步吧。"江海余也不知听懂没有,手中紧攥着那枚珠钗,跟跟跄跄地走下了船。众人便也都往回行去。

叶凉背负着师父的尸身,只觉心头沉重,恍恍惚惚地迈步;李素微与龙钧乐一左一右,将江海余夹在中间,似仍在提防他猝然动武。

李素微回望一眼,瞥见叶凉越走越慢,落在最后,不禁叹道:"叶兄弟记起了吴重,也不知是否会叛离停云书院,那可就让燕山长寒心了。"

柳鹰接口道:"李兄所虑甚是。罢了,我便去劝劝叶兄弟。"李素微点头道:"有劳柳兄。"

杨仞心中微动,但见柳鹰朗声出言,料想他身为一派宗主,与叶凉无冤无仇,也不至于趁机偷袭,便转头与秋剪水、方轻游谈聊起来。

柳鹰走近叶凉,微笑道:"叶兄弟,你果然很能保密,很好。"却似有意将嗓音控在叶凉耳畔,并不外散,震得叶凉头颅轻微作痛。

叶凉低声道:"嗯,我答应了雷姑娘的。"

柳鹰淡淡道:"那你想不想知道雷姑娘现在何处,是否无恙?"

叶凉一惊,道:"雷姑娘她、她在你手里?"

"不错,"柳鹰颔首道,"你若想要雷姑娘安然无事,稍后打杀起来,便请你助我一臂之力,可别让我被人杀死,哈哈。"说话中咧嘴而笑,从远处瞧去,两人似乎言谈甚欢。

叶凉道:"可是……可是杨兄他们帮中高手甚多,我又哪有本事帮你,单说方轻游方大哥,我便不是他的对手……"

柳鹰笑道:"我倒也无须你助我对付乘锋帮,稍后你帮我留神李素微便是。"

"啊!"叶凉闻言顿凛,"你和李道长不是一起的吗?"

"傻小子,"柳鹰脸上笑容愈浓,同时姿势亲热地拍了拍叶凉的肩膀,"你以为李素微方才那些话,是说给谁听的?"

叶凉微微点头,思绪纷乱,却听柳鹰又道:"叶兄弟,实不相瞒,适才我在酒馆门口见到你时,着实觉得有些奇怪,我不明白为何雷姑娘竟没杀你。"

叶凉心弦一抖,喃喃道:"雷姑娘她……她说要杀我吗?"

柳鹰爽朗一笑,道:"不错,先前我们私下议事时,雷姑娘多次明言,说对你这傻小子全是利用,毫无一丝真情;她说等你此番抵达临江集后,便再无用处,她会亲手将你杀死……可是现下你却还活着。"

叶凉听得心胸冰凉,轻叹道:"不知她打算如何杀我?"

柳鹰微笑道:"这她倒确曾提及,说你剑术非凡,须得一边说些温柔的话哄你,一边走到你身前,而后猝下杀手……至于她这法子究竟能不能杀你,想来叶兄弟自己清楚。"

叶凉脸色苍白,却不接口;柳鹰又拍拍他的肩膀,叹道:"叶兄弟,你剑意上的修为虽高,却终究认不清这世道,那就仍要处处受制,遭人欺瞒摆布。"他语气惋惜,但脸上却绽满豪洒笑容。

叶凉低声道:"那么这世道,到底是什么样的?"

柳鹰瞟了一眼叶凉所背负的焦枯尸身,语声亦低落下去:"你身为天资绝顶的徒儿,遇到了这世上最好的师父,却仍然过不好此生。——这世道便是如此。"

叶凉惘然沉默,片刻后道:"柳前辈,你将雷姑娘的心意告诉了我,不怕我稍后不肯助你吗?"

柳鹰莞尔道："便如上次我在滁州所言，我既有事请你相助，你我便须坦诚相见，你若因此而不愿助我，最多我今日死在临江集，那倒也不算什么。"说完哈哈大笑，径自走离。

叶凉瞧着柳鹰的背影，一时不语，莫名觉得柳鹰此际的笑声却是发自真心。

李素微等着柳鹰快步走近，问道："柳兄似和叶兄弟谈得甚是融洽，料想是将叶兄弟劝服了？"

柳鹰点点头，随口笑道："叶兄弟心思单纯仁善，倒是不难劝服。"

众人回到陈家酒馆门口，胡飞尘、赵长希等人瞧见弓魔，神情均凛；岳凌歌眼珠一转，将严知雨交与燕海柱，道："可否麻烦你老人家暂且照料知雨？"

燕海柱本就不放心岳凌歌，很想自己照看孙女，只是不会武功，一直不敢多言，此刻连声道："好好好，这有什么麻烦的。"

岳凌歌转身迎近李素微等人，拱手笑道："先前在下奉燕山长之命擒拿弓魔，未承想今日诸位前辈大展神威，先行制伏了这魔头，如此在下便能向燕山长复命了，实在感激不尽。"

李素微淡淡笑道："岳公子何必说这些虚话，贫道本也正打算将弓魔交与你。"岳凌歌一愣，似不甚相信，但仍长揖道谢，随即取来一根绳索，便要趁着江海余神思痴怔，将他捆缚起来。

龙钧乐摇头道："岳公子不必费事，先前李道长已用'空游诀'第九重的法门禁锢了弓魔的行动，无论内劲也好，意劲也罢，这魔头都难以施展了。"

岳凌歌恍然一笑，未及开口，忽听赵长希冷声道："好个'空游诀'第九重，今日我正想领教一番；李师弟，你若不敌，便将玄真教的掌教令符交出来吧。"

李素微苦声道："长希师兄，我实不愿再和你争斗，更何况……"

赵长希大步上前，道："更何况什么？"

李素微叹道:"更何况你也不是我的对手。"

众人闻言一惊,都注目李素微;赵长希怒声笑道:"既然你如此说,那咱们当下便见个分晓!"

李素微苦笑不语,龙钧乐倏一拂袖,冷哼道:"既然赵兄急于动手,那正好两方以二敌二,我也来领教贺兄的刀法便是。"

贺风馗也不吭声,手按刀柄,漠然踏前。杨仞见状顿凛,道:"且慢,贺前辈……"

话音未落,贺风馗猛地拔刀斜劈,出手便似是"天风萦回",数十缕刃风朝着龙钧乐卷袭而去;龙钧乐竟似早有防备,在贺风馗挥刀的同时便旋身避到一旁,却将疾啸的锐风留给了身后的柳鹰——

柳鹰目光转锐,抬臂待将掌风凝击出去,电光石火之际,李素微道袍猎猎一响,袖底掌心翻转,一股罡风轰然撞在柳鹰腰侧;另一侧的龙钧乐沉袖下扫,袖缘金光微闪,一抹气劲掠过柳鹰膝弯。柳鹰口喷鲜血,单膝跪倒。赵长希轻叹中弹出"野马吹息"的指风,将柳鹰周身穴道封闭。

李素微缓缓吐出一口气,俯看柳鹰,道:"倘若柳兄只会柳家刀术,那倒也罢了,但你身兼山中刺的掌门,贫道实不知你还修成了什么奇技,只得忽施偷袭,得罪莫怪。"

众人面面相觑,许多人心中均极惊疑;杨仞扫量胡飞尘与赵长希、贺风馗,料想是先前自己去江边时,两方留下的人商议好了一齐偷袭柳鹰,疑惑道:"这究竟是为何,胡飞尘,是不是你弄的鬼?"

方才李、赵、龙、贺四人出招攻袭时,胡飞尘身影穿梭闪动,为四人掠阵,却将田桑榆、刘万山以及柳空图都阻挡在后,此时闻言一脸平和,只道:"在下不过是听奉李道长之命,给贺前辈等人传话罢了。"

"回禀帮主,"贺风馗对着杨仞一揖,肃然道,"先前贺某听说柳鹰竟是潜藏暗中的山中刺掌门,亦是'青崖六友'之首,已对本帮布下了毒计；事关本帮安危存亡，不得不暂代帮主做主，与李道长共将柳鹰擒下。"

"原来如此。"杨仞点点头，想起叶凉曾说"青崖六友"为防燕寄羽死后乘锋帮独霸江湖，不得不"出此下策"——料想这所谓的"下策"，便是贺风尴说的毒计了；寻思片刻，苦笑道："贺前辈此举还是莽撞了些，倘若李前辈所言是假，却是想利用咱们来帮他对付柳鹰呢？"

贺风尴道："事关紧急，纵然是假，但柳鹰总归是柳家家主，免不了攀附正气长锋阁，此际先擒住他，对本帮也并无坏处。"

杨仞略一沉吟，道："贺前辈言之有理，确该如此。"只觉贺风尴不单沉静善忍，紧要关头亦谋断果决，暗暗有些佩服。

方才叶凉虽知李素微或会对柳鹰发难，却也没想到惊变一瞬乍起，等回过神来，柳鹰已然受制；暗叹一声，转头看向柳鹰，不禁心头微异：柳鹰眼神极平静，嘴角挂着淡笑，似乎浑不惊讶惶惧。

叶凉怔了怔，随后缓慢弯腰，小心翼翼地将背着的尸体平放在地；转头又端详柳鹰，但见他身躯一晃，坐在了泥土上，料想是身上穴道受制，支撑不住身躯。柳鹰留意到叶凉的注视，目光转动，好整以暇地冲他眨了眨眼。

叶凉心底隐隐一颤，不知为何，似乎柳鹰的神态愈是轻松悠然，他便愈觉不安。

李素微瞟向叶凉，但见他因背负尸身，衣衫上沾染了不少血污，不禁轻轻一叹，道："叶兄弟节哀，盼你此后一心跟随燕山长学艺，在武林中有所作为。"

杨仞摇头笑道："李前辈此言未免大谬，先前我已邀约叶兄入帮，而今叶兄的师父又死于燕山长所雇的无颜崖杀手刀下，那自当是入我乘锋帮，为吴重前辈报仇才是。"他猜想李素微多半不知真正杀死吴重的实是雷缨络，故而只提及无颜崖。

李素微也不争辩，叹道："杨帮主这话，倒也有几分道理。只是叶兄弟究竟何去何从，还须他自己拿主意。"

诸人纷纷朝叶凉看去，却见他低头不语，片刻后才道："我……我不知道，我想先将师父安葬。师父他从前很喜欢来陈家酒馆下棋喝酒，我想将他老人家葬在酒馆旁边的空地，但不知酒馆主人是否愿意……"

李素微听后迟疑一阵，道："叶兄弟，实不相瞒，贫道须得将吴重尸身带走交与燕山长，否则怕是难以复命。"

叶凉一怔，当即摇头道："决计不成。"顿了顿，又道："我师父已经死了，你们、你们还不肯放过他吗？"

众人面面相觑，均觉涩楚，李素微只长叹不语。刘万山环顾左右，忽而走近叶凉，正色道："叶师弟，这可就是你的不是了，你分明是燕山长的徒弟，又与吴重这奸恶油滑之徒何干？"说完眼见叶凉神色诧惑地望过来，清咳一声道："你虽是燕山长的亲传弟子，但入门比我晚，我身为你的师兄，规劝你迷途知返，那是责无旁贷。"

叶凉静了静，道："我不是燕山长的弟子，你也不是我的师兄。"

杨彻闻言哈哈一笑："叶兄所言不错，他分明是你的师侄，你称他'刘师侄'便是。"

刘万山大怒如狂，正待斥责叶凉、痛骂杨彻，却见李素微摆摆手道："此事容后再议，刘师侄，你先且退后吧。"

刘万山将鸿翼笔攥得欲断，却也别无他法，只得依言走回柳空图身边，瞥见柳空图呆愣伫立，却似浑不在意自己受气，不由得有些怨恨起柳空图来。

李素微说完便对着贺风馗、赵长希一拱手，道："先前未及道谢，实在失礼，多谢贵帮相助贫道擒下柳鹰。"

"好说。"贺风馗拱手回礼，随即收刀入鞘，姿势沉着。

赵长希瞧了一眼贺风馗，倏道："若我没看错，贺兄方才擒柳鹰时只是虚晃一招，刀上振发的似是寻常刀风，却并非'天风萦回'。"

贺风馗淡淡道："不错，刚才贺某那一刀，只作惊敌之用，有赵兄三人，已足够制住柳鹰。"

杨刎心下恍然："怪不得刀风扑中柳鹰，他却没受伤溅血。"转念又想："贺前辈好生克制，至今都未展露过真正的修为……"

忽听柳鹰微笑道："贺兄久违了……想来这位胡兄弟亦是你们天风峡的仇人之一，你却仍能听从他的转述，与李兄、龙兄一并偷袭于我，这份心性可真不简单。"

贺风馗面无表情，道："贺某不过是做自己当做之事而已。"

"佩服！"柳鹰哈哈大笑，"今日在场诸人之中，你贺风馗算个人物，远胜过赵长希、游不净之辈。"

赵长希与游不净久历江湖，自不会因柳鹰只言片语着恼，只莞尔相顾；杨刎大剌剌道："要讲论谁胜过谁，那是老天爷的事，也不是你柳老兄说了算的，你倒不如说说，究竟要对我乘锋帮使什么毒计？"

柳鹰笑道："杨帮主果然是个妙人。"却避而不答，觑向李素微道："李兄，不知你从何得知我是山中刺掌门，是柳老山长说漏了嘴，还是燕山长自己的猜测？"

李素微制住柳鹰之后，有意对其冷落不理，要看他作何言行、是否另有后招，却不料柳鹰只是淡然端坐笑语，也不免有些疑惑，闻言略一犹豫，叹道："柳老山长虽然时而糊涂疯癫，却始终未提过一句你们洛州柳家的隐秘；贫道确是听了燕山长的怀疑，这才奉命查探此事……柳兄，你找人假冒'青崖六友'，又现身相救，那可弄巧成拙了。"

柳鹰呵呵一笑，道："只凭此事，恐怕李兄还难以断定吧？"

李素微道："贫道在船上有意提及山中刺之事，瞧见了叶兄弟偷偷打量柳兄的眼神，一切还不明白吗？燕山长对于'描红'之术亦不知晓详情，但他猜测此术或与叶兄弟相关，今日看来，燕山长神机妙算，确是猜对了。"

叶凉一凛，暗忖："可是柳前辈从未对我提过'描红'二字呀……"

但见柳鹰目光闪动，缓声道："燕山长确也算个人物，他虽未全然猜对，却也猜中了一处关窍……不错，若无叶兄弟，这'描红'之术恐怕也难以布置成功。"

李素微神色顿变："你说什么，难道'描红'之术已然布成了？"

柳鹰微笑道："正是如此，否则在下又何来闲情逸趣与诸位谈聊。今日即便李兄杀死了我，也难以破解'描红'，燕寄羽的落败已成定局。"

李素微将信将疑，摇头道："可是据贫道所知，燕山长眼下可还好端端的，倘若柳兄当真布成了'描红'，燕山长又岂会安然无事？"

柳鹰道："李兄会这般说，那是因为李兄不知'描红'到底是何。"

李素微眉目微动，道："那么'描红'是什么？"

四

柳鹰道："先前李兄说，这'描红'更近似一种阵法，须得多人耗时良久才能练成，这话倒并未说错，但'描红'之阵不似燕山长在春山布下的'惊鸿影'阵法那般神奇玄妙……所谓的'描红'，实则是一种疾病。"

叶凉听到"疾病"二字，倏忽想到那夜燕海柱鼻息异样，似患了什么怪病，心中莫名打了个突。李素微皱眉沉思，又道："究竟是何疾病，又如何伤人致命，还请柳兄详示。"

柳鹰笑道："李兄，你即便知道了也无从改变，还是不知道的好。"

李素微点点头，道："好，柳兄既不肯说，那我便当柳兄并未布成'描红'，只是假言诓骗，那我只要杀死柳兄，这'描红'便永远不会布成了。"说完也不待柳鹰开口，径自挥掌朝着柳鹰额头劈落——

"啊！"叶凉失声惊叫，不及多想，已蓦然闪至，抬臂格开了李素微的右掌；李素微面沉如水，左袖随即扫向柳鹰眉心。叶凉迫不得已，出剑刺向李素微左臂,眼看李素微袍袖飘忽、又要变招,剑锋一颤,直刺李素微心口要害,这才将其逼退一步——

叮当一响,李素微抽出了腰畔无锋剑,与叶凉的短剑交击,叶凉身躯晃动,只觉一股渊深曲折的寒意顺着剑身涌来,一时间内息冻结,手足僵滞。

"道剑'墨渊',名震天下。"柳鹰洒然赞叹,"听闻李兄自击败摩云教后便未再动剑,没想到今日破例出剑,足见对叶兄弟颇为看重。"

李素微目视叶凉,冷淡道:"叶兄弟为何阻我?"

"前辈恕罪,我……"叶凉说着犹豫起来,眼前闪过风雨中雷缨络孤零零远去的身影,心中微痛,只涩声道,"我不得不……不得不救柳前辈。"

李素微沉吟片刻,叹道:"叶兄弟,我不知柳鹰对你说了什么,但请你细思,他是否只是空口无凭,虚言恐吓于你,譬如声称擒住了你的亲朋,却也没让你瞧见?须知柳鹰这两日一直与贫道同行,未必有时机另施诡计。"

叶凉一愣,越想越觉李素微所言有理,凭雷缨络的聪颖机敏,若想脱离"青崖六友",定会思虑周全,又怎会落入柳鹰掌握?转念又想:"是了,柳前辈故意语出反常,告诉我其实雷姑娘不喜欢我,做出这般坦诚之态,却恰恰能让我更加深信他已将雷姑娘制住……"

"叶兄弟,多谢你了,不过你方才实在不必出手的。"柳鹰莞尔道,"李兄方才只是诈我,他尚未知晓'描红'的底细,那是绝不会杀我的。"

叶凉瞧向李素微,却听他道:"不错,贫道一则是想试探柳兄是否真的受制难动,二则却也想看看在场诸位之中,是否还有人亦属'青崖六友',会不会出手救你。"

柳鹰淡然道:"李兄料事如神。实不相瞒,现下这群人里确还有一位,亦是'青崖六友'之一。"

叶凉一凛,心说:"难道柳前辈这便打算出卖田老前辈吗?"转念中凝神运功，不断冲消体内的冰寒之气。

李素微环顾诸人，沉吟道："前日田兄与柳兄一同出现，助我将假冒的'青崖六友'击退，本来我最该怀疑田兄，但我素知田兄为人谨慎稳重，多半不会参与这类阴谋，料想他前日也只是被柳兄利用罢了……"

柳鹰闻言叹道："李兄实在厉害，我可是愈发佩服你了。"

田桑榆拱手道："多谢李兄信任。依老朽愚见，咱们不妨将柳鹰交与燕山长处置，料想燕山长定有法子问出'描红'的真相。"

李素微颔首欲语，却见柳鹰摇头道："如今'描红'之阵已成，便是燕寄羽也无可奈何；反倒是今日在场的诸位里，却有一人让我猜不透虚实，也不知此人是否能破解'描红'。"

"敢问这人是谁？"李素微目光一闪。

柳鹰与李素微对视一瞬，忽而朗笑道："等这人死了，你便知道了。"

话音未落，不远处乘锋帮刀客之间猛然响起布料碎裂之声，穆清池破开麻袋，一霎里已跃至秦芸背后，扼住了她的脖颈——

先前两方人对峙之际，燕海柱要照料严知雨，秦芸修为不高，故而这三人都避在一众刀客身后；而穆清池被制住捆进麻袋，被看守他的刀客随意丢在地上，距秦芸不远；杨仞、赵长希等人反身望去，相救已然不及。

穆清池手指骤紧，一股锋锐气劲透入秦芸后颈，秦芸嘴角溢出汩汩鲜血，软软垂坐在地。

"秦前辈！"叶凉透过人群望去，浑身惊抖，胸中热血如沸，刹那里已能动弹，朝着秦芸疾奔过去。

穆清池猝施重手之后，当即掠向燕海柱，似想将他扣住为质，燕海柱坐在地上，正持着水囊喂严知雨喝水，情急中非但不避，反而起身张开双臂，将严知雨挡在身后；眼看穆清池的手掌即要触及燕海柱衣襟，一道刀光劈落，宛如地上凭空长出一面雪亮的刀墙，将穆、燕二人隔开——

穆清池几根手指断落坠地,右手鲜血淋漓,与杨刎森寒的目光一触,随即旁掠数丈,却又被一缕指风迫住,侧目瞧去,烛火晃动如雨,铺天盖地压来;秋剪水使出"心照"境的绝学"飘零剑",手指连弹,分刺穆清池胸腹,穆清池面露冷笑,左手手指迅疾屈伸,却亦刺出指风,顷刻化解了秋剪水的攻势。

秋剪水一凛,先前她见穆清池脱困,本已颇觉惊疑——多日前穆清池被擒之后,虽然周身穴道被封、手足亦遭捆缚,但杨刎仍不放心,便请秋剪水施展"青灯梦魂"之法,如去年迷晕温蔚一般,迷乱了穆清池的神思。她心知此法只有通晓"心照"境之人才能破解——此际又见穆清池所用招数与"飘零剑"如出一辙,顿时恍悟,脱口道:"穆师叔,原来你也修成了'心照'之境?"

杨刎正自挥刀追斩穆清池,闻声暗凛,穆清池虽手无烛台,但身姿手势均极幻奇,引得杨刎一阵目眩;穆清池见此地高手环伺,已难擒得人质作挟,也不恋战,拧身便向江边逃去,倏而双脚剧痛,却是方轻游悄无声息地欺近,出刀挑断了穆清池的脚筋;穆清池摔在地上,脖颈微抬,便被方轻游的刀锋抵住。

与此同时,叶凉搀扶着秦芸,紧握她的脉门将内息源源渡入;秦芸脸颊愈发苍白,嘴角涌出的鲜血染红素裙,忽而低声道:"这样……这样也好。"

叶凉一怔,但见秦芸神色轻松,涣然一笑,似得解脱,旋即垂首不动。叶凉心里惶惶一空,悲声道:"秦前辈……秦前辈死了……"

众人相顾震惊,杨刎暗骂一声,不自禁地瞧向江海余,却见他兀自痴痴伫立,低头凝望手中珠钗,目光温柔,似浑不知周遭变故。

"唉,"李素微愁眉苦脸道,"原来这位穆兄才是在场的'青崖六友'之一。"

杨刎转回头瞪视穆清池,冷声道:"姓穆的,你既能自行脱困,为何却一直忍到今日，莫非只为杀害秦前辈吗？"

穆清池冷哼一声，躺倒不语；杨仞皱眉振刀，正待逼问，忽听柳鹰笑呵呵道——

"倘若穆兄一早便脱身离去，不与你们乘锋帮同行，又如何能将'描红'的疫病在你们中间慢慢散播开来？"

杨仞心头剧凛，不禁陷入深思；柳鹰目光悠悠一转，又对秋剪水道："秋姑娘，这些年你自以为将郁剪寒的遗物收藏得稳妥，却没想到你的穆师叔早已偷进过你的房间，拆阅了刀宗的书信，虽未看全，不能领悟'意劲'，却也助他修成了'心照'之境。"

秋剪水闻言蹙眉，只听杨仞喃喃道："穆清池，那日在岳州春风酒楼，你与龙钧乐密谋，却是故意让阿叶听见……"

穆清池仍不说话，柳鹰却接口道："不错，此举便是为了让杨帮主将他擒去。"

杨仞冷笑道："倘若我擒住之后，径直将他杀了呢？"

柳鹰哈哈大笑："若贵帮是贺风馗做主，那我自当另换计策，但以你和秋姑娘的心性，既见穆兄只是谋划，未得逞，多半是不会杀他的。"

杨仞一时语塞，穆清池倏道："柳兄，你的话未免太多了。"

众人微怔，均觉柳鹰抢先道破自己的计策，确也有些古怪；李素微沉吟道："柳兄的'描红'之阵，不是用来对付燕山长吗，怎么却布置在了乘锋帮之中？"

"我正是要借助乘锋帮来击败燕寄羽，才这般布置。李兄有所不知，这'描红'之'红'，实是血缘之意，想要对付谁，布阵时便须用到谁的血脉近亲……"

柳鹰淡淡一笑，继续道："要练就'描红'的疫病，需要一味'药引子'，以及两味'主药'，这药引子自是穆兄，而主药嘛……便是燕海柱和严知雨了。"

五

众人闻言暗自惊心,杨仞想到前日秦芸察看严知雨伤势时,已瞧出严知雨是中了山中刺的某种功法,只是当时诸人不知"描红"之事,却未能警醒。

便在这时,一声轻呼乍起,却是严知雨从昏迷中睁开了双眼,她望见燕海柱,茫然道:"老伯伯,你是谁呀?"燕海柱先前险遭穆清池所擒,惊魂未定,但仍勉强冲她笑笑,一时却不知该如何解释。

柳鹰微笑道:"妙极,严姑娘既醒,更可见'描红'确已大成。杨帮主,恭喜你们乘锋帮作为'辅药',均已染上'描红'之病,等再遇到燕寄羽,轻而易举便能将他送赴黄泉了。"

乘锋帮诸人惊疑不解,各自皱眉。刘万山啊的一声,道:"李前辈,这帮贼子既都染病,咱们耗在这里,可别让他们将疫病也传给了咱们……"

李素微瞥见刘万山神情焦急,只苦叹不语。柳鹰悠然道:"刘师侄且请放心,严姑娘之所以醒来,那是身上药性已然传散殆尽,咱们与杨帮主等人相见时短,那是不会染病的。"

刘万山顿时松了口气;龙钧乐笑道:"如此甚好,贺风馗,你本就是个病夫,如今病上加病,当真妙极。"说完目光刻毒地瞪视贺风馗,贺风馗却恍若未觉。

"柳兄,"穆清池骤然冷声道,"我深信于你,一切依你计策行事,没想到却被你当作了药引子。"

柳鹰笑呵呵道:"我'青崖六友'誓要为武林铲除燕寄羽,其中只有穆兄你是贪恋权位,想做烛照剑掌门,才愿意与我结伙,这药引子自该让你来当。但无论如何,你将我交代的事做得很好,总归是有功于武林,也可谓舍生取义,死得其所了。"

穆清池默然不语,面色阴晴变幻,似乎并不很想"舍生取义"。方轻游瞟他一眼，对杨仞道："这位穆前辈是柳鹰的傀儡，似也不知什么更深的隐秘了。"

杨仞明白他的意思，转头看向秋剪水，道："秋姑娘，依照巴山剑派的门规，不知该当如何惩处穆清池？"

秋剪水心下暗叹，略一犹豫，道："穆师叔犯下叛门、滥杀两大重罪，依照本门门规，该当处决。"

穆清池惶急起来，叫道："好个柳鹰，你抢先道破我知的机密，便是想将我害死，没想到我多年隐忍，却仍是信了你的邪，被你……"

方轻游也不待他说完，道："既如此，我便为秦前辈报仇了。"话音落时，刀锋一垂，已将穆清池刺毙。

叶凉见状微惊，暗忖："如今'青崖六友'之中，穆前辈已死，阮前辈被囚华山，柳前辈现下亦已受制，倘若雷姑娘真如我所猜测的那样想要脱离，那么这六人里便只剩田老前辈和凌掌门身份未显了……"

杨仞提刀走近柳鹰，摇头道："柳老兄，你自顾自聒噪了许久，说我们都染了病，可老子浑身自在得很，怕不是你失心疯，胡乱唬你老子？"

柳鹰淡淡一笑，却不开口，眼神怡然自得。杨仞目光转锐，沉吟待语，酒馆门前一时寂静。——先前江船失火，许多村民去瞧热闹，回来路过酒馆，见这许多武人剑拔弩张，随时要打杀起来，早已纷纷归家躲避；日头西沉，一股肃杀之气弥漫开来。

柳空图忽然嘀咕道："刘师侄，你总是偷瞧那位秋姑娘，一定很喜欢她吧？"

"啊……"刘万山一愣，慌忙道，"你老人家糊涂了，怎么突然说这般怪话？"

秋剪水蹙眉不语，这才恍悟先前为何这位停云书生对自己言辞异样，心下颇觉诧异："我与这人素无过多接触，他为何会喜欢我？"却听柳空图叹了口气，又道："刘师侄，你还是莫喜欢这位姑娘，就让她和杨小子做夫妻去吧。"

刘万山脱口道："这、这如何使得？"

柳空图拍拍刘万山的肩膀，神态甚是关切，道："他俩都活不长了，料想两三年后便会死去，你这般孝顺，还是另讨个长命的老婆吧。"

众人相顾惊凛，柳鹰忽而大笑，道："老山长虽神思糊涂，但仍目光如炬。不错，身染'描红'之病，两年后便会病发身亡。"

"放屁！"杨仞冷笑道，"你说我死我便死，你老兄是阎王爷吗？"

柳鹰道："此病会在两年内逐次侵害五脏六腑，蚕食周身精血，料想这两日已侵入肺经，诸位到夜里寅时，身上云门、天府、侠白、尺泽等穴多半不免刺痛，到时诸位自知真假。"

语声方落，乘锋帮刀客里便蹿开一阵低乱议论，不少人道："昨夜我天府穴确曾有些刺痛。""不错，我也是如此！"

柳鹰笑吟吟道："不过杨帮主也不必气馁，这'描红'既是针对燕寄羽而布置，等你们再遇见他时，病症便会迅疾传到他身上，他可没贵帮这般幸运，染病后不出三日，便会死去……杨帮主，试问若非如此，你真能敌得过燕山长吗？你们得我此助，也算因祸得福了。"

杨仞听到这里，遍体冰凉，他率领乘锋帮对抗正气长锋阁，本就是亡命之举，一瞬间想到秋剪水，心中歉疚难受已极；转头看向秋剪水，想要说些什么，却见她也正朝自己望过来，目光温柔而坚定，似在劝慰自己不必多言。

贺风虺听后却淡漠如旧，他一心要为天风峡复仇，两年时间足矣，至于能否活得更久，于他却全不重要。

柳鹰又轻叹道："只可惜岳公子、叶兄弟以及宁姑娘等人近日里频与乘锋帮共处，也沾染了'描红'之病……不过在下为武林着想，难免误杀几人，实在对不住了。"

岳凌歌目光乱闪，却似也无计可施，只瞪着柳鹰不说话。

宁简脸色苍白，静默一阵，几乎不忍去瞧陈彻，心想："假若温蔚不将陈彻带到临江集，那该多好……"愁黯之际，忽听陈彻打了个哈欠，道："主人，你怕吗？"

宁简一怔，这话本是去年在青石镇上，陈彻被简青兮擒住时，自己问陈彻的，却不想陈彻会在此际反问出来，略一犹豫，道："嗯，是有些怕。"

陈彻道："别怕。"

两人对视一眼，宁简点头道："好。"

"柳兄好歹毒的计策……"李素微环顾诸人，苦声道，"既借刀杀人，利用乘锋帮克死燕山长，又让杨帮主等人命不长久，以防范乘锋帮此后独霸江湖……"

叶凉心弦一震，这才明白"青崖六友"在滁州说的"出此下策"究竟是何意；呢喃道："原来你们根本不是想要我杀死弓魔，而是故意让我救走严姑娘，将她送到杨兄和乘锋帮的身边……"

柳鹰微笑道："正是如此。叶兄弟去年曾救过杨帮主，众人又都知你心性诚朴，由你将这味'主药'送去，那是谁也不会起疑的。"

叶凉低头不语，手心颤抖，几乎拿捏不住短剑。这一日他遭逢惨变，师父被杀，凶手却竟是自己的心上人，本已伤心绝望，对于自己身染"描红"之事反倒不甚在意，只是先前他听柳鹰说雷缨络对自己毫无感情，全是利用，心底却终究有一丝不信，直至此刻才发觉，雷缨络实是将自己玩弄于股掌之间，到底让自己成了谋害乘锋帮的帮凶。

想到这里，他心如死水，眼前昏沉沉的，转身对着杨彻深深一揖，涩声道："杨兄，是我害了你们……"

杨彻摇了摇头，皱眉欲语；柳鹰笑道："杨帮主，你也莫责怪叶兄弟，当初你如果一早将燕海柱放了，这'描红'之阵又岂能布成？"

杨彻冷哼一声："我当时若不肯拿龙钧乐交换，你又待如何？"

柳鹰道："那么雷姑娘便会径直将燕海柱送交与你，那也只是不能帮她的车夫相救龙钧乐而已，又有什么要紧的？"

杨仞无言以对，倘若当时雷缨络径直将燕寄羽的生父相送，他多半也不会平白拒绝。

却见柳鹰淡然问道："杨帮主，难道这些天里，你身边竟没一个人劝你放了燕海柱吗？燕老伯并非武林中人，你若真是磊落仁善，原也不该牵连他才是。"

"去你娘的，"杨仞越听越怒，"老子本就不是什么善人，今日先剐了你喂狗！"

柳鹰微微一笑，也不着恼，从容道："如今大事已成，在下死不足惜。"

龙钧乐打量两人，疑惑道："柳兄，你将计策和盘托出，不怕这群乘锋帮的贼子知晓自己命不久矣，从此心灰意冷，不肯再对付燕山长吗？"

"这决计不会。"柳鹰笑了笑，道："他们都是侠义之辈，既知自己命不久矣，更会铁了心要在死前将燕寄羽击败。——杨帮主，我说得对吗？"

杨仞骂道："对你爹个腿。"倏听方轻游淡淡道："无论'描红'多么奇异可怖，总归是一种疾病，世间万事万物相互生克，既是疾病，定然有药可医。"

众人闻言均觉有理，不由得精神一振。

柳鹰哈哈一笑，道："方兄弟未免将此病想得简单。一个人武功练得再深邃神妙，也逃不过生老病死，这'疾病'一物，可比刀剑拳掌、毒药暗器，以及内力和'意劲'都要厉害得多。倘若吴重活着，刀宗复生，或许还能治此病，但眼下嘛……奉劝诸位还是认命吧。"

他说着瞥见秦芸端坐不动的尸身，又道："其实秦姑娘未必能破解'描红'，但我不能冒险，那是不得不杀她。"

李素微长叹道："柳兄用心如此深沉，贫道心服口服。"说完转身面对龙钧乐，神情一凛："可是贫道也着实没想到，龙兄竟也是'青崖六友'之一。"

"李兄，你说什么？"龙钧乐愕道，"龙某与'青崖六友'从无瓜葛，这等事可不能随意胡言。"

李素微摇头道："先前杨帮主与柳兄已说得清楚，你与穆兄在岳州密谋，故意引诱乘锋帮中计，你又何必再徒劳抵赖？"一边说话，手中无锋剑已缓缓抬起。

龙钧乐大惊，道："李兄且听我说，那日我也是受到穆清池的蒙骗……"眼见李素微目光兀自冷肃，急声又道："柳兄，你且来说说，究竟实情如何！"

柳鹰闻言却黯然一叹，道："事到如今，无论我说什么，难道李兄还肯相信吗？龙兄，从前多谢你了，今日在下爱莫能助，深感惭愧。"

龙钧乐一凛，柳鹰这般神态说辞，无异于承认了李素微的指摘，皱眉道："柳兄，你为何要陷害于我？"沉下一口气，转头凝视李素微，正色道："李兄，你切莫信他，可别忘了先前还是龙某助你擒下了柳鹰。"

李素微轻轻一叹："先前不过是你与柳兄串通好了，做戏给贫道看罢了。"说完左右一顾，田桑榆与胡飞尘亦缓步迫近龙钧乐，便待出手。

龙钧乐惊怒交集，道："李兄，且看我先毙了柳鹰这厮，以证清白。"

柳鹰闻言也不惊惶，只叹道："龙兄，事到如今，我难以护住你的身份，辜负你与我结盟之义，你便杀我，也是应当。"

龙钧乐喝道："好贼子，还在诬陷龙某！"不待李素微接口，空荡无臂的左袖倏忽绷直如剑，朝着柳鹰的眉心削去——

风中飒飒一响，袍袖卷在了无锋剑上，倏忽软垂下去，李素微横剑挡在柳鹰之前，道："龙兄，你想杀人灭口，遮掩住你从前在暗中与燕山长作对的罪证，请恕贫道不能答应。"

龙钧乐倒退一步，苦笑摇头，忽而脚下微动，似想逃遁，一瞬里胡飞尘的身形恍若原地崩解，如光似尘般一晃，却从龙钧乐背后闪现；

龙钧乐凛然顿步，田桑榆趁此机会，亦掠至龙钧乐身侧，双掌缓抬。

龙钧乐眼看三人将自己围阻在当中，心下一沉，苦思对策，却听胡飞尘轻叹道："龙掌柜，你在庐州胁迫我随你去金陵偷袭雷家，但在下素来只听奉燕山长与李真人之命，又岂会做你的爪牙帮凶？你们龙家的生意兴旺了几十年，也该到折本赔钱的时候了。"

龙钧乐咬牙道："胡飞尘，你小子怎地奸猾，龙某悔不该在灭掉花家之后，没有顺手了结了你。"

胡飞尘坦然点头，道："龙前辈做了一辈子生意，自也知道世上从无后悔药可买。"

龙钧乐心知自己绝非三人联手之敌，哈哈一笑，朗声道："李道长，你要杀要擒，便请动手吧。"言毕双袖一振，负于身后，似已不打算抵抗。

李素微叹道："龙兄，得罪莫怪。"正待出手，忽听叶凉道——"李道长，我知龙前辈并非'青崖六友'之一。"

李素微皱眉道："叶兄弟何出此言？"

叶凉道："我在滁州曾参与过'青崖六友'的聚会，故能得知。"

李素微道："原来如此，那叶兄弟且说，'青崖六友'还有何人？"

叶凉摇头道："我不能说，我答应了……答应了别人要保密。但龙前辈确不在六人之中。"

李素微沉吟起来，似难断定叶凉所言真假。叶凉转头看向柳鹰，又道："柳前辈，我已想清楚了，你先前所言不错，或许我确然过不好此生，但你说的那样的世道，我不认。"

柳鹰一怔，微笑道："是吗？"

叶凉颔首道："我想人活于世，难免伤心痛苦，但真就是真，假就是假，好就是好，坏就是坏，这才是人人心中向往的世道。"他说完又对着李素微拱手一揖，道："请恕晚辈直言，也许龙前辈不能算是好人，但李道长若因'青崖六友'之事怪罪他，于他确是不公。"

众人默然相顾，赵长希见叶凉重振精神，不禁赞道："好个叶凉，倘若吴重能听见你这番话，必也极感欣慰。"

李素微苦声道："叶兄弟，我虽知你心性淳朴，但你终究也是空口无凭，贫道又如何能信你？"

——话音方落，诸人忽闻马车车轮碾过草叶之声，夹杂着一声隐约的马嘶，却是有人远远驾车而来。

秋剪水侧目瞧去，辨出了那车夫，道："是雷姑娘的马车，只是不知车厢里是谁。"

李素微一凛，目视柳鹰道："柳兄，你方才有意说了许多话，莫非是拖延时辰，等人来救你？"

柳鹰目光一闪，莞尔道："我倒觉得，来人多半是来救龙兄的。"

李素微皱眉不语，瞥见马车渐近，稍后不知是否会另生变故，当机立断，倏忽振剑点向龙钧乐胸口；龙钧乐早在凝神提防，左袖拂出，再度与无锋剑相触，却在一霎里无声无息地被剑身截断，李素微偏转剑柄，继续朝着龙钧乐胸腹敲落——

龙钧乐大惊，右袖急抖，将龙家"钧天功"催运到极致，缝入袖缘的金丝迸炸开来，宛如一蓬锋锐的金雨，笼向李素微周身；李素微迎着袖风踏进一步，手中无锋剑平平一挥，罡风乍起，荡散金丝，周遭诸人纷纷旁跃躲避，一时间漫天金光飞蹿。

随即，李素微回腕扫剑，道剑末梢掠过龙钧乐右臂，铛的一声，宛如金铁击石，碎布激飞，龙钧乐臂骨断裂，痛呼一声，正待闪退，背后涌来一股深湛的推力，却反而向前一扑，被无锋剑切入了胸膛——

众人避让金丝之际，眼前一花，本觉胡飞尘分明仍自倒掠远退，眨了眨眼，却又见他竟已凭空停在龙钧乐身后，双掌齐出，重重搡了龙钧乐一把；龙钧乐被无锋剑击得脊背弓起，身上绽出粗长的红线，跌飞数丈，在地上滚出一趟脚印般的血花。

众人相顾难言，心头震骇；片刻间马车驰近，那车夫不待勒马便飞身跃下，急电般掠到龙钧乐身边，跪坐在地，将他搂起在怀里。

龙钧乐重伤垂死，眼神恍惚，瞧清了那车夫后，苦笑道："霖儿，你实不该来的……"

诸人一惊，不少人均想："难道这人竟是龙霖，原来他竟没死？"眼见那车夫面容俊秀，眉心有一道浅浅疤痕，确似与龙钧乐的样貌颇像；而宁简、胡飞尘等人早在六年前的"青崖之盟"上便曾见过龙霖，此际立时便认出了他。

那车夫龙霖涩然静默一瞬，低声道："是我来迟了。"

龙钧乐微微摇头："霖儿，你可知、可知当初我为何要安排你假死……"

龙霖一怔，答道："父亲想兼并花家的生意，安排孩儿假死，便能得到发难的口实。"

"傻孩子……"龙钧乐咳出一口血沫，断断续续道，"你只知其一，却不懂为父实是不愿让你卷入这场纷争，当时正气长锋阁即要去杀刀宗，江湖中不免腥风血雨，你本可安稳避开，却不想你为情所困，竟仍与那雷丫头厮混在一起，你、你当真是糊涂啊……"

龙霖神情微震，看着龙钧乐说不出话来。

龙钧乐目光颤了颤，又道："你速离此间，传信给燕山长……只有他能替我、替我报仇！——"他说到"报仇"二字，语声倏然转厉，似乎笃信自己死后仍能将这笔赔本买卖赚回来。

龙霖缓缓伸手为龙钧乐阖上双眼，抬头看向李素微与柳鹰，目光悲郁；众人眼瞧龙钧乐戛然逝去，亦觉心神震动，感慨暗叹。

柳鹰安然端坐，恍如未见龙霖一般，悠声道："方才胡公子所施身法，想必便是胡家绝学'灵狐返镜'吧，似退实进，忽近忽远，着实奇异，这可将我山中刺的'忘返步'比下去了。"顿了顿，又瞟向李素微，赞道："道剑无锋而神锐，一击斩杀龙家家主，果真名不虚传。"

李素微长叹一声，目不转睛地盯着马车的车厢，却不理会柳鹰。

"李兄不必猜了,诸位之中,只怕无人是马车里那人的对手……"柳鹰淡淡一笑,"今日在下便是想死,只怕也死不成了。"

六

华山,停云书院后山,春风浩荡。陋室里,柳续已经连睡了三个日夜。

今日轮到郭正的弟子段峋为方天画、铁风叶等被囚的掌门送饭,他面带嫌厌地进出一间间青灰色的旧砖房,似乎对这些掌门整日好吃好喝颇觉不满。如今燕寄羽离山南游,由书楼执事庄诚暂管书院,为防年轻弟子与被囚掌门接触太过频繁,庄诚下令送饭弟子每十日轮换一次,若同一人擅自连续两日送饭,便以叛门罪论处;故而段峋心知送饭时机难得,着意将柳续所居的屋子留到了最后。

"柳副山长,弟子为你老人家送午饭来了。"段峋轻轻叩门,等了一会儿,没人应声,他倒也并不诧异;他曾听昨日来送饭的张师兄说起,柳续被擒之后便一直闭目卧床,熟睡不起。他想了想,径自推门而入,将食盒放在木桌上,转头朝床上端详过去:

柳续平平躺着,宛若死尸一般。段峋吓了一跳,细聆片刻,辨出柳续气息轻悠匀长,这才松了口气。

段峋望着柳续苍白清隽的面容,神情中迟疑畏惧,似有极重要的事想说,却又不敢将柳续唤醒。他自幼便久闻柳续之名,但拜入停云书院以来,对于这位柳副山长却又颇觉陌生:柳续甚少参与门派事务,只一心钻研武学,许多同门私下里说柳续的武功尤胜过燕山长,是江湖中武学修为最接近刀宗之人。

"回雁峰上剑天子,洛水舟中柳青眸……"段峋在心底默念了一遍这句名动江湖的话。往常书院弟子难得见到柳续,自然就更难见识到他亲自展露武功，以至于有的少年弟子在山上走动之际偶遇柳续，竟认不出他便是书院的副山长。段峋转念又想："柳副山长自入停云书院以来，似乎再没用过刀了。"

他曾听哥哥段峻说，柳续拜入书院，是想将自己的武学与书院武功融合，创出一门能胜过刀宗的新武学；但师父郭正却说，柳副山长在武道上的志向极高，柳副山长入华山借鉴停云武学不假，但为的是以后同时超越柳老山长与云荆山，成为真正的天下第一高手。可是一个天资志向如此之高的绝世奇才，却也落得被囚斗室，不得伸展。

想到这里，段峋叹了口气，将盘盏摆放在桌上，便待离去；忽听背后传来一声轻语——"这位兄弟，你似乎有话想说？"

段峋一惊，霍然转身，柳续却已醒来，正站在床榻边凝望自己。

"柳副山长，你、你歇息得还好吗？"段峋惊慌失措，结结巴巴地问候了一句。

柳续在屋里走动了几步，淡淡答道："这床不好，不如棺材舒服。"

段峋闻言愣住，却听柳续又道："我平生睡得最酣畅舒服的一觉，却是重伤之后睡在一口棺材里。"

"原来如此……"段峋似懂非懂地点点头。

柳续道："请问你，可知我睡了多久？"段峋当即道："已经三天了。"

柳续颔首道："如此说来，离叶凉下山，也有三天了。"

"正是。"段峋心下微奇，那日叶凉被展梅掳走，却稍晚于柳续被擒，也不知他如何得知，暗忖："多半是前两日送饭的师兄告诉他的。"

屋里寂静下去，段峋与柳续对视片刻，只觉柳续的目光深邃微妙，仿佛引得周遭天色也昏暗下去，远如天边新月，却又近似窗边月光，轻易便照彻了自己的心事；一瞬间再也按捺不住，脱口道："柳副山长，你有什么想问的，我、我都可答你！"

柳续微怔，只是静静看着段峋。段峋从他柔和的目光里汲得了一丝勇气，随即又道："你若想要我去做什么事，我也必定竭尽心力去做。"

柳绩道:"这位兄弟,你是何人?"

段峋道:"我叫段峋,是郭正的弟子。"

柳绩点头道:"你年纪轻轻,与我也不相熟,如今我已是书院的囚徒,你为何竟愿意背离书院来帮我?"

段峋沉默一阵,低声道:"我与我哥一同拜师入门,去年我哥死了,是被赵风奇所杀,师父答应我要为我哥报仇,后来赵风奇自己也死了,但我知道,即便他不死,师父既答应了我,也一定会杀了他的……但、但后来师父他老人家也死了,却是戚晚词下的手,戚晚词和燕山长交情深厚,我不知道我师父的仇还能不能报。"

说到这里,他语声有些沙哑,沉下一口气继续道:"庄诚师伯说,柳副山长一回山便放跑了弓魔,我听了却不甚相信。近年来书院上下颇有传言,都说燕山长和柳副山长很是不合,我猜即便不全然为真,多少也有些道理;我猜私放弓魔之事,或许是燕山长要陷害柳副山长……"

柳绩恍然道:"你帮我,是想让我帮你报仇,是吗?"

段峋犹豫片刻,重重点头:"我师父的亲传弟子不多,如今更有不少师兄弟已转拜了别的师长,如果我不为师父报仇,他老人家就……就白死了。"说到后面,眼眶泛红。

柳绩道:"你想让我杀了戚晚词?"

段峋整顿衣衫,长揖道:"请柳副山长帮我报仇。"

柳绩略一寻思,道:"倘若查明戚晚词是受燕山长指使,你仍要让我为你师父报仇吗?"

段峋脸颊微微颤抖,静默良久,再度长揖:"……请柳副山长帮我报仇。"

柳绩不再多言此事,转口道:"段兄弟,我确想问问你,不知被擒的其余八位掌门,现下可还安好吗?"

段峋照实答道:"留影舫的周行空周掌门已经绝食自尽,如今只剩七位了。"

柳续神色微变，道："周兄竟然死了，怎会如此？"

段峋道："具体实情弟子也不知晓，只听说燕山长离山之前曾去见过周掌门，也不知与他说了什么，没过多久，周掌门就变得终日郁郁，不进饭食，终究过世了。"

柳续叹道："料想燕山长是去逼问周兄关于秦芸之事……"言毕对着段峋一拱手，道："多谢相告。"

段峋赶忙还礼，静候一阵，见柳续似已无别事想问，忍不住道："柳副山长，我听说你被封了经穴，又让庄师伯四人以'心意猿'的手法锁住了筋骨，难以发力……弟子功力低微，不自量力，愿意试试为柳副山长解穴。"

柳续微微摇头，道："多谢了，不过那倒不必。"

段峋疑惑一霎，旋即又惊喜道："我瞧柳副山长行动自如，难道是已将身上禁制解开了？"

柳续道："我本来确是受制，但睡过这场长觉之后，便已无碍了。"怅然摇了摇头，又道："当年我参悟'竹声新月'，本只为克制他人的'意劲'，而不愿将'意劲'作为自己的武功，谁知世事难料，到如今我也不得不修出自己的'意劲'，才能脱困……"

段峋闻言又骇又佩，道："柳副山长，你是说你睡了这三天觉，便已修成了'意劲'吗？"

"不错。"柳续轻叹道，"大梦一场，'意刀'已成，今日我也该下山去了。"

"意刀？"段峋一愣，虽不懂所谓"意刀"究竟是何种武学，心头却不禁隐隐振奋起来，"……柳副山长，你、你要重新用刀了吗？"

柳续淡然颔首。段峋神情激动，忽而高高提起食盒，从食盒底部取出一个薄包裹来，却是他来后山之前预先粘在盒底的。

他将包裹摊开，里面却是些白面粉、糨糊、蜂蜜、墨胶等物，抬头凝视柳续,目光灼灼道:"柳副山长,弟子备好了易容之物,请你老人家和弟子互换衣衫,改扮成弟子,就此下山去吧!"

柳续微怔,道:"段兄弟,你准备得这般周全,是早打算救我了吗?"

段峋道:"等我下次送饭,便是十日之后了,机会难得,总须试上一试。柳副山长,你熟悉华山地形,只要瞒过门外的看守,料想离山不难。"

"多谢段兄弟。"柳续瞥了一眼那包裹,道,"不过我要离山,倒也用不着这些物事。"

段峋一惊,沉吟道:"今日乘锋帮的萧野遥又派人送来拜帖,说夜里要来拜山,故而庄师伯下令将'鸿翼大阵'弟子调去前山防御,但此刻门外仍有近二百名高手巡视警戒,柳副山长若不易容,只怕颇难脱离……"

柳续问道:"这是乘锋帮第几回拜山了?"

段峋道:"第一回便是在柳副山长被擒那日,这三天,乘锋帮每天都送来拜帖,扬言要当日拜山,可却只在昨日午后来了一次,也不知今夜他们会不会真来……他们虚虚实实,书院里却每回都不得不全神戒备,近几日庄诚等四位师长已被搅得苦不堪言。"

柳续点点头,又道:"段兄弟,我不需易容,却想请你帮我带一样别的物事来。"

段峋当即道:"柳副山长吩咐便是。"

柳续道:"不知如今华山上下,可还有刀吗?"

段峋一怔,道:"书院弟子均以鸿翼笔为武器,没人练刀,只怕整个书院都未必找得出一柄刀来。"想了想,又道:"不过若说厨房里劈柴用的柴刀,那倒是有的……"

柳续道:"那便有劳段兄弟为我捎带一把柴刀。"

"好,"段峋也不多问,径直道,"晚饭时我便带来。"

傍晚时分,段峋提着食盒又来到柳续所居陋室,果然在盒底粘了一把短柄柴刀;他将刀递给柳续,赧然道:"新刀太过扎眼,我怕拿走会被后厨的师兄觉察,便只取来一把生锈弃用的旧刀。"

柳续道:"无妨。"说话中接过刀,伸手轻抚刀面,手指过处,已将刀身擦出一痕清亮的锋刃。

段峋瞪大了眼,没想到柳续修为之深厚,竟能以指力磨刀,怔怔然道:"柳副山长,你单凭手指便已无坚不摧,又何必还要用真刀?"

柳续道:"刀之形意,本是一体,手握'刀之形',才能更好掌控'刀之意'。"

段峋懵懵懂懂,但见柳续持刀从容吐字的风姿,却倏而心神微震——从前那个在洛水上连败数十成名刀客的柳续,那个年纪轻轻便和方白齐名的刀客,此刻又回来了。他站在自己面前,目光清盈,宛若一泓刀光。

"多谢段兄弟,你及早返回斋舍吧,今夜我便下山去了。"柳续微一拱手,张望窗外,忽而摇头一笑,"只可惜此次下山匆促,不能再好好看看华山的风光。"

段峋心中微动,脱口道:"柳副山长,你、你以后不回华山了吗?"

"此次我多半会死在外面吧。"柳续淡淡道。

…………

临江集,陈家酒馆门前。

众人听了柳鹰所言,纷纷打量那马车,暗自猜疑不定;杨仞走近几步,哈哈笑道:"我这人最爱劈马车。"言毕抽刀纵斩,一痕刀光映亮暮色,落向车厢——

布帘一晃,一人从车厢里闪身而出,与杨仞对了一刀,悄然站定;诸人面色均变,赵长希与游不净相顾皱眉:"柳续,你竟也来了?"

杨仞倒退数步,横刀调息片刻,手腕兀自震颤,仿佛刚才的一瞬间柳续出了无数刀,劲道都叠加在自己的脉门上,正自源源不绝地散发出来;他打量柳续手中,只是一把寻常的柴刀,心下微凛:"凭雪刃的锋锐,竟没能将这柴刀斩断,这人着实有些门道。"

柳续收刀环顾众人，拱手见礼，与柳鹰目光相触，随即错开，轻叹道："这位柳家家主，是在下同族的兄长，昔年在下脱离柳家时欠下了情分，曾承诺，要在危难关头救他一次，还请诸位高人体谅宽恕。"

一时间众人均不开口；柳空图歪头瞧着柳续，眼神迷惘，似已不认得他，忽道："不错，不错，你这人天资真是挺高。"

"柳老山长。"柳续苦笑一声，恭恭敬敬地见礼。

李素微凝视着柳续，忽听柳鹰怪声叹道："李道长，在下实在是对不住你呀。"

李素微一怔，道："柳兄何出此言？"

柳鹰从柳续现身以来，神情愈发安然自若，轻笑道："龙钧乐实非我'青崖六友'之一，唉，先前李兄可杀错人了。"

李素微闻言沉默片刻，苦声道："这、这可如何是好？"言毕连连叹息，只是他平素便愁眉苦脸，此际倒也瞧不出他更加忧愁。

杨仞端详李素微，忽而心弦一动，隐觉悚然：李素微看似总是一副愁苦无策的模样，可是自两方人碰面以来，李素微可并未吃过一丝一毫的亏；他来到临江集之后，果决擒住了柳鹰，而后逼问"青崖六友"的身份，致使秦芸、穆清池先后死去，方才又误杀了龙钧乐……

"这苦脸道士杀龙钧乐当真是'误杀'吗？以他的修为，即便有胡飞尘从旁弄鬼，难道真收不住劲吗？依照燕寄羽的本意，多半对于吴重和秦芸都是想生擒的，可这两人如今却都死了；先前李素微说是柳空图犯糊涂助吴重逃脱，可李素微当真奈何不得糊涂的柳老头吗？倘若吴重未曾逃脱，此刻多半仍还活着……"

杨仞越想越觉李素微颇有可疑之处，暗忖："他这般行事，未必是对燕寄羽有利，也不知他究竟打的什么算盘……"

便在这时，江边忽有两人弃舟上岸，疾奔过来；贺风馗转头望去，略一迟疑，道："那是贺某先前布下的哨探。"

杨仞点点头，等着那两个渔夫打扮的探子奔近，心想眼下两方人近在咫尺,也没什么好瞒的,便径直问道:"有何急事吗?"

"禀帮主,"一名探子不待喘匀气息便道,"戚晚词于半日前率众乘船,已将至临江集!"

七

众人相顾一凛,杨仞冷笑道:"来得正好,这婆娘带了多少人马?"

那探子道:"算上相助织星剑的柳家刀客与神泉寨弟子,共有三百余人。"

杨仞大剌剌道:"人倒不少,不过多半都不经打。"李素微却看向柳鹰,凝眉沉吟道:"恭喜柳兄,稍后你柳家弟子便来救你了。"

柳鹰莞尔道:"李兄,你可是打算在他们抵达之前杀死我吗?"

李素微神情认真,斟酌起来,柳续向他询问事情详情,他也恍若不闻。

叶凉默然旁观,暗自惊心:如今柳鹰被擒,表面上只有柳续这一名帮手;而李素微却有胡飞尘、田桑榆、刘万山相助,看似李素微占据上风,但叶凉却知田桑榆实是"青崖六友"之一,随时便可能猝然反戈偷袭,而刘万山武功低微,还需照看神思糊涂的柳空图,眼下的局面,实则却是对李素微不利。

忽见龙霖缓缓站直了身躯,道:"李道长,你与家父同为正气长锋阁的阁主,不知为何要杀家父?"

李素微苦叹一声,面色惭愧,似不知该如何解释。

柳鹰见状微笑道:"那自然是因为近日龙家吞并了花家,势力愈盛,而龙掌柜又素对燕山长忠心,终于招致了李道长的忌惮。"

龙霖刚才驾车而来,只瞧见李素微挥剑斩杀龙钧乐,却不知他是受到柳鹰的诱骗,将龙钧乐误当成"青崖六友"之一,此刻闻言目视柳鹰，悲愤道："柳前辈，你吩咐雷姑娘的事，她都一一做了，今日我也如约将停云书院的柳副山长引至此间，却没想到你竟全不顾家父的安危，一副坦然无事的模样，真亏了家父先前与你结盟，助你们柳家崛起。"

柳鹰轻叹道："龙公子，你没瞧见我也被李道长制住了，我是自身难保，又如何救得了令尊？"不待李素微开口，继续道："李兄，料想你已忍不住要出言污蔑在下了，但你杀死龙掌柜是众人亲眼所见，任你再怎么颠倒黑白，也休想骗过龙公子。"

众人面面相觑，李素微眼见柳鹰堂而皇之地扯谎，但若与他一句句争辩纠缠起来，如孩童斗嘴一般，终究有失身份，便只冷淡道："柳兄不必卖弄唇舌，今日贫道终须容不得你。"

杨仞瞧得直乐，颔首道："柳老兄，你倒也真是个人物。"又对李素微道："李道长，足见你平素为人不好，否则你身边的田老兄、胡公子，还有刘师侄，怎么都不帮你说话？"

李素微皱眉不语；田桑榆淡然道："老朽只等李兄吩咐，该如何便如何，又何必多言。"胡飞尘旋即道："田老前辈所言极是。"

刘万山一心只想要将秋剪水从乘锋帮手中"救出"，既不敢插口武林前辈之间的纷争，对李素微的安危亦不甚关心，瞪着杨仞道："我们先铲除了你们这帮贼子，再说其他不迟！"

杨仞环顾眼前的李、田、胡、刘等人，忽而哈哈大笑："我们这帮贼子，要论卑劣反复、荒唐可笑，倒还比不上你们这些武林正道中人。"

贺风馗脸色静漠，似对诸人之间的争论全无兴趣，转头留意到那两个探子欲言又止，便问道："还有别的事吗？"

两个探子立时拱手谢罪，道："戚晚词等人将至临江集，属下本该提早来禀，但那姓戚的婆娘着实机警，险些将属下擒住……万幸青州飞光门的岑东流带领门徒经过，与姓戚的一众人缠斗，属下才得以脱身，却终究耽搁了时辰。"

陈彻正自低头打瞌睡,倏听见"岑东流"的名字,微微睁眼道:"啊,岑兄也来了,那可真好。"

数月前,他奉燕寄羽之命前去整顿收束飞光门一派,但到得青州之后,却懒散懈怠,每日只顾吃喝睡觉,醒时便劝岑东流重振精神,自行整顿门派,如此他便可省却许多麻烦。

岑东流右臂已断,在师弟吕东游被杀、刀宗殒命之后,便颓唐落拓,本已是整日酗酒玩乐,不管门派事务,可若要比懒,终究比不过陈彻,加之心里确也牵挂师门基业,便在陈彻的催促劝勉之下规整门徒,苦练左手刀术;陈彻对此甚觉开心,从而拒却了燕寄羽让他暂管飞光门的吩咐,放心赶赴岳州。

宁简瞧了陈彻一眼,不禁莞尔,随即略略讲述了陈彻在青州的作为;众人里有不少人与岑东流相熟,听闻他已恢复豪气,重入江湖,也不由得深为他高兴。

杨彻笑道:"陈兄,你这青锋令使当得妙极,却劝得一个门派反了正气长锋阁……你不如索性加入我帮,当个乘锋令使如何?"

陈彻挠头道:"那须得看我主人的意思。"

宁简一怔,沉吟起来;柳续侧目凝望宁、陈主仆,似想和两人交谈几句,宁简却若有意若无意地别过头去,只瞧着陈彻道:"嗯,此事还须深思熟虑,不可莽撞。"

说话中,江边水声喧哗,片刻间有不少船只靠岸;众人眺望过去,但见百余名劲装汉子提刀跃上岸来,惊得渡口处村民四下乱窜。贺风馗道:"看来是岑兄和飞光门刀客先到了。"

李素微脸色微紧,抱拳道:"杨帮主,咱们去江边瞧瞧如何?"

杨彻正想要和飞光门刀客会合,闻言求之不得,当即道:"甚好。"

众人快步朝江边行去,李素微亲自将柳鹰制在手里,锁拿严密,步履谨慎;柳续眼看难觅救人时机,也只得暂与诸人同行;龙霖抱着龙钧乐的尸身,却留在酒馆门口。

叶凉走出十余步,心下想得坚定,忽而返回,将先前龙钧乐之死的实情告知了龙霖。

龙霖神色惊凛,似也并未全然相信,端详叶凉良久,落魄古怪地一笑:"叶兄弟,多谢你了,不过在下实不愿承你的恩情。"

叶凉一愣:"这……这是为何?"

龙霖避而不答,却反问道:"叶兄弟,你真以为自己能配得上她吗?"

…………

众人尚未来到江边,岑东流已率众刀客大步迎来,瞧见杨彻、陈彻、方轻游等人,脸上笑容豪畅,纵声叫道:"杨帮主,我老岑助你打架来了!"

杨彻拱手笑道:"多谢岑老兄!"

岑东流目光一转,瞥见李素微、胡飞尘,不禁微微蹙眉,随即笑道:"杨兄弟,原来你这是正要打架,我来得倒巧,哈哈!"

李素微闻言苦笑,欠身施礼道:"岑兄别来无恙,为何一见贫道便要打架?"说话中仍紧紧拎着柳鹰。

岑东流看也不看李素微,只道:"杨兄弟,听说你们要和正气长锋阁作对,真有胆气。便也算我老岑一份如何?"

杨彻心中微动,道:"岑兄,你是说……"

岑东流笑道:"今日我便率领门下刀客,投入你们乘锋帮了!"

"哈哈,多谢岑兄信重!"杨彻闻言与贺风馗等人相望,均感惊喜。

贺风馗拱手道:"岑兄,听说你不久前与戚晚词交过锋?"

岑东流道:"不错,那婆娘剑术不低,手下又多,我老岑寡不敌众,只得暂时退却……恐怕她也就快到临江集了,须得早做提防。"

"杨帮主,"李素微叹道,"戚姑娘身为青锋令使,那是与你们乘锋帮水火不容的,奉劝贵帮还是及早离开临江集为妥。"

杨彻一怔,笑道:"李道长,你倒是好心,你身为正气长锋阁阁主,难道却与我帮是一路人吗?"

李素微苦笑道："杨帮主，贫道以武林为重，实不愿与贵帮厮杀血斗。"

杨仞点头道："那好，你将柳鹰交与我处置，还有柳老山长，我与他同住九年，交情不浅，很想和他多叙叙旧，便也不劳你照料了。——李道长若肯答应，只管离去便是，我也不难为你。"

田桑榆、胡飞尘耳听杨仞说得无礼，均看向李素微；李素微却不着恼，只愁眉苦脸道："多谢杨帮主，请容贫道想想。"

江边一时沉寂，杨仞笑了笑，正待催问，忽闻远处水声有异；众人转头望去，却见数十艘船顺流而近，当先一艘船上悬挂着"双星掠月"的旗帜，却是峨嵋织星剑一派的徽记。

李素微不禁轻轻摇头："戚掌门来得好快。"

贺凤魌沉吟道："以戚晚词今时的修为，应知自己非我乘锋帮之敌，难道仗着一众不成器的手下，便敢前来送死吗？"

"贺兄所虑不错，"赵长希接口道，"莫非……竟是燕寄羽与她同来？"

柳鹰闻言哈哈一笑，道："燕山长若敢现身于此，即刻便会染上'描红'的重疾，以他的精明周密，那是绝不会来的。"

杨仞笑道："多半如叶兄所言，这姓戚的是被自己的徒儿雷姑娘诱骗来的。"说着回顾一眼，却见叶凉与龙霖、岳凌歌以及柳空图等人兀自留在酒馆门前。

远处，戚晚词伫立在船舷边，凝神辨去，靠近渡口处的一群人里似有方轻游的身影，顿时蹙眉；随即又辨出了身穿道袍的李素微，心下微凛：她先前听徒弟雷缨络禀报，李素微等人与乘锋帮在临江集拼杀，眼看是两败俱伤之局，她便率众赶来坐收渔利，孰料此刻亲眼所见，两方人站在一起，倒似在闲谈一般，也不知情形究竟如何。

看到这里，她心头掠过一抹怒气，暗忖："最好方轻游先杀死李素微，再被我杀死。"

去年她击毙楚轻鸿之后，自觉做得过火，料想李素微必然不满，便也不甚愿意见到他。她本来未打算真杀死楚轻鸿,心里隐约觉得似有些对不住李素微与方轻游,于是李素微、方轻游便成为她最恨的两个人。倘若这两人死了,她在这世上便没有对不住之人了。

杨仞望见戚晚词的船队即要驶入渡口,道:"他娘的,今日便是这恶婆娘的死期。"转头又道:"方兄,你……"未及说完,忽而惊觉身畔不见了方轻游的踪影——

不知何时,方轻游已孤身离开众人,宛如暮色中的一线微光,朝着高矗江面的数十艘船急冲而去。

他身着不起眼的灰衣,手中握着的也只是一柄不甚锋利的铁刀,霎时间众人却觉一道耀目的锋芒倏忽掠出了渡口,飞动在江水之上,几欲将迎面的巨船剖分开来——

戚晚词凝立拔剑,神色清冷,喝道:"结阵!"眼瞧方轻游的身形落上船板,心下一阵厌恼,突兀地又记起了楚轻鸿的样貌。

她摇头冷笑,暗蓄内劲,双手却气得微微发抖:楚轻鸿杀便杀了,此事已算了结,可方轻游竟胆敢来与她寻仇算账,当真荒谬之极。无论她做了什么,都不该有人来找她算账,因为她自己已在心中算得清清楚楚,无须再重算——若任谁都能与她重算一番,这世上还有公道可言吗?

在她身前,九名织星剑弟子结成"万象星海"剑阵,将她与方轻游阻隔。

方轻游双足落定,旋即拧腰冲入剑阵,手上单刀飞旋,一瞬里刀光宛若凝成飞鸟,在九个女剑客之间扑簌簌转了一圈,九人手腕流血,短剑脱手,各自踉跄倒退。

方轻游目不旁顾,踏步直进,戚晚词一惊,双手交错,短剑划出十字剑光,护在胸腹前,瞥见方轻游目光平静如水,没来由地肝胆发寒。

铿的一声,戚晚词眼前骤亮,恍若时辰回复到了正午,日光从方轻游刀上迸涌出来，恍惚中戚晚词手腕锐痛，双剑坠地。

斜阳下，刀光浮荡满船，久久不散。

方轻游手腕微晃，刀芒收束在戚晚词的眉睫前，倏而身侧青影流过，一把柴刀将他的刀锋轻飘飘架住，却是柳续追上船来。

"方兄弟，刀下留人，在下尚有几句话想问戚掌门。"柳续言毕撤刀拱手。

方轻游略一静默，道："好，那咱们便上岸说话。"

戚晚词冷哼不语，她周身内息已被方轻游的刀意迫住，短时发力不得，任由方轻游侧步将刀刃抵住自己背心，却也无计可施，只得随着方、柳二人挪步下船。

一众织星剑门徒神情凛骇，瞠目结舌，似为方轻游的刀术所震慑；过得片刻，才慢慢地蹑步跟随在后。

柳续忽道："我久不动刀，没想到江湖中竟新有了方兄弟这般的刀术，若有时机，真想和方兄弟好好切磋一番。"

方轻游淡淡道："柳前辈既有此意，少顷待我为楚师妹报仇之后，自当从命。"

说话中与众人会合，李素微苦叹不语，杨仞哈哈笑赞道："方兄，你当真吓了我一跳！不过你怎不一刀剁了这恶婆娘？"

柳续接口道："戚掌门与燕山长关联颇深，知晓许多隐秘，诸位要杀她也不必急于一时。"

杨仞皱眉欲语，忽听远处陈家酒馆门前传来一阵凄厉的哭声——

八

片刻前，叶凉听了龙霖的问话，也不生气，只黯然摇头："其实我也不知道……但无论我是否配得上雷姑娘，都已不重要了——她、她杀了我的师父。"说到后来，心中悲伤之余，仍极感荒诞错愕，却到此刻还是难以相信吴重已死在雷缨络的刀下。

龙霖闻言轻轻皱眉，略一犹豫，道："可你知道雷姑娘是如何说的吗？"

叶凉一怔："她如何说？"

龙霖道："她说她觉得自己配不上你。"

叶凉心弦微颤，叹道："雷姑娘当真太过谦了。"

龙霖道："你今后要找雷姑娘报仇吗？"言毕眼瞧叶凉低头不答，便又轻叹道："叶兄弟，在下劝你今后别再和雷姑娘相见，彼此天各一方，对你二人实都是好事。"

叶凉沉吟不语，忽听不远处的岳凌歌道："叶兄弟，你何不趁此时机安葬了令师，以免稍后李道长等人又回来阻你。"

叶凉闻言颇觉有理，道："多谢岳公子指点。"

岳凌歌先前不放心严知雨与燕海柱，又要看守江海余，便未去江边，径自用绳索将弓魔双腿捆起，江海余眼神痴痴愣愣，见岳凌歌不来夺他手中的珠钗，垂头出神，也不反抗。

柳空图指着江海余，忽而笑呵呵道："刘师侄，你瞧这人，嘿嘿，怕不是个糊涂疯子。"

刘万山心说："你与这人不分伯仲。"赔笑道："柳老山长慧眼。"

岳凌歌又对龙霖道："龙公子，你不妨也将令尊安葬在此间吧。"

龙霖默然一阵，径自转口道："岳兄，如今武林这般局面，咱们四个可要沦为笑柄了。"

岳凌歌却笑嘻嘻道："大局犹未定，龙公子此言尚早。"

叶凉从旁听见，心下微奇："听龙霖所言，他与岳公子私下里似有什么隐秘，也不知另两人是谁……"一边寻思，一边走向陈家酒馆，想问问陈掌柜是否同意自己将师父葬在酒馆附近。

进得堂中，酒客们早已躲散干净，仅几个店伙计正自收拾碗碟；

叶凉愕然道："怎么不见陈掌柜？"

店伙计个个支吾不答；叶凉又道："请恕冒昧，陈掌柜与我师父是棋友，多年的交情；我想当面请求陈掌柜一件事，不知他可在后堂？"

一个店小二挠头道："我家掌柜现下应是不在酒馆里。"随后带着叶凉去后堂找了一圈，果真未见陈掌柜。

叶凉皱眉不语，回想先前柳鹰被李素微所制，道破"描红"真相之际，他分明瞥到陈掌柜躲在门后，也不知是在偷听还是观望；后来惊变乍起，秦芸、穆清池、龙钧乐先后死去，自己无暇分神，却没瞧见陈掌柜何时离开。

叶凉正要出门，忽觑见后堂的布帘后有个面容姣好的女子稍稍露头，随即却又反身走了；叶凉一怔，认出那女子是陈掌柜的女儿，也即师父从前常提起的"陈家姑娘"。

他心下暗叹，快步回到酒馆门前，严知雨已在燕海柱的搀扶下站起身来，气色虽仍虚弱，眼神却已清澈了许多。

严知雨与叶凉对视一眼，瞥见他脚边有一具焦黑的尸体，不禁啊的一声，颇受惊吓，缓缓转头，又瞧向不远处垂首坐地的秦芸尸身；叶凉看在眼里，不由得心弦收紧。

"公子，这人、这人是谁呀？"严知雨望向岳凌歌，神情迷惑，不知为何嗓音已微微颤抖起来。

岳凌歌笑嘻嘻道："不过是此地的一名村妇罢了，我也不认得她。"顿了顿，又道："知雨，你饿不饿，咱们进酒馆吃些饭食？"

严知雨却不接口，歪头想了想，道："可是她……她的模样和我好像。"

岳凌歌随口道："是吗，我可没瞧出来，她哪有你这般——"话未说完，严知雨倏然侧头看向叶凉，道："叶公子，我知你从来都不说谎，请你告诉我，这人是谁？"

叶凉颤声道："她是……她是秦芸前辈。"

严知雨张了张嘴，眼眶泛红，飞快地低下头去，过得片刻，低低哭出声来。

岳凌歌叹道："叶兄弟，你这又是何必？"

叶凉静默一阵，道："严姑娘性情纯真，我方才瞧着她的眼睛，实在……实在不忍心说谎骗她。"

严知雨挪步到秦芸跟前，慢慢跪坐，端详着秦芸的容貌，啜泣不止。

一瞬间江海余似被她的哭声所吸引，目光离开了珠钗，瞧了她一眼，顿时脱口道："秦师妹，你怎么来了？你、你怎么哭得这般伤心？"

严知雨只顾哭泣，却不答话；江海余神情焦急，不住催问："秦师妹，你说话呀，你怎不说话？你是在责怪我吗？"

燕海柱眉头紧皱，似颇不愿江海余将严知雨误认成秦芸，忍不住道："这是我孙女，她姓燕，可不是'秦师妹'！"

江海余瞪眼道："胡说！她不是秦师妹，谁是秦师妹？"他低头看看珠钗，又看看严知雨，满脸惊奇疑虑之色，恍若心上人早已化成一道光华，凝聚在珠钗之中，不知为何此刻竟仍能现身在自己眼前。

燕海柱指了指严知雨身前的秦芸，道："你好糊涂，这才是秦芸，她、她已经死了……"说到后面，语声也不自禁地低落。

江海余怔了怔，脸颊急剧一抖，似乎直到此时才从一场恍恍惚惚、怪诞而又凄凉的长梦里醒来，他的脖颈仿佛僵住了，几次发力，却转动不得，突然伸手掰住自己的头颅，向右拧动，发出咔的一声脆响，目光终于落到严知雨身前数尺之处：

秦芸低眉敛目，静静端坐，宛如慈悲的仙佛。

——便在这时，杨仞、李素微等人听见一股悲切的哭号，从江海余嘴里迸射出来，穿透春风暮云，掠过悠悠江水，携着十六年的光阴，朝高天上倾洒而出，随即又如泪如血般，淋落在他自己身上。

岑东流去年曾参与擒拿江海余，闻声皱眉："原来弓魔竟也在此间？"

"不错，"李素微苦叹道，"听江兄的哭声，因在他身上十余年的那道'惊鸿影'，怕是今日终于解开了。"

叶凉、岳凌歌等人站在江海余周遭，衣衫簌簌飘摆，只觉哭声如江潮一般湮没耳际，引得头颅眩痛，几乎内伤呕血；刘万山连连退步，抬手堵住双耳，惊骇道："李道长不是制住了弓魔的劲力吗？"却也无人答他。

叶凉强自凝定内息，道："江前辈！"不自禁地运劲于声，朝着江海余喝去。

哭号戛然而止，江海余似被叶凉震住了神思，目光渐渐澄澈；遽然朝着秦芸尸身走出一步，腿上先前被岳凌歌捆缚的绳索寸寸绷断。

叶凉触及江海余的眼神，心中咯噔一下，只觉江海余目中愈发幽静，宛若山林里的一潭深水，让人望不见底；一旁的龙霖神色惊凛，他站在叶凉身后，辨出方才叶凉的喝声是朝向弓魔，闻声却仍觉眉心如遭锐剑刺入，神魂一阵阵迷恍，可是江海余首当其冲，竟反倒似吸纳了喝声，更助于他凝定心思似的。

江海余又迈出一步，倏然青衣闪晃，却是雷缨锋挡在了秦芸尸身之前。

先前雷缨锋一直远远避开人群站着，他身受重伤，昨日虽经方轻游指点了"意劲"的关窍，终究精气伤损颇巨，无力干预乘锋帮与李素微两方人的争斗，岳凌歌捆了弓魔以待向燕寄羽复命，他对此也并无异议，便只静立思悟"意劲"；此刻眼瞧弓魔似已脱困，他却又第一个站出来与其对峙。

"雷大哥——"叶凉失声惊呼。

江海余眼瞧雷缨锋身躯宛如高大山岩，遮挡了自己的视线，却仍是神色平静，微微吁了口气。

一瞬里叶凉莫名心生警兆，飞身挡掠在江海余之前，运转"秋水"

剑意，辨出暮风里掺入了几丝轻柔的凉气，飘飘转转地刺了过来；叶凉大惊，急挥短剑，却仍有一丝凉风宛如活物一般，绕过了他，钻入雷缨锋的胸膛。

雷缨锋身形霎时晃颤，眉目口鼻之间恍似凝出一层霜气，沉声一啸，将入体的敌劲迫出大半，却仍在寒意侵袭之下晕了过去；岳凌歌皱眉闪至，抱住雷缨锋倒掠数丈，扣住雷缨锋脉门片刻，道："万幸万幸，雷兄性命无虞。"

叶凉回望一眼，微微松了口气，转回头与江海余对视，暗自凛骇：从前江海余施展"青丝箭"时，威力虽亦可怖，但往往须借助于发丝、草叶等物，偶有使出气箭，也要先行挥掌凝劲，却不想他经过一番哭号，猛然间竟已臻"春风化箭，轻柔无痕"之境。

江海余歪头打量叶凉，忽道："你说……我该如何是好？"却是十六年前，他在青石镇上问过少年方轻游的同一句话。

叶凉听他问得突兀，心下莫名凄恻，难以作答；转念暗想："我自觉伤心绝望，可是江前辈的遭遇亦是如此凄惨，想来芸芸众生各有不幸，难道人世间的苦楚竟是永无尽头的吗？……"

在这短时的静默间，岸边的杨仞、李素微等人已迅疾返回酒馆门前；岳凌歌苦笑道："李道长，这弓魔不知怎么竟似又恢复了功力，还请你老人家再制他一制……"

李素微面容愁苦，却不接口。

在众人身后，戚晚词所携来的门徒以及柳家、神泉寨弟子亦慢慢靠近酒馆；诸多织星剑女剑客神情惊怒，似随时便要拔剑相救戚晚词，却又寻不到良机。

柳家刀客眼见家主被擒，自然已无暇再助织星剑，只等柳鹰发号施令，可柳鹰面带淡然笑意，却始终未说什么。乘锋帮刀客虽仅二十多人，但个个桀骜彪悍，将新来的三派弟子都挡在外围。田桑榆脸色沉着，见状盼咐道："我寨弟子听令，未得我允可，不得与乘锋帮、飞光门冲突。"

"江兄,你待要如何?"李素微忽道。

江海余漠然不应。

李素微沉吟片刻,转身指向严知雨道:"那么江兄是否已知,这位严姑娘便是燕山长与秦芸所生的女儿?"

杨仞登时皱眉,没想到李素微竟忽然说破此事,眼见江海余脸颊微微抽搐,似乎饶是他饱经风霜,却也听得僵立当场。

戚晚词脸色煞白,脱口道:"这、这绝不可能!"说话中浑忘了背上抵着方轻游的刀锋,便待向严知雨掠去,将她一掌击死;方轻游手腕透力,刀意闭塞了戚晚词的经络,她只挪出半步便难动弹,瞟向李素微,厉声道:"李道长,你方才胡说什么?"

李素微叹了口气,也不与她争辩。

方轻游淡淡道:"柳前辈,你先前说有话要问戚晚词,便请问吧。"

柳续点点头,凝思一阵,问道:"请教戚掌门……可知燕山长现在何处?"

戚晚词冷哼不答。李素微见状又叹了口气,道:"此一问,贫道倒是知晓:燕山长今日就在离临江集不远之处。"

众人惊异对望,却听贺风馗接口道:"那么料想燕山长是孤身一人了?"

李素微道:"不错,若他携徒带众,又岂能瞒过贺兄的哨探。"

柳鹰听闻此事,亦是神色稍变,似颇有些意外,忽而笑道:"本来燕山长未知'描红'详情之前,是断不会来此犯险的,但现下戚掌门被擒,她可是燕山长的知交好友,倒难说燕山长会不会现身来救……"

李素微摇头道:"燕山长不会来的。"

杨仞听他说得笃定,不禁暗道可惜,问道:"李前辈何出此言?"

李素微也不隐瞒,苦声道:"只因现下已有人去将'描红'真相禀给燕山长。"

杨仞一惊："是谁？难道李道长不是七人来的，还有别的同伙潜于此间？"

忽听叶凉啊的一声，道："是……是酒馆的陈掌柜！"

"不错。"李素微颔首道，"陈掌柜一直便在临江集，并非临时潜藏，他受燕山长吩咐，暗中监察吴重的言行动向，过往七八年里，每年都会向燕山长汇禀。"

柳鹰略一转念，轻叹道："原来如此，既然燕山长已知晓'描红'之实，那更是绝不会来了。"

"柳兄所言甚是。"李素微说着面露歉疚之色，看向戚晚词，略略讲述了"描红"的真相，叹道，"贫道授意陈掌柜传信，也是为了燕山长的安危着想，还请戚掌门恕罪。"

戚晚词此际神色已渐复清冷，耳听燕寄羽难来相救自己，却并不难过气恼，反倒似松了一口气，淡淡道："李道长做得对极，燕山长确然不能来此。"

她顿了顿，继续道："为今之计，李道长应设法尽诛乘锋帮诸人，只要他们都死光了，便不会有人将'描红'传给燕山长。"

李素微一怔，苦笑道："这倒确是个法子……"

杨仞哈哈大笑："法子虽有，可惜李道长却没本事做到。"

话音未落，远处蓦然传来欸乃一声，似有人正自撑棹渡江——

众人闻声一凛：此地到岸边颇有些距离，即便江上有人行船，桨声也该绝难传至才是，可是眼下众人耳边却均萦绕着木棹击碎水花的响动，倒似来者有意以此对众人问候见礼似的。

李素微眉目倏忽一抖，欲言又止；杨仞头一次在这位玄真掌教脸上瞧见这般惊惑不解的神态，仿似平生所知所想在此刻尽成虚幻。

一时间众人转头眺望，但见一叶扁舟飘行近岸，舟中人白衣方巾，刚刚俯身搁置了船桨，抬起身躯，对着酒馆门前遥遥拱手——

秋剪水轻声道："……燕山长来了。"

九

众人远远瞧着燕寄羽弃船登岸,相顾震惊;柳鹰神情似喜似怅,喃喃道:"好个燕寄羽,竟当真来了……"

叶凉眺望一眼,便即收敛目光,却似不知该如何面对这过去一年来自己一直尊称为"师父"的人;又瞥见李素微眉头紧皱,脸色愕惑,仿佛颇不愿相信眼前所见。

——暮风中,燕寄羽缓步而来,白衣飘然舒展,宛如野草上的一抹流云。

岑东流转头瞟向戚晚词,哈哈大笑:"戚掌门,看来燕山长对你情深义重,竟不惜孤身犯险来救你……啧啧,你俩今日同死于此,倒也落得圆满。"

戚晚词怒目瞪视岑东流,恨不得立时以眼光将他刺毙。虽然武林中不少人皆知戚晚词钟情于燕寄羽,但她自己却绝不允任何人在她面前提及此事,若有人胆敢以此事说笑,往往都不免死在她的剑下;只是此刻她受制于人,有心无力,倏而冷喝道:"织星剑弟子听令,今日我若身死,你们走遍天涯海角,也势必将这姓岑的刺杀!"

一群女剑客听后神色悲愤,但被乘锋帮与飞光门的刀客所阻,眼下却也无可奈何。

贺风馗倏道:"方兄弟,趁燕寄羽尚未走近,你便先杀了戚晚词,以防稍后另生变故。"

杨仞微一皱眉,欲言又止,此际众目睽睽之下,若抢在燕寄羽行近前急匆匆杀死戚晚词,倒显得乘锋帮在场人数虽多,却怕了燕寄羽似的;可是此事终须看方轻游的意思,他便也没说什么。

方轻游淡淡道:"今日戚晚词必死。只是若让燕寄羽看见已救不得她,就此反身逃离,那就有些可惜。"

杨仞闻言大觉有理,笑道:"不错,今日咱们便将戚、燕二人一并了账！"

说话中，聚在外围的柳家弟子与神泉寨门徒悄然朝左右退开，燕寄羽从容来到一众手持单刀与铜壶的刀客之前，隔着人群与杨仞对视一眼，面容平静。

"让他过来！"杨仞哈哈一笑，扬手示意众刀客让路。

燕寄羽穿过人群，率先走到燕海柱面前，垂首长揖道："孩儿拜见父亲。"

燕海柱急声道："你……你来这里作甚！"

"孩儿是来相救戚姑娘。"燕寄羽谨声禀道。

"燕鸟人呀燕鸟人，"杨仞顿时摇头道，"你不说要救你爹，却只想着救这恶婆娘，未免不大孝顺。"

燕寄羽淡淡道："家父在贵帮手中，比在简家还要安全，又何须我救。"言毕转身对着李素微颔首致意，又看向戚晚词。

戚晚词却早已别过头去，瞧也不瞧燕寄羽一眼，过得片刻才低声道："你、你实在不该来的……"

燕寄羽道："无妨。"

一瞬间众人都注目于燕寄羽，想到先前柳鹰曾言只要燕寄羽现身与乘锋帮诸人相见，立时便会染上"描红"的重病，均想："口说无凭，这'描红'之阵究竟是真是假，恐怕即刻便能验证了。"

"柳前辈，"杨仞大刺刺觑向柳鹰，嗤笑道，"你那描红画绿的鬼病怕不是瞎编的吧，我瞧燕山长气色倒挺不错。"

柳鹰恍若未闻，冷冰冰地凝望燕寄羽，神态古怪，宛如注视着毕生的大敌，又似瞧着最为尊重敬畏的至交。

燕寄羽环顾周围，目光悠然落在叶凉身上。

叶凉心弦微颤，道："燕山长，你……"

"看来你我有缘无分，"燕寄羽轻叹道，"叶凉，你不愿做我的徒儿，那就算了吧。"

叶凉无言以对，不知为何，心底却隐隐生出一丝歉疚。

燕寄羽还待再说句什么，忽然手抚胸口，俯身呕出一口鲜血，脸色变得蜡黄，身躯摇晃了几下，顷刻间竟似已站立不住，勉力以手撑地，单膝跪倒。

众人见状无不凛骇，各自暗忖："这'描红'的疫病竟是真的。"杨仞心头倏忽一动："此际若猝然偷袭，倒是击杀燕寄羽的良机……"可他终究却想堂堂正正地打败燕寄羽和正气长锋阁，不禁迟疑未动。

与此同时，叶凉留意到田桑榆眼神里锐芒闪过，似欲凝劲出手一般，却随即轻轻吐气，神态恢复如常。

杨仞朗笑一声，便待开口——

下一瞬，众人忽觉眼睛微微酸痛，恍若一粒细小的灰尘掠过了眼帘，不自禁眨眼，却又觉周遭骤明乍暗，光影错乱，夺换了天色；缓神定睛望去，却见胡飞尘不知何时已靠近了燕寄羽身前，燕寄羽左手抓住胡飞尘的右腕，正自缓缓站起。

——随着燕寄羽身躯渐直，胡飞尘口中不断溢出黑血，竟似已被震裂了脏腑。

杨仞看得惊疑，脱口道："胡老兄，你又耍的什么诡计？"

胡飞尘踉跄坐地，平静地与燕寄羽对视，却不说话。

燕寄羽缓慢吐息，道："胡公子，你今日终是对我出手了……"一边说着，一边断续咳嗽，脸色愈发枯黄，显是深受"描红"侵损。

胡飞尘苦笑一声："燕山长谋虑深远，行事滴水不漏，我若今日不出手，只怕再也等不到更好的时机了。"

燕寄羽点头道："这两年来你假意屈从于我，听奉正气长锋阁的号令，委实不容易……"

杨仞闻言想起胡飞尘从前种种反常古怪之举，心下愈惊，却听燕寄羽继续道："可惜……我轻易不愿杀人，今日若非中了'描红'，难以收束劲力，原也不会杀死你……胡公子，你去年被杨仞击伤了腿骨，功力颇损，否则方才你的'灵狐返镜'身法若再快些，也未必不能取我性命……"

众人面面相觑，方才胡飞尘闪身一击，饶是在场的皆为高手，却也难辨其身形虚实，若他功力全在时，真不知会快到何种地步。

"那次雷家与龙家定亲之时，雷澈曾邀我作为宾客，我却因故未能前去……"

燕寄羽咳嗽了一阵，低声叙道："正是那次，萧野谣'刺杀'龙霖后逃遁，胡公子追踪而去，与他相谈，你们两人都想与燕某为敌，便在暗地里结盟……是吗？"

"嗯，结盟者也不只你二人，还有奉命假死的龙公子……"燕寄羽说到这里，瞥了一眼远远站着、面色苍白的龙霖，"龙掌柜想得周全，让自己的儿子诈死投入与我敌对的一方，无论最后哪方落败，龙家都能免遭灭门之祸；可叹他机关算尽，今日却也没能逃过一劫。"

杨仞与贺风馗相望一眼，心想："原来萧老兄还曾与别人结盟吗，这却没听他提过。"

叶凉想起不久前龙霖与岳凌歌的对话，不由得暗自惊心："恐怕胡飞尘他们实是四人结盟，其中还有岳公子……"

龙霖默然听着，忽道："请教燕山长，晚辈与萧兄、胡兄结盟之事，不知燕山长从何得知？"

叶凉闻言瞥向岳凌歌，但见他正自为严知雨整理发梢，目光不时扫过诸人，瞧来坦然自若，似浑不担忧龙霖会将其出卖。

燕寄羽道："正是令尊去年在春雪镇上说与我的。龙公子，你可知令尊的用意吗？"

龙霖黯然道："家父在春雪镇见识了燕山长的手段，明白燕山长绝非我们……我们三人能对付的，他索性自道实情，是想请燕山长日后对晚辈手下留情。"停顿片刻，又道："……家父临终前曾言，只有燕山长才能为他报仇。"

燕寄羽轻叹一声,凝思不语。杨仞从旁笑道:"妙极,龙钧乐是李道长所杀,燕山长大义凛然,那是非为龙掌柜报仇不可的。"

李素微面色微变,苦笑道:"杨帮主又拿贫道打趣。"

杨仞摇头欲语,忽听胡飞尘道:"燕山长,此前在下与你为敌,那只是在下一人的意思,与胡家其余弟子无涉,恳请燕山长莫要追究。"此刻他嘴角已不再溢血,抬头目视燕寄羽,神色仍如往常一般平静。

诸人闻言均觉胡飞尘说得天真,他既为胡家家主,带头与燕寄羽作对,其余弟子又怎能算是"无涉"?

杨仞打量着胡飞尘愈发黯淡的眼神,暗自惊疑:"且不说我乘锋帮在场,此际燕鸟人已染上'描红',依柳鹰所言,三日内自会殒命,胡老兄平素心机深沉,为何方才还要突袭燕鸟人?"

却听燕寄羽道:"那是自然。"

"多谢燕山长。"胡飞尘微微一笑,目光霎时涣散,僵坐不动。

叶凉眼瞧胡飞尘死去,倏忽忆起胡飞尘在雷家庭院里一步步走向院墙,展露身法,登刀而去的情形,心下恍惚怅然。

燕寄羽咳嗽两声,略一运功,抚平气息,瞧向宁、陈主仆,道:"眼下这般局面,不知两位作何打算?"

陈彻对于燕寄羽的到来并不惊异,照旧犯困,闻言瞧向宁简,只等她拿主意;宁简心知燕寄羽此言实是问自己是否愿意助他,神色迟疑,短时却不接口。

刘万山身为停云书院弟子,本该及早上前拜见燕寄羽,但见眼前形势不妙,多半停云山长自身难保,他心中忐忑,借着搀扶柳空图,久久缩靠在柳空图身后,并不露头出声。

燕寄羽轻轻颔首,目光又转向田桑榆,拱手致意。

田桑榆不假思索道:"燕山长放心,老朽与李道长一般无二,定然为燕山长效命。"

众人耳听他说得毫不犹豫,但言辞却颇有些古怪:他说要与李素微"一般无二",那却是说要先瞧瞧李素微帮不帮燕寄羽,再做定夺。

燕寄羽叹道:"李兄,今日辛苦你了。"

李素微长叹一声,摇了摇头,除却叹息声比燕寄羽更加苦郁之外,却也没说什么。

杨仞对李素微"空游诀"九重的修为多少有些忌惮,见状笑道:"李道长,转眼燕寄羽便要为龙钧乐找你寻仇了,你总不会还要帮他吧?"

他不待李素微开口,朗声又道:"李道长,你可知自己在十多年前便已中了燕鸟人的'惊鸿影',被他引邪了心性?"

诸人相顾惊疑,不少人却是初次知闻此事;李素微神情僵凝,问道:"杨帮主,此事不知你从何而知?"

杨仞道:"那是柳老山长神思清醒时,亲口说与我的。"言毕叹了口气,语声诚挚道:"李前辈,你身为玄真掌教,素来德高望重、道心仁慈,若非中了燕鸟人的算计,多年来又岂会听任他的摆布,助他为祸江湖?"

李素微闻言眼神古怪复杂,沉吟不语。

"好一个'惊鸿影'。"

江海余倏道:"燕山长,这些年来江某为你所害,活在影中,不知你可觉得称心快意?"

燕寄羽淡然看着江海余,却被他的语声又激起一阵咳嗽。

"你若只害了江某,那也罢了,江某本也心性糊涂,死不足惜。"江海余一边漠声说话,一边缓步朝着燕寄羽走去,"可是你却让我误以为是刀宗害了我,利用刀宗对我的信任,诱我去偷袭重伤刀宗,以至于他功力大减,多年难复……否则你去年又如何能在春山上将他杀死?"

众人面面相觑,心神震动,均未想到刀宗之死还牵扯到这般往事。

杨仞凛然暗骂:"他娘的,燕鸟人为杀刀宗,多年里处心积虑,真可谓无所不用其极了。"心头微动,脱口道:"姓燕的,你自己不敢面见吴重,故意将弓魔从华山放脱,实是为了让他来杀吴重,是吗?可你却未想到,即便弓魔知晓了秦芸未死之事,仍未全然癫狂了神思,不愿做你的刀剑。"

燕寄羽摇头叹道:"我确曾将秦姑娘未死之事告知江兄,却也只是怜悯江兄昔年遭遇,想要以此劝慰他罢了;江兄自行逃离了华山,多半也是想和秦姑娘再见一面吧……如今秦姑娘与吴重俱死,这些事也不必再提了。"

杨彻冷笑道:"华山上遍布停云弟子,若非你有意放松对弓魔的看押,他又如何能逃离?"

燕寄羽恍若未闻,转头凝视江海余,又道:"江兄,你是世上第一个身中'惊鸿影'之人,此事不假,但其中详情,时隔许久,江兄却似有些忘却了……

江海余驻足道:"是吗,不知有何详情?"

燕寄羽道:"当年江兄遭遇惨变,心中苦痛已极,在下得知之后……"

杨彻愈听愈觉不安,心想:"江老兄好不容易摆脱了'惊鸿影',可别再受到燕鸟人的言辞蛊惑……"眼见江海余目露追忆之色,仿佛在回想当年与燕寄羽的往事,似已有些迷惘起来。

杨彻暗道不妙,正待出声喝醒江海余,蓦地眼前一空,地上腾起断草飞泥,江海余飒然落足于燕寄羽近旁,一掌印在燕寄羽胸口。

电光石火之际,众人倒掠躲避碎草,只见两道曳长的灰影同时会聚在燕寄羽身躯两侧,宛似燕寄羽凭空展开了两道长翼;定睛瞧去,李素微横持无锋剑,剑脊平贴燕寄羽胸膛,江海余的右掌却击在了宽平的剑面上。

一瞬间李素微与江海余各自进力,身躯齐齐颤抖;方才江海余的掌劲被"空游诀"化散大半,未能击毙燕寄羽,此际燕寄羽顺势退后半步,指节在剑面上轻轻一叩,姿势漫不经意,宛如随手敲门——

无锋剑上震出嗡的一声,指劲透过剑脊,在江海余的掌心破开一个血洞，去势不停，刺入江海余胸口膻中穴，在他背上崩开一小股血泉，隐没在暮风里。

杨仞大凛，先前他见弓魔与燕寄羽厮杀起来，心中暗喜，只盼两人最好同归于尽，却不料李素微竟仍相助燕寄羽，亦没想到燕寄羽重病之下，仍有这般武功；骤然提刀掠近，喝道："李道长，你好愚钝，难道甘愿被燕鸟人的'惊鸿影'所控吗？"

李素微眼看着江海余踉跄倒退，仰天栽倒，转回目光叹道："杨帮主，你说得不错，当年确是贫道自愿让燕山长在贫道身上布下'惊鸿影'。"

"你说什么？"杨仞一惊，摇头道，"李素微，你莫不是疯了？"

"杨帮主误会了。"李素微苦声道，"当年贫道修为不深，道心紊乱，幸得燕山长坦诚厚待，以'惊鸿影'助我驱除心魔，稳固道心，多年来贫道一直深深感激。"

十

燕寄羽当即拱手道："李兄言重了。近日里承蒙李兄代我照料师尊，实在多谢。"言毕又对着人群之后的柳空图遥遥一揖。

杨仞皱眉沉吟，万没想到李素微竟早已自知身中"惊鸿影"，点头道："既是如此，今日李道长是铁了心要助燕鸟人了？"

李素微叹道："助燕山长，便是助这武林，归根到底，亦是助杨帮主与乘锋帮。"

"是吗？果然还是苦脸人放屁更臭。"杨仞哈哈一笑，也懒得与他争辩，只看向燕寄羽道，"燕山长，你有何遗言，这就请说吧。"他料想即便燕寄羽有李素微、田桑榆相助，区区三人，绝非己方之敌，今日已算是立于不败之地。

燕寄羽轻叹道："杨帮主，你们既已见过了秦芸姑娘，料想亦知闻了内力与'意劲'的隐秘……试问诸君以为，江湖武人究竟该如何对待'意劲'？倘若将诸君换作是我，执掌正气长锋阁，又该带领武林正道去向何方？"

众人闻言陷入沉思，均觉此事牵连复杂深广，一时颇难想出妥善途径。

叶凉瞥见江海余倒地不起，呼吸凌乱微弱，夹杂着嘶嘶的怪音，显是脏腑重伤，心中不自禁地隐隐担忧，却又觉得有些疑惑：先前弓魔"破影"之后，分明已领悟了更加神异的"春风化箭"之法，悄然无声，极难防御，可是刚刚袭杀燕寄羽之时，却仍是以肉掌进击，终究要比"青丝箭"慢了须臾。

忽听岳凌歌颤声道："燕山长，你方才为何……为何竟以指风刺袭知雨？"

众人一凛，却听燕寄羽道："若非如此，在下实难将江兄的无形'风箭'引开。岳公子且放心，江兄心念严姑娘的安危，那是绝不会让她伤在我指风之下的。"

叶凉心神震动，这才明白方才在李素微挥剑格住江海余的掌击之前，燕、江两人已瞬息交手，料想是弓魔气机乍动之际，却被燕寄羽看破，立时弹出指风刺向严知雨，迫得弓魔以"风箭"相救，两团微风在严知雨身前相撞，却被搀扶着严知雨的岳凌歌察觉。

"秦师妹……"江海余平躺在泥土上，气若游丝，喃喃吐出三个字。

众人不由得侧头看过去，念及江海余近半月里接连与雷缨锋、杨仞、秋剪水以及无颜崖女杀手激战，又经火焚，本已是精气大损，方才没能遽然击毙燕寄羽，倒也属意料中事；可是众人却均没想到，他在得知严知雨是燕寄羽和秦芸所生之后，却仍会出手保护秦芸的女儿。

"燕山长……"柳续倏然轻叹，"在下初入书院时，本来甚是佩服你的为人，如今你为求自保，竟能不顾自己亲生女儿的安危，这般作为,实在让人心凉。"

严知雨苏醒后本就虚弱,一直软软倚靠着岳凌歌,此刻瞧瞧燕寄羽,又看了一眼岳凌歌,心中悲郁难受,张了张嘴,却又晕厥过去。

燕寄羽静静与柳续对视,眼神淡然,却仍不瞧严知雨一眼。

杨仞冷笑道:"燕鸟人,若换作我是你,我早就自刎以谢江湖,还有何面目苟活于世?"

燕寄羽也不着恼,只道:"今日与贵帮相逢,原难善了,杨帮主若对我不满,稍后请赐教便是。"

杨仞笑道:"那好得很。"说着一振刀刃,踏前几步,心思飞转:"燕鸟人重病之躯,还敢邀战,也不知是虚张声势,还是真藏着什么杀招绝技……"瞥见贺风馗看了看自己,又看看周遭诸人,知他意思是一拥而上,不必和燕寄羽单打独斗,但想到刚才胡飞尘、江海余两度袭杀燕寄羽未果,此际若贸然打杀起来,固然能胜,恐怕己方也难免死伤。

"且慢,"赵长希忽然笑道,"贫道上回败给了燕山长,一直惦念着讨还面子,自当再请燕山长赐教。倘若贫道败了,帮主再出手不迟。"

杨仞明白他想先为自己试探出燕寄羽的虚实,摇头欲语,却听燕寄羽道:"还请贵帮少安毋躁,在下多年前曾与柳兄定下一约,在与贵帮交手之前,却须先处置此事。"

"你想拖延时辰?"杨仞当即皱眉道,"那可不成,你虽名为'鸟人',但今日是插翅难逃,不如及早认命吧。"

燕寄羽却不理他,径自目视柳续道:"当年柳兄初入停云书院时,我曾答应柳兄,迟早会与柳兄一战。——择日不如撞日,这便请柳兄赐招如何?"

杨仞心下微凛,却没想到燕寄羽所言的约定竟是要和柳续比斗,那倒是求之不得,正合他意,便暂未开口。

柳续闻言讶道:"燕山长,你身体欠佳,恐怕不宜在此时践约……"

燕寄羽苦笑道："若今日不践此约，恐怕此后也再无机会了。"眼见柳续仍神情迟疑，又道："柳兄不必顾虑太多，我瞧出你的刀术又有极大进益，但我自忖倒也尚能与你相较一二。"

柳续缓缓点头，道："既如此，有劳燕山长多指教。"

众人面面相觑，耳听停云书院的山长与副山长约好了比斗，不少人虽极厌燕寄羽，心中却也不免隐隐期待。

贺风尴道："既然燕山长执意要先和柳兄过招，咱们倒不妨成全。"

杨仞笑呵呵道："贺前辈所言极是。"随即挥手示意，众人各退数步，为燕、柳二人让出一块方圆数丈的空地。

柳续从容走到空地上，转身面对燕寄羽一揖；燕寄羽却是慢慢挪步过去，急促咳嗽了几声才凝定身形。

燕海柱见状焦急道："你、你这傻孩子，你要干什么？！"他不懂武林规矩，说着便要奔过去将燕寄羽拽走，却被乘锋帮刀客一把扯住。

"燕山长请。"柳续言毕将柴刀当胸平持，眼神凝重如暮云，他毕生钻研武道，心中最想超越的便是停云书院武学与云荆山的刀术，而高手相争，往往死生只在瞬息，此际虽知燕寄羽染病，却也毫不轻忽怠慢。

燕寄羽的气息渐渐平复，眸光清亮亮一转，倏道："柳兄，请恕我直言，你新修成的这一刀似太过锋锐，无鞘可收，只怕过犹不及。"

"我的刀……"柳续神色不变，莞尔道，"以天地为鞘。"

众人听柳续淡然说出此句，心弦倏而一震，如今刀宗已逝，武林成名刀客之中，只怕也唯有柳续能有这般气魄与刀意了。

燕寄羽亦是神色凝凛，问道："柳兄，你携此刀意南下，不知所欲为何？莫非便是为了杀我吗？"

他说完见柳续不答，轻叹一声，又道："武学只是器用，只是道路途径，并非最后的归宿。不知柳兄手握神锋，究竟要去向何处？"

柳续静默片刻，道："非只武学，任何道路走到最后，都是虚空一片，又谈何归宿？"

燕寄羽颔首道："柳兄所言，确是至理。但我却想在虚空中为这武林寻个落脚处，让千百年前、千百年后的江湖武人，都能有个安顿的所在。"

柳续闻言眉目微震，沉吟不语；众人面面相觑，暗自惊异。燕寄羽继续道："……此事或许难成，或许不过是痴人说梦，但我仍想一试。——柳兄，你可愿意助我？"

杨彻心下暗凛，生怕柳续被燕寄羽说动，那就平添一大强敌，插口笑道："燕鸟人，你要打便打，怎还卖起话来了？"

燕寄羽恍若未闻，凝视柳续道："敢问柳兄的新刀术，可有名目？"

柳续道："名为'电光朝露'。"

"原来如此。"燕寄羽怅然叹道，"一闪而没的雷电，日出便即蒸散的露水，都是天地间惊动心魂的一隙……恐怕等我见到此刀，便是落败身死之时了。"

杨彻闻言哈哈一笑："怎么，你怕了吗？"

燕寄羽转身面对杨彻，道："十余年前对阵摩云教时，燕某尚未惧怕，杨帮主此言，未免将我瞧得小了。"

杨彻冷哼道："那你还啰唆什么？"但见燕寄羽看向叶凉，又道："叶凉，你我师徒情分既尽，我自当为你解开你身上的'惊鸿影'，否则等我落败之后，就无人能解了。"

众人一惊，先前叶凉自离了春山便全然失忆，杨彻、方轻游等人均猜测是被燕寄羽的"惊鸿影"惑乱了心思之故，却没想到今日燕寄羽竟会自行提及此事，还说要为叶凉解去这一束缚。

赵长希沉吟道："眼下叶兄弟虽已恢复了不少记忆，但还有些要紧事，譬如春山上刀宗之死的真相，仍记不起来，若能彻底驱除身上的'惊鸿影'，那倒是一桩好事。"

杨彻笑呵呵道："所谓'人之将死，其言也善'，难得燕山长也能做件好事。"

倏听贺风馗道："燕山长要为叶兄弟解开'惊鸿影'之毒，我等自也无阻拦之理，但贺某想请燕山长先允诺，除解毒外，不得旁生枝节，不知燕山长可愿答应吗？"

这话说得不甚客气，燕寄羽却也并不气恼，只道："我若答应，贺兄便能信我吗？"

贺风馗淡漠道："江湖皆知，燕山长素来言辞诚实，绝不说谎，这一节贺某倒还信得过。"

"燕鸟人，"杨刈觑向燕寄羽，笑道，"方才贺前辈所言，你是非答应不可，否则你若趁着解毒将叶兄扣为人质，要挟我等，那又该如何？你虽能不要脸，于我们可有些麻烦。"

燕寄羽颔首道："好，我答应诸位，稍后除了为叶凉解去'惊鸿影'，不做第二件事。"言毕缓步走向叶凉。

杨刈与方轻游、赵长希、游不净等人虽知燕寄羽不会当众食言耍赖，但亦有些担忧叶凉的安危，也都走到叶凉近旁。戚晚词瞥见方轻游提刀离去，急急加紧运功冲穴，却仍觉周身酸麻，难以摧散经络中的刀劲。

叶凉目视燕寄羽，心头百感交集，轻声道："燕山长……多谢你。"

燕寄羽微微摇头，握住叶凉右手脉门渡劲，眼神深处细微闪动，片刻后转身走开。

杨刈好奇道："这便解开了？"

燕寄羽淡淡道："不错。"

话音方落，叶凉不自禁地脸颊微抖，一阵困意如刀剑般刺上眉睫，他心里隐约害怕起来："我要睡着了吗……不、不能睡，绝不能睡过去……"

杨刈瞥见叶凉眼中仿佛倏忽蒙了一层雾气，神情和在肃州道观里一般无二，心头顿凛；便在这时，叶凉姿势诡异地折身一跳，手中短剑深深刺进方轻游腹里——

方轻游身躯一颤,眼瞧叶凉目光痴惘狂乱,只觉一股股剑劲源源不绝地贯入自己的丹田,摧经毁穴,朝着心脉蔓延而去;一瞬间他握住刀柄,挥臂便能将叶凉斩杀,犹豫刹那,却只劈出左掌,将叶凉震退;这时叶凉手腕旋拧,短剑在方轻游腹间转开一道蜿蜒的血口。

　　戚晚词见状倏而清叱——"织星剑弟子,还待何时!"

　　一众女剑客闻声挥剑冲上来,与飞光门和乘锋帮刀客陷入厮杀。戚晚词心绪激荡之下,俄而喷出一口鲜血,竟冲开了被封的经穴,转身向门徒会合而去。

　　田桑榆暗叹一声,心知仅凭织星剑弟子难支撑久,当即下令神泉寨的徒众相助;这些神泉寨弟子论修为未必强过飞光门刀客,但皆使矛、枪等长兵刃,挥扫开来威势颇大,短时将敌人迫在下风。

　　惊变乍起,赵长希、游不净大惊失色,立时各出指掌,锁拿叶凉肘腕;方轻游手捂腹部,身躯晃了晃,几乎摔倒,侧头看向戚晚词,疾步提刀追去。

　　杨彻急怒中一刀斩向燕寄羽,喝道:"你这言而无信的鸟贼!"

　　燕寄羽避过刀光,飘然倒掠丈外,道:"我并未食言,确只解开了'惊鸿影',叶凉的心性,是去年在肃州被吴重引乱的。"

　　杨彻一凛,去年吴重与雷缨络合谋,将心性倒乱的叶凉送去肃州道观,重创庄诚等"停云四贤",破解了道观里的一场危局,当时他亦担忧叶凉的神思能否恢复,曾听雷缨络说,凭燕寄羽的本事,定能将叶凉治愈;后来他再遇叶凉时,果然见叶凉已心思清醒,也就未再多想,直至今日才知,去年燕寄羽根本就未将叶凉治好。

　　他转念中挥刀朝燕寄羽追掠而去,又听燕寄羽道:"诸君都当'惊鸿影'是害人的毒物,却不知其亦能救人。——去年吴重的手法极为高明,我也只得使出'惊鸿影',才能暂镇住叶凉的心性。"

　　"放屁。"杨彻冷笑一声,不断劈刀;燕寄羽身形左闪右折,似欲去助戚晚词,但一时却也甩不脱杨彻的追斩。

杨仞出刀愈急，心底倏动："以燕鸟人的本事，未必不能破解吴重的手法，他去年之所以只将叶兄迷乱的心神暂时镇住，便是为了以后再诱发出来，为他所用。"忽而又恍悟一事：燕寄羽故意先说要和柳续践约决斗，再提出"临死之前"为叶凉解毒，便是为了打消众人的疑虑，好让他能从容施展手法，可是众人却也万没想到，解开"惊鸿影"对于叶凉而言，却是有害无益。

与此同时，叶凉双臂一振，格开了赵长希和游不净的攻势，随即身影如一溜鬼烟般古怪绕动，遽然来到赵、游身后，弃剑揪住了两人背后衣衫，两人骇然运劲相抵，未及反身，叶凉手上剑劲迸发出去，甩得两人呕血跌飞。

短剑尚未坠地，便被叶凉矮身抄住，顺手向身侧一抹，叮当一声，却削在秋剪水的烛台上；秋剪水手指酸痛，暂退一步凝神调息，犹觉左臂虚飘飘的，内息竟难运至。

一时间酒馆周遭战局混乱，金铁声不绝于耳；柳续略一迟疑，闪身去救柳鹰，眼前道袍呼啦啦一晃，却被李素微挥剑拦截，两人面色一个愁苦一个冷淡，却均一言不发，刀剑变幻交击，顷刻间已斗得极是凶险。

柳家刀客趁机绕近酒馆门前，便想将柳鹰救走，却被飞光门刀客所阻，一众柳家刀客留下大半人手与敌人缠斗，另有十余个刀客旁突斜闯，距柳鹰愈来愈近；十余人相顾一眼，忽然齐齐拔地高跃，掠过地上的敌人，向柳鹰坐处落去。

叶凉正在柳鹰身旁提剑呆立，忽觉眼前一暗，头也不抬，应机纵起，短剑旋转横扫，天空中血肉纷飞；有些柳家刀客相距叶凉稍远，见状急急沉劲落足，仰望去，鲜血遮蔽了视线，宛如红色的斗篷罩落。

叶凉眼前无人，一剑挥空，当即坠地拧身，又朝旁边的柳家刀客掠去，他虽未学过轻功，但"秋水"剑意流转之际，身躯如轻风细雨一般,仿佛浑无重量,刺死一个刀客之后,眨眼间斜飘数丈,又将另一柳家刀客刺毙,他在一个个刀客之间倏忽来去,等到身形定住时,冲过来相救柳鹰的柳家弟子已然死绝。

他随手振去剑上血迹,歪头打量着柳鹰。

柳鹰似也未想到会有这般变故,神色既惊疑又欢畅,笑道:"好个叶凉,你……"

话未说完,叶凉已蓦地掠近劈剑,一道血痕从柳鹰眉心直画到丹田,柳鹰身躯一绷,戛然死去。

叶凉瞧着柳鹰的尸身,脸颊倏一抽搐,似乎记起了什么,一句话语缓缓掠过耳边:

"这世道便是如此,即便你是天资最高之人,遇到了这世上最好的师父,和世上最美丽的女子相恋,但你依然过不好此生。"

叶凉摇了摇头,恍惚间却已分不清这句话是从前柳鹰所说,还是自己的心声。

"我不认、我不认……"他喃喃说着,心神深处隐隐挣扎了一瞬,随即又陷入狂惘,紧握剑柄,向下一个人掠去。

十一

诸人在乱战中瞥见柳鹰为叶凉所杀,俱是一惊;李素微正与柳续激斗,顿时撤步道:"如今柳鹰既死,你我又何必再打下去?"

柳续颔首收刀,方才他不愿杀死李素微,虽未出杀招,但亦觉从道剑"墨渊"上传荡出的劲道颇为怪异,一丝丝的冰寒宛如蛛网般,不断将自己的刀劲粘缚冻结,若真要取胜,恐怕也绝非易事。

两人转头望去,叶凉挥剑扫飞了几个神泉寨弟子的长矛,顷刻里又刺死三人。

李素微叹了口气,倏与赵长希目光相触。赵、游二人刚刚虽被叶凉打退,毕竟功力深湛,略一调息便待再度掠向叶凉。赵长希望见静立在混战人群中的李素微,亦是微怔;去年在肃州道观里,正是他师兄弟两人同时出手,才将神思狂乱的叶凉制伏,可是眼下李素微目光怅涩复杂,却似并无阻止叶凉之意。

此际混战中的双方均已心绪凝定,出招愈发稳狠;乘锋帮刀客虽只二十多人,但"天风萦回"的意劲终究远比柳家刀法、织星剑术以及神泉寨武学神异,渐渐占据上风,杀伤了不少敌手。

叶凉歪头站着,忽而耳朵微颤,神思被一名乘锋帮刀客击出的凌厉刃风吸引,手脚扭动一霎,提剑掠近便刺——

那刀客大惊,急振刀刃迎击,数十道刃风如火焰一般,忽被一股更轻悠、更静谧的微风扑灭,叶凉手腕圈转,再刺一剑;叮的一声,火星四溅,短剑被一柄不起眼的断刀格开——

陈彻面容困倦,挡在了叶凉身前。不远处,一名织星剑女弟子见状惊怒道:"陈彻,你身为青锋令使,怎不去助燕山长?"

陈彻理也不理那女剑客,打个哈欠,端详着叶凉的眼神,从中却已看不到那个去年在春雪镇上帮自己背负行囊的少年。

叶凉凝视陈彻,神情迷乱中露出一丝好奇,骤然挥剑攻上——

…………

片刻前,燕寄羽瞥见戚晚词被贺风馗截住,亟待赶去相助,却被杨仞接连几记"剪雨"迫得左支右绌,"描红"发作加疾,又咳出两口鲜血;可他"春日游"身法已臻于化境,杨仞短时想要将他斩杀,却也难以做到。

杨仞暗骂一声,瞧出燕寄羽一边闪避退走,一边却也有意朝戚晚词所在处渐渐靠近,无可奈何之际,心下却也生出一股狠劲,倏而以"飞锋"一式,将雪刃急掷向燕寄羽左胸——

燕寄羽微惊,他知杨仞所持是刀宗昔年神兵,颇未料到杨仞竟会陡出弃刀之招，眼见刀锋如锐电，几乎刺穿胸膛，危急中再难拿捏退避方位，疾向右闪；杨仞却早向他右侧掠去，双掌齐出，重重拍在他肋间。

"他娘的。"杨仞惊喜了一瞬，眼见燕寄羽被自己推得倒退，却觉掌上轻绵绵的浑不受力，仿佛刚才摧发出的浑厚内力尽数打入了虚空，骇疑暗忖："燕鸟人练得什么邪法，难道竟不吃内力？"

燕寄羽又是剧烈一咳，转身朝戚晚词的方向掠出一步，眼前明暗一闪，一道清幽幽的光幕从天而降，隔绝了他的视线，却是秋剪水忧心杨仞安危，赶来相助。

杨仞瞧见秋剪水，心中顿松，两人一前一后，将燕寄羽夹阻；燕寄羽轻叹一声，眸光转动，似要说些什么，杨仞不等他开口，掌风霍霍，伴随着点点烛光，骤然朝燕寄羽袭落——

与此同时，方轻游跌跌撞撞地追向戚晚词，左手紧按腹间，鲜血从指缝里不断流出，经过一些织星剑女弟子时，频遭剑阵拦截，都被他随手挥刀斩退。

数十丈外，戚晚词与贺风馗已互换十余招，先前她的短剑被方轻游击落，却被门徒捡起，重交与她，她恼恨于被擒之耻，急欲发泄怒火，一阵快剑飞闪晃漾，笼罩贺风馗周身要害；贺风馗性情沉稳，游走中举刀格挡，细心寻觅制敌良机。

岑东流率领数名飞光门刀客奔近了贺风馗，道："贺兄，你去指挥大局。"随即接替他与戚晚词交手。

戚晚词冷哼一声，出剑愈快，岑东流右臂断折，以左手挥动铜壶，功力终究减损，与另两个刀客合力，才与戚晚词斗得不分上下；戚晚词瞥见方轻游跟跄奔近，心头微凛，振腕舞出一团剑芒，迫退岑东流，拧腰朝一众女剑客中间飞跃而去。

方轻游晃步闪近，扬手一挥，刀光纷纷乱乱，如绳索般萦绕住戚晚词；戚晚词周身多处溅血，双足坠地，清啸一声，反身连使"双星掠月"的织星剑绝技,十字剑光绽亮如花,浮空开落不绝。

众人的惊呼声中,方轻游静静伫立,锐光扑面而来——

方轻游闭目横挥一刀,暮风里微光流转,一朵朵莹白的剑花霎时黯灭凋零,戚晚词双剑齐断,几欲呕血。

方轻游手中只是寻常单刀,远不及戚晚词的短剑锋锐,破去戚晚词的杀招之后,手腕一颤,刀刃片片断碎,他松手弃刀,身躯摇晃,眼中阵阵模糊,再也按捺不住腹伤,扑通跌坐在地。

戚晚词方才恨极搏命的一击没能杀死方轻游,惊凛倒掠,本待脱身逃走,但见方轻游伤势颇重,已难支撑,不禁面露冷笑,手提断剑猝地闪近。岑东流脸色顿惊,铜壶震动,一股酒泉拦挡过去,却被剑刃绞碎;戚晚词踏步一剑,抹向方轻游眉心——

咫尺之间,她忽见方轻游袖中吐出一片柔光。

一刹里她惑然心想:"怎么他凭空又变出一把刀来?"随即醒觉,那并不是刀,却比刀刃更加雪白洁净,悄无声息地切入了她的心口;那刀意如此轻柔,宛如世间亘古存续、势不可挡的深情,她中了这一刀,眼前蓦然闪过了燕寄羽年轻时的面容。

"我说过,你今日必死。"方轻游轻声道。

话音方落,戚晚词忽觉自己的心脏如花瓣般碎成了几片,她低头瞧去,斩入胸口的却是一块手帕。

十二

叶凉与陈彻变招如疾风快雨,短时里刀剑已交击数十次。

从前陈彻与人交手,往往极快便能洞悉对方招式奥妙,以其人之道还治其人之身,然而叶凉身负"秋水"剑意,只练就了随心生发的一式,招法独抒性灵,浑无格套,颇难捉摸效仿。起初陈彻不得不连连闪躲，险象环生，片刻后，却窥出了克制叶凉剑术的窍门——

他仗着充沛的"意劲"迅捷展动步法，始终与叶凉保持数尺的距离，等叶凉一剑刺来出招至半时，剑意与气机均已落定，他便能循着剑势领悟到叶凉这一剑的后半招，抢先使出来攻向叶凉，如此便可后发先至，数招过后，果然迫得叶凉手忙脚乱，痴痴狂狂的眼神里平添一丝焦躁。

李素微从旁瞧出了陈彻的打法，对其武学天赋也不禁深深赞叹，眼见陈、叶二人的身影如电光纠缠分合，有心干预也难以插手，转身便待赶去燕寄羽那边。

"李兄留步。"柳续手腕一晃，刀光映在李素微咽喉处，"我不愿杀你，还请你莫轻举妄动。"

李素微苦笑顿步，眼望着杨仞与秋剪水身形穿梭交错，配合渐熟，出招愈密，燕寄羽被困在方圆数丈内，屡次想要抽身掠向戚晚词，却均被两人截下。

杨仞方才掷出了雪刃，以掌代刀，不免威势大减，饶是如此，见燕寄羽虽身染"描红"，但仍守御森严，步法幻妙，暗自也有一丝佩服："这鸟人在武学上倒不愧宗师风范，即便我持刀全力施为，恐怕一时半刻也难杀伤他。"

他趁着脚下辗转，经过雪刃时倏而挑刀在手，精神一振，正待出刀，瞥见方轻游坐地以手帕斩中戚晚词心口，不由得又惊又喜。

与此同时，宁简正自为陈彻掠阵，望见另一边的情形，也不禁神色微动，想起那日在沔州将手帕交给方轻游时，方轻游只极平淡地道了声"多谢"，却不知他原来一直将手帕随身携带。

方轻游以手撑地，身躯晃颤，慢慢爬起身来，转头见到杨、秋与燕寄羽激斗正酣。他缓沉一口气，迈步朝着燕寄羽行去。

在他身后，一群织星剑女弟子提剑疾步拥近。

——戚晚词行走江湖时处事冷厉，但对自己的门徒却极护短，这些女剑客眼见她软软倒地，双目泛红，一个个均急欲为她报仇。

杨刃与秋剪水对视一眼，两人心意相通，身影齐闪，弃下燕寄羽返回救助方轻游。

方轻游见状停步，冲两人稍稍颔首。杨刃奔掠中心头微震，瞧见方轻游腹间血迹斑驳，但苍白的脸上镇静安定，并不激动，仿佛所作所为理所应当。

随即，杨刃与秋剪水分立方轻游左右，秋剪水左手烛台晃成碧幽幽的一线，右手"飘零剑"连刺，瞬息点倒七八名女剑客；杨刃扫出一式"散锋"，亦将数个敌手斩得旋身跌飞。

趁此间隙，燕寄羽绕过秋、杨两人，骤然掠到戚晚词近旁；杨刃心知守护方轻游为重，却也无暇拦阻。

燕寄羽俯身单膝跪地，抱住戚晚词，不断为她渡入内劲，查探到她心脉被斩碎，已绝难活命，不禁神色微变。

此际杨刃见暂无新的女剑客攻来，而燕寄羽矮身背对自己，实是良机，当即提刀闪步欲过去，倏听秋剪水道："别去！"

杨刃一凛顿步。同时间，一名乘锋帮刀客刚刚斩杀了身前的神泉寨弟子，却已斜掠而近，挥刀劈向燕寄羽脖颈——

几十股刃风嘶嘶锐啸，伴着刀光落向燕寄羽，燕寄羽颈不转，手不抬，兀自给戚晚词渡劲，短时里运劲过疾，发梢与衣衫都震漾起来，却似对身后危险浑然不觉；那名刀客未及欣喜，风啸声莫名一哑，随即刃风哗然倒卷，在他身上割开一道道血口。

那刀客凛骇中闭目待死，突然身躯一轻，被人揪住后颈急急倒掠数丈，险死还生；回头望去，却是杨刃得了秋剪水的警语之后，及时将他救下。

杨刃方才未能瞧出燕寄羽以何手法将刃风反弹回来，心下暗惊："这鸟人果真另藏了些门道。"

燕寄羽震返刃风时也引得戚晚词身躯一抖，她勉力睁眼，瞧见燕寄羽后道："……咱们终于还是见面了。"今日自从燕寄羽现身，她便一直侧过头去，避不瞧他，直到现下，两人才算真正照面。

燕寄羽黯然道："我知你不愿见我，故而迟迟未曾找你相见。"

"不……"戚晚词语声微顿，气若游丝道，"我不愿见你，是因为……是因为我知道你不想见我。"

杨彻听见一怔，去年在肃州城外的荒野间，他质问燕寄羽指使戚晚词杀害郭正，燕寄羽曾言："我与戚姑娘已有十余年未曾见面，又怎能命她杀死郭师兄？我知她不愿见我，近日里也只是给她写过书信，略略提及有些琐事想请她相助罢了……"

他本来对此话将信将疑，今日才知竟是实情；转念又想："先前在岳州左近，燕寄羽宁愿以赵、游二位前辈交换戚晚词，也不愿亲自现身相救，多半也是为了不与这婆娘见面……"

这时又有九名织星剑弟子结阵奔近袭杀方轻游，杨彻横刀截住，快声道："秋姑娘，你先为方兄治伤。"

燕寄羽目视戚晚词，却仍不看身后的杨彻等人，忽听戚晚词低语道："燕、燕兄……你喜欢之人果真不是我吧？"

燕寄羽轻叹一声，道："戚姑娘……"

未及说完，戚晚词已轻轻摇头道："你一生都不说谎的，就别为我破例啦……"她本就肤色白皙，平素神色清冷，更显得脸颊苍白，此际回光返照，脸上却露出些许红晕。

燕寄羽道："是我对不住你。"

戚晚词凄楚一笑："你没有对不住我，我却做过对不住你的事……当年你将那封书信交给我保管，我气不过你那时和郁剪寒处得亲近，转手便将书信随意给了吴重……"

燕寄羽叹道："那也无妨。"

戚晚词呢喃道："你给我的只是伪信，却将真信交给了郁剪寒，你心里的人到底是她，到底是她……"说到后面，气息渐微而停。

此刻杨仞刚刚将九名女剑客斩退，闻言想起那日在肃州城的青楼里，曾听雷缨络提及那封被吴重携去春山的"伪信"："……当年那封书信却到了师尊手中，后来她转交给吴重，吴重又将书信托放在了鄂州晴川刀一派……"不禁与秋剪水相顾一眼。

秋剪水本以为师姐遗物中的"意劲"书信是刀宗交与师姐的，这时才知竟得自燕寄羽，遥想当年两人情投意合之际，心下涩然。

杨仞紧握雪刃，微微犹豫，秋剪水神情谨慎，仍是冲他摇了摇头，轻声道："眼下燕山长周身气势与杀机极盛，不宜硬触。"

杨仞点点头，见秋剪水为方轻游敷好了伤药，便道："方兄伤势如何？"

秋剪水道："方兄身上剑伤虽深，但避开了要害，性命无碍，只是流血过多，需要歇养。"

杨仞不自禁吐出一口浊气，浑身如释重负，只觉此言可谓是他近日听到的最好消息。

"多谢秋姑娘。"方轻游脸色泛白，但嗓音仍颇沉稳。

三人说话中，燕寄羽将戚晚词的尸身平放在地，反身站起，神情平淡如水，却也瞧不出心绪激荡。

"方兄弟，"燕寄羽目光一转，缓缓道，"你终究为楚姑娘报得仇了。"

方轻游道："戚晚词只是其一，元凶祸首却是你。"

刀剑声、厮杀声里，两人静静对视，夜幕不知何时已然垂落。

杨仞忽对方轻游道："方兄，你可信我？"

"自然相信。"方轻游道。

"那好，"杨仞哈哈一笑，道，"那你便安心歇息，我为你斩杀燕鸟人。"

方轻游颔首道："好。"先前他全凭一股坚韧心志，与耳边恍惚隐现的几声笑语，才强撑住未晕厥，精气实已虚乏，当即在杨仞的搀扶下闭目静坐休息。

杨忉一振刀锋，站直身躯，转身觑向燕寄羽。

燕寄羽瞧见杨忉冷冷的目光，神情却仍极淡定，缓缓转头，环顾周遭战局，忽而轻轻一叹。

众人听了他的叹息，混战中竟不自禁地生出一丝悲悯，看看手中刀剑与面前敌人，均想："我这般争斗，究竟为了什么，又非得如此争斗不可吗？……"

倏听贺风馗喝道："燕寄羽擅使天音宗的邪法，莫要为他所惑！"众人如梦初醒，金铁交击声重又密集起来。

杨忉一心要击败燕寄羽，倒并未被叹息声消减斗志，只是心中忽然隐隐不安，似乎自己疏漏了什么极要紧的事，短时却又想不分明。

他转头望去，陈彻和叶凉兀自激战，贺风馗一边与田桑榆缠斗，一边呼喝指挥，众刀客听命冲杀，打压得敌方疲于逃躲，几难还手；李素微这一强敌被柳续牵制住，颇有利于乘锋帮，岑东流虽因断臂折损了功力，但对付织星剑、神泉寨的门徒，却是绰绰有余，而柳家刀客眼看家主身亡，惊惶失措，有不少人已向江边逃去。

杨忉见己方大占胜势，心中顿松，暗忖："多半是我仍被燕鸟人的邪声钻进了心窍，才搅得我心乱不安……嗯，我这便杀了这厮，省得他再使奸计。"想到这里，朝秋剪水看了一眼。

秋剪水凝神辨别燕寄羽的气息，察知他周身杀机已消散不少，"描红"之病却发作得更剧烈，便冲着杨忉微微点头。

便在这时，燕寄羽扭头就跑，白衣猎猎成线，朝着江岸逃去。

杨忉一愣，没想到燕寄羽身为停云书院山长、武林正道的魁首，竟会做此大失身份临阵脱逃之举。

而宁简、李素微、秋剪水这些经历过春山之事的人，却知去年在春雪镇上的春风酒楼里，燕寄羽面对江海余以及方天画、铁风叶等八位掌门的围困，腹背受敌，亦曾坦然逃脱，事后对叶凉和宁、陈主仆讲起，自言"打不过，若不逃，难道留下来等死吗"，似觉不敌便逃并不违背君子礼法；而此刻他没能救得戚晚词，猝然逃走，于他确算是明智之举。

燕寄羽在奔掠过乘锋帮刀客之时，身形被阻了几霎，但终究以凌厉指风与轻灵身法冲了过去；杨仞当机立断，看向岑东流道："岑前辈，请你照看方兄！"

岑东流曾与方轻游共擒弓魔，青石镇上又同历了与薛秋声的一战，交情颇厚，闻言道声"杨帮主放心"，弃下正在追斩的敌人，飞掠到方轻游身边。

杨仞言毕便疾追向燕寄羽，秋剪水并行在旁；柳续神色微变，亦朝着江边追去。

贺风馗猛挥几刀迫得田桑榆接连闪避，回头看看江边，道："有劳赵兄、游兄。"

赵长希、游不净正助飞光门刀客杀敌，明白贺风馗怕杨仞有所闪失，当即也疾掠向岸边。

李素微见状似亦想遁走，身影刚刚晃动，贺风馗却早有预料，猛一挥手，七八个乘锋帮刀客将李素微团团围住；李素微迟疑一瞬，苦笑止步。

燕寄羽顷刻催运轻功过急，到得岸边，不禁连声咳嗽，略缓了缓，被杨、秋追近了不少。

杨仞瞧着前方不远处那道白衣的身影，心头愈发清晰坚定，此前贺风馗两度询问方白、秋剪水的修为，亟待杀死燕寄羽，实是颇有道理：燕寄羽心机太深，行事又太独，没第二人知道他真正的计谋布局，如此只要他死了，即便停云书院与正气长锋阁尚在，却也无人能将他的图谋继续下去。

眼看燕寄羽倏忽跃上一艘刚刚驶出渡口的客船，杨仞、秋剪水相视一眼，先后纵身而起，也登上船板。

…………

酒馆门前，叶凉被陈彻后发先至的刀术打得束手束脚，愈发焦狂，出剑也愈发快绝幻妙，几乎无迹可寻；可饶是如此，仍被陈彻从容看破。陈彻不欲伤及叶凉性命，想要暂将他击晕，却也一直未找到时机，几次冒险想以刀柄敲击叶凉后脑，均被叶凉敏捷闪过，反扎一剑，都是堪堪擦过陈彻衣襟。

宁简从旁观战，看得又担忧又惊喜，心想："不知不觉，陈彻的武功已经比我高出许多了……"

倏听李素微叹道："宁姑娘，你也不好好管束你家的仆从，耽误了燕山长的计策，未免有愧于其所携的青锋令。"他被乘锋帮刀客围住，却只伫立原地，并不出剑突围，那群刀客未得贺风馗命令，又知李素微修为极高，也并不贸然攻上。

宁简冷淡道："叶凉忽然发狂，料想绝非燕山长的本意，他老人家一定也极盼着叶凉恢复清醒，我家陈彻拦阻叶凉，正是顺应了燕山长的意思。"

李素微闻言难以反驳，只连声苦笑。

陈彻本不在意青锋令使的身份，更知燕寄羽或已食言私放了简青兮，对李素微所说自是充耳不闻，只是这片刻间却越斗越是惊心，隐约察觉到叶凉的剑劲里潜藏着一抹极神妙的刀意，似乎随时便会破剑而出，一旦叶凉由剑术转为刀术，恐怕自己就极难抵挡了，当即欺近一步，加紧寻觅制胜时机。

叶凉久战不胜，又怒又惧，眼看陈彻袭近，狂乱中厉啸一声，突然转身奔开；他神志颠倒痴惘，本也未存一定要胜过某人的心思，此际提剑狂跑乱走，几个飞光门刀客想要截住他，却均被他随手一剑刺伤。

陈彻一惊，提刀追出几步，忽然摔倒在地，肚里咕咕直叫，只觉浑身虚弱无力，短时却难站起；六年前他经络受损后极易困饿，方才虽占据上风，气力却不如叶凉持久，战到当前已然支撑不住。

叶凉胡乱奔走了一阵，目光猝被站在酒馆门前一袭红裙的严知雨吸引，立时提剑掠近。

——刚才混战初起，岳凌歌便护着严知雨和燕海柱进了陈家酒馆，叮嘱两人不得出来。何轻生与裴驷瞧见，互换眼色，一边背靠背地提防着周边敌人，一边也躲进了酒馆。

刘万山本就最靠近酒馆门口，心说："我身为停云弟子，自该参战相助燕山长，但燕山长修为如此高绝，我首要的大事却是护好柳老山长。"越想越对，赶忙搀扶着糊糊涂涂的柳空图避入酒馆。

哪知刚进得门，他便被何轻生与裴驷盯上。何、裴二人一个是玄真教坛主，一个是晴川刀掌门，对付一个年轻书生自是不在话下，旋即将刘万山打晕，救得柳空图，自知为乘锋帮立下大功，不禁颇觉欣喜。

随后，岳凌歌返回来背负晕厥倒地的雷缨锋，严知雨担忧他的安危，静待片刻，终究忍不住跑到酒馆门口张望；此际岳凌歌眼瞧叶凉即要袭刺严知雨，然而相距颇远，惊呼一声，却已拦阻不及——

叶凉的身影倏忽停在严知雨面前，看看她的红裙，又看看自己衣衫上沾染的血迹，皱了皱眉，似容不得别人身上比自己更红，骤然抬剑刺出——

啪的一声，一根草叶激射而至，打在短剑上，叶凉手腕剧痛，垂剑转头望去，江海余不知何时已站起身来。

众人心头震惊，先前弓魔中了燕寄羽的指风，胸口贯出血洞，久久躺倒，不少人都道他已死去，却不料他仍活着，更仍能施展"青丝箭"。

江海余颤巍巍朝着叶凉走去，脸颊苍白清瘦，重伤之际，眼神里精光消敛，再无往常的气势，反倒像个拘谨羞涩的少年。

叶凉怔怔看着江海余行来，神情时而迷惑时而癫狂，他先前杀了不少柳家刀客，身上溅满血污，血水不住从发梢滴落，宛似一个嗜血的魔头。

十三

众人瞧得惊心,一瞬里叶凉目光在江海余身上转了转,但见他衣衫焦黑破烂,虽也遍布血污,终究不如严知雨的红裙夺目,冷不丁转身一剑,再度削向严知雨咽喉。

严知雨从昏迷中苏醒未久,身乏体虚,躲避不及,骇然闭目待死,忽闻一声促响,剑刃在颈前嗡嗡震鸣,却是又一片草叶飞射而至,几乎将叶凉的短剑打落。

"嗬啊! ——"叶凉纵声嘶吼,攥紧剑柄,看也不看弓魔,径自对准严知雨的眉头又刺一剑;啾的一声,江海余前行中踢飞断草,他对待叶凉似颇不寻常,数度发箭都只射向短剑,并不欲伤及叶凉性命。

草叶破风急飞,叶凉剑刺至半,猛然回腕横削,草与剑相撞,却发出闷雷般的怪响,断草弹飞回去,比来势更疾,猝然射穿了江海余的右腿,江海余踉跄一晃,跌坐在地。

叶凉虽然神思狂乱,但临敌应战之际却愈发敏锐多变,眼见方才诱敌反击的一剑打倒了弓魔,喉中咔咔乱响,似甚得意,脸颊上却木然僵滞,仿佛已忘了如何发笑。

"秋水"剑意随着草叶涌入江海余的经络,激得他许多旧伤口又开始流血,脸上、手脚上、胸膛上都浸润开一片片的红渍。

严知雨见状颤声道:"江老伯……"跌跌撞撞地朝着江海余奔去;与此同时,宁简掠近了倒地的陈彻,将他搀起。岳凌歌身形疾跃,掠过交战中的贺风馗与田桑榆,便待赶来将严知雨救走——

叶凉倏然纵起,截向岳凌歌,半空里振剑扫出一团剑光;岳凌歌面色不变,微一抖腕,铁弦弹刺而出,骤而变软,卷住了短剑,剑光消隐,一霎里岳凌歌进力回夺,险将短剑扯得脱手。

叶凉大惊,他在痴惘中已记不清这柄短剑的由来,只是莫名觉得这是他一生中最重要的事物之一,绝不能被人夺走,当即咬牙催运内劲，左掌轰然拍出；岳凌歌剧凛撒手，沉劲落地，叶凉却似犹不放心，接连数掌乱击，掌风迫得岳凌歌不住倒退。

在此间隙，严知雨已奔近江海余，搀扶着他，唇齿轻抖，眼看他周身是伤，惶急得说不出话。她始终不甚明白，为何这位武林中谈之色变的弓魔一直对自己颇为温和亲近，心中忍不住一阵阵地悲痛；江海余瞧见她神情难过，嘴角微动，似想出言劝慰，终究却也没能说出口。

严知雨勉力运指，想要为江海余封住伤口的血脉，却觉头晕目眩，力不从心，忽被江海余握住了手腕，下一指便点不下去了。

江海余遍体流血不止，细血淌落在严知雨的红裙上，血色混入裙色，显不出来，反倒目光里神采奕奕，苍白的脸颊上隐隐焕发出异样的浅红，数十年来仿似从未如此刻这般生机勃勃；严知雨本待挣脱手腕继续为他治伤，心神忽被他清亮平静的眼睛所震慑，一时间忘却了所有动作，亦未察觉叶凉迫退岳凌歌之后，已反身朝她掠来——

"江老伯，你……"严知雨未及说完，忽觉身子一轻，已被江海余抱起，江海余陡然振臂，将她急掷出去，飞落向岳凌歌；叶凉身形迅如魅电，本已堪堪欺近两人，脚下一顿一折，剑光随身蹿起，飒然削向严知雨——

便在这时，一股血箭飞离了江海余的身躯，宛如承载着某种生命的意志，飞蛇般当空扭曲，绕过叶凉身侧，嗤的一声，仍是精准地打在短剑上，细血飞溅。

叶凉突兀坠地，低头看剑，剑刃上裂纹蔓延，倏忽断成两截。

"不，不不，不要……"叶凉呢喃吐字，浑身哆哆嗦嗦，猛地闭目，睁眼再看，手中仍是一把断剑，他狂吼一声，不停地闭眼睁眼、闭眼睁眼，却终究无法改变眼前所见，嘴角咧开，迸出一阵号啕痛哭。

众人瞧得既惊骇又酸楚，宁简刚刚为陈彻渡入些许内劲，身边风声一紧，却见陈彻又冲向叶凉，她和岳凌歌对视一眼，亦闪身追掠过去。

此时此刻，弓魔却未瞧叶凉，亦不瞟三人一眼，寂寂仰望夜空，只觉仿佛坐在一处无边无涯的屋梁之下，混浊的阴云凝聚在高处，恍如一根根厚重的梁木，世上的芸芸众生，谁也走不出这间屋子。

他转头四顾，放眼大地，遍处都是浓重的阴影，刹那间他既觉惧怕，又从惧怕里生出一股奋勇，决然朝着地上阴影弹射出一道血箭，撞得泥土飞溅，碎草纷飞。

陈彻等三人方自掠到叶凉和江海余之间，便见一线红光没入身旁的土地，无数细锐气劲炸散开来，不得不倒掠急退，各自惊疑暗忖："怎么弓魔却似不愿让我等靠近叶凉？"

——明月初升，从云层间透出一隙光，少年和魔头一立一坐，默然对视。

叶凉手握断剑，嘶声哭号，手腕时而轻颤，刃光在夜色中微闪如鬼火。

江海余眼瞧叶凉目中透出深深恨意，神情却怅然宁静，似已拿定了什么主意。

下一瞬，哭声倏顿，叶凉脸上露出古怪的迷惑，宛如忽然识出了多年的故人一般，对江海余生出一抹亲切之感，隐隐约约，却又难以自抑，仿佛眼前之人的身躯中藏有某种和自己同源同质的东西，引得自己体内的"秋水"剑意如潮汐般往复流淌，而在水流底下，一股闪电如潜蛰已久的龙蛇，亟待喷薄腾飞。

江海余恍恍惚惚一笑，耳边蓦地掠过几句陈旧的话语：那些他本以为早已全然忘了，今日才惊觉记起，实则却多年来都铭刻在心的话语，来自他最为崇敬感激却又最觉陌生邈远之人。

"张青兄弟心性失常，难捺杀意，非只是遭遇惨变之故，却也是因身中某种奇异的功法，被人引岔了神思；此前我从未见过这般功法，料想是武林中新近所创……

"方兄,请你念在这一缘故,饶过张兄弟的性命如何?我已在他眉心印堂穴刺入了一丝'气箭',助他平稳心性,从此他立誓退出江湖,料想不会再增杀业。

"多谢方兄成全。

"张兄弟,几年来你的神思与那功法纠绕缠化,心魔已深,唯你自己才能剥离,今日我这一记'气箭',亦难将你彻愈,唯能在你神魂中留存一抹'意劲',盼将来能助你有所领悟,等到那时,你便能以此自救……

"只是你一旦悟得,却是既能救己,亦可伤己,我难料你那时的心境,望你好自为之。"

江海余苦苦一笑,摇头醒神。当年他本已决意避世,却在两年前得知师兄周固未死,实与师妹秦芸合谋蒙骗了自己之后,终究按捺不住悲怒执念,重出江湖,在青石镇上领悟了"青丝箭",后更又杀伤了不少性命。现下想来,周固未死且与吴重是同一个人的消息,多半便是燕寄羽有意引他出山,才设法传告于他。

这两年来,他有时也隐约想到刀宗多年前的劝言,只是他修为高绝,罕逢敌手,深心里也曾傲然自忖:"哼哼,从来都是我'伤人',又岂有'伤己'之事?刀宗所言未免还是有些重……"可是现下他瞧见叶凉神思癫狂,满面悲苦,念及平生所为,却忽然一悟——

"原来是我错了,原来伤人……就是伤己。"

此际,叶凉的哭声渐哑渐低,神态重痴狂错乱,只是脸上泪水兀自不住滚落,越淌越急。

江海余垂下头,将掌中珠钗上的一颗珍珠旋开,目露温柔之色。那珠钗中空,里面却蜷曲盘绕着一根头发。他拈起发丝,抬眼与叶凉对视。

青丝如梦,泪落如雨。

"倘若伤人便是伤己,那么救人呢……又能否如同救己?"江海余喃喃转念,霍然站起。

叶凉应机而动，手腕急振，飞闪而近，断剑贯入了江海余的心口；与此同时，江海余弹出了那根头发，脊背如弓弦绷直，发丝在叶凉眉心轻轻一刺，转瞬飘散不见。

叶凉拔剑倒退数步，身躯晃了晃，神思清醒过来，惊见江海余伫立在自己身前，面目安静，已然气绝。

叶凉心头一阵悲郁，随即又不自禁深深害怕起来，双手抖动，眼看着江海余栽倒在地。

"叶兄弟，恭喜你了……"李素微忽而拊掌一叹。

叶凉道："李道长，你、你说什么？"他瞥见手中染血的断剑，嗓音微微发颤。

李素微道："弓魔杀人如麻，恶名垂于江湖十数载，没想到今日死在叶兄弟手上。从此叶兄弟名扬江湖，成为武林中人人钦佩景仰的侠士，可喜可贺呀。"

十四

到这时，贺风馗与田桑榆越斗越是凶险，但出招却反而变慢了；贺风馗心性沉稳隐忍，轻易不出杀招，田桑榆更可谓是武林数十年来最为谨慎之人，两人气机紧绷，盯着对方肩手与脚步，时而互换一招，各有伤损。

田桑榆未携兵刃，以掌对刀，稍处下风，眼望弓魔毙命，叶凉收剑，门徒溃败亦已成定局，他爱惜徒众性命，忽而垂手叹道："贺兄，是老朽败了。"随即命残余的神泉寨弟子弃矛认输。

贺风馗将刀锋停在田桑榆颈上，漠然出指封住他周身经穴，手势从容利落，似颇有余力，却是直至取胜也未曾展露过"意劲"。

岳凌歌刚才接住了江海余抛过来的严知雨，为她渡劲稳住气息，严知雨死里逃生，紧紧抱着岳凌歌不放，只不住落泪；岳凌歌劝慰了两句，忽与贺风馗目光相触，叹道："今日贵帮可谓是大获全胜了。"

贺风馗道："尚不知燕寄羽能否伏诛，谈何胜败。"今日乘锋帮斩杀了戚晚词，报得血仇，又擒住了李素微这一正气长锋阁的阁主和田桑榆这一青锋令使，许多乘锋帮刀客都极感欣喜，可贺风馗却仍是脸色淡漠，言毕径自陷入沉思。

叶凉却浑未觉察到田桑榆被擒之事，听了李素微刚刚所言，心头惶然一阵难过，慢慢环顾周遭，忽而涩声道："我……我方才是不是杀了许多人？"

岑东流闻言道："叶兄弟，你方才确是杀了些柳家刀客与神泉寨弟子，但归根到底，他们皆为正气长锋阁的爪牙，此番也是来助燕寄羽行恶，杀之无错。"他手下的飞光门刀客也有不少人被叶凉刺伤，但因他及早下令让众刀客避开叶凉，故而虽有刀客被叶凉重创，倒未有人殒命；至于乘锋帮刀客，毕竟身负"意劲"，修为远高过别派弟子，也无人死在叶凉剑下。

叶凉茫然摇头，无论岑东流如何说，杀死这些人和弓魔终究非他本意，一时间黯然不语。

宁、陈主仆对视一眼，宁简道："叶凉，且不说你所杀之人本也该杀，你杀人时神志迷失，难以自控，总归不是你的过错。多想无益，倒不如想清楚今后作何打算。"

叶凉点点头，道："多谢宁姑娘。"说着却忍不住又瞥向江海余的尸身。

忽听李素微叹道："弓魔纵然作恶甚多，但临死前护得严姑娘性命，又救回了叶兄弟的神思，实是莫大善举。"

叶凉身躯一颤，耳边莫名回响起江海余死后倒地之声，一遍又一遍，沉闷如鼓，震打在他的心头。他忽然记起方才自己恍惚中了一箭，那箭意如柔泉细水，从印堂穴注入，恍似一个人饱经风霜后终得解脱的一痕灵机,将他的神魂洗涤得轻松明快。

他不自禁地抬手摸了摸眉宇间,仍有一片凉意。

宁简轻叹道:"原来如此……没想到弓魔此生的最后一箭,却是救人之箭。从此武林中再无弓魔,张青也回到他师妹身边去了。"

众人相顾震凛,久久不语。

贺风馗打量着李素微,似有事斟酌未决。八名围困住李素微的乘锋帮刀客见状立时抬刀待命。

李素微目光微转,道:"贺兄有什么话,不妨明言。"

贺风馗去年为保全天风峡,曾打算降服于燕寄羽,便是请李素微为他从中说项,算来实是欠下了李素微一份恩情,后来他虽遵照楚风萧的遗命率六百刀客加入乘锋帮,但江湖豪杰恩仇分明,他对此却也并不混赖,径直道:"承蒙李兄去年仗义相助,贺某今日实也不欲杀李兄。但我乘锋帮与你正气长锋阁之间的胜败,总是要大过私人恩怨。"

李素微苦笑道:"贺兄所言甚是。去年贫道未能化解天风峡与燕山长之间的纷争,实也不敢居功。"

贺风馗淡淡道:"李兄修为虽高,但今日以寡临众,断无生理,倘若李兄想留得性命,便请明言相告贺某一事:李兄,你是否当真信服燕寄羽,当真甘愿为他做事?"

…………

江水上,船行愈疾,离临江集渐远,杨仞与秋剪水各持雪刃、烛台,与燕寄羽相对而立。

燕寄羽跃上客船之后,神色似从容了许多,衣袂在夜风里轻轻飘摆,忽道:"秋姑娘,你也追上船来,是为了保护杨帮主,还是想要为你的师姐报仇出气?"

秋剪水一怔,却不答话,她忧心杨仞安危固然是极重要的缘由,但既得知燕寄羽与秦芸生下女儿,今日又见燕寄羽舍命来救戚晚词,心底却也深觉燕寄羽辜负了郁师姐,难免生出些许恨郁。

却听燕寄羽又叹道:"念在郁姑娘的分儿上,我一直不愿难为你,故而在春山才将你放离,今日实也不想杀你。"

秋剪水闻言却想起了郁剪寒往日的言谈神貌,心中微痛,暗想:"倘若我今日当真杀了燕山长,郁师姐九泉之下,当真会开心吗?……嗯,她即便不开心,也绝不会流露出来,更不会责怪我,只会在心里默默难过……"

忽听杨仞哈哈一笑:"燕鸟人,你少来唬人,今日你还有本事杀我俩?"转头看向秋剪水,又道:"秋姑娘,你别中了他的奸计,他刚才那些话,不过是想乱你心神,让你出招时顾念到你师姐,你下不去杀手,他便有机可乘了。"

秋剪水心下微凛,只觉颇有道理,方才自己实已不自禁受到燕寄羽言辞影响,若非杨仞言辞点醒,恐怕稍后动起手来,不由自主便会对燕寄羽手下留情。

说话中,船舱里猝然奔出二三十名手持罗带的黑衣年轻人,随即便见红罗山庄庄主虞凤缓步而出。

虞凤瞧见燕寄羽面色蜡黄,似身患重病一般,不禁惊道:"燕山长,你这是……"今日他乘船跟随在燕寄羽的小舟之后,本待与燕寄羽一同上岸,却被燕寄羽极力劝阻,此刻顿觉后悔。

燕寄羽咳嗽了两声,对着虞凤拱手道:"先前我怕'描红'厉害,连累了虞兄,有劳虞兄在船上久候了。"

几乎同时,柳续与赵长希、游不净分乘小舟追近了客船,身影飞闪,也跃上船来。

杨仞心中镇定,知道虞凤的武功最多与赵、游二人不分伯仲,以一敌二那是必输无疑,至于这群红罗山庄弟子,更是随手几刀便能收拾,唯独一时拿不准柳续究竟站在哪一边,但听他在酒馆门前的言谈,似也对燕寄羽颇为不满;总归此际的船上,仍是已方大占上风,有胜无败。

却听燕寄羽淡淡道:"我身中'描红',怕是已难撑过三日,不知杨帮主为何仍对我紧追不舍？"

杨仞笑道："你这鸟人奸计太多，单凭一个'描红'，未必能治得死你，我又岂能放过今日的良机？"

燕寄羽点点头，又道："杨帮主，我师尊将功力传给了你，对你很是器重，是吗？"

杨仞暗自一凛，大剌剌瞧着燕寄羽，却不说话。

燕寄羽继续道："实不相瞒，如今我唯一的活路，恐怕便是将杨帮主擒住，再去恳请师尊以'言剑'为我治病了。"

杨仞冷笑道："只怕这条活路，不大容易走通。"

"不错，但我总须设法走通。"燕寄羽语声平静，"今秋华山大会之前，我实不能死。"

"那可不是你说了算的。"杨仞摇了摇头，借机与秋剪水互换眼色，倏听她暗中传音道："这船上恐有些古怪，小心行事，且慢动手。"

杨仞心下惊疑，面上却不动声色，目光扫量船上，乌云当空，压得周遭愈发昏晦，却也没瞧出什么异样，只闻雷声隐隐约约，从极远处的天际滚过。

虞凤默然旁听，忽道："杨帮主既想与燕山长一较高下，虞某本也不该多言，但燕山长眼下身染重病，若在此时动手，未免不大公平。"说着又看向赵长希与游不净，道："赵兄、游兄都是武林中成名已久的豪杰前辈，料想今日绝不会乘人之危，坏了武林正道的规矩。"

赵、游对视一眼，赵长希淡然道："如今我与老游都已加入乘锋帮，行事便须听帮主盼咐，这也是武林规矩，料想虞兄也必能谅解。"

虞凤闻言皱眉，但听燕寄羽问道："杨帮主，你我之间并无血仇，你为何非要杀我？"

杨仞漫不经意道："老子要杀你，一则是要为赵风奇老兄等人报仇，二则你行事阴沉歹毒，我本也瞧你不惯……更何况，你执掌正气长锋阁，是武林的魁首，可我乘锋帮既要成为武林第一大帮，我要做武林中最厉害的人，自是非打败你不可。"

燕寄羽颔首道："杨兄弟，你不隐瞒心中欲求，已是极少见的人物。更何况……"他看了一眼与杨仞并肩站立的秋剪水，继续道："我在许多事上实不及你，你要打败我，倒也不必非见生死不可。

"至于赵风奇之死，恐怕是杨兄弟对我有些误会，未尝不能解说清楚。譬如今日，杨兄弟岂非也误以为叶凉失忆是因身中'惊鸿影'之故？可我过往却只对叶凉用过一次'惊鸿影'，便是在肃州时为了镇住他迷乱的神志，不得已而为之。"

"好个'不得已而为之'，"杨仞嗤笑道，"燕寄羽，无论叶凉失忆是否与你有关，你敢说你在肃州对他用'惊鸿影'之际，没存过日后再利用他的心思？"

燕寄羽略一沉默，却只轻叹道："叶凉实是个极聪明之人，每次别人对他的欺瞒利用，其实他心底隐约都有所觉察，可他却仍愿意一次次地去相信别人。"

杨仞笑道："燕鸟人，你到底还是敢做不敢当。"

燕寄羽道："我所言所行，无不符合我所尊奉的礼法，至于旁人如何想我，却都无妨。"

游不净接口哂笑道："'礼法'二字何辜，燕山长将所做的恶事都推诿到这两字上，便想洗清自己吗？"

"游兄此言差矣，"燕寄羽微微摇头，"恰因'礼法'二字，才使我行事颇受限制，平添许多麻烦。非到万不得已，我实不愿杀伤性命，否则武林多半早已清定。"

杨仞只呵呵一笑："燕鸟人，你倒会胡吹大气。"

"燕山长此言倒并非虚妄，"柳续自登船以来一直沉默，此刻却忽然道，"以燕山长的武功修为，若真要大开杀戒，确能为自己省去不少麻烦。"

"多谢柳兄。"燕寄羽目视杨仞，又道，"杨帮主，我瞧得出来，你实也不愿杀人，是吗？"

杨彻一怔，不禁心弦微动，却听燕寄羽语气诚挚道："倘若贵帮能与正气长锋阁化干戈为玉帛，实是武林幸事，到时杨兄弟要做青锋令使，乃至正气长锋阁的阁主，也未尝不可。你我合力，设法解去'描红'，共同造福武林，岂不远胜于彼此争斗？"

杨彻微笑不语，瞥见虞凤脸色凝肃，显是对燕寄羽深深信服，而柳续则出神一般，也不知是否听进去了燕寄羽所言。杨彻自己对"共同造福武林"云云则是半个字也不信，只随口道："嗯，我不想做令使和阁主，只想做你的老子，不知你可愿意？"

——方才这片刻间，杨彻嘴上笑谈，看似不着急出手，同时却是在凝神聆听秋剪水的"传音入密"——"这船上的布置很不对劲，稍后我先攻袭燕山长，以'心照'境引动他的神思，暂将他牵制住，你一见烛台亮起，便赶去将两边船舷和中间的风帆、舱门斩碎。"

杨彻听她要独自与燕寄羽交手，不免有些担心，但知她修为神异，确也再无更稳妥的计策，便微微颔首。

忽听柳续叹了口气，道："燕山长，原来你在这船上布下了'惊鸿影'的阵法。"

杨彻一凛，这时烛火骤亮，他不假思索便掠近船舷，横扫一刀，碎木纷飞，旋即高跃而起，斩落船帆，正待返回秋剪水身边，八九名红罗山庄弟子瞬息已朝他围攻过来。

这些黑衣年轻人以虞凤的爱徒苏绮茂为首，不少人曾在岳州遭过杨彻的奚落戏弄，对其满腔恨怒，罗带横削直刺，毫不容情；杨彻振腕便待斩出"散锋"，心知眼前敌人修为远逊于己，一刀之下绝难活命，却不自禁地迟疑起来，似乎尽管眼前情势紧要，却仍不愿下杀手，便只以刀背将这群黑衣弟子震退。

一霎里杨彻想起去年自己初遇方白的情形，当时自己曾对方白夸口："我此番踏入江湖……便是既要嚣张，又要不吃亏。"现下想来，自己却终究没能做到,顾虑反而越来越多,不禁暗骂一声。

他愈想愈不痛快,眼看那群黑衣弟子又要攻上,却被赵、游二人截住;随即转头,见秋剪水身姿从容,短时似无危险,便又将船舱的木门斩断,掠向另一侧的船舷,暗忖:"以往所见的'惊鸿影',要么如春雪镇上,能将一众人迷倒,要么如江海余、李素微那般,心性为其所乱,却不知眼下这船上的'惊鸿影',究竟会如何发作……嗯,我既已将船上物事斩毁,多半也不会发作了。"

虞凤久闻赵长希的名头与修为,起手便动用了名剑"赤流霞",接连三式抢攻,便想及早将其击退,好去协助燕寄羽,然而赵长希指风绵密,缕缕无尽,却将他身形牢牢锁死;不远处,游不净身形游走,袖风飘忽,一人对抗十余名红罗山庄弟子,却似也稳占优势。

赵长希屈指弹出一记"赤水玄珠",指风洞穿虞凤衣袖;虞凤闪避不及,手臂流血,越斗越是忧心,他本以为柳续身为停云书院副山长,定会相助燕寄羽,却瞥见柳续兀自静静伫立一旁,竟似浑不在意眼前战局。

便在这时,苏绮茂焦躁中将罗带急刺向游不净咽喉,却被游不净劈手抓住;苏绮茂大骇,进力回夺,游不净面带淡笑,自是不将苏绮茂的功力放在眼里,猛一收臂,便想将他扯近了擒作盾牌——

下一瞬,苏绮茂厉吼一声,罗带飞速倒卷,竟将游不净拽得踉跄前扑,游不净立时撒手,几乎被震伤呕血,凛然瞪视苏绮茂,似觉难以置信。

虞凤瞧在眼里,亦是颇觉震惊迷惑,心说:"我这徒儿何时竟有这般浑厚功力了?这可绝非我能教出来的。"

顷刻间,接连有红罗山庄弟子失声低呼,内功修为却都莫名突飞猛进,罗带挥舞出的劲风愈响,船上各处飒飒一片;众弟子不明所以,又惊又喜,加紧围攻游不净,竟将他迫得连连倒退。

游不净对敌经验老辣,眼瞧敌人只是劲力激增,招式未变得高明,便仗着步法不断闪避，倒不至立时落败；赵长希瞥到他情势艰险，右手弹指之际，左掌连拍，掌风霍霍，替他挡下了数条罗带。

与此同时，秋剪水烛台晃漾，指剑频刺，正与燕寄羽周旋。她留意到周遭惊变，神色微紧，却也难以索解，倏而瞧见一个黑衣年轻人疾刺猛削之际，口鼻中似有细血溢出，心下悚然一悟：

"燕山长竟是以'惊鸿影'在这船上写下了一封'伪信'……这些红罗山庄弟子暂与天地丹田缔成不完整的联结，便如运转了'半日红妆'一般，虽然内力陡增十数倍，反噬却极为剧烈，恐怕已活不久了。"

此际杨刃斩碎了另一边的船舷，回身观望，亦瞧出这群红罗山庄弟子竟似修成了"意劲"的雏形，也不知赵、游还能支撑多久，觑见燕寄羽刚刚闪过秋剪水的一刺，立时掠过去，单刀直进，搠向燕寄羽腹部要害。

他这一刀只作迫敌之用，倘若燕寄羽向左避让，他便紧接着一招"浅锋"追扫过去，这才是全力毙敌的一刀；倘若燕寄羽往右闪躲，便会落入秋剪水烛照剑圈出的点点烛火与指风之中，亦难逃败亡之局——

电光石火之际，燕寄羽却竟伫立原处，一抹雪光明灭，刀锋贯入了他的丹田。

杨刃一惊，随即精神一振，心知这一刀纵使杀不死燕寄羽，却也能将他修为废去，手指紧攥，将一股深湛刀劲催发出去，推得燕寄羽连连退步。

燕寄羽腹上血流如注，神色却仍极淡然，一瞬里杨刃的右手恍似伸入了虚空，击出的浑厚内劲荡然无踪，几乎引得手腕脱臼；杨刃心头剧凛，双手握刀，再度发劲，却仍觉腕上虚软，内劲甫一涌出便如陷入无底深渊，莫名消散——

杨刃瞪大了眼睛，倏然想起先前在陈家酒馆门前，他一掌拍中燕寄羽肋间，也是软绵绵的毫不受力，蓦地有了一个模糊的猜测，一时却又不敢相信："燕鸟人竟能引动别人的内力，将之归还于天地丹田，这才能把我刚才的攻势消于无形……"

他惊骇中便想撤刀暂退,双腕微凉,燕寄羽却已伸手握住了他的手腕,杨忉经络受制,动弹不得,两人目光一霎交汇,恍如故旧执手相看;燕寄羽耳听身后风紧,知是秋剪水袭来,倏从杨忉手中取过雪刃,随手回斩一刀,左掌却轻悠悠地拍向杨忉胸膛。

刀刃与烛台碰触,几无声息,秋剪水身躯一颤,烛火骤熄,烛台散碎成数十枚青色的铜块,叮当坠落船板;这支烛台由巴山剑派掌门世传,昔年亦是郁剪寒所用,燕寄羽斩碎烛台,眼角微动,流露出一抹怅然难过的神情,左腕突兀加疾,掌心已击在杨忉心口——

生死关头,杨忉忽觉肩头一热。

似乎许久之前,他曾被一只炙烫的手掌拍在肩膀上,那热力却直到此时才透发出来,随他心意流转,转瞬已至胸口;燕寄羽一掌正中他心脏,却仿佛击在锋锐的刀尖上,疾退数步,掌心已被割开一道刀痕,鲜血淋漓。

杨忉怔怔瞧着燕寄羽,犹觉肩上燃着一片掌形的火焰,宛如烧红的图腾烙进深心,随即黯淡消隐;不知不觉中仍被燕寄羽的掌力震倒,跌坐在地,心思飞转:"这可奇了,看来老子当真命大,注定要拔燕寄羽的鸟毛……嗯,可是倘若燕鸟人能消除别人击出的内劲,这般武功,已可谓天下无敌,老子又如何才能击败他?"

燕寄羽端详杨忉,目光奇异,如同初次认识杨忉一般,却似也并不急于再出手。

杨忉心中微动:"是了,即便燕鸟人真练成此技,使起来必也极耗心神,故而先前他在临江集的乱战中却不敢轻用,否则即便能打败一两个人,也要被更多人乘虚而入……"他想通了这一节,便待再度跃起攻上,经络里被燕寄羽"天人三策"的内劲闭塞,却是难以发力。

秋剪水嘴角溢血,瞥见杨忉被燕寄羽打在心口要害,刹那间周身冰凉,神飞魂散一般,浑不顾周遭敌人,迅疾掠近将杨忉抱住,扣住他的脉门查探伤势，心中怦然一跳，惊觉杨仞方才虽受了致命一击，竟似只是稍稍被震伤脏腑，并无大碍，未及细思缘由，几已落下泪来，眼前蓦然闪过岳州的月光下，两人静静漫步时的情景，手心一阵颤抖。

燕寄羽趁隙出指封住腹上伤口的血流，俯身咳嗽着，手中雪刃忽而晃动，刀光横斩向秋、杨二人——

叮的一声，燕寄羽脚下顿凝，雪刃被柴刀抵住，夜风中凭空勾勒出青衣的轮廓，柳续已踏足于燕寄羽身前。

天边雷电乍明，两人似心有所感，身影变动，同时又出一刀，刀光似有若无，隐没在骤然洒落的夜雨中。

柴刀与雪刃再度相抵，刀锋直指万仞高处；两道闪电宛如一追一逃，接连遁入远空。

轰隆声里，两人默然对视。

这时虞夙与一众门徒施展"红罗剑帐"，合斗赵长希、游不净，已多次刺伤二人，转眼便能取胜，虞夙心头却愈发惊惑，察觉到不少弟子脸色煞白，眼耳口鼻时而渗血，似是遭遇了某种异样的变故，却又想不分明；猝见柳续与燕寄羽对刀，又是一凛，心知唯有及早击败船上的敌人，才能请燕山长解惑救人，当即下令，分出五名弟子去擒杀杨仞等人。

柳续暗叹一声，只得反身挡下五名黑衣人的罗带；燕寄羽见状迈步挥刀，刀光飘飘忽忽，却辨不清是要追袭柳续，还是斩向杨仞或秋剪水——

秋剪水头也不转，倏而回袖一拂，一抹寒气激得雪刃偏转，刀光暗灭；燕寄羽神色微变，倒掠丈外。

夜色愈浓，秋剪水逆着细密的雨线站起，反身回眸，神色清冷："……燕寄羽。"方才杨仞险些被杀，她心绪激荡，却是生平初次对燕寄羽直呼其名。

燕寄羽抬袖掩口，咳出一股鲜血，颔首叹道："秋姑娘，你今夜的修为较之在岳州时，竟似犹有进境。"

秋剪水道："今夜你休想再伤到杨仞。"此言一出，恍似又回到了岳州那夜，心中盈满月色与轻风，神情愈发坚决。

"是吗……可眼下秋姑娘手无烛台，又凭何能胜我？"

"烛光虽灭，尚有月光。"

"今夜阴雨漫天，"燕寄羽莞尔道，"又何月之有？"

"心外无月，何关天上？悬明月以自照，光华恒存。"秋剪水语声沉静。

燕寄羽略一沉吟，目光渐肃："原来如此……没想到'心照'之上，尚有'月照'。秋姑娘天资高绝若斯，为巴山剑术创出新境，料想郁姑娘泉下有知，也必极感欣慰。"

十五

雷电掠空，赵长希与游不净以寡敌众，已是遍体鳞伤，失血甚多；红罗山庄弟子乍得深厚内力，在密雨中激发出血性，出招愈狠，赵、游二人一边退避，一边以指风、袖劲牵制敌人，眼瞧杨仞被燕寄羽击倒，心头震惊，却也相救不及，直至柳续参战、秋剪水将燕寄羽迫住，才稍稍松了口气。

柳续手中刀光蜿蜒几闪，与天边电光交相辉映，一瞬将五个攻袭杨仞的黑衣弟子手腕斩伤，五条罗带坠地。柳续旋即收刀，神情平静，却对苦战中的赵长希、游不净不管不顾。

虞凤瞧得迷惑，却也暗自松了口气，振腕使出"绯霞剑法"中的一记"霞飞云翼"，"赤流霞"在雨中变色，宛如一条时隐时现的灰蟒，左右扭动，几乎同时啄在赵、游胸口，两人面色惨变，顿时晕厥摔倒。

几名弟子趁势抢近,便要将两人击毙,却被虞凤喝止。

燕寄羽与秋剪水一问一答,气机随着话音不断收紧,各自提聚精气劲力,蓄势待击,忽听柳续轻叹道:"好一个'心外无月'。"

柳续持刀凝立,凛然动容:"秋姑娘心怀明月,自悬于天地,这般'无关天上月,无关地上烛'的超然独立之境,几已可称无敌。没想到近年武林中竟出了如此一名奇女子。"

他一生钻研武道,此际遇见武学奇才,心神似极受震动,所发的赞语甚是诚挚;秋剪水闻言轻声道:"柳前辈过奖了。"眸光却仍自谨慎留意燕寄羽的细微举止。

杨仞缓过内息,运功将经络中的敌劲驱散,站起身来,心中却颇觉古怪,先前柳续助乘锋帮压制李素微,方才又与燕寄羽对刀,他本以为柳续此番南来定是要与燕寄羽为敌,可是没想到柳续击退红罗山庄弟子后,随即竟又置身事外,不禁暗忖:"也不知柳续究竟作何打算……他刚才忽然称赞秋姑娘,恐怕也别有用意。"

却听柳续又道:"但若秋姑娘真要与燕山长生死相斗,多半是两败俱伤、同归于尽的局面,还请秋姑娘三思。"

杨仞一凛,摇头笑道:"如今燕鸟人病急伤重,不知柳前辈何出此言?"

柳续道:"以燕山长眼下所剩余的武学修为,自非秋姑娘敌手,但以我对燕山长所知,他定还备有一些临危保命的伎俩与手法,稍后使出来,恐怕秋姑娘也未必能防。"

此言说得颇不客气,等同于直言燕寄羽擅使诡计与暗算;燕寄羽径自凝神与秋剪水对峙,却恍似未闻。

杨仞哈哈一笑,盘算起来,却听柳续继续道:"何况……倘若稍后燕山长真有性命之危,在下或也会出手相救。"

杨仞顿惊,心说:"他娘的,小时便听师父说柳续是个武疯子,看来果真是练武把自己练疯了……"

燕寄羽神色微变，似对柳续此话也颇觉意外，只淡淡道："那我先谢过柳兄。"

此际红罗山庄的一众人将秋、杨、燕、柳四人围在当中，虞凤皱眉道："柳兄，你既要相救燕山长，方才为何又打伤我的弟子？"

话音方落，雨声中依稀传来一片人语喧哗，似有几艘船正从极远处迎面驶来。

一霎里秋剪水与燕寄羽目光倏动，似都隐约听到了什么，杨仞与柳续亦是微微皱眉，虞凤修为不及四人，眼见柳续静默不答，略等了一刻，才听见远处的人声。

"恭喜杨帮主，"燕寄羽忽道，"这多半是有人救你来了。"

"放屁，"杨仞嗤笑道，"老子胜算在握，何需人救？"他知来船逆着临江集的方位，绝非贺风馗等人赶至，便问道："燕鸟人，莫不是你的伏兵？"

燕寄羽径自转口道："若非去年杨帮主打伤了胡飞尘的腿，减损其修为，恐怕今日我已死在他的奇袭之下……说起来，杨帮主却曾救过我的性命。"

杨仞眉头大皱，呸道："老子救猪救狗，也不会救你这贼厮鸟。"

却听燕寄羽继续道："故而我见杨帮主将帮众都派去了华山，身边却没多少手下，便代杨帮主求救，请些人来相助杨帮主，以此报答杨帮主的救命之情。"

杨仞一怔，眼瞧燕寄羽神情淡然，随口骂道："你他娘的又弄什么诡计？"

说话中转头瞧去，江水湍急，来船逆流顶风，距离诸人所在的客船仍有一段距离，加之夜色昏浓，却仍难辨出船上人的身份。

诸人张望之际，忽闻风雨中平添一股异样的水流声，来船之间却放落了一只小舟，有人孤身乘舟，破水如电，顷刻间已行近了许多——

燕寄羽眸光转动，与虞凤对视一眼，倏忽身影疾闪，掠到断碎的船舷边，扑通一声，跃入了暗沉沉的江水，朝岸上逃去。

秋剪水衣袂飘动，紧随燕寄羽，刹那间也追到船舷边；与此同时，虞夙遽然喝道："众弟子掩护燕山长撤走！"

一群黑衣人当即急挥罗带，围攻向秋剪水；杨仞方自掠到秋剪水身边，瞥见柳续静立原处，心下稍松，他失了雪刃，反身以掌代刀，霍然震退了虞夙，又扫腿击倒了数名敌人，却仍有八九个黑衣弟子绕过了他，罗带从四面八方朝秋剪水攒刺而去——

秋剪水正待追下船，身形微凝，双袖旋转了一圈，在夜雨中飘若惊鸿，袖风激扬四散，顷刻将那些黑衣弟子震飞丈外。

她脚步方动，忽有个黑衣人似狂性大发，猛地扑上来抱住她双腿，秋剪水微微蹙眉，拧腰抬掌拍在那人额头，将其击晕，未及脱身，江面上忽然飞起一道亮光，却是燕寄羽浮沉在水中，倏地掷出了雪刃，刀锋穿过绵绵雨线，朝着秋剪水背心激射而来——

杨仞一惊，迎近雪刃一步，心知若等刀身飞过，只攥住刀柄将刀攥停，终究没十足把握，霎时里运劲手上，朝着那一线雪亮的急光握去——

电光石火间，杨仞右掌鲜血飞溅，握在刀身中段，雪刃在他手中震颤了一瞬，刀锋悬停在秋剪水背后半尺处。

一众黑衣弟子见状骇然相顾，随即翻身跃起，再度攻上；此刻那小舟已距客船颇近，舟上人身影倏忽隐没，仿似融进了雨雾，骤然却已立在客船上，一袭泛旧的白衣，面容清隽，正是方白。

船上诸人听见方白的落足声，猝觉耳边一空，身畔的雨声、头顶的雷声都遥远了许多，仿佛方白在天地间又辟出了另一方天地，将客船笼罩进来，将无边风雨都隔绝在外。

众人眼看着那群红罗山庄弟子身上溅开静谧的水花，纷纷栽倒晕厥。

——先前客船上的船夫、舵手为打斗所惊，已跳船逃走，船在江心漂来荡去，眼下方白登船之后，船却立时平稳了许多。

杨仞见到方白,不自禁松了口气,刀交左手,掠至船舷边凝神看去,燕寄羽已游到岸上,正自反身回望。

"方老兄,咱们追过去!"杨仞当即道。

方白微微摇头:"燕寄羽的'春日游'身法极快,此际相隔已远,再难追及。"

杨仞又怒又憾,却也无计可施,想到在岳州洞庭湖上,燕寄羽宁肯与乘锋帮妥协罢斗,也不和方白决死,刚才却亦是未敢与秋剪水比斗,骂道:"这鸟人一味逃跑,当真没种。"

方白不动声色,隔岸与燕寄羽对视,风雨中两人身形在彼此眼中俱只是模糊的轮廓,难辨神情;燕寄羽忽而提声道:"今夜暂且别过,过两日再来请教方兄。"

"燕山长,"方白轻叹道,"听你话音,染病已深,盼你好自为之。"

燕寄羽不再说话,遥遥一揖,转身疾步远去。

雨落船上,水花噼啪不断,秋剪水默默走近杨仞,为他右掌止血敷药,轻声道:"万幸未伤筋动骨,下次别再这样冒险了。"

杨仞点头道:"无妨。"方才他握停雪刃之际,先以指力叩在刀面上,消去了不少劲道,而后才捏住刀刃,故而只受了些皮肉伤。秋剪水听他满不在乎的回话,不禁瞪他一眼。

杨仞瞧着她在夜雨中歪头蹙眉的模样,心中一动,只觉一股暖意流转在胸膛里,欲言又止;秋剪水似也有所觉察,神情微微异样,赶忙转身对方白见礼。

方白拱手还礼,端详秋剪水一眼,眼神中似颇蕴赞许,随后转头道:"虞兄,岳州把酒夜谈,如在昨日,未承想你我会在今晚重逢。"

虞凤垂手默立,环顾满船躺倒的门徒,又看看自己手中的"赤流霞",既觉震骇,又似怅然若失,闻言如梦初醒,叹道:"方兄,虞某自知非你之敌,但既为青锋令使,又是这些不成器弟子的师父,却不得不请你赐战。"

方白闻言微怔，沉吟不语。杨彻忍不住道："虞前辈，你好糊涂，到现下还瞧不出你徒弟是被燕寄羽所害吗？"

虞夙一愣，怒道："杨小子，休得胡言诬赖燕山长！"

杨彻摇头道："你若信不过我等，不妨问问柳前辈……"说着瞥向柳续，却是惊讶住口——

先前方白乍一落足船上，柳续便紧闭双目，陷入沉思，似在心中久久回想琢磨方白那一瞬击倒二十多人的神妙境界；此际手上柴刀一阵阵轻微震鸣，雨珠落在他的青衫上，却纷纷弹飞，倏而收敛气机，睁开眼道："方兄好剑术，在下大约已明白你的剑境了。"

杨彻瞧见柳续睁眼的刹那眸光如电，似有刀意溢射飞出，散入了周遭雨水；凛然转念，忽而笑道："方老兄，你可知柳前辈新近练就一刀，名曰'电光朝露'，那可着实厉害。"他担忧柳续嗜武如痴，忽向方白邀战，便想着方白若能对柳续刀术所知稍多一分，或许便能多一分的胜算。

方白点点头，目视柳续道："柳兄似已修成了'意劲'，可喜可贺。"

柳续道："方兄，你不练'意劲'，却亦能悟出这般出神入化的剑术，那才让在下钦佩之极。"言毕微露苦笑，又道："我本也迟迟不愿去修'意劲'，怎奈多年来刀术难有寸进，终究仍是靠着'意劲'，才有些新悟。"

方白道："柳兄过谦了。"随即走近赵长希与游不净，对着两人丹田处虚拍一掌，两人身躯微震，苏醒过来。

杨彻上前将两人扶起，道："辛苦两位前辈，为我牵制住众多敌手，可我却仍没能杀死燕寄羽那厮，实在惭愧。"

赵长希略一调息，摇头笑道："燕寄羽若这般容易杀死，早在十余年前便死在摩云教手下了，杨帮主不必自责，咱们再找机会便是。"

游不净亦叹道："不错，当年燕寄羽代师领袖中原武林，与北荒激战，这鸟人可是摩云教教徒想要刺杀的首要人物，遭遇多少奇袭暗算，却仍活了下来，我怕柳鹰终究低估了他，那'描红'真未必能杀得死他。"

话音未落，船上遽然迸开一片惨呼嘶吼，此起彼伏，却是那二十多名红罗山庄弟子七窍流血，渐次从昏迷中痛醒过来。

虞凤大惊，霍然看向方白，喝问道："方兄，你、你竟对我门徒下此重手？"

方白只轻叹不语。虞凤神情悲愤，却听柳续淡淡接口道："虞兄的弟子实是中了燕山长布在船上的'惊鸿影'，内力固然激增，身躯却难承受，终遭反噬。"

虞凤脸颊一颤，喃喃道："不，绝非如此……燕山长怎会如此害我红罗山庄？"强定心神，又道："倘若真是'惊鸿影'之故，我与众弟子同船而行，怎么我却无事？"

方白叹道："想是燕山长仓促布阵，'惊鸿影'的效力不强，他料知虞兄修为高深，难被感动，反而容易被你察觉到异样，索性单为你一人预先解去了影毒。"

虞凤怔怔摇头，眼看一众弟子在各处翻滚呻吟，有的嘴里咕哝着"师父，师父……"，有的却已发不出声，只勉力抬眼瞧向自己，眼神里满是惶惧求救之色；他心中一阵哀痛，颤声道："方兄，无论如何……请你救救我的弟子。"

"虞兄，"方白歉然道，"这反噬伴随激增的内力而至，一旦发作，便难逆转，请恕我也无能为力。"

"这、这怎会如此……"虞凤瞧见方白神情，便知他所言非虚，疾步冲到不住呕血抽搐的苏绮茂跟前，俯身为他渡过内劲，将"澄霞功"催运到极致，却仍是眼睁睁看着苏绮茂气息渐微，僵挺死去。

虞凤缓缓站起身来，周遭已无弟子痛苦的哀号，二十余名红罗山庄门徒尽数毙命。

杨仞见状暗叹，这时与方白同来的那几艘船已艰缓驶近，杨仞便道："方老兄，不知来者还有何人？"

他问完见方白神情黯涩，不禁一怔，听着湍急的水流声，心中愈觉不安。

十六

"说来话长，"方白轻叹道，"杨兄弟，咱们先移步换船吧。"

杨仞点点头，见来船共有三艘，甲板上零散站着些船夫，料想与方白同来之人都在船舱里躲雨；想了想，又回头看向虞夙，道："虞前辈，你这船已被打得破损，可要随我等换船吗？"

虞夙一怔，默然片刻，摇头道："虞某须得将众弟子的尸身载回红罗山庄。"

他低低说完，眼前莫名闪过那夜湖上徐开霁归还了青锋令，黯然乘舟离去的身影，心中百感交集，眼瞧杨仞张嘴欲语，朗声又道："更何况，虞某与贵帮并非一路人，又如何能随你们同去。"

杨仞和虞夙在岳州打过交道，知他虽心性高傲，但尊奉侠义正道，并非坏人，对其无甚恶感，闻言乃道："那好，刚才多承虞前辈手下留情，未伤及赵、游二位前辈的性命，眼下我也不难为虞前辈，只是有一言相劝：虞前辈若真以侠士自居，经过今夜之事，此后该当与谁同路，还请仔细斟酌，莫再害人误己才是。"

虞夙皱眉道："杨小子，你这是教训虞某吗？"

杨仞哈哈一笑，道："小子岂敢。"随即转身而去，与方白、秋剪水等人登上另一艘船。

柳续却也跟随诸人换了船，对着方白拱手道："难得遇见方兄，稍后在下颇想与方兄多叙叙旧。"

方白淡淡道："好说。"

杨仞却是心下微凛，猜不透柳续意欲何为，便笑道："两位武林高人要叙旧，那是再好不过，我本还以为柳前辈要和方老兄打架呢。"

柳续只静静目视方白，并不接口；杨仞欲言又止，却听赵长希慨叹道："只盼虞兄从此想得通透，兴许能对以后击败正气长锋阁有所助益。"

杨仞回望一眼，虞凤孤立在满船尸身之间，静默淋雨，身躯笔直，宛如一根失了帆布的桅杆。

诸人随方白进了船舱，里面散坐着十余名劲装汉子，面色疲惫愤懑，衣衫破损，几乎个个负伤，都是秦川木余刀的刀客。

杨仞一惊，走到船舱深处，但见木余刀副掌门裴烽半躺在一张薄衾上，面色灰败，眼神晦暗，显是受了颇重内伤。

裴烽瞧见杨仞，欠身道："杨帮主，请恕裴某无法出舱相迎……"说着便要站起施礼。杨仞赶忙劝住，问道："裴前辈，不知这到底是出了什么变故？"

"唉，"裴烽眉目愁郁，吩咐一名手下道，"去邻船将丁兄与谈姑娘请来叙话。"

话音方落，游刃坊副掌门丁厌忧与弹霜亭代掌门谈寒雁却已推门而入，对着杨仞、方白等人略一拱手。

丁厌忧笑眯眯道："杨帮主，我老丁可算见着你啦。"

杨仞打量过去，又是一惊：丁厌忧右眼似遭锐物剜刺，眼眶里仅剩一个血迹干涸的空洞，颈上、腰侧与胸腹间均被布片紧紧包扎，伤得比裴烽更重，只是他神情中却仍透出乐呵呵的喜气，仿佛受伤是件趣事似的。

再看谈寒雁，却是三人里伤势最轻的，只肩膀与腿上有两道数寸长的伤口。她神情淡漠，面容清瘦了不少，更显冷俏，忽道："既见到杨帮主，咱们接下来去哪儿？"

杨仞道："料想贺前辈与岑兄、方兄他们定会沿江寻来，为今之计，不妨先设法与他们会合。"

诸人闻言均点点头,杨仞听着船舱里的炉火噼啪,身上雨气渐散,环顾裴、谈、丁三人,心头兀自震惊,当即细问详情。

原来数月前这三大刀派的副掌门、代掌门先后与杨仞暗中会面结盟,之后杨仞赶去岳州,三人便率精锐弟子潜藏起来,等候与正气长锋阁开战的时机;然而未过多久,三派便听到江湖传闻:乘锋帮帮主杨仞几乎将手下帮众尽数派去了华山,身边只带着一二十名手下,却在岳州左近遭遇燕寄羽率三千门徒围困,一场苦战,惨败后仓皇逃命。

"放屁,这消息定是燕寄羽故意派人传出来的。"杨仞听到这里,不禁怒骂,随即将自己近来的经历讲出。

裴烽面色惨然,与丁厌忧、谈寒雁相顾一眼,叹道:"原来如此。说到底,还是裴某低估了杨帮主的能耐。"

起初三派对这消息本也将信将疑,只暂将弟子集结观望,随后却探明乘锋帮的六百刀客确是到了华山,由萧野谣带领,与停云书院已有过争斗,而燕寄羽确也下令将停云书院的云游弟子聚到了岳州;后又听闻杨仞侥幸保住性命,逃向临江集,燕寄羽穷追不舍,自杨仞到贺风馗、方轻游等人均身负重伤,半途又遇弓魔拦路,情势凶险已极。

——燕寄羽所传出的消息实是半真半假,甚至七成是真,只三成掺假,极难分辨;三派由此断定,杨仞等乘锋帮首脑的处境确已岌岌可危,当即动身,火速驰往临江集相救。

却不料燕寄羽离开岳州之后,并未率众追杀杨仞等人,竟是孤身一人来到临江集,而将一众云游弟子遣去截杀三大刀派。数日前,三派共计七百余名刀客行至颖州,骤遭三千停云书生突袭围攻,寡不敌众,眼看便要顷数覆没,万幸方白赶到,将三派残存的刀客救走,原来的七百多人,却已仅剩不到五十。

杨仞听明之后,久久难言,这三派刀客本是乘锋帮对抗正气长锋阁的一大助力,万没想到结盟后不出数月,三派精锐竟几乎死伤殆尽。

当初他将萧野谣派去华山,本意是将停云书院的主要势力牵制在山上，然而燕寄羽竟将多年来云游各地的停云书生召集起来，以至于情势倒转，反是乘锋帮的六百"意劲"高手被耽在了华山，而燕寄羽散布假讯将三派刀客诱出剿杀，终究又比自己"计"高一筹。

——直到这时，他才明白今夜燕寄羽所说的代自己求救，究竟是何意思。

却听裴烽叹道："如今阮掌门被困华山，我派总舵也被燕寄羽派出的青锋令使所掌控，前几日若非方兄仗义相救，我木余刀一派便遭人吞并灭派了。"

丁厌忧、谈寒雁闻言亦颇有同感，三人一齐再度向方白肃重致谢。方白淡淡道："三位不必见外，当务之急，咱们还须商议出一条擒杀燕寄羽的妥善计策来。"

柳续神色微露诧异，道："方兄，你近来可变得多了，从前你对这些武林争斗，可是从不愿去管的。"

方白道："从前我虽不去管，心里却也始终隐有一丝不安，挥之不散，自我加入乘锋帮以来，心绪倒是愈发澄静了。"

柳续点点头，不再多言。

裴烽沉吟又道："据裴某探知，那三千停云书生并未继续追杀我等，而是向北去了，怕是要赶至华山，与山上的停云弟子夹攻萧兄弟所率的六百刀客。我已派人快马北驰，寻萧兄弟报信，只盼能赶在前头。"

杨仞心下一凛，道："裴前辈所虑极是。早前我在岳州时，也已派人将燕寄羽召集云游弟子一事传讯给萧兄。"

"杨帮主，"丁厌忧忽而笑嘻嘻道，"敢问贺兄等人可都安好，尤其是方轻游方兄弟，他没受伤吧？"

杨仞道："贺前辈他们都好得很，只是方兄腹上被刺了一剑，亦已经过救治，性命是无碍的。"

丁厌忧笑道："甚好，甚好，如此谈姑娘也可放心了。"

谈寒雁冷冷道："丁兄，你这话是什么意思？"

丁厌忧道："我不过随口一说，谈姑娘不必多心。"

谈寒雁轻哼一声，径自出舱回自己船上去了。丁厌忧面色微窘，摇了摇头，不久也告辞离舱。

杨彻皱眉道："裴兄，这是怎么回事？"

裴烽叹道："先前本来我三派对是否该赶赴临江集尚有些怀疑犹豫，谈姑娘牵挂方轻游的安危，却是我们三人里主意最坚决的。想来丁兄痛心于门徒死伤，有些迁怪谈姑娘……"

杨彻一怔，却没想到去年谈寒雁与方轻游不过匆匆相处了三两日，竟已如此情深义重。

船舱里短时寂静。杨彻默默回想，自离开岳州到今日临江集的混战，先是杀了花流鹜，而后胡飞尘、龙钩乐殒命，更将燕寄羽的得力爪牙戚晚词除去，又有飞光门刀客入帮，虽尚未杀死燕寄羽，乘锋帮也可算是大占上风，却不想三大刀派竟遭此惨变，这最后的胜败之数，只怕犹未可知。

"也不知短短两日，燕寄羽能否破解'描红'之病……"杨彻不自禁低声沉吟。

"听柳鹰生前所言，燕寄羽是不知'描红'解法的。"赵长希叹道，"但以燕寄羽的心机脾性，他既敢现身临江集，那就是笃定自己绝不会死。"

杨彻一怔，耳边倏忽响起徐开霁的话音："杨帮主觉得，自己能胜过燕山长吗？"又想起去年自己询问柳空图燕寄羽的弱点时，柳老头所说的"没有"二字，心弦悚然微震，随即又深深自责自骂，脱口道："他娘的，难道燕寄羽真就是算无遗策、战无不胜的活神仙不成？"

"那倒也未必……"游不净接口道，"要说燕寄羽聪明过世上所有人，那自不见得，只是他为了实现自己的图谋，整日整年地思虑，所花费的心神精力极多，大多数江湖武人不但不如他想得深远，也不如他想得细致。故而颇有些人觉得，倘若燕寄羽一心习武，不管武林事务，在武学上的成就未必不如刀宗。"

杨礽呸道："这是什么狗屁世道，恶人倒比好人勤勉。"

赵长希与游不净一个懒散邋遢，一个游手好闲，闻言相顾一眼，均有些不好意思。

杨礽沉思一阵，心中莫名闪过胡飞尘的平淡面孔，隐觉有些后悔：今日傍晚燕寄羽初至酒馆门前，乍染上"描红"之际，恐怕确算是击杀燕寄羽的最佳时机了，当时他曾觉胡飞尘出手太过莽撞，不如老江湖沉稳，现下想来，自己却是低估了胡飞尘，也低估了燕寄羽。转念又想："去他娘的，老子才是武林中最厉害之人，燕鸟人再神再玄，老子也能治得死他。"

他想定了此节，心绪开通了许多，不禁哈哈一笑，道："咱们也不必逆流返回临江集了，就近寻个渡口停船歇息，料想贺前辈他们不久便会赶上来。"

裴烽道："杨帮主所言甚是。"当即吩咐下去，经过一处荒废的野渡时，三艘船都靠岸停泊。

夜雨渐疏，柳续忽道："方兄，可否出舱一叙？"

方白颔首道："自无不可。"

杨礽微凛，对秋剪水使个眼色，两人也随着方、柳来到甲板上；杨礽仰天打个哈哈，道："还是舱外的景色好看，秋姑娘，咱们可得好好赏玩一番。"

柳续本待与方白私下叙话，可是这船是他借乘的裴烽的船，也不好驱走杨礽，一时沉默不语。方白见状便道："柳兄，可要去岸上走走？"

话音方落，却听杨礽又笑呵呵道："嗯，岸上的风光也不错，我倒也想去瞧瞧。"

柳续苦笑一声，道："方兄，我便在此直言了：如今方兄似有新剑境参悟出来，恰巧我也新练了一刀，颇想和方兄切磋一番，还请方兄赐教。"

方白略作思索，便道："还是不必了。"

杨彻瞥向柳续，心说："如今燕寄羽逃脱，大事未定，哪还有心思决斗。"耳听方白拒战，暗自松了口气。

柳续目光一闪，道："方兄这是觉得在下非你敌手吗？"眼瞧方白轻叹不答，便又道："又或者……方兄竟是怕败给在下？"

方白只道："请柳兄恕我难以从命。"

柳续眉头微皱，候道："适才我思忖方兄击倒红罗山庄弟子的那一剑，威势固然凌厉，但隔绝天地，拒风雨而自处，未免过于霸道孤绝，较之先前和天地风雨交融的'雨梳风寻'之境，似也并不能算更进一步。"顿了顿，又道："……故而要么是方兄那一剑未尽全力，要么便是方兄的剑境停滞，甚至于生出了瑕疵，不知我所言可对吗？"

杨彻闻言暗凛："好啊，这是用上激将法了。"不待方白接口，便道："柳前辈，我也在此直言，稍后你若执意要和方老兄切磋，我便和秋姑娘在你俩比斗时联手攻你，到时你以一敌三，不知有把握能赢吗？"

柳续一怔，心知杨彻刀术精湛、内力深厚，而秋剪水的修为更加神异，若稍后他们两人出手干预，自己绝无一丝胜机，不禁苦笑道："江湖武人约好一对一的比斗，旁人不得插手，这原是公道得很，杨兄弟，你当真要破乱掉这一江湖规矩吗？"

"去他的江湖规矩，"杨彻摇头一笑，径自拔刀，"老子进这江湖，便是为了不守规矩。"

十七

柳续眉目微动，思索片刻，叹道："武学一途，追索到最后，无非是探求一己之力如何面对恒常天道，探究人生天地之间，该当如何自处。我向方兄邀战，也是想要一见方兄的解答。既然杨帮主铁了心要拦阻，那便罢了，或许是我本也无缘得见。"

杨仞闻言颇觉深邃，心底隐有所动，拱手笑道："多谢柳前辈体谅。"

柳续却不再看他，只凝视方白道："请教方兄，倘若'意劲'普传开来，后世还会有人如方兄和秋姑娘这般，潜心钻研剑术之道为武学开辟新境吗？"

方白微怔；柳续不待方白作答，便径自返回船舱去了。

杨仞瞧着柳续的背影，摇头嘀咕道："柳前辈练武成痴，心性也练得有些古怪……"

方白却只轻叹一声。

杨仞转回头道："方老兄，你近来身体如何，可有受伤？"他知方白在洞庭湖上遭了燕寄羽的暗算，近日孤身一人将裴烽、丁厌忧等人从三千停云弟子的围攻下救出，精气耗损必也极大，心中颇为担忧。

方白瞧他脸色凝重，不禁上前拍拍他的肩膀道："杨兄弟，我没事。"

杨仞将信将疑，却也不再多言。眼看着夜雨渐止，诸人歇息了一阵，听见江上传来喧哗响动，却是贺风馗与方轻游、岑东流率众乘船追至。

众人相见甚喜，齐到岸上说话，贺风馗等人听闻三大刀派遭遇惨变，均觉痛惜愤恨。

杨仞问起临江集后续的战况，得知己方大获全胜，擒获了李素微与田桑榆，而叶凉亦已恢复神志，心弦顿松，问道："李道长和田老头现在何处？"

贺风馗道："都关押在底舱了。"

杨仞听他说得随意，似也并未着意对李、田严加看守，他约略猜到了什么，便又转口问道："怎么不见何轻生与裴驷？"

贺风馗道："他两人与叶兄弟一同埋葬了吴重，而后他俩说要留下来为吴重守墓，便未随我们同来。"

杨仞点点头，瞧见人群中的叶凉神色黯然，两人目光相触，各自欲言又止，却又不约而同地一笑，似都颇为对方安然无恙而开心。

随后，众人散开来收集树枝，运劲蒸干，生起几堆篝火；杨仞走近柳空图交谈了几句，见他言辞迷糊错乱，心下暗叹。

经过一日夜的混战奔波，众人都极感疲累，便在岸边露宿睡觉。

清晨，杨仞睁开眼睛，瞥见贺风馗独立于一旁，起身走过去，贺风馗对他一拱手，道："昨日我擒住李素微之前，曾问他，是否当真甘愿为燕寄羽做事。"

杨仞道："不知李道长作何回答。"

贺风馗道："他说他一心相信燕山长，甘愿听奉燕寄羽的号令。"

杨仞一怔："即便如此，贺前辈还是对他只擒不杀？"眼见贺风馗微一颔首，转念又道："贺前辈是觉得李素微在说谎？"

贺风馗沉吟道："我也看不透李素微的心思，但也绝不信他是这般听任燕寄羽使唤的人物。"

杨仞点头不语，张望岸边：岳凌歌正自照料严知雨喝水，不远处宁简、陈彻坐望江水，似在谈聊，没过多久，陈彻身躯摇晃，似又犯起困来，随即歪倒在宁简的膝腿上，沉沉睡去。

杨仞瞧在眼里，暗自有些佩服；又瞥见数丈外叶凉孤零零近水而立，任凭江水浸湿了鞋都未察觉，便道："我去和叶兄说几句话。"走到近处，径自笑道："叶兄，我确没想到你仍会与我等同行。"他本以为叶凉会留下与何、裘二人一同守墓，故出此言。

叶凉闻声回身，对着杨仞拱手施礼，低声道："我想随你们找见燕山长，问个清楚，与他做个了断。"

杨仞知他亲手杀死弓魔，心中定不好受，便叹道："燕寄羽摆明了是利用你，那也没什么好问的。"

叶凉沉默片刻，涩声道："不错，我回想起来，当真后怕，倘若我心性迷乱之下，竟刺死了贵帮的好汉，甚至于杀了杨兄、方兄……那我真是百死难赎罪疚了。"

杨仞哈哈一笑，道："你想杀我，倒也没那么容易。"

叶凉听他笑声爽快豁达，也不禁抿嘴一笑。两人身后，柳续缓步走近宁、陈主仆，寒暄起来。宁简问起柳续为何从华山南来，柳续便叙说了自己被诬私放弓魔，遭到囚禁，而后又脱困下山的事。

杨仞听见心念微动，转身道："柳前辈，既然燕寄羽薄情寡义，如此待你，你何不与方老兄一样，也加入我乘锋帮，咱们共同为你报仇如何？"

柳续淡然摇头，道："燕山长多年来一直也不信我，但我不会因此而恨他。"

杨仞皱眉暗忖："这人当真莫名其妙。"当着宁简的面，却也不好多说什么；只听柳续又道："宁姑娘，难得相逢，我想把我新修成的这式'电光朝露'也传授给你。"

叶、杨二人见他要传刀，便即走避到别处。

宁简凝视柳续，忽道："柳前辈，你、你可知道，从前我以为我喜欢你。"

陈彻听见"柳前辈"三字，揉了揉睡眼，似是精神微振；想起从前宁简对柳续说话时，要么只称呼一个"你"字，要么径直便说，却是今日才忽然改口叫他"柳前辈"。又听柳续淡淡道："嗯，我知道。"

宁简缓下气息，继续道："近日我才明白，只因我小时在简家很不开心，见到你的字迹之后，便把你当作……当作能拯救我的人，当作我的救星，而非——"说到这里，却说不下去了。

柳续轻轻颔首，道："宁姑娘，你能坦陈心事，从此解开心结，对你以后的武学修为大有裨益。"

宁简脸颊微红，忽而盈盈下拜，道："弟子宁简，拜见师父。"

柳续将她扶起，莞尔道："我等这声'师父'，可是等了六年。"

宁简闻言想起六年前青州那夜，初见柳续时的情景，不禁心头怅然，随即又问道："不知陈彻能否和我一起学此刀术？"

柳续道："自无不可。我这一刀得自'意劲'，本也易于陈兄弟领会。"

与此同时，杨彻与叶凉走到了远处一块青石边坐下。叶凉将背负的包裹解下，从中取出一个狭长的木盒，神情中若有所思。

杨彻好奇道："这是何物？"

叶凉道："是一幅画。"说着打开木盒，将那卷画纸缓缓展开，神情一颤，霍然站起。

"这、这画不是骨相……"叶凉手捧画卷，喃喃道，"不是萧野谣……这是我师父画的……"

杨彻愈发不解，道："不是骨相，那是什么？"

叶凉嘴巴一瘪，脸色怪异，似随时便要哭出来，又似突然解开了毕生的困惑，静默片刻才轻声道："……是一只蝉。"

杨彻站起身来，不明白吴重画蝉作甚，凑头瞧去，身躯倏震，摇头道："叶兄，这画上哪里是蝉，分明是，分明是……"边说边端详那画，心思恍惚起来，又有些拿不准了，再看一阵，才笃定道——

"这分明画的是一面旗帜呀。"

叶凉疑惑道："旗帜？那怎么会？"话音方落，耳边倏忽窜过几下清鸣，想起了那夜江边的怪梦，似乎直到今晨才从两日前的梦境里辨出了蝉声。

杨彻转头四顾，招呼贺风馗、赵长希、方轻游等人来看，诸人瞧着画上凌乱的线条，大多均瞧不出所以然来，方轻游看画后眼神微黯，亦没说什么。

宁简与陈彻听柳续讲说完"电光朝露"的刀术精义，亦走过来看画，众人均知陈彻天赋极高，游不净当即问道："陈兄弟，不知你以为纸上画了什么？"

陈彻略一犹豫，挠头道："是一张烙饼。"

众人听了纷纷摇头，各自议论起来；此际杨彻却悄然退到了人群之外，怔怔伫立，双手轻微颤抖。

自从他做了数百人的帮主,似乎越来越受拘束,所得的深厚内力也仿佛枷锁一般,迫得他急于想将燕寄羽斩杀,否则便难以挣脱。然而过去月余,经过一连串的变故与苦战,尤其昨夜全然认清了燕寄羽的心机与实力之后,心绪反而宁定下来,刚才瞧见那幅画的一瞬里,更莫名觉得释然轻松,似乎隐约攥住了某种他真正想要的东西,看到了某个他真正想去的地方。

一直以来,他所使的"乘锋十九式"里,原名"天锋"的第十九式"剪雨"都是他威势最强的一刀。

此时此刻,他闭上了眼睛,面对心中的那支旗帜,却蓦然领悟到了"乘锋刀法"第二十式的雏形。

十八

陈彻耳听众人对叶凉的那幅画各抒己见,却似无甚兴味,与宁简走离了人群;宁简道:"那画中颇蕴深意,恐怕不逊于所谓的'刀宗书信',你不再多瞧一会儿吗?"

陈彻摇头道:"不必了,那烙饼画在纸上,又不能吃。"言毕忽闻十余丈外人声吵嚷,却是柳空图又犯起糊涂来。

柳空图自被何轻生与裴驷救下,与乘锋帮短暂同行,却已接连数次大发脾气,不是吵着要"刘师侄"侍奉,便是嫌众刀客头发不白、相貌不雅;眼下不知为何,突兀又闹将起来。

柳续对柳空图颇存敬意,见状走近劝慰,他与柳空图同出身于洛州柳家,也正是因为感佩于柳空图脱离柳家另创宗派之举,受此事鼓舞,当年才毅然离家出走;然而他不善言辞,此际没聊几句,反惹得柳空图眉头大皱,喝骂不绝。

宁简瞧见柳续的窘境,与陈彻对视一眼,便走过来为柳续解难。

恰逢秋剪水正自朝杨仞行去，经过柳空图时，柳空图的神情倏忽安静下来，盯着秋剪水久久不语。

柳续松了口气，默然退到一旁；宁简犹豫片刻，来到柳续跟前，道："师……师父。"却欲言又止。

柳续微笑道："但讲无妨。"

宁简点头道："师父为何今日忽然传刀？"顿了顿，又道："'电光朝露'的刀意颇为玄奥，师父却似不愿细加解释，只说让我以后随性揣摩、不必强求……不知师父可是有什么深意？"

柳续轻叹道："我悟成'意劲'，创此刀术，实不知是对是错。"

宁简道："莫非师父也和燕山长一般想法，觉得世间不该有'意劲'吗？"

柳续略一静默，道："如今世上已有速成'意劲'的法门，今后江湖武人若都轻易可成高手，只怕犹如饮鸩止渴，武道一时昌盛，却终将陷入永久凋敝。"

宁简一怔，明白过来：柳续与燕寄羽终究不同，燕寄羽在意的是"武林"，柳续却只在意"武道"。

"柳老山长开创停云武学，是武林中千百年难出的大宗师，到暮年却也落得神思糊涂。"

柳续望向柳空图，摇头一笑，继续道："但若时光倒转，料想柳老山长也必不后悔，仍会潜心研习武功。"

柳空图怔怔瞧着秋剪水，浑未听见柳续的感慨，倏而走近秋、杨二人，一把拉住秋剪水的手腕，朗声道："啊，我认得你了！"

杨仞先前一直在思悟刀术，方自醒神与秋剪水打过招呼，闻言不禁皱眉："许老头，我与你同住九年，你不认得我，却认得秋姑娘，这是什么道理？"

柳空图瞪他一眼，随即又盯着秋剪水道："你练的不是刀法，而是烛照剑的武功，你是巴山的郁姑娘，和小燕儿是一对儿……"说话中笑逐颜开，语气亲切，却是将秋剪水误当成了郁剪寒。

杨仞苦笑道："许老头、柳老山长，我真不知如何才能治好你……"

柳空图却不理他，听见不远处众人正自谈论一幅画，心神微动，喃喃道："我从前似也颇擅笔墨丹青……"当即转身走开，快步挤到叶凉面前，伸手道："有什么画，拿来给我瞧瞧！"

杨仞心头莫名一凛，脱口道："叶兄，先别让他看画——"话未说完，却已迟了，柳空图劈手抢过画纸，扫量一眼，顿时手舞足蹈，连声惊叫："青鹿崖、青鹿崖……"

杨仞掠近柳空图，将他紧紧搀扶住，暗忖："许老头这是从画里看见了一座山吗？"他夺过画纸还给叶凉，柳空图却仍神情惊恐，不住嘶叫："我要去青鹿崖……去青鹿崖救我徒儿……我那七个好徒儿啊！"

"青鹿崖之战，那是十多年前的事了！"杨仞沉声一喝，便想将柳空图的神志镇住。

柳空图闻声一呆，慢慢环顾周围，颤声道："不，你们，你们这些人……你们头发这么黑，都不是好人……你们这些黑心人是想拦住我，不让我去救我徒儿吗？"说到后面，嗓音愈发嘶哑焦急。

"尔等可知摩云教教徒人多势众，修为又高……我若去晚一步，我那七个徒儿便都活不成啦！"

——柳空图仰头一啸，脸上老泪纵横，陡然进力一挣。

霎时间杨仞内息岔乱，被震得踉跄跌坐，提气运劲，经络中的浑厚内力却已仅剩一半；柳空图灰袍甩动，长袖扫退周遭诸人，嘶叫着奔向岸边。

"他娘的，别人的内力果真靠不住。"杨仞暗骂一声，担忧柳空图的安危，当即跃起急追过去。

眼看即要追上，柳空图一只脚踏进江边浅水，倏忽纵掠而出，足尖在湍急的江流上接连数点，如鸥鹭起落飘飞，径自凌江渡到对岸去了。

杨仞惊骇不已，没想到柳空图未动用全部内力，竟仍能施展出这般绝顶轻功；身边倏然闪过一线白影，却是方白亦掠江而去，追向柳空图。

众人相顾失色，都涌到岸边，杨仞自知没有柳、方这般身法，掠到船上扯起一只舢板，抛到江面上，闪身跃上；随即舢板微沉，却是秋剪水、叶凉双双落足，三人乘着舢板疾向对岸驶去。

…………

临江集，陈家酒馆，晨光熹微。

堂中寂静，桌椅四下翻倒，只有正中央的一张桌子摆得稳稳当当，正对着门口。桌边坐着一男一女，男子脸色宁淡，嘴角有两撇小胡子，不时举盏饮茶，手势悠然清雅；那女子却身躯僵硬，似被封住了穴道，眼神惊惧。

少顷，酒馆门外遥遥传来几声窸窣响动，那男子神色不变，仍是静静品茶。

那女子一会儿看看门口，一会儿又瞥向那男子，忍不住道："我、我认得你，你昨日傍晚来过，有许多人都要杀你……"

男子莞尔道："这话不错。"

那女子颤声道："可是他们没能杀死你，我在屋里偷看到你逃了……昨夜天不亮，你又返回这里，把店里的伙计都驱赶出去，你、你究竟要干什么？"

她等了一阵，见男子不答，便又道："你若要喝茶或是吃酒，鄙店伺候着便是，你让我动弹不得地陪你坐在这里，却又有什么用？"

那男子轻叹一声，道："算来贵店的伙计们已将消息传遍临江集了。"

"什、什么消息？"那女子又惑又怕。

"我来到贵店的消息。"

男子说着转头凝视那女子，道："姑娘有所不知，在下身患重病，来此是想见一个人，或许他能为在下治病。"

"他……他是谁？"

"他名叫吴重。"

"吴重,他、他不是死了吗?"那女子神色骤变,泫然欲泣。

"也许是死了吧。"男子叹道。

"但在下昨夜忽发奇想,倘若吴重其实未死,我又如何才能见到他呢?我想了很久,究竟谁才是他最在意的人,他为了这个人,或许愿意现身见一见我……也许这是一个让'青崖六友'和乘锋帮都忽略不察,却偏生是吴重真心惦念的人。

"这个人就是你,虽然没有人会相信吴重当真在意你,即便他亲口说出,听者也都当成戏言,他以为如此才更能保护你。

"陈姑娘,我见到了你,也许就能见到吴重。"

男子从容叙说,目光落向门外,忽而淡淡一笑。

——晨光微暗,何轻生与裴驷面色慌张,你推着我,我搡着你,慢吞吞走进门来。

十九

"燕山长昨晚刚离开临江集,这么快竟又返回来了,如此奇谋妙计,实在高明啊。"何轻生一时却不靠近那桌,只笑呵呵拱手。

"不错,"裴驷接口道,"燕山长神龙见首不见尾,这下可让我们杨帮主、贺副帮主难找了。"

燕寄羽端详两人,轻轻颔首:"原来是何兄、裴兄。没想到会是两位先到,吴重可是稍后便至吗?"

何轻生与裴驷相顾一眼,面容均极悲戚,何轻生叹道:"吴先生已死,燕山长又何必明知故问,惹我俩伤心流泪。"

裴驷道:"不错,我一听见吴先生的名讳,眼泪便下来了。"说着掩面抽噎了两声。

何轻生拍拍他肩膀,自己也凄然垂首,寻思了一会儿,忽又抬头道:"燕山长,你藏身此间,躲避乘锋帮的追杀,我和老裘入帮时短,便和没入帮一样,那是绝不会出卖你的行踪的。"

他语气甚是诚挚,说完又瞧向燕寄羽身旁的女子,笑道:"陈姑娘,还不跟我到后厨安排菜肴,好好款待燕山长。"旋即迈步走向她,便想将她拉起。

刚走出两步,堂中莫名掠起一丝清寒,何轻生身躯微颤,急刹住步子。

裘驷见状急道:"燕山长,何兄要为你准备酒菜,你怎还拦他?"

燕寄羽道:"我自不会拦阻何兄的好意,何兄,你请自便吧。"

何轻生一怔,神情犹豫,却似又不敢上前来拉拽那女子了,片刻后道:"燕山长,你究竟意欲何为?"

燕寄羽道:"在下不过想一见吴重,与他叙几句旧。"

何轻生歪头打量着燕寄羽,倏而哈哈笑道:"燕山长该不会是想以陈姑娘作挟,迫出吴先生为你治病吧?"

燕寄羽却只淡然不语。

何轻生又道:"且不说吴先生已死,他老人家生前便心怀江湖,以武林大事为重,又怎会顾及一名山野村姑?那是半点也不会放在心上的。"

"嗯,何兄所言,或也不无道理。"燕寄羽点点头,随后又静静饮起茶来。

何轻生一怔,道:"燕山长可还有别的吩咐吗?"

燕寄羽随口道:"不敢。"

随后,堂中良久无人再开口,只余那女子轻促起伏的呼吸声。

何、裘二人时而对视,面色无奈,眼瞧燕寄羽径自为茶壶续水,何轻生干咳一声,道:"无论如何,吴先生确已死去,那是死得不能再死,死无对证了……"

燕寄羽微笑道:"好一个'死无对证'。"

何轻生继续道:"但我俩追随吴先生多年,多少也学了一些治病配药的法门,说不准……说不准也能为燕山长治病。"

"不错,"裘驷叹道,"只可惜我俩学艺不精,配起药来却须花费些时日,请燕山长容我俩先行告辞,去问问……去闻闻后山的草药种类,采集齐全了,方能化解'描红'的病症。"

燕寄羽淡淡道:"两位以鼻嗅药,当真医术通神。"顿了顿,又道:"今日之内,我在此等候两位便是。"

"今日之内?"裘驷忍不住要反驳,却被何轻生扯住;何轻生看看陈姑娘,又看看燕寄羽,道:"那便一言为定。"

午后春雨洒落,何、裘一人撑伞,一人手拎包袱,慢腾腾返回陈家酒馆,燕寄羽兀自端坐堂中,瞧也不瞧身旁女子一眼。

何轻生道:"我俩去后山采药,险些累死,万幸配成了解药。"说着揉了揉眼,招呼裘驷去后厨煎药。

燕寄羽扫量两人衣衫分毫未湿,道:"瞧来两位倒像回屋补了一觉。"

何轻生恍若未闻,与裘驷一同煎好了药,将一碗药水摆在桌上;燕寄羽瞥一眼那只碗,目光平静,却不发一言。

"燕山长,"何轻生苦笑道,"以你修为,恐怕不惧世间任何毒药,何况如今陈姑娘犹在你手,难道我还敢下毒不成?"

燕寄羽伸指在桌缘轻敲,桌面纹丝不颤,碗中药水却倏忽曳成一线,冲天飞起;燕寄羽端详一眼药水色泽,任凭药水落回碗中,而后才举碗饮下。

何、裘面面相觑,少顷,忽听燕寄羽道:"这药不假,不过似难全然解去'描红'。"

何轻生闻言赞叹道:"燕山长着实厉害,据吴先生从前所说,若要尽解'描红',还须另一秘方,配成后先让别人服下,等足一个月,让药力融入那人血脉,再饮那人的鲜血治病,正所谓'以红解红'。"

裘驷接口道:"……可这'秘方'的配法,吴先生也所知不详,没教过我俩,故而方才燕山长服下的药仅能缓释'描红'病症,但至少两三月内是不会再发作了。"说着凑近那女子,便想为她解穴。

"裘兄,以你的功力,还是莫轻举妄动,以免伤及陈姑娘经络。"燕寄羽忽道。

裘驷一愣,瞪眼道:"如今我俩已竭尽所能,难道燕山长还不肯放陈姑娘吗?"

堂中日光斑驳,燕寄羽悠然瞧着门外,道:"两三个月,还是短了些,我既时日无多,更该与吴重见上一面,免留遗憾。"

裘驷大怒,喝道:"反正没人知那秘方,你若再不讲理——"

说到这里,何轻生却笑呵呵截口道:"既然如此,燕山长不妨多等些时辰,或许真能见到吴先生的鬼魂,也未可知。"

"那在下自当静候。"燕寄羽目光微闪,莞尔道,"我倒也有些好奇,吴重稍后又给我安排了什么麻烦。"

…………

杨仞与秋剪水、叶凉来到对岸,江边乱草绵延,山林茂密,却已不见柳空图与方白的踪影。

三人疾行翻过山坡,眼见前方野径崎岖凌乱,颇难寻人,杨仞略一思忖,道:"柳老头要去青鹿崖,心神糊涂之下,多半见山便爬,咱们再往前去,看看能否找见什么高山。"

少顷,三人转过一条狭窄山道,望见数里外有座陡峭山峰,未尽行近,忽听身后有人呼喊,却是宁、陈主仆与柳续赶至。

六人会合,杨仞略问几句,得知自己渡江后,贺风尴、岑东流留守原地,看押李素微、田桑榆,同时照应受伤的赵长希、游不净与方轻游等人,宁、陈眼看乘锋帮人手不足,而柳续亦担忧柳空图安危,三人便亦追过江来。

宁简略一迟疑,又道:"方才在来的路上,我们瞥见远处有道人影,似有些眼熟……"

杨彻道："是谁？"

宁简道："似乎……似乎竟是吴重。"

叶凉闻言顿惊，颤声道："难道师父他、他还活着？"说话中手心轻抖，激动不已。

柳续道："那人影只匆匆一闪，我们却也没瞧清楚。"

六人旋即来到高山脚下，攀行到半山腰，秋剪水忽道："山顶上站着一人，依稀便是柳老山长……"

杨彻闻声精神一振，只觉经络中内息渐渐盈满，似乎这时柳空图已渐停催运内功。

诸人加紧登山，又过片刻，果然仰望见山顶有个灰袍老者来回踱步，正是柳空图。

柳空图虽迷糊不清，但似也知晓有人正在追截自己，好不容易甩脱方白登上峰顶，才发觉这山并非青鹿崖，正自四处眺望，辨别青鹿崖的方位，眼瞧杨彻六人已奔到自己快要逃不脱的距离，不禁急得直跳脚。

——便在这时，山腰西侧的野林中倏然传出几声咳嗽。

杨彻等人霍然顿步西望，却见一个胖硕的屁股一下子闪进密林深处去了。

"难道真是吴重……"杨彻惊疑暗忖，"西边是临江集的方向，吴重是从那里赶来的吗？"

山顶上，柳空图的神思亦被咳声扰动，竟反身朝着山下奔来；杨彻见状又惊又喜，却听柳空图一边狂奔，一边朝西哑声喊叫：

"云荆山！云荆山！快随我去青鹿崖救我徒儿，你我联手，天下谁人能挡？"

六人无暇细思，各自凝劲奔迎而上，与柳空图相距十余丈时，杨彻忽觉经络中内力又消失过半，柳空图骤然纵起，转身踩过几块巨岩，向着西侧密林掠去。

诸人脚下一折，也偏离山道追去，时遇山岩拦挡，颇难翻越，柳续修为极高，秋剪水、宁简身法轻灵，尚能瞧见柳空图踪影，而杨仞与叶凉、陈彻却逐渐落在后头。

杨仞心念电转，道："柳老头是去追吴重，咱们只要朝临江集方向而去，定能赶在柳老头前面。"

随即三人便循着山腰较平坦处往西下山，在山麓间奔出数里，果然望见柳空图从东北边山脚疾行而来，身后远远跟着柳、秋、宁三人。

柳空图瞟见杨仞提刀冲近，当即又转向南跑，绕过草坡，前方有人白衣飘飞，迎面行来，赫然却是方白。

柳空图神色微惧，环顾周遭，又反身朝杨仞那边逃去。

杨仞甚觉意外，脚下不停，挥刀劈出，喝道："站住吧！"哪知柳空图懵懵懂懂，似浑不知刀锋为何物，兀自朝着雪刃奔撞而至。

杨仞一凛，急急偏开刀锋，柳空图却倏一斜身，双足离地，如一面平薄的纸鸢从杨仞身侧飘过去了。

"他娘的，柳老头人虽糊涂，步法倒狡诈得很。"杨仞暗骂一声，明白柳空图毕竟是武学宗师的造诣，不敢再轻忽，遥望见方白的身影，顿觉惊喜；紧接着又生出担忧："以方老兄的修为，竟会被甩脱，多半是先前相救三大刀派时，果真损耗不少。"

他昨夜曾询问方白此事，方白却说无妨，他心知方白自有手法抑制伤势，即便真受了伤，恐怕自己也看不出来，此际只盼是自己多虑，随即又追向柳空图。

方才陈彻奔在杨仞后面，见柳空图晃过了杨仞，立时跃近挥掌截击，柳空图急于赶路，神情焦躁，手臂舞动了几下，将陈彻的攻势化解，未及闪身而过，陈彻双掌齐出，又将柳空图缠住。

柳空图大怒，双手晃成疾影，与陈彻拆起招来，他迷糊中胡乱舞臂，招式看似颠倒错怪，却又恍若蕴含着妙手无痕、浑成自在的武学至理，袍袖翻飞之间，一丝灵机淡若微光，泯然无际；数招过后，陈彻自身所会刀术已难招架，不得不模仿起柳空图的出手，凝集全部心神，捕捉柳空图变幻如电的招意，又过几招，双方已斗得旗鼓相当。

柳空图眼神微愕，似也诧异于短时竟难击退陈彻，失却了耐性，径自斜掠丈外，却撞见杨礽踏步震飞野草，一刀"剪雨"横扫过来——

草叶飞旋如刃，柳空图一霎急挥乱抓，抓住胸前几片碎草，却被更多草叶打中双腿，摇晃欲倒；叶凉趁隙闪至柳空图背后，"秋水"剑劲拂过，柳空图穴道僵痹，站定不动。

——电光石火间，陈、杨、叶三人合力将柳空图制住，互换眼神，均是轻轻吁了口气。

柳空图眼珠乱转，时而焦急哀求，时而破口大骂。杨礽见他的灰袍被山石草木划破，满头白发散乱，狼狈不堪，心下一酸，叹道："柳老头，你的徒儿已被别人救下，你且放心吧。"

"胡说！"柳空图瞪眼道，"我和刀宗都未赶到，别人谁能从摩云教手中救得他们？"他瞟见方白与柳、秋、宁三人先后将至，心下愈急，猛然间身躯微颤，竟似有冲破穴道之势——

叶凉一惊，当即踏前抱住柳空图腰身，掌心按在他丹田上，内劲透入，阻其冲穴；陈彻亦迅掠而近，伸手扭住柳空图肩肘，以免他猝然发招。

柳空图嘶哑叫道："放开我！"叶凉、陈彻自不听他，运劲将他束缚得更紧。柳空图静了静，沉下一口气又道："放开我。"语声说不出的低沉凝肃。

一瞬间，杨礽骤觉浑身内劲一空，似乎柳空图这声平平常常的低语竟动用了修炼八十余年的全部功力。与此同时，叶凉莫名感到自己经络中分出了另一股内劲，不听使唤般，与催向掌心压制柳空图丹田的那股内劲相斥互撞，竟自己推着自己撤手倒退，脱离了柳空图的身躯。

陈彻眼瞧叶凉退开，手上亦已不由自主地聚起"意劲"，朝手肘倒涌，将双掌弹缩回来；随后，杨礽才觉体内重又有内力滋生，气血翻腾中，惊见柳空图已趁机逃出数步——

杨仞与陈、叶相觑骇异，不约而同地扑拦向柳空图；柳空图悲涩一啸，袍袖圈转，春风中恍若从天降下三个掌影，突兀显现在三人胸腹之前。

三人被掌风迫得无法呼吸，均觉此招挟天地之重威，兼云光霞影之幻妙，避无可避，刹那里身躯一轻，悠悠斜飞落地，却是方白赶至，挥袖将三人震飞。

风低乱草，旷野寂静，柳空图的一掌却印在了方白背上。

杨仞心头剧凛，奔近了将方白搀扶住，道："方老兄，你怎么样？"却已顾不得转身逃走的柳空图。

方白略一静默，道："杨兄弟，你扶我做什么，还不快去追柳老山长？"眼见杨仞不动，又道："杨兄弟，莫非你刚才受伤了？"

杨仞凝视方白，道："你、你当真没事？"他与叶凉、陈彻被方白所救，均是毫发无损，只是刚才临当生死危急，浑没留意自己体内剩余多少内力，不知柳空图那一掌究竟使了多少力道。

说话中，叶、陈二人奔到方白跟前，亦是神情忧凝。

方白颔首道："我自是没事。"语气中流露一丝疑惑，似不解为何三人这般担忧自己，从容道："柳老山长糊涂之际功力减损，还伤不了我。"

杨仞心弦稍松，转头见秋剪水与柳续、宁简掠近，笑道："刚才真是好险。"

秋剪水一怔，她在远处看见方白硬受了柳空图的一击，凝眉沉吟，未及开口，忽听方白道："咱们这便继续往西，莫等柳老山长走远。"

众人向西边眺望，柳空图已奔到数十丈外，正自手扶树干，停步喘息，似乎方才亦颇耗精气；他见诸人望过来，赶忙拧身迈步，又朝西猛奔。

方白脚步微晃，当先追去，诸人跟随在后。杨仞见方白身形快逾光电,不禁叹服暗赞,更觉放心。

沿途地势起伏崎岖,天上落下细雨,柳空图的身影在远处时隐时现;诸人追行良久,眼看再往西半里,便是临江集后山,均想:"从昨夜歇息处到临江集,山路实比水路更近,只是山路太过难走,寻常百姓绝难翻越。"

等翻过山,来到临江集的村落,已是午后时分;春雨愈密,诸人衣衫俱已淋湿,在屋巷间会合略歇,瞥到一角灰袍闪过巷尾,旋即飞奔出巷,望见柳空图踉踉跄跄地跑向江边陈家酒馆——

酒馆内,燕寄羽与何、裘二人亦听见脚步声渐近,何轻生讶声道:"啊,不知是何人到来?"

"何兄当真不知吗?"燕寄羽微微一笑,站起身来。

"两位分明早熟悉解药配法,先前装作说漏了嘴,要去'问问'吴重,却是想让我误以为吴重还在临江集,实则昨日后半夜我刚返回此间,吴重即已知晓,他当时便火速离开,去搬救兵了吧?"

燕寄羽说完振腕弹指,吱呀一声,指风撞开木门,门外一个灰袍老者霍然顿足扭头;两人目光相触,燕寄羽迎近三步,躬身长揖。

"未承想师父冒雨猝临,弟子有失远迎。"

二十

柳空图呆立门口,似听不懂燕寄羽的话意,呢喃道:"小燕儿,你、你怎没在青鹿崖……"随即急声催促道:"快随我去救你的几位师兄!"

燕寄羽沉默一瞬,迈步出门,搀着柳空图道:"师父,咱们走吧。"

何轻生与裘驷听见远处脚步纷乱,似还有人来,当即便要发声呼救,燕寄羽反手掩上了门,一股劲风倒卷回堂中,拂过何、裘与陈姑娘胸前，三人气息闭塞，猝然昏厥。

门外，柳空图拉着燕寄羽疾奔出几步，忽道："小燕儿，你可知道青鹿崖的方位？"

燕寄羽点点头，柳空图郑重又道："咱们可绝不能走错了路。"

燕寄羽道："师父，咱们先去江边坐船。"

柳空图望见渡口处接连有十余艘船靠岸，眼神惊惧："莫不是摩云教教徒追杀过来了？"

燕寄羽道："师父放心，那是赶来接应弟子的武林同道。"

"甚好，甚好！"柳空图连连点头，打量一会儿燕寄羽，迷惑道，"小燕儿，你可是中了摩云教的邪法，怎么变老了许多？"

燕寄羽叹道："此事说来话长。"言毕回望一眼街角的杨仞、方白等人，挽着柳空图的手，径自朝岸边渡口行去。

杨仞远远瞧见燕寄羽的身影，怒火顿起，又忧心柳空图的安危，立时追奔过去；秋剪水与方白、叶凉紧随其后。亦在这时，岸边来船上纷乱有人跃下，身上衣衫分为黑、白、蓝三色，共二百多人，却是"辽水三刀"齐至。

三派掌门刘独翼、章琼与凌素瑶当先踏雨疾行，迎向燕寄羽。

杨仞心下一凛，眼望三人与燕寄羽简短交谈两句，便即率众冲过来；杨仞四人刚奔过陈家酒馆，便遭一众刀客围攻，混战开来。

叶凉手持断剑，刺退了几名敌人，惊觉今时的"辽水三刀"与他在唐州旷野间初见时已颇不相同，彼此进退有素，配合无间：先由几个金雀刀弟子单刀猛攻，琢玉门弟子则从旁掠阵，刀术简朴而凌厉，看准空隙便会冷不丁补来一击，而履冰堂弟子则游走在最外围，叶凉几次想要抢步掠近杨仞，均被飞舞的双刀迫回。

方才宁、陈主仆与柳续稍稍落后，奔近酒馆，眼瞧杨、叶等人陷入苦斗，宁简、陈彻立即拔刀加入战局，挡下了刘独翼与其身边的门徒；柳续略一犹豫，却继续朝柳空图那边追掠而去。

三刀派的掌门均识得柳续，虽不解停云书院副山长为何会与杨仞同行，却也未下令门徒拦截。柳续身形断续几闪，已追近燕、柳背后，清叱道："燕山长，还请留下柳老前辈。"倏忽纵跃而出，扣向柳空图肩膀——

燕寄羽手挽师父，浑似未觉，前行中突兀回身一掌，柳续凛然变招，两人掌劲交迸，半空里砰然一响，雨水四溅；柳续双足落地，右手柴刀微震，终究却仍以左掌击向燕寄羽手腕，便想将他迫离柳空图。

柳空图怒冲冲踏前，抢先与柳续对了一掌，喝道："你这娃娃干吗打我徒儿？"说着口鼻中却溢出血来，刚刚他糊涂之际随手凝劲，没承想柳续的掌劲如此凌厉，被震得头晕目眩，勉力稳了稳身躯，却倏然一怔，似乎想明白了什么。

燕寄羽扶住师父，语气忧切道："你老人家可好？"

柳空图看着燕寄羽的面容，环视周遭陌生的江岸，忽又瞧向陈家酒馆，嘴里含糊咕哝着，却没接口。

——酒馆附近，叶凉接替陈彻，正与刘独翼激斗；方才宁、陈二人掠到叶凉近旁，不但短时便助他击倒了八九个刀客，更将刘独翼打得难以还手，然而陈彻本就颇易困饿，经过半日奔徙，途中又和柳空图拆招，精气几已耗尽，格开刘独翼的一刀后，已是昏昏欲倒，宁简急于救护陈彻，霎时里左支右绌。

叶凉见状奋起挥剑，将刘独翼迫退，瞥见朦胧雨线之间，燕寄羽和柳续对了一掌，似乎已解去重病，恢复了功力，不禁心弦微凛，险些被刘独翼的刀刃划破脸颊；若论剑境刀意上的修为，他绝不逊于刘独翼，但一则他只求伤敌退敌，不愿杀人，二则刘独翼所使的"独翼刀"招式颇为怪异，刀弧往往从意想不到的方位划斩过来，确也颇难应对，故而两人暂只斗得不分胜败。

刘独翼的几个门徒倏从背后袭斩叶凉，却被叶凉警觉闪过，叶凉反手迅疾连刺，将那几人刺得手腕流血、单刀坠地，刘独翼见机又向陈彻掠去；叶凉踢飞地上单刀，将他身形阻住，侧头瞥见秋剪水的身姿，不由得又惊又佩：

十余丈外，秋剪水独斗章琼、凌素瑶两大高手，身畔还有二三十名刀客环伺围击，她步履飘忽，指剑连弹，时而刺倒一名刀客，却也不落下风；相较于凌素瑶飞旋幻闪的双刀，章琼的刀术"琢玉五式"却无任何花哨招法，斗到艰深处身法愈缓，出刀愈慎重，刀尖上的一点劲意却也雕琢得愈发凝练剔透。

这片刻里，秋剪水的大半心力都在提防章琼的短刀，虽未受伤，但要将这诸多敌人击溃，却也并非易事，她凝神待以"月照"之境先刺败章琼，却忍不住望了一眼杨仞、方白那边——

先前乱斗乍起，诸人都有些猝不及防，方白疾步当先，衣袖横挥斜扫，顷刻将杨仞、秋剪水面前的十多名敌人击飞，又反身震晕了数名刀客；之后宁、陈主仆赶至，方白眼看诸人已缓过气来，身躯踉跄地走出几步，忽在混战中立住。

杨仞惊叫道："方老兄！"方白却只伫立不动，脸色苍白而宁静；杨仞拧腰急掠向方白，同时间纷乱无尽的刀光已朝他攒斩而来。

杨仞扫刀将敌人斩得跌飞丈外，反身又唤了一声方白，仍没将他唤动，旋即又一拨敌人已挺刀围上。

起初"辽水三刀"弟子忌惮方白的修为，只猛攻杨仞，却不敢朝方白落刀，随后众刀客瞧出方白情势不对，渐渐地脚下掠动，都向着方白周身斩去；杨仞护在方白身旁，振臂不断使出"剪雨"，刀光纵横飞闪，不让敌人伤及方白分毫，过得片刻，两人周边躺倒之人渐多，刀客们相顾惊惧，一时无人上前。

杨仞趁隙回眸，方白身躯似被刚才往复激荡的刀劲所震，隐约有些晃动，嘴角渗出血丝。杨仞心下一沉，道："方老兄，你怎么样？"方白垂首闭目，却仿佛已陷入了沉眠。

…………

柳续循着柳空图的目光看向酒馆附近，稍作沉吟，又对燕寄羽道："燕山长，如今刀宗已死，柳老山长亦已神思糊涂，难阻你消除'意劲'的大计，你又何必还要为难他老人家？"

燕寄羽端谨拱手道："柳兄误会了，在下是想将他老人家带往安全处，好生孝敬奉养，又怎会为难自己的授业恩师？"

柳续颔首欲语，却听柳空图喃喃道："不错，刀宗已死，刀宗已死……不错，小燕儿，你可要好生孝敬我才是……"

燕寄羽道："那是自然，徒儿——"话未说完，面前灰袍倏闪，柳空图已转身伸臂，扼住了燕寄羽的咽喉。

柳空图神态肃重，便待发劲将他脖颈拗断，心头忽而一恸，手指轻颤起来，燕寄羽本是他平生最器重厚爱的徒儿，此前他传功与杨仞，其中一个缘由便是自觉恐怕难以狠心杀死爱徒；燕寄羽趁他犹豫的一隙，扳住他手腕一推，斜身退步，已将此招拆开。

"你老人家适才便已被柳兄震醒，终究却不忍心杀弟子。"燕寄羽目视师父，神情仍极平静。

"逆徒啊……"柳空图满眼苦涩，伸手抚在燕寄羽脸上，燕寄羽眸光微动，却未闪躲；下一瞬，柳空图的左掌贴腹低按而出，却被燕寄羽的左手格住，两人各退一步，再度凝劲出掌，拼斗开来。

此际杨仞正在方白近旁，独挡十多名刀客的夹攻，忽觉经络中内息渐减，显是柳空图正自不断提聚内劲，心头惊疑，暗道不妙；众刀客瞧出杨仞刀势愈衰，对望一眼，攻袭更疾。

又过一阵，杨仞体内几无内劲，只得倚仗精湛招式强撑；眼看着雨越下越大，雨线撞碎在地，腾起阵阵水花，已颇难辨清数丈外的光景。

本来雨水越密，杨仞施展"剪雨"的威势越大，偏生赶上没了内力，也不知柳空图情形如何，忧怒交加，时而咬牙厉吼，挥刀反而越发狠绝，仍将方白护得周全；秋剪水瞥见杨仞遇险，硬拼着被章琼的短刀割伤腰际，掠近刺出指风，暂为杨仞解围。

此时柳空图与燕寄羽已互换数十招，两人互知根底，身形穿梭交错，难分胜负；燕寄羽深得师父真传，唯独忌惮"言剑"，紧盯柳空图面门，手上越攻越紧，便想迫得他难以出言施展。

柳空图袍袖挥振中听见杨彻的吼声，瞟向酒馆边，雪刃的光华在雨中隐现，他淡淡一笑，忽而收掌伫立。

燕寄羽神情微震，深深凝望柳空图，心知师父已决心弃战听命，而将功力转交杨彻运使；一霎里怅郁轻叹，抬袖振出一股劲风，将柳空图击晕。

柳续凝神为柳空图掠阵，从旁瞧出燕寄羽这一击不会伤及柳空图性命，略一迟疑，却未拦挡。他在雨中静默凝思，倏然叹道："燕山长，你我就此别过。"

"多谢柳兄成全。"燕寄羽抱起柳空图，径自转身。

酒馆门前，杨彻瞧见秋剪水腰间淌血，顿时一惊："我还撑得住，你千万小心。"说着反身猛斩一刀，刀风倏而大盛，竟将两个敌人斩得远远旋飞出去——

杨彻只觉手上劲道暴涨，骤已恢复了功力，随即连出数刀斩退周遭敌人；秋剪水见他脱险，又瞥见章、凌二人正待追袭过来，立时闪身截下，将两人牵制在远离杨彻之处。

杨彻生怕内劲遽又消失，加紧挥砍一阵，斩倒不少刀客，喘息渐剧，然而"辽水三刀"弟子委实太多，几次呼吸之间，又涌上几十个敌人。

雷电破空，照亮江边，杨彻依稀望见燕寄羽抱着柳空图，正走向渡口处，似要乘船离开。他急欲追杀过去，四下袭来的刀光却无休无止；环顾左近，叶凉、秋剪水以及宁、陈主仆均是以寡敌众，被重重围困。

"他娘的，难道就这么瞧着燕鸟人走脱……"杨彻转念暗骂，深觉愤怒，狂啸一声，不禁怔了怔，只觉自己的啸声莫名被压低了许多，连带着风雨声都离自己远去——

他蓦然回顾，方白已睁开了眼睛。

江岸边，燕寄羽倏忽顿步，仰望头顶上空，群鸟在雨中惊乱飞远；与此同时，柳续神色微变，眸中流露奇彩："没想到，今日有幸得见……"

"……方白剑境全开的一刻。"燕寄羽轻声道。

酒馆门前，杨彻心中怦然一震，唇舌翕动，不知怎么，却吐不出字来。

"方老兄。"他在心里唤道。

方白看他一眼，道："杨兄弟。"语声说不出的温和。

杨彻未及再开口，方白身影晃漾，已从一名金雀刀弟子手中取过一柄单刀，伸指抹掉刀弧，露出剑锋，随手抖腕——

刹那间，两人周围的数十个刀客眼前微明，仿佛高天上一缕形如剑痕的晴空穿透阴云而至，将丝丝雨水映照得锋锐起来；雨线如刀剑般斜掠过他们的身体，坠地时已被染红。

方白转身振剑，朝着燕寄羽所伫立的方位疾冲而去。

杨彻紧握雪刃，当即发足追去；秋剪水见状闪步避过章琼，亦掠向渡口处，眼瞧凌素瑶斜刺里持刀斩来，疾弹两记指风，凌素瑶侧身躲过，却猝地痛呼一声，捂着胸口倒退，秋剪水心下诧异，不及细思便即追向杨彻。

雨雾连天接地，江野间四面八方都是茫茫烟气，杨彻奔行中抹了一把脸上雨水，忽见前方透出一道细光，清晰晶亮，宛如刻在眼帘，心知方白已使出了新近悟成的那一式——

混战中的众人神魄悚动，不自禁都转头望去：那剑光已然转淡，似飘飞在天地之外，又流淌在风雨之内，若有若无，却又蓬勃不散，仿佛风雨中又生出风雨——那是雨中的一线青天，风中的一抹白雨。

"人生天地之间，该当如何自处？"

一时间几乎所有人都屏住了呼吸，见证一个人以自己的风雨，对抗天地间的风雨。杨彻想到柳续的这一问，心中忽然隐隐有了答案。

二十一

江水、村落、远山，都笼在阵阵雨气里。

燕寄羽怀抱柳空图，回身望着那道不断掠近的白衣身影，肃然而立。

柳续未想到他竟会停留原地，神情震惑了一瞬，又露出了然般的淡笑；天上雷光闪动，两人默默对视了极短的时间，一切该讲的不该讲的言辞都显得苍白微弱，唯有雨意压在舌尖，如刀割一般。随即，柳续手中的柴刀清声振鸣起来。

闪电接连绽放，将阴雨的江边照得如同白昼，那道淡细的剑光消隐在一片明亮之中。

江岸重归昏晦，雷声隆隆过耳，诸人却犹觉心中空静，仿佛风雨中一痕剑意仍在飞流飘淌。

"他娘的，燕鸟人死了没有……"杨彻心神震凛，又隐觉不安，方才漫天雷电蹿闪的一隙间，他依稀瞥见一抹蜿蜒电光异样地逆着雨线，不似天降，倒像有人凭空织就，离鞘般迎向剑光——

杨彻冲破雨幕奔近，但见在方白和燕寄羽之间，柳续的身躯轻轻柔柔地坐倒，已无生机；方才刀剑交格的一霎，他的神魂已被剑意刺灭，柴刀散作飞灰，飘湮在风雨中。

方白身躯微晃，再次闭目，右手垂落，指节煞白如雪，手中剑拿捏不住，坠入泥泞。

燕寄羽瞧出此际似是方白最空乏虚弱的一刻，将怀抱着的柳空图交于左手，右手倏然弹出一缕指风，射向方白心口。

杨彻大惊，跃步横刀一拦，指劲打在刀面上，杨彻虎口迸裂流血，只觉雪刃欲断，足见燕寄羽杀心之盛；杨彻怒喝一声，挡在方白身前，猛挥一刀斩向燕寄羽胸腹，刀风破雨锐啸——

燕寄羽静静伫立，左手微振。

杨彻骤然扑摔出去，气血倒冲，忍不住呕出一口鲜血。

他莫名身躯失衡，一刀挥空，浑身难受已极，想要凝劲跃起，惊觉提不起丝毫劲道；从前他也曾遇过内力消失的情形，但经络中却从未如现下这般空荡干净，恍如江河被烈阳蒸干，涓滴不剩。

杨礽迷惑不已，眼见此刻柳空图分明仍被燕寄羽抱着，并未动用内劲，不禁茫然摇了摇头，手脚冰凉僵硬，隐约已猜到了缘由，却又难以相信：刚才的一瞬里，燕寄羽选择了一个能最快击倒杨礽的方法，他杀死了柳空图，从而彻底抹消了杨礽的内劲。

在杨礽跌倒的刹那，燕寄羽目露深深痛苦，弹出了第二缕指风，如一线冷雨浸入了方白的心脏。

杨礽眼看着方白倒地，张了张嘴，却发不出声，陷在巨大的惊诧中，神思脱离了躯壳；旋即才觉身体一轻，却是秋剪水赶至，扯住他倒掠数丈。杨礽瞧见自己跌倒之处砰然溅开一朵水花，才明白刚才燕寄羽又弹出一道指风，却想将自己也杀死。

燕寄羽见秋剪水来到，抱紧柳空图尸身，转身疾去。

杨礽双目赤红，勉力站起追出一步，忽觉眼前刺痛，周遭风雨景物消隐一空，自己站在了一片白茫茫的雪地上，不远处孤零竖立着一支旗。他感到肩上再度灼起火焰，走过去将旗帜拔在手里——

霎时间肩头热意灌注进旗帜中，那旗呼啸飘展起来。他眨了眨眼，发觉自己伫立雨中，前方燕寄羽逃到了十多丈外，已然追之不及，他满心悲怆，猛朝前方背影劈斩一刀，刀光划过眼前，愤愤然垂落。

——远处，燕寄羽猝觉背上微痛，步履踉跄了一刹，反身回顾，神色惊疑。

此时章琼与凌素瑶已掠近燕寄羽，章琼讶然将燕寄羽搀住，未及询问，便听燕寄羽沉声道："速速撤离，不得恋战。"说完便掠去了渡口。

章琼一怔，眼下"辽水三刀"弟子尚有百人之多，而刘独翼已被叶凉击倒制住，一旦撤离，恐怕就难救回了，然而见燕寄羽说得凝重，与凌素瑶对视一眼，便即率众急急退却。

杨仞低头看看手里雪刃,心知自己已全然领悟了"乘锋刀法"第二十式,他牵挂方白伤势,立即拧身奔过去;秋剪水亦闪步掠近,握住方白脉门片刻,却冲杨仞轻轻摇头。

"方老兄……"杨仞胸中哀痛,却无法可施,霍然转头瞪向柳续那边,心想柳续分明极钦佩方白,却又出刀挡下方白那一剑,分明燕寄羽对他一直提防陷害,他却还要相救燕寄羽,行事颠倒错乱,实是冥顽之极。

他忍不住便要大骂柳续,瞥见宁简杀退了残余的几名刀客,冲到柳续尸身前跪下,却又没骂出口。

宁简眼看柳续低眉端坐,衣衫齐整,周身却隐有锐意泻出,整个人宛如坐在一式剑招里。

——柳续面目安宁,入定一般,仿佛见识到方白的剑境之后,已是心意圆满。宁简心中悲肃,明白柳续死前出刀救燕之举,一则想与方白那式"风青雨白"较量高下,二则却也是担忧"意劲"普传,实是为了武道的延续。她想起今晨柳续匆促传刀,似乎已预见到了自己之死。

杨仞转回目光,暗叹不语,心知柳续适才多半没能伤及方白,只是方白这一年来奔波涉险,所受的伤损本已按抑不住,念及一年多前与方白的初遇,深心里颇觉愧疚:"若早知会是这般结果,我当时不邀方老兄入帮多好,算来实是乘锋帮牵累了他……"

他思来想去,左右环顾,却迟迟不敢与方白对视,忽听方白微声一咳,终于低下头去,眼见方白面容清瘦疲倦,不由得眼眶酸热。

方白似猜到了杨仞所想,却流露出释然劝慰的眼神,仿似在说:"不必难过,对我而言,再没有更好的结果了。"

杨仞心弦一颤,对方白点了点头。便在这时,方白心口处流下一道细血——

这血色仿佛过于浓重,滴落在野草上,立时压得草叶断折,流淌在地，泥土上显出深痕，随后，剑意散发殆尽，方白缓缓闭目。

衡阳雁去，尚有归期；人之逝矣，永不复还。

叶凉、陈彻奔到近处，脚步倏缓；诸人相顾静穆，良久不语，忽然不约而同地想到，今日距刀宗云荆山之死，尚不足一年零一季。

一场苦战如雨而息，日头照旧挂在天边，浑不知这世上有人生，有人死，更不懂生死之间还有千百回的哭笑生涯、情仇遭遇。

蔽日浮云，洗天风雨，尽成过往。

尾　声

青州城西，归云客栈。

杨刃率乘锋帮诸人下榻停当，等候这两日与萧野谣会合。先前萧野谣收到传书，为防遭到华山书生与停云书院云游弟子的夹攻，便领着六百刀客撤离了华山，与杨刃约在青州碰面。

青州是飞光门的所在，岑东流的地盘，甚是安全便利，杨刃等人连日纵马赶路，至此才暂得歇息，时近黄昏，便在堂中坐下饮酒。

何轻生、裘骊笑嘻嘻凑近杨刃，便想和他同桌落座，杨刃冷哼一声，瞪视过去，两人抓耳挠腮，讪讪走开。

——那日临江集雨中一战过后不久，杨刃等人便听见陈家酒馆里传出呼喊，却是何、裘从晕厥中醒来求救；诸人奔过去，偌大酒馆只他两人躺在地上，不见一个店中伙计。

当时叶凉想到那位陈家姑娘，问起她的下落，两人都说从未见过；杨刃见他俩言辞闪烁，套问起来，两人一口咬定吴重已死，绝没来过酒馆，但不得不承认了帮燕寄羽治病之事。

杨刃大怒，却听两人辩称，燕寄羽的病只是暂缓发作，真正能全然治愈"描红"的秘方，委实无人知晓。

杨刃自是不信，他认定吴重还活着，且能解"描红"，当日无心与两人纠缠，过得两天，忽而反问道："你们吴先生为何提前派刀客将刀意转给我，而不等我到了之后亲自传我？那是他早安排好了'假死'，自知见不到我之故？"

何轻生与裘驷支吾不答，叶凉在旁倏道："不错，师父提前将那幅画交与雷姑娘，也是因为早知自己难以在临江集交给我……"

何、裘闻言对望一眼，均称此前中了燕寄羽的掌风，伤势复发，就地晕了过去。叶凉更加认定只要跟着两人，迟早能见到师父，便一路与乘锋帮同行。

时至今日，何轻生眼瞧杨仞越发不信任自己，忍不住搬过一条长凳，矮身坐在杨仞跟前，赔笑道："说到'描红'的解法，我忽然又想起一事：那'以红破红'的秘方，一旦有人服下，便会损坏丹田，就如陈彻兄弟那般。嘿嘿，倘若真有人知道秘方，喂药给陈兄弟吃下，那么不出月余，陈兄弟的血便能治愈'描红'了……"

杨仞看他一眼，道："那吴重何时去给陈兄喂药？"说着径自与叶凉对饮一盏。

何轻生道："吴先生他已……他已死了。"随即唉声叹气地走开。

少顷，客栈堂中酒客渐多，有不少人谈及近日江湖上的变故，从留影舫沉没说到庐州花家覆灭，将乘锋帮"二十魔刀灭花家"之事大肆唏嘘感慨了一番。杨仞淡淡听着，不久又有一个酒客道："非只如此，我新听到的传闻，杨仞竟已将停云书院的开山祖师、燕寄羽的师父柳空图杀了！"

邻桌一人顿时道："不错，我也曾听说此事，杨仞这厮杀了柳老山长，那是要给刀宗报仇吗？"

又一人接口笑道："与杨仞这小魔头相对的，便是少侠叶凉了，他刺杀了弓魔，年纪轻轻就干出这般大事，实在不简单哪！"

叶凉闻言垂头不语，他沿途也曾遇到一些茶馆酒肆中人谈论此事，大都是赞扬他年少有为，为武林除害，只是他听在耳中，却是说不出的苦郁难过。弓魔确曾杀戮无辜，自己也不算错杀了好人。他幼年流浪时听多了说书人的江湖故事，心中也盼着做个名动江湖的剑侠，没想到当真实现之际，却是这般方式，只觉世事荒诞，命运无常，莫过于此。

杨仞脸色平淡，瞧瞧叶凉，欲言又止，忽听叶凉道："杨兄，可否借一步说话？"

两人来到街上角落，叶凉沉下一口气，道："杨兄，那日咱们一同在山上砍柴，你曾邀我加入乘锋帮……"杨仞道："不错。"

叶凉道："我已想得清楚，愿意入帮。"顿了顿，又道："我不认柳鹰所说的世道，我要自己把握今后的道路。"

杨仞见他说得认真，拱手道："甚好，那我就多谢叶兄了。"

两人相视一笑，均感欢喜，在街上交谈了一阵，杨仞忽道："叶兄，有人找你来了。"

叶凉回头看去，龙霖驾着马车渐渐驶近，车厢里下来一人，赫然却是雷缨络。

那天在临江集，龙霖安葬了龙钧乐之后便即离去，叶凉没想到他仍会继续做雷缨络的车夫，当先对他拱手见礼，而后看向雷缨络。如今叶凉既知师父多半未死，心中对她的责怪之情自然大减，一时却说不出话来。

杨仞拍拍叶凉的肩膀，转身进了客栈。

雷缨络道："叶凉，原来你也在这里。"

叶凉一怔，道："雷姑娘，你不是来找我的吗？"

雷缨络道："我受燕山长之托，来给杨帮主传信。"说着从行囊里拿出一封书信，递给叶凉道："你帮我转交给杨仞吧。"

叶凉点头答应，两人相视良久；叶凉颇想问问她，是否当真投靠了燕寄羽，是否仍要与秦楚成亲，却没问出口，想了想，拔出腰间断剑，轻叹道："我终是没能护好它。"

雷缨络微笑道："你说反了，剑本是用来保护人的，人能平安便好。"随即取出自己的那柄短剑，拔剑在剑鞘上一斩，剑刃亦断。

叶凉一惊："雷姑娘，你这是……"

雷缨络道："如今两柄剑都断了，还是一对儿。"说完不待叶凉接口,便返回车厢里去了。

....

方才杨仞回到客栈,便去客房与方轻游切磋讲论武学;方轻游沉吟道:"你虽没了内功,但新悟成'云旗'一式,恐怕天下没人接得住你这一刀。"

杨仞沉默片刻,道:"现下我只想手刃燕寄羽,别人接不接得住,也没那么重要。"

正说着,叶凉敲门进来,道:"杨兄,有人给你写了一封信。"

"啊,"杨仞当即道,"是秋姑娘吗?"此前秋剪水归返巴山整顿烛照剑一派,便待与乘锋帮结盟,共抗停云书院,杨仞与她分别已有些时日,不免有些思念。

却听叶凉压低声音道:"不是,是燕寄羽托雷姑娘送来的。"

杨仞微惊,也不知是燕寄羽熟知自己的动向,还是雷缨络自行查探到青州来;他提防燕寄羽在笔意上弄诡使诈,便请岑东流在城中找了个地痞恶霸,把书信誊写在纸上,才知是一封请帖。

杨仞皱眉看完,冷笑道:"好个'甚苦道',燕鸟人倒知我近日忙于赶路……"言毕将那纸页转交方轻游。

方轻游扫量一眼,莞尔道:"两个月前,正气长锋阁还声称乘锋帮不过是一群宵小毛贼,眼下却又认咱们是武林一脉了?"

杨仞哈哈一笑,将那请帖凑近烛火烧了,一行行字迹顷刻化作灰烬——

"乘锋帮杨帮主足下,善毋恚,甚苦道。间不相见,宽忽细过。秋寒时,寄羽具少酒,谨请贵帮会饮于华山,共证义理侠心。"

图书在版编目（CIP）数据

天下刀宗.云旗/雨楼清歌著.—成都：天地出版社，2021.10
ISBN 978-7-5455-6488-4

Ⅰ.①天… Ⅱ.①雨… Ⅲ.①侠义小说—中国—当代 Ⅳ.①I247.5

中国版本图书馆CIP数据核字（2021）第147796号

TIANXIA DAOZONG: YUNQI
天下刀宗：云旗

出 品 人	陈小雨　杨　政
作　　者	雨楼清歌
责任编辑	吕　晴
封面设计	左左工作室
责任印制	董建臣

出版发行	天地出版社 （成都市槐树街2号　邮政编码：610014） （北京市方庄芳群园3区3号　邮政编码：100078）
网　　址	http://www.tiandiph.com
电子邮箱	tianditg@163.com
经　　销	新华文轩出版传媒股份有限公司

印　　刷	北京文昌阁彩色印刷有限责任公司
版　　次	2021年10月第1版
印　　次	2021年10月第1次印刷
开　　本	880mm×1230mm　1/32
印　　张	13.25
字　　数	357千字
定　　价	56.00元
书　　号	ISBN 978-7-5455-6488-4

版权所有◆违者必究

咨询电话：(028) 87734639（总编室）
购书热线：(010) 67693207（营销中心）

如有印装错误，请与本社联系调换

天喜文化策划出品

《天下刀宗》精品有声剧
现已在喜马拉雅上线，欢迎扫码收听

内容简介

昔年中原武林决战北荒摩云教，刀客云荆山横空出世，以一己之力救武林于危难，从此被尊为"天下刀宗"。十三年过去，执掌武林的正气长锋阁却突然召集各派高手共赴昆仑，要诛杀隐居多年的刀宗。与此同时，吴重和叶凉师徒、宁简和陈彻主仆的加入，彻底改变了这场浩大的纷争。

乘锋帮现任帮主杨仞幼年被师父收养，在师父死后一心复兴帮派，后受神秘人物许念之托将刀宗书信送给玄真教掌教真人李素微，见识了武林各门派的真实面貌和恩怨情仇。

他带领乘锋帮众刀客和各路英豪与以燕寄羽为首的停云书院多次对峙，解救被扣押在华山的几位掌门，破解燕寄羽布下的"惊鸿影"，在磨炼中武功精进。乘锋帮和正气长锋阁决战在即，天下刀宗的种种隐秘真相终将揭晓。

欢迎收听更多精彩有声书

《汴京之围》
一部惊心动魄的帝国衰亡史

《世界名著大师课》
听大师讲解经典名著

《进击的律师》
一部硬核的法律题材长篇小说